ଅର୍ଦ୍ଧସତ୍ୟର ଛାଇ

ଅର୍ଦ୍ଧସତ୍ୟର ଛାଇ

ସ୍ୱର୍ଣ୍ଣଲତା ମହାପାତ୍ର

ବ୍ଲାକ୍ ଇଗଲ୍ ବୁକ୍ସ

ଭୁବନେଶ୍ୱର, ଓଡ଼ିଶା

BLACK EAGLE BOOKS
Dublin, USA

ଅର୍ଦ୍ଧସତ୍ୟର ଛାଇ / ସ୍ୱର୍ଣ୍ଣଲତା ମହାପାତ୍ର

ବ୍ଲାକ୍ ଇଗଲ୍ ବୁକ୍ସ : ଭୁବନେଶ୍ୱର, ଓଡ଼ିଶା ● ଡବ୍ଲିନ୍, ଯୁକ୍ତରାଷ୍ଟ୍ର ଆମେରିକା

BLACK EAGLE BOOKS

USA address:
7464 Wisdom Lane
Dublin, OH 43016

India address:
E/312, Trident Galaxy, Kalinga Nagar,
Bhubaneswar-751003, Odisha, India

E-mail: info@blackeaglebooks.org
Website: www.blackeaglebooks.org

First International Edition Published by
BLACK EAGLE BOOKS, 2025

ARDHASATYARA CHHAI
by **Swarnalata Mohapatra**
Email: swarnalatamohapatra0@gmail.com

Cover: **Minakshi Mohapatra**
Interior Design: Ezy's Publication

ISBN- 978-1-64560-769-4 (Paperback)

Printed in the United States of America

ଉତ୍ସର୍ଗ

ମୋର ଆଦ୍ୟପ୍ରେରଣା, ମୋ ସଫଳତାରେ ସବୁଠାରୁ ଅଧିକ ଖୁସି ହୁଅନ୍ତି, ମୋ ମାଆ **ଶ୍ରୀମତୀ ରୁକ୍ମିଣୀ** ଓ ବାପା **ଶ୍ରୀ ହରିହର** । ଅନ୍ତରାୟରେ ଅଦୃଶ୍ୟ କ୍ଷତଟିଏ ଦେଇ, ଖୁବ୍ ଅଳ୍ପ ସମୟ ବ୍ୟବଧାନରେ ଆଗ ପଛ ହୋଇ ସଂସାରରୁ ବିଦାୟ ନେଲେ । ସେଇ ଦୁଇ ପୁଣ୍ୟାମ୍ଭାଙ୍କ ଉଦ୍ଦେଶ୍ୟରେ ଗଳ୍ପ ସଂକଳନ **'ଅର୍ଦ୍ଧସତ୍ୟର ଛାଇ'**କୁ ଉତ୍ସର୍ଗ କରୁଛି...

'କୁନି'

ମୋ କଥା

କିଶୋରୀ ବୟସରେ ମୁଁ ପ୍ରଥମ କବିତାଟିଏ ଲେଖିଥିଲି ଯାହାର ଶୀର୍ଷକ ଥିଲା 'ସକାଳର ଅପେକ୍ଷାରେ'। ପ୍ରଥମଟି ସବୁବେଳେ ସ୍ମରଣୀୟ। କେଉଁ ଆବେଗରେ ବୁଡ଼ିଯାଇ ମୁଁ ସେଦିନ କବିତା ଲେଖିଥିଲି ଜାଣେନା; ହେଲେ କବିତାଟି ଆଜିଯାଏ ମୋର ପ୍ରାଞ୍ଜଳ ଭାବରେ ମନେ ଅଛି।

ସେଇ କବିତାକୁ ଅନ୍ତର୍ଭୁକ୍ତ କରି ୨୦୧୭ ମସିହାରେ ଯେତେବେଳେ ମୋର ପ୍ରଥମ କବିତା ସଂକଳନ ପ୍ରକାଶ ପାଇଲା ତାର ନାମ ରହିଲା 'ସକାଳର ଅପେକ୍ଷାରେ'।

୨୦୧୮ ମସିହାରେ ମୋର ପ୍ରଥମ ଗଳ୍ପ ପୁସ୍ତକ ପ୍ରକାଶ ପାଇଥିଲା। ତା ପରେ ତିନୋଟି ଉପନ୍ୟାସ ପ୍ରକାଶ ପାଇଥିଲେ ସୁଦ୍ଧା, ଆଉ ଏକ ଗଳ୍ପ ସଂକଳନ ପ୍ରକାଶ ପାଇ ନାହିଁ।

ଏଇ ସାତବର୍ଷ ଭିତରେ ବିଭିନ୍ନ ପତ୍ରପତ୍ରିକାରେ ପ୍ରକାଶିତ ଗଳ୍ପ ଗୁଡ଼ିକ ମଧ୍ୟରୁ, ବାରଟି ଗଳ୍ପକୁ ନେଇ ମୋର ଏହି ଦ୍ୱିତୀୟ ଗଳ୍ପ ସଂକଳନ 'ଅର୍ଦ୍ଧସତ୍ୟର ଛାଇ'।

ଦୃଶ୍ୟ ପଛରେ ଯାହା ଲୁଚିଥାଏ, ସ୍ୱପ୍ନ ଓ ସ୍ମୃତିରେ ଯାହା ଉଚ୍ଚାରିତ ହୁଏ- ସେଇ ହେଉଛି 'ଅର୍ଦ୍ଧସତ୍ୟର ଛାଇ'।

ଯେମିତି ଏଥରେ ଥିବା 'କୋଇଲି' ଗପଟି କେବଳ ଗପ ନୁହେଁ, ଏହା ମୋ ପିଲାଦିନର ଅଭୁଲା ସ୍ମୃତି। ଆମସ୍କୁଲ, ସ୍କୁଲ ଫେରନ୍ତା ବାଟ, ବାଟରେ ପଡୁଥିବା ପୁରୁଣା ଡାକବଙ୍ଗଳା ଏବଂ ବଡ଼ଘର ଫାଟକ ବାହାରେ ହାତପାତି ବସିଥିବା ଗରିବ ଝିଅ।

ଇତି ମଧ୍ୟରେ ଦୀର୍ଘ ପଞ୍ଚତିରିଶ ବର୍ଷରୁ ଅଧିକ ସମୟ ବିତିସାରିଛି। ଅନେକ

କଥା ସ୍ମୃତି ସିଲଟରୁ ଲିଭି ଯାଇଥିବା ବେଳେ, କାହିଁକି କେଜାଣି ସେଇ ଦୃଶ୍ୟ ଗୁଡ଼ିକୁ ମୁଁ କେବେ ଭୁଲି ପାରିଲି ନାହିଁ ।

ଏ ସବୁର ଚିତ୍ର 'କୋଇଲି' ଗଳ୍ପରେ ଝଲସି ଉଠିଛି ।

ଜଙ୍ଗଲ ରାସ୍ତାରେ ଝିଅଟିଏ ଆଙ୍ଗୁଳାରେ ଆଙ୍ଗୁଲେ ସ୍ୱପ୍ନର ଫୁଲ ଧରି ବିଦେଶୀବାବୁଙ୍କ ବାଟକୁ ଚାହିଁ ବସିଛି । କଥାଦେଇ ଭୁଲି ଯାଇଛନ୍ତି ବାବୁ । ଚାଲି ଯାଇଛନ୍ତି ବହୁତ ଦୂର, ଆଉ ତାକୁ ଦିନେ ଭୁଲି ଯାଇଛନ୍ତି । ଅପେକ୍ଷାରତ କଅଁଳ ହାତରୁ ଖସି ପଡ଼ିଛି ସ୍ୱପ୍ନଫୁଲ । ବିଛାଡ଼ି ହୋଇ ପଡ଼ିଛି ରାସ୍ତା ସାରା ।

ଫୁଲ ସାଉଁଟୁ ସାଉଁଟୁ ଝିଅଟି ଚତୁଃପାର୍ଶ୍ୱର କୋଲାହଲ ଭିତରେ ନିଜକୁ ହଜାଇ ଦେଇଛି ନା' ନିଜେ ହଜିଯାଇଛି, ସେ କଥା କହିଛି ଗଳ୍ପ 'ରଣାନୁବନ୍ଧ' ।

ଏମିତି କିଛି ଅନ୍ତରଙ୍ଗ ଅନୁଭବ ଆଉ କିଛି ଶୁଣାକଥା ବା କୌଣସି ଘଟଣାର ଖିଅ ଧରି ଗଢ଼ା ଯାଇଥିବା ଗଳ୍ପଗୁଚ୍ଛକୁ ନେଇ ଏଇ 'ଅର୍ଦ୍ଧସତ୍ୟର ଛାଇ' ।

ବରିଷ୍ଠ ତଥା ମୋ ପ୍ରିୟ ସମ୍ମାନନୀୟ କଥାକାର ଶ୍ରୀ ତରୁଣକାନ୍ତି ମିଶ୍ର । ଅନେକ ବ୍ୟସ୍ତତା ଭିତରେ ଥାଇ ମଧ୍ୟ ସଂକଳନଟିକୁ ପଢ଼ି ନିଜର ମତାମତ ଲେଖିଦେବା, ମୋ ପାଇଁ ଅମୂଲ୍ୟ । ତାଙ୍କ ନିକଟରେ ମୁଁ କୃତଜ୍ଞ ।

ନିଷ୍ଠାର ସହିତ ପାଣ୍ଡୁଲିପିଟିକୁ ଆମୂଳଚୂଳ ପଢ଼ି, ତ୍ରୁଟି ସୁଧାରି ଦେଇଛନ୍ତି ବଡ଼ଭାଇତୁଲ୍ୟ ଶ୍ରୀ ଦୀପକ ମିଶ୍ର । ପୁସ୍ତକର ଏହି ଗୁରୁତ୍ୱପୂର୍ଣ୍ଣ ବିଭାଗଟିର ଦାୟିତ୍ୱ ବହନ କରିଥିବାରୁ ତାଙ୍କ ନିକଟରେ ମୁଁ ରଣୀ ।

ଗଳ୍ପସବୁକୁ ଚୟନ କରିବାରେ ଅକୁଣ୍ଠ ସହଯୋଗ କରିଥିବା କଥାକାର ଶ୍ରୀ ଅଜୟ ମହାଲାଙ୍କୁ ମୋର ଅଶେଷ ଧନ୍ୟବାଦ ।

ଉପନ୍ୟାସ ଅହଲ୍ୟା ଓ ପରଫ୍ୟୁମ୍ ପରେ 'ବ୍ଲାକ୍ ଇଗଲ ବୁକ୍ ପବ୍ଲିକେଶନସ୍' ଦ୍ୱାରା ପ୍ରକାଶ ପାଉଛି ଗଳ୍ପ ସଂକଳନ 'ଅର୍ଦ୍ଧସତ୍ୟର ଛାଇ' । ଏହାର ନିର୍ଦ୍ଦେଶକ ତଥା ପ୍ରକାଶକ ଶ୍ରୀ ସତ୍ୟ ପଟନାୟକଙ୍କୁ ମୋର ଆନ୍ତରିକ ଧନ୍ୟବାଦ ଜଣାଉଛି ।

ଆଶା କରୁଛି, 'ରେଡ୍‌ରୋଜ୍' ପରି 'ଅର୍ଦ୍ଧସତ୍ୟର ଛାଇ' ମଧ୍ୟ ପାଠକାଦୃତି ଲାଭ କରିବ ।

– ସ୍ୱର୍ଣ୍ଣଲତା ମହାପାତ୍ର

ସୂଚୀ

କୋଇଲି

“ତୋ ନାଁ କଣ ?”

“ମୋ ନାଁ କୋଇଲି ।”

“କଣ ? କୋଇଲି !”

ମୁଁ ମନେ ମନେ ହସିଲି, ଏଇଟା ଗୋଟେ କି ନାଁ ! ଟିକିଏ ଚତୁରତାର ସହ ପୁଣି ପ୍ରଶ୍ନ କଲି,

“କୋଉ କୋଇଲି ? ଏ ଆମ୍ବ ଗଛରେ ବସି କୁହୁ କରୁଥିବା କଳା ରଙ୍ଗର କୋଇଲି ପକ୍ଷୀ, ନା ଆମ୍ବଟାକୁଆ ଭିତରେ ଥିବା ଯେଉଁ ଧଳା ରଙ୍ଗର କୋଇଲି ?”

ସେ ପ୍ରଥମେ ପାଞ୍ଚ ମିନିଟ୍ ଯାଏ କିଛି ବୁଝି ପାରିଲାନି । ବୋକାଙ୍କ ପରି ଚାହିଁଲା । ତା’ ପରେ ମୁଣ୍ଡ ଉପରର ଘଞ୍ଚ ଆମ୍ବଗଛକୁ ଅନାଇଲା ଏବଂ ଗମ୍ଭୀରତାର ସହ ଉତ୍ତର ଦେଲା “ଆମ୍ବ ଭିତରେ ଥିବା ଧଳା ଅଂଶଟି, ସେଇ କୋଇଲି ।”

ଏଥର ମୁଁ ଠୋ ଠୋ କରି ହସିଲି । ଭାବିଲି କେମିତି ସିଏ ଭାବିଲା ଯେ, ସେଇ ଧଳା ଅଂଶଟି ତା’ ନିଜ ନାମ ପାଇଁ ଉପଯୁକ୍ତ ବୋଲି । ସେ ଯେ’ ଏକଦମ୍ କାଳୀ, ଆଉ ସେ ପକ୍ଷୀ କୋଇଲି ବି ହେଇ ପାରିବନି, କାରଣ ତା’ କଣ୍ଠ ଏତେ ମଧୁର ବି ନୁହେଁ । ମାନେ ସାମାନ୍ୟ ପୁଅପିଲା ପରି । ପ୍ରକୃତରେ ତା’ର ନାମ ହେବା କଥା ‘କୋଇଲା’ !

ଏକଥା ଭାବିବା ମାତ୍ରେ ହସଟା ମୋ ଆୟତ୍ତ ବାହାରକୁ ଚାଲିଗଲା ।

ହସି ହସି ପେଟ ଦରଜ ହେବା ପରେ ମୋର ଚେତା ପଶିଲା । ଅନୁଭବ କଲି ଯେ ଗୋଟିଏ ଷଷ୍ଠ ଶ୍ରେଣୀ ପାଠପଢ଼ା ଶିକ୍ଷିତ ପିଲା ଏମିତି ପରିହାସ କରି ଅନ୍ୟ ଉପରେ ଠୋ ଠୋ ହସିବା ଶିଷ୍ଟାଚାର ନୁହେଁ ।

ସେଦିନ କ୍ଲାସରେ ବିକ୍ରମ ମୋ କାନ ପାଖକୁ ମୁହଁ ଗୁଞ୍ଜି କହିଲା,

"ଜାଣିଛୁ, ମୁଁ ଜାଣିଗଲି ଏ ମିତାଲିର ଡାକ ନାଁ କଣ !"

"କଣ ?"

"ବେଙ୍ଗ, ତା' ଘରେ ତାକୁ ଡାକନ୍ତି ବେଙ୍ଗୁଲୀ ।"

ତା' ପରେ ସେ ଖିଁ ଖିଁ ହେବା ଆରମ୍ଭ କରିଥିଲା; ଭାବିଥିଲା, ମୁଁ ବି ତା' ସହ ଯୋଗ ଦେବି । ଦେଲିନି । ଭିତରେ ଚାପିଦେଲି । ସେ କହିଲା "ଶଳା ମାଇଚିଆ ।"

ବେଙ୍ଗ ନାଁ ଟା ଶୁଣି ମୁଁ ଯଦି ହସକୁ ରୋକି ପାରିଲି, କୋଇଲି ଶୁଣି ତୋ ତୋ ହସିଲି କାହିଁକି ? କାରଣ ସେ କୋଇଲି ବୋଲି ! କାରଣ ସେ କାହାକୁ କିଛି କୁହେନା ବୋଲି । କହିବା ତାକୁ ଜଣାନାହିଁ ।

ହଁ, ସେତେବେଳେ ମୁଁ ପଢୁଥିଲି ଷଷ୍ଠରେ ଏବଂ କୋଇଲିର ପାଠଘର ଶୂନ୍। ସେ ପାଖାପାଖି ମୋ ବୟସର ହେଲେ ବି ସ୍କୁଲ ହତା ମାଡ଼ି ନଥିଲା । ସେଇ ଥିଲା ତା' ସହିତ ମୋର ପ୍ରଥମ ଥର କଥାବାର୍ତ୍ତା । ଟିକେ ମିଶିଗଲା ପରେ ଆମେ ଅବଶ୍ୟ ବହୁତ କଥା ହେଇଥିଲୁ । ମୁଁ ତା' ପାଖରେ ମନଖୋଲି ସବୁ କିଛି କହିପାରେ ।

କିଏ ବି ଭାବିବ, ଗୋଟିଏ ଷଷ୍ଠ ଶ୍ରେଣୀ ପିଲାର ମନରେ ଏମିତି କି କଥା ଥାଏ ଯେ, ସେ ଖୋଲିକି କହିବ ବା ନ କହିବ ।

ଥାଏ ନା, ସ୍କୁଲ କଥା, ଘର କଥା, ପାଠ କଥା ଆଉ ଆମ ଶ୍ରେଣୀର ସେଇ ମିତାଲି କଥା, ଯାହାର ଡାକ ନାଁ ବେଙ୍ଗୁଲୀ । ସେ ଭଲ ପଢ଼େ, କ୍ଲାସର ମନିଟର୍। କିଏ ଟିକେ ପାଟି କଲେ କଳାପଟାରେ ନାଁ ଲେଖିଦେବ । ପରେ ସାର ଆସିଲେ କାନ ଧରାଇ ସିଧା ଚୌକି ଉପରେ ଛିଡ଼ା କରାଇବେ । ଲାଜ ଲାଗିବନି ! ବିକ୍ରମ ଠିକ୍ କୁହେ ଯେ, 'ଭାରି ଗର୍ବୀ ଝିଅ ସିଏ ।'

କ୍ଲାସ ରୁମରେ ତ ମୁହଁକୁ ବି ଅନେଇବନି, କିନ୍ତୁ ଛୁଟି ହେଲେ ତା' ବାପାଙ୍କ ସ୍କୁଟର ପଛରେ ବସି ଘରକୁ ଗଲା ବେଳକୁ କଣେଇ କଣେଇ ଅନେଇବ, ମୁରୁକି ହସିବ । କେବେ କେମିତି ବାଁ ହାତ ସାମାନ୍ୟ ହଲାଇ ଟା ଟା କରିବ, କିଏ ନଦେଖିବା ପରି । ଏ ଗୋପନ କଥାଟା ବି ମୁଁ କୋଇଲିକୁ କହିଦିଏ । ସେ ତା'ର ବୁଝୁ କି ନବୁଝୁ, କିନ୍ତୁ ଭାରି ମନଦେଇ ଶୁଣେ ।

ତା' ସହ ପ୍ରଥମ ଥର ଭେଟ ହେବାର ଅନୁଭୂତି ବି ଥିଲା ନିଆରା ।

ବାପାଙ୍କ ବଦଲି ଯୋଗୁଁ ଆମେ ଟାଙ୍ଗୀ ଅଞ୍ଚଳରେ ଘରଭଡ଼ା ନେଇ ରହିଲୁ । ପୁରୁଣା ସ୍କୁଲ, ସାଙ୍ଗସାଥି, ଖେଳକୁଦ, କାହା ପାଚେରୀ ଉପରେ ଚଢ଼ି ପିଜୁଳି, କରମଙ୍ଗା

ତୋଳିବାର ମଜାକୁ ମୁଁ ମନେ ପକାଏ, ଦୁଃଖ ଲାଗେ। ଅନେକ ସମୟ ମୋର ଏକାନ୍ତରେ କଟିଯାଏ।

ପଣ୍ଡିତ ରଘୁନାଥ ଏମ୍ ଇ ସ୍କୁଲଟି ଆମ ଘର ଠାରୁ ଅଛ କିଛି ଦୂର। ଆମେ ଚାଲି ଚାଲି ଯାଉ। ବାଟରେ ପଡ଼େ ଏକ ଜରାଜର୍ଣ୍ଣ ଡାକବଙ୍ଗଲା। ପୁରୁଣାକାଳିଆ ଶୈଳୀରେ ତିଆରି ପାଚେରି, ପ୍ରତି ପଥର ଯୋଡ଼େଇ ମଧ୍ୟରେ କିଛି କିଛି ରିକ୍ତ ସ୍ଥାନ ଥାଏ। ଯାହା ମଝିରେ ଛୋଟ ପିଲାଟିଏ ମୁଣ୍ଡ ଗଳାଇ ଆରାମରେ ଆରପାଖକୁ ପାରି ହୋଇଯିବ। ଡାକବଙ୍ଗଲାର ହତା ଭିତର ଦେଇ ଗଲେ ଆମର ବାଟ ଟିକିଏ କମିଯାଏ। ତେଣୁ ସେଠିକାର ଜଗୁଆଳି ମଉସାଙ୍କ ପାଖରୁ ତା ଭିତର ଦେଇ ଯିବା ଆସିବାର ଅନୁମତି ପ୍ରାପ୍ତ କରିଥାଉ। କିନ୍ତୁ ପରିସରରେ ଥିବା ଫଳନ୍ତି ଆମ୍ବ ଓ ପାଚିଲା ବରକୋଲିକୁ ସେ ଠେଙ୍ଗା ଧରି ଜଗି ରୁହନ୍ତି।

ଦିନେ କାନ୍ଧରେ ବସ୍ତାନି ଗଳାଇ, ଗଲି ରାସ୍ତା ଦେଇ ଏକୁଟିଆ ଫେରୁଛି, ଅଧା ବାଟରେ ଝିପ୍ ଝିପ୍ ବର୍ଷା ଆରମ୍ଭ ହୋଇଗଲା। ମୁଁ ଗଲିର ଶେଷ ମୁଣ୍ଡକୁ ଦୌଡ଼ିଗଲି ଓ ଗୋଟିଏ ଗଛ ମୂଳେ ଆଶ୍ରୟ ନେଲି। ମୋ ସାମ୍ନାରେ ଧଳା ରଙ୍ଗର ଏକ ସୁନ୍ଦର ପ୍ରାସାଦ। ବିରାଟ ହତା, ଏତେ ବଡ଼ ଲୁହାର ଫାଟକ। ଏପଟୁ ଦିଶେ ଭିତର ବଗିଚା। ଏତେ ଛୋଟ ଛୋଟ ବାମନ ଗଛମାନଙ୍କରେ ବଡ଼ ବଡ଼ ପିଜୁଳି। କରମଙ୍ଗା, ଜାମୁରୋଲ, ବାପରେ କି ଗଦା ଗଦା କଅଁା ଆମ୍ବ। ହାତ ପାଇଯାଆନ୍ତା ଯେ, କିନ୍ତୁ କେହି ଛୁଆ ପାଚେରି ଉପରେ ଚଢ଼ିବାକୁ ସାହସ କରନ୍ତି ନାହିଁ। କାରଣ ତାଙ୍କର ଗୋଟେ ରାଗୀ ଓ ପେଟୁ ଦରୁଆନ ଥାଏ। ବିକ୍ରମ କେଉଁଠୁ ଶୁଣିଥିଲା ଯେ ତାଙ୍କ ଘରେ ଗୋଟିଏ ବଡ଼ ବିଦେଶୀ କୁକୁର ଅଛି। ଖଟରେ ଶୁଏ। ମଝିରେ ମଝିରେ ବଗିଚାରେ ବୁଲେ। ତାଙ୍କର ଗୋଟିଏ ଲମ୍ବା ବନ୍ଧୁକ ବି ଅଛି। ବୈଠକ ଘର କାନ୍ଥରେ ଝୁଲେ।

ଥାଉ, ମୋର କ'ଣ ଗଲା? ମୁଁ ତ ଜାଣେ, ବଡ଼ଲୋକ ମାନେ ଭାରି କଞ୍ଜୁସ।

ମୁଁ ବି ବଡ଼ ହେଇ ଚାକିରି କଲେ, ଏମିତି ଗୋଟେ ବିରାଟ ଘର ତୋଳିବି, ଉଚ ପାଚେରି ବୁଲେଇବି। ବାମନ ଆମ୍ବ ଗଛ ଲଗେଇବି ଯେ, ଗଦା ଗଦା ଫଳିବ।

ସେ ଘରକୁ ଦେଖି ମୋର ମନେ ପଡ଼ିଲା। ପୂର୍ବ ରାତିରେ ୟାଙ୍କର ବୋଧେ ଭୋଜି ଫୋଜି ହେଇଥିଲା କି କଣ, ଲିଟୁ ଲାଇଟ୍ ଜଳୁଥିଲା ଓ ଲୋକ ଗହଲି ବି ଥିଲା। କାଲି ରାତିରେ ବାପାଙ୍କ ସହ ସାଇକେଲରେ ବସି ଟିଉସନରୁ ଫେରିବା ବେଳେ, ଅନେଇ ଅନେଇ ଯାଉଥିଲି।

ସେଇଠି ପ୍ରଥମ ଥର ଦେଖିଲି ତାକୁ। ତାଙ୍କରି ଗେଟ୍ ବାହାରେ ଓଦା ସରସର ପୋଷାକରେ ଗୋଟିଏ ଛୋଟ ଛୁଆକୁ ଧରି ବସିଥିଲା।

ପେଟା ଦରୁଆନ ଛତାଟେ ଧରି ଭିତରୁ ବାହାରି ଆସିଲା। ଗେଟ୍ ଖୋଲିଲା ନାହିଁ। ଫାଙ୍କରେ ହାତ ଗଲାଇ ଜରି ପୁଡ଼ିଆଟିଏ ଧରାଇ ଦେଇ କହିଲା,

"ନେ, ଯାହା ବଳିଥିଲା ସବୁ ପୂରେଇ ଦେଇଛି। ଘରକୁ ଯାଇ ଦୁଇ ଭଉଣୀ ତୁରନ୍ତ ଖାଇଦେବ, କାଲିରୁ ହେଲାଣି, ବେଶୀ ଡେରି ହେଲେ ବାସି ହେଇଯିବ।"

ପୁଡ଼ିଆଟି ଜାମା ଭିତରେ ଜାକିଧରି, ସେ ଉଠି ପଡ଼ିଲା। ସେଇଟିକୁ ଟାଣିବା ପାଇଁ ଛୋଟ ଛୁଆଟି ବାରବାର ହାତ ବଢ଼ାଉ ଥିଲା। କ'ଣ ଥିବ ତା' ଭିତରେ! କାଲି ରାତିର ଭୋଜିଭାତ!

ମତେ ଖୁବ୍ ବିରକ୍ତିର ମନେହେଲା। ଏମାନେ ବାସି ଭୋଜି ଖାଇବାକୁ ହାତ ପତାନ୍ତି କାହିଁକି! ଏଇମାନଙ୍କର ମାଗିଖିଆ ପ୍ରକୃତି ପାଇଁ ଧନୀ ଲୋକଙ୍କର ଗର୍ବ ବଢ଼େ। ଧେତ, ମୁହଁ ବୁଲାଇ ପଲାଇ ଆସିଲି।

କିଛିଦିନ ପରେ ପୁଣି ତାକୁ ଦେଖିଲି। ରାସ୍ତାର ଠିକ୍ ମଝାମଝି ସର୍ବସାଧାରଣ ସ୍ଥାନରେ, ଗୋଟିଏ ଝଙ୍କାଳିଆ ଆମ୍ବଗଛ ପଡ଼େ। ସେଇଠି ସେ ଛୋଟ ହୀଅଟିକୁ ଧରି ଖେଳୁଥାଏ। ଦିହେଁଯାକ ଭାରି ଅସନା ଓ ଧୂଳିଧୂସର।

ସ୍କୁଲରୁ ଫେରିବା ବେଳେ କେବେ କେମିତି ତଲେ ବସ୍ତାନି ରଖି ଗଛକୁ ଟେକା ମାରେ, ଖୁବ୍ ଜୋରରେ। କିନ୍ତୁ ଆମ୍ବ ପର୍ଯ୍ୟନ୍ତ ଟେକା ପହଞ୍ଚେନା।

ବେଲେବେଲେ ଲାଗେ ସିଏ ମତେ ନିଶ୍ଚୟ ପଛରୁ ଲକ୍ଷ୍ୟ କରୁଛି, ଆମ୍ବ ଝଡ଼ିଲା ମାନେ ତଲୁ ଗୋଟାଇ ଧରି ଦୌଡ଼ିବ। ମୁଁ ସତର୍କ ହୁଏ।

ଦିନେ ହଠାତ୍ ପଛକୁ ବୁଲି ଚାହିଁଲା ବେଳକୁ ସତକୁ ସତ ସିଏ ହେଁ ହେଁ ହୋଇ ହସୁଛି। ମୋ ରାଗ ତ ଚିଡ଼ିଗଲା ଆଉ। ଖୁବ୍ ଜୋରରେ ପାଟି କଲି

"ଏଇ ମତେ ଦେଖି ହସୁଛୁ କ'ଣ, ଦେଖିବୁ ଏଇନା"।

ମୋ ପାଟି ଶୁଣି, ଛୋଟ ଛୁଆଟିକୁ କାଖେଇ ଏକାଥରେ ଦୌଡ଼ିଛି।

"ପଲେଇଲା ତ, ଠିକ୍ ଅଛି, ଦିନେ ଏ ଟେକାଟା ମାରିକି ତା' ମୁଣ୍ଡ କଣା କରି ଦେବି, ସେତେବେଲେ ଜାଣିବ ମୁଁ କିଏ।"

ଦିନେ ସୁଯୋଗ ମିଲିଗଲା। କିନ୍ତୁ ଟେକା ଉଠାଇବା ଆଗରୁ ସେ ଖସି ଯିବାକୁ ଚେଷ୍ଟା କଲା। ମୁଁ ଧାଇଁ ଯାଇ ଆଗ ତା ହାତକୁ ଧରି ପକାଇଲି।

ନାଲିଆଖି ଦେଖାଇ ପଚାରିଲି,

"ଏଇ, ତୁ କାହିଁକି ସବୁଦିନ ଏଠି ହିଁ ବୁଲାବୁଲି କରୁ? ମୁଁ ଆମ୍ଭ ପାରିଲେ ଧରିକି ଧାଇଁବୁ ବୋଲି! ତୁମମାନଙ୍କୁ ମୁଁ ଠିକ୍ ଜାଣେ। ଆଗ କହ ସେଦିନ ମତେ ଦେଖି କାହିଁକି ହସୁଥିଲୁ। ନକହିଲା ଯାଏ ଆଜି ଛାଡ଼ିବି ନାହିଁ।"

ସେ ଡରିଗଲା। ଥରଥର କଣ୍ଠରେ ଉତ୍ତର ଦେଲା,

"ତମେ କେମିତି ଏତେ ଟେକା ମାରିକି ବି ଗୋଟିଏ ଆମ୍ଭ ଖସାଇ ପାରନି, ସେଯ଼ା ଦେଖି ହସିଥିଲି।"

"ତୁ ନହେଲେ ଭାରି ଖସେଇ ଦେବୁ! ନାଇଁ?"

ମୋର ତ ବ୍ରହ୍ମ ଜଳିଗଲା। ତା ହାତକୁ ଧରି କହୁଣି ପାଖରୁ ସିଧା ମୋଡ଼ି ଦେଲି।

ସେ 'ଆଃ' କହି ମୋ ହାତ ଛାଟି ଦୌଡ଼ି ପଲାଇବାକୁ ଚେଷ୍ଟା କଲା ତ ଝୁଣ୍ଟିକି ତଳେ ପଡ଼ିଲା। ଆଣ୍ଠୁ ଛିଣ୍ଡି ରକ୍ତ ବାହାରି ଗଲା। ତା'ପରେ ସିଏ କାନ୍ଦ ଆରମ୍ଭ କରି ଦେଲା।

ଏଥର ମୁଁ ଡରିଗଲି। ସେ ତା'ର ଆପେ ପଡ଼ିଛି, ମୁଁ ଠେଲିନି। ସେ କ'ଣ କାନ୍ଦିଲାଣି! ଯଦି ଯ଼ା ବାପା ଆମ ଘରକୁ ଯାଇ ମୋ ନାମରେ ଅଭିଯୋଗ କରିବେ! ବୋଉ ତ ଯାହା ଛେଚିବ, ବାପା ବି ଏପଟେ ଯିବାକୁ ମନା କରିଦେବେ। ବୁଲିକି ଗଲେ ବହୁତ ବାଟ, ବାଟରେ ବି ଗଛଫଛ କିଛି ନାହିଁ। ଧୂ ଧୂ ଖରା।

ମୁଁ ନିରବରେ ଛିଡ଼ା ହେଲି। ଦେଖିଲି ସେ ଧୀରେ ଧୀରେ କାନ୍ଦ ବନ୍ଦ କରି ଆଖି ପୋଛୁଚି। ଘା' ଜାଗାରୁ ଧୂଳି ଝାଡ଼ି ପାଟିରୁ ଛେପ କାଢ଼ି ସେଇଠି ମାରୁଛି। ଇଁହଁ..ମତେ ଆହୁରି ଅସନା ଲାଗିଲା।

ହେଲେ ବି ମୁଁ ବସ୍ତାନିରୁ ମୋ ନିଜ ୱାଟର ବୋତଲ ବାହାର କରି ଉପରୁ ପାଣି ଢାଲିଲି। ସେ ବି ଚୁପଚାପ୍ ଘା' ଧୋଇଲା। ତା'ପରେ ଭାବିଲି ତା' ସହ ଟିକିଏ କଥା ହେଇଗଲେ ଭଲ ହେବ।

ସେଇ ଦିନ ହିଁ ତାର ନାମ ପଚାରି ଥିଲି। ସେ କହିଥିଲା 'କୋଇଲି'। ବହେ ହସିଲା ପରେ ମୋର ହୃଦବୋଧ ହେଇଥିଲା କି, କାହା କଷ୍ଟ ସମୟରେ ଏମିତି ହସିବା ଭଲ ପିଲାର ଲକ୍ଷଣ ନୁହେଁ।

ପ୍ରତିଦିନ ମୁଁ ସେପଟେ ଯାଏ। ସେ ଆଉ ହସେନା, କି ଦୌଡ଼ି ପଲାଏନା। ତାକୁ ପାଖକୁ ଡାକି ସବୁ କଥା ପଚାରିଥିଲି ଦିନେ।

ସେ କହିଲା ବଡ଼ଘରର ଗେଟ୍ ପାଖରେ ସେ ନିଜେ ଯାଇ ବସି ନଥିଲା।

ତାଙ୍କୁ ଡାକିଥିଲେ । ପୂର୍ବରାତିରେ ତାଙ୍କ ମାଳୀ ମଉସା ତା' ବୋଉକୁ ଗେଟ୍ ପାଖକୁ ଡାକି କହିଥିଲେ ଯେ, ତାଙ୍କୁ ପିଲାଟିଏ ଦରକାର ଥିଲା । ବାବୁଙ୍କ ଘରେ ରାତିରେ ଛୋଟିଆ ଭୋଜିଟିଏ ଅଛି । ପ୍ଲେଟ୍ ପତ୍ର ଟିକିଏ ଧୁଆଧୁଇ କରିଦେବ । ଅଛ କାମ । ତା' ବୋଉ କହିଥିଲା,

"ଡାକୁଛନ୍ତି ଯେତେବେଳେ ଯା । ବଡ଼ଲୋକ ସାହାଯ୍ୟ ମାଗିଲେଣି, ଆଉ କଣ ମନା କରିବା !"

ଭୋଜିରେ କେତେ ରକମର ଜିନିଷ ହେଇଥିଲା, କି ବାସ ଚହଟୁ ଥାଏ । ସେଥିରୁ କେତେ ଖାଦ୍ୟର ନାମ ବି ସେ ଜାଣେନା ।

ମାଳୀ ମଉସା କହିଥିଲେ,

"ବଡ଼ ବଡ଼ିଆଙ୍କ ଭୋଜି, ପ୍ଲେଟ୍ ସିଷ୍ଟମ୍ । ମାପରେ ହେଇଛି । ମୁଁ ହାତ ପୂରାଇ ତତେ ଦେଇପାରିବି ନାହିଁ । ନେ, ଏଇ କୋଡ଼ିଏ ଟଙ୍କା । ବୋଉକୁ ଦେବୁ । ତୁ ସକାଳୁ ଆସିବୁ, ପୁରିଫୁରି ଯାହା ବଳିଥିବ ତୋ ପାଇଁ ବାନ୍ଧି ଦେଇଥିବି ।"

ପୁରି ତାକୁ ବହୁତ ଭଲ ଲାଗେ, କିନ୍ତୁ ନିଜ ପାଇଁ ନୁହେଁ, ତା' ଛୁଆ ଭଉଣୀ 'ନାନ୍ତୀ' ଟିକିଏ ଖାଇବ ବୋଲି ଜିଦି କଲାରୁ, ସେ ଯାଇଥିଲା । ତା' ବୋଲି ସେ ଲୋଭୀ ନୁହେଁ । ତାଙ୍କର ମାଗିଖୁଆ ପ୍ରକୃତି ନାହିଁ ।

ସେ ସ୍କୁଲ ଯାଏନା, କାରଣ ତାଙ୍କର ପଇସା ନାହିଁ । ତା'ର ବେଳ ବି ନାହିଁ, କାରଣ ସେ ନାନ୍ତୀକୁ ଜଗେ ।

ନାନ୍ତୀ ତା' ସାନ ଭଉଣୀ ଜନ୍ମରୁ ରୋଗିଣୀ, ଯେତେ ଗିଲିଲେ ବି ସେମିତି କାଠି ଭଳିଆ ହେଇକି ଥିବ । ତା ବୋଉ କହେ "ମୁଁ ନଥିଲା ବେଳେ ତୁ ହେଉଛୁ ତା' ବୋଉ ।"

ତା' ବାପା, ବୋଉ ଦୁହେଁ କାମକୁ ପଳାନ୍ତି । ସେଇ ଯେଉଁ ରେଲ ଫାଟକ 'ପୁନମାଗେଟ୍', ହଁ ସେଇ ପାଖରେ ଛୋଟ କୋଇଲା କମ୍ପାନି ଅଛି । ସେଠି କାମ କରନ୍ତି । ରାତିରେ ଘରକୁ ଫେରିଲା ବେଳେ, ବୋଉ ଜରିରେ ଗଣ୍ଡେଲେଖେ କୋଇଲା ପୁରାଇ ଆଣିଥାଏ । ସେ ତ ଥକି ଯାଇ ଥାଏ । ଇଏ ଆଞ୍ଜ ଲଗାଇ ଭାତହାଣ୍ଡି ବସାଏ । ତାକୁ ଭଲ ରାନ୍ଧି ଆସେ । ଭାତ, ଶଜନାଶାଗ ଭଜା ।

ସେଇ କୋଇଲା ଚୁଲିରେ ରନ୍ଧାବଢ଼ା କରିବା ଦ୍ୱାରା ତା' ରଙ୍ଗ ଟିକିଏ ଫିକା ପଡ଼ିଯାଇଛି । ସେ ପୁରା ଘରଟା ସମ୍ଭାଳେ । ଘର ବୋଇଲେ ଝୁମ୍ପୁଡ଼ି ଘର । ହେଇଇ.. ସେଇଠି । ମତେ ଇସାରା କରି ଦେଖାଇ ଦେଲା । ଆମ୍ବଗଛ ପାଖରୁ ଖଣ୍ଡେ ଦୂର ।

ତା'ଉତ୍ତର ଶୁଣି, ଗୋଟି ଗୋଟି କରି ପଚାରି ଥିବା ସବୁ ପ୍ରଶ୍ନ ପାଇଁ ଲଜ୍ଜିତ ହୋଇଥିଲି। ପରେ ପରେ ସେ ଆଉ ମତେ ଅପ୍ସରା ଲାଗିଲା ନାହିଁ। ତା' ସ୍ୱର ପୁଅପିଲା ପରି ଶୁଭିଲା ନାହିଁ।

କେତେବେଳେ ସେ ମୋ ଏକଲାପଣକୁ ଦୂର କରି ନେଇଥିଲା, ଜଣାପଡ଼ିଲା ନାହିଁ।

ଏଥର ଆମ୍ବଗଛ ମୂଳେ ଆମେ ତିନିହେଁ ସାଙ୍ଗ ହୋଇ ଖେଳୁ। ମୁଁ ସବୁକଥା ତା' ଆଗରେ କୁହେ। ମୋ ଟିଫିନ୍‌ରେ ବଳିଥିବା ଜଳଖିଆ, ଚୂଡ଼ାଭଜା ହେଉ କି ସିମେଇ ସୁଜି ଯାହା ନେଇଥାଏ, ନଖାଇପାରିଲେ ତା' ପାଇଁ ରଖିଦିଏ। ଏତିକି ଟିକେ ହେଲେ ବି ସେଥିରୁ ନାନ୍ଟିକୁ ଟିକିଏ ନିଶ୍ଚୟ ଖୁଆଇବ।

କୌଣସି ବାରବ୍ରତରେ ମୋ ବୋଉ ଯଦି ସୁଜି ପୁରି କରିଥାଏ, ଯେଉଁଟା ମତେ ବି ବହୁତ ପସନ୍ଦ, ଦି'ଖଣ୍ଡ ଅଧିକ ନେଇଥାଏ। ସେ ବହୁତ ଖୁସି ହୋଇ ଖାଏ।

ସେ ମତେ ଖାଲି ଟିଫିନ୍ କେବେହେଲେ ଫେରାଏ ନାହିଁ। ଗଛରେ ଚଢ଼ି ତୋଳି ରଖିଥିବା ଡେଙ୍ଗଲଗା ସୁନ୍ଦର ସୁନ୍ଦର ଆମ୍ବ କେତୋଟି ମୋ ଅଜାଣତରେ ପୂରାଇ ଦେଇଥିବ, ମୁଁ ଘରେ ଯାଇ ଟିଫିନ୍ ଖୋଲିବା ବେଳେ ଦେଖେ। ଖରାଦିନେ ଆମ୍ବନସିର ପଖାଳ ସାଙ୍ଗକୁ ଆମ୍ବ ଚଟଣୀ, ଆହାଃ! କି ସୁଆଦ।

ମତେ ସିଏ ବହୁତ ଭଲ ଲାଗେ।

ଯେତେବେଳେ ସେ ନାନ୍ଟିର ନାକ ନିଜ ଫ୍ରକରେ ପୋଛି ଦିଏ,ତା ଜାମାର ଛିଣ୍ଡି ଯାଇଥିବା ବୋତାମ ଜାଗାରେ ସେଫ୍ଟିପିନ୍ ଗୁନ୍ଥି ଦିଏ ବା ତା' ଆଖିରୁ ଲୁହ ପୋଛି ତା' ଗାଲରେ ଚୁମା ଖାଏ, ମତେ ସତରେ ଲାଗେ ସେ ତାର ବୋଉ।

ମୋ ଜୋତାରେ ବି ଯଦି କେବେ କାଦୁଅ ଫାଦୁଅ କି ଗୋବର ଲାଗିଥିବ, ସେ ତାର ଆମ୍ବ ପତ୍ର ଆଣି ପୋଛି ପକାଇବ। ତାକୁ ଅସନା ବି ଲାଗେନି।

ମୁଁ ଘରକୁ ବାହାରିଲେ ବସ୍ତାନି ଟେକିଆଣି ମୋ କାନ୍ଧରେ ଗଲାଇ ଦେବ ଓ ମୋ ଆକାଶୀ ରଙ୍ଗର ହାଫ ପ୍ୟାଣ୍ଟ ପଛରୁ ଧୂଳି ଝାଡ଼ିଦେବ। ସେତେବେଳେ ସିଏ ମୋ ଠାରୁ ବଡ଼ ପରି ଲାଗେ। ଯେମିତି ବଡ଼ ଭଉଣୀ।

ମୁଁ ଯେବେ ମିତାଲି କଥା କହେ ଓ ସେ ମନଦେଇ ଶୁଣେ, ସେତେବେଳେ ଲାଗେ ସେ ମୋର ସାଙ୍ଗ। ଆଉ ଯେବେ ପାଠ କଥା ଶୁଣି ବୋକାଙ୍କ ପରି ଚାହିଁ ରହେ, ସେତେବେଳେ ଲାଗେ ମୁଁ ତା' ସାର୍ ଆଉ ସେ ମୋ ଛାତ୍ରୀ।

ମୁଁ ଭାବେ, ଏବେ ସିନା ମୁଁ ସାନ ଅଛି, ପାରିବିନି, କିନ୍ତୁ ବଡ଼ ହେଲେ ମୁଁ ଯା

ପାଇଁ ନିର୍ଦ୍ଦିଷ୍ଟ କିଛି ଗୋଟେ କରିବି । ସେ ଆଉ ଗରିବ ହୋଇ ରହିବ ନାହିଁ । ଦୁଃଖରେ ରହିବ ନାହିଁ ।

ସେ କିନ୍ତୁ ଥାଏ ସବୁବେଳେ ଖୁସି । ସବୁ କଥାରେ ହସିଦିଏ । ତା' ପାଖରେ ଯେମିତି କୌଣସି ଅଭାବ ନାହିଁ, ଦୁଃଖ ନାହିଁ, କିଛି ପାଇଁ ତା'ର ଅଭିଯୋଗ ନାହିଁ ।

ଆମ ରହଣିର ତିନିବର୍ଷ ଭିତରେ ମତେ ଲାଗୁଥିଲା ସେ ଯେପରି ମୋ ଠାରୁ ଜଲ୍‌ଦି ଜଲ୍‌ଦି ବଡ଼ ହୋଇ ଯାଉଛି । ମୁଁ ପାଠ ପଢ଼ୁଆ ଶିକ୍ଷିତ ହୋଇ ଯାହା ଜାଣି ପାରୁନାହିଁ, ସେ ଅପାଠୁଆ ହୋଇ କେମିତି ଜାଣି ଯାଉଛି ! କହିବ,

"କାହା ଉପରେ ରାଗ କରିବା ଭଲ ନୁହେଁ, ଲୋଭ କରିବା ଭଲ ନୁହେଁ । ଠାକୁର ଆମ ପାଇଁ ଯାହା ଲେଖିଛନ୍ତି, ତାହା ଆମେ ମାନିନେଲେ ଶାନ୍ତିରେ ରହିବା ।"

"ଠାକୁର କ'ଣ ଆମ ପାଇଁ ଲେଖିବେ ମ ? ଆମକୁ ପରିଶ୍ରମ କରିବାକୁ ପଡ଼ିବନା !" ଆଉ ସେ ଶାନ୍ତିଫାନ୍ତି କଥା ମୁଁ ବୁଝେନା । ସେ ତା'ର କ'ଣ ବୁଝିକି ଗପେ କେଜାଣି !

ସେତେବେଳେ ଥିଲା ମୋର ଚପଲ ବୟସ । ପିଲା ବୁଦ୍ଧି । ତିନିବର୍ଷ ପରେ ଆମେ ଘର ଛାଡ଼ି ଦେଇଥିଲୁ ।

ଅନେକ ଦିନ ଯାଏ କୋଇଲି କଥା ଭାବିଥିଲି, ଆମ ଖେଳ,ଗପସପ, କଞ୍ଚାଆମ୍ବର ସ୍ୱାଦ ସବୁ ମନେ ପଡ଼ିଥିଲା । ପାଠ ପଢ଼ା ଭିତରେ ପୁଣି ସବୁକିଛି ଆପେ ଆପେ ଭୁଲି ଯାଇଥିଲି ।

ସ୍କୁଲ୍ ଜୀବନ ସାରି କଲେଜ୍ । ବାହାରେ ରହି ଇଞ୍ଜିନିୟରିଂ ଶେଷ କଲି । ଚାକିରି କଲି, ବାହାସାହା ହୋଇ ସଂସାର କଲି । ଜୀବନ ଚାଲିଲା ଖୁବ୍ ଦ୍ରୁତ ଗତିରେ । ଜଞ୍ଜାଳ ଭିତରେ ଫୁର୍ସତ୍ ମିଳେ ନାହିଁ ।

ବର୍ତ୍ତମାନ ମୁଁ ପୂର୍ତ୍ତ ବିଭାଗର ଜଣେ ଉଚ୍ଚପଦସ୍ଥ ଅଧିକାରୀ । ଖୁବ୍ ବ୍ୟସ୍ତ ମଣିଷ । ଦଶ ମିନିଟ୍ ସମୟ ବି ମୋ ପାଇଁ ବହୁତ ମୂଲ୍ୟବାନ୍ ।

ପୁଣି ଥରେ ଏଇ ସ୍ଥାନକୁ ଆସିବା ମୋ କପାଳରେ ଯେ ଲେଖା ଅଛି, କେବେ ଭାବି ନଥିଲି ! ଏ ସହରର ସଡ଼କ ପ୍ରଶସ୍ତୀକରଣ ଦାୟିତ୍ୱ ଏବେ ମୋ ଉପରେ । ଯେଉଁ ପଟେ ରାସ୍ତା ଯିବ, ସେ ସବୁ ଖାଲି କରିବାର ନିର୍ଦ୍ଦେଶ ମୁଁ ନିଜେ ଦେଇଥିଲି । ଶେଷ ପର୍ଯ୍ୟାୟ ତଦାରଖ କରିବାକୁ ମୋର ଏହା ଦୁଇ ଦିନିଆ ଗସ୍ତ । ଆସନ୍ତା କାଲି ଉଚ୍ଛେଦର ଶେଷ ଦିନ । ଖବର ପାଇଥିଲି ରାସ୍ତା ମଝିରେ ପଡ଼ୁଛି ଏକ ବହୁ ପୁରୁଣା ବିଶାଳ ଆମ୍ବଗଛ । କାଟିବାକୁ ପଡ଼ିବ । ଯାହାକୁ ନେଇ, ଜନ ଅସନ୍ତୋଷ ।

ପୁରୁଣା ଆମ୍ବଗଛ ସହ ଅନେକ ଲୋକଙ୍କର ଭାବଗତ ସମ୍ପର୍କ । ଆଖପାଖରେ ଲୋକେ ଛୋଟ ମୋଟ ଦୋକାନ ବି କରିଛନ୍ତି । ପେଟପାଟଣା କଥା ।

ସେମାନେ ପ୍ରତିବାଦ କରୁଛନ୍ତି, ହେଲେ ସରକାରଙ୍କ ପାଖରେ ବିକଳ୍ପ ନାହିଁ । ଗଛଟା ଠିକ୍ ସଡ଼କ ମଝିରେ ହିଁ ପଡ଼ୁଛି । କାମରେ ବାଧା ଆସୁଛି ।

'ସରକାରଙ୍କ ଉନ୍ନତିମୂଳକ କାର୍ଯ୍ୟରେ ସମସ୍ତେ ସହଯୋଗ କରିବା ଉଚିତ । ଏ ରାସ୍ତା ଯାଇ ମିଶିବ ସିଧା ରାଜରାସ୍ତାରେ, ସେଠାରେ ସମସ୍ତଙ୍କର ଲାଭ ହେବ ।' ମୁଁ ପୂରା ପ୍ରସ୍ତୁତ ଥିଲି, ଦରକାର ହେଲେ ଏ ଭାଷଣ ଦେବି । ଦରକାର ହେଲା ନାହିଁ ।

ବୈଶାଖ ମାସର ଧୂ ଧୂ ଖରା । ଗେଷ୍ଟହାଉସ୍‌ରୁ ବାହାରିଲା ମୋ ଗାଡ଼ି । ପହଞ୍ଚିଲା ବେଳକୁ ଜେସିବି ତା' କାମ ସାରିଦେଇଥିଲା । ଦୋକାନ ବଜାର ସବୁ ସଫା । ଗଛବୃଛ କିଛି ନାହିଁ । କେଉଁଠି ଟିକିଏ ହେଲେ ବି ସବୁଜିମା ବାକି ନଥିଲା । ବିଶାଳ ଆମ୍ବ ଗଛର ଖଣ୍ଡ ଖଣ୍ଡ ଗଣ୍ଡି ବି ଟ୍ରକ ଡାଲାରେ ଲଦା ହେଉଥିଲା ।

ଗାଡ଼ିରୁ ଓହ୍ଲାଇ ଚତୁର୍ଦିଗକୁ ଚାହିଁଲି । ତଳ ଅଧିକାରୀ ମାନେ ମତେ ଦେଖ ସଚେତନ ହେଲେ, ଅଭିବାଦନ ଜଣାଇ ପୁଣି ଯିଏ ଯାହା କାମରେ ମନ ଦେଲେ । ମତେ କେମିତି କେମିତି ଲାଗିଲା ।

ଏଇ ତ ବୋଧହୁଏ ସେଇ ରାସ୍ତା, ଏଇଠି ଥିଲା ସେଇ ଆମ୍ବଗଛ ! କାୟା କେତେ ବଦଳି ଯାଇଛି ସତ, କିନ୍ତୁ ପୁରୁଣା ଛବି ମନରୁ ଲିଭିନି ।

ଏ ତ ମୋ ସ୍କୁଲ ଫେରନ୍ତା ବାଟ ଥିଲା । ମ୍ୟାପ୍ ଦେଖ ଯଦିଓ ଅନୁମାନ କରୁଥିଲି କିନ୍ତୁ ଅଳ୍ପ ସମୟ ଭିତରେ ଭୁଲି ଯାଇଥିଲି । ଏଠାରେ ପ୍ରତ୍ୟକ୍ଷ ପହଞ୍ଚ, ଯେଉଁ ଭାବ ଜାଗ୍ରତ ହେଉଛି, ତାହା ମୋ ବର୍ଣ୍ଣନା ବାହାରେ ।

ବାଲ୍ୟ ଜୀବନର ଯେଉଁ ସୁମଧୁର ମୁହୂର୍ତ୍ତ କେତୋଟି କଟି ଥିଲା, ତା'ର ମୂକସାକ୍ଷୀ ଥିଲା ସେଇ ବିଶାଳ ଦ୍ରୁମ । ଯାହା ଆଜି ଧରାଶାୟୀ । ପ୍ରଶସ୍ତ ସଡ଼କ ପାଇଁ, ଫୁଙ୍କୁଲା ଛାତି ପ୍ରସାରି ଦେଇଛି ଶୁଖିଲା ଭୂଇଁ ।

ଉତ୍ତପ୍ତ ଭୂଇଁକୁ ମୁଣ୍ଡ ଫଟା ଖରା । କଟା ଆମ୍ବଗଛ ପାଖରୁ ଅନ୍ୟମନସ୍କ ଭାବେ ମୁଁ ଟିକେ ଆଗକୁ ଚାଲିବାକୁ ଆରମ୍ଭ କଲି । ମୋ ଡ୍ରାଇଭର୍ ଛତାଟିଏ ଧରି ମୋ ପାଖକୁ ଧାଇଁ ଆସିଲା । ଛତା ଦେଖାଇ ମୋ ସହ ଚାଲିଲା । ତା' ହାତରୁ ଛତା ନେଇ ମୋ ସହ ଯିବାକୁ ବାରଣ କଲି ।

ଆଗକୁ ବଢ଼ୁଥିବା ପ୍ରତି ପାଦରେ ମୁଁ ପଛକୁ ଫେରୁଛି ।

ଉଚ୍ଚ ପଦସ୍ଥ ଅଧିକାରୀ, ବିବାହ, ଘର ସଂସାର, ଚାକିରି ଆରମ୍ଭ, ବାଙ୍ଗାଲୋର୍,

ହାଇଦ୍ରାବାଦ, ଇଞ୍ଜିନିୟରିଂ କଲେଜ, ପୁରୁଣା ଭୁବନେଶ୍ୱର, ହାଇସ୍କୁଲ, ଅଷ୍ଟମ ଶ୍ରେଣୀ, ସପ୍ତମ, ଷଷ୍ଠ, ପଣ୍ଡିତ ରଘୁନାଥ ଏମ୍ ଇ ସ୍କୁଲ,..

ସ୍ମୃତି ଫେରିଛି, ଅଭୁତ ଚମକ ଖେଳି ଯାଉଛି ମନରେ, ଦେହରେ।

ଏଇ ତ ଚାଳଛପର ଅଧାଭଙ୍ଗା ଘରଟିଏ। ପାଖରେ ପହଞ୍ଚ ଦେଖିଲି ଖାଲି ଘର ନୁହେଁ, ଦର ଭଙ୍ଗା କାଉଣ୍ଟର୍ ଓ ଚୁଲି ଅଛି ମାନେ ଜଳଖିଆ ଦୋକାନ ଥିଲା। ଭିତରଟା ଛାଇ ଅନ୍ଧାର। ସ୍ତ୍ରୀ

ଲୋକଟିଏ। ଜିନିଷପତ୍ର ବାନ୍ଧାବନ୍ଧି କରୁ ଥାଏ। ଭାରି ବ୍ୟସ୍ତ ଲାଗୁଥାଏ। ମତେ ଦେଖି ତୁରନ୍ତ ବାହାରି ଆସିଲା। ହାତ ଯୋଡ଼ି ନମସ୍କାର କଲା। ସେ ଶେଷରେ ମାନି ନେଇଛି ସରକାରୀ ଆଦେଶ। ସବୁ ଖୋଲି ସାରିଲାଣି, ଅଳ୍ପ କିଛି ଜିନିଷ ବାନ୍ଧିବା ବାକି ଅଛି। କାଲି ସକାଳ ସୁଦ୍ଧା ଖାଲି କରିଦେବ।

ହାୟ, ମତେ ସେ ଚିହ୍ନି ପାରିଲା ନାହିଁ! ମୁଁ ଯେ ବହୁତ ବଦଳି ଯାଇଛି। ସୁଟ୍ ବୁଟ୍ ଦେଖି ସାର୍ ସାର୍ କହି ହାତ ଯୋଡ଼ିପକାଉଛି।

ସେ କିନ୍ତୁ ବିଲକୁଲ୍ ବଦଳି ନାହିଁ। ଯେମିତି ଥିଲା, ସେମିତି। ଆଜି ବି ଦାରିଦ୍ର୍ୟର ସୀମାରେଖା ତଳେ ତା' ପରିପାଟୀ। ନିରୀହ, ସରଳ ମୁହଁ। ଖାଲି ଟିକିଏ ବୁଢ଼ୀ ପରି ଦିଶୁଛି।

"କୋଇଲି, କୋଇଲି ନା!"

ସେ ମୁହଁ ଉଠାଇ ଆଶ୍ଚର୍ଯ୍ୟ ହୋଇ ଚାହିଁଲା, ଯେମିତି ପ୍ରଥମ ଥର ଚାହିଁ ଥିଲା, "କେଉ କୋଇଲି, ଆମ୍ଭ କୋଇଲି ନା ପକ୍ଷୀ କୋଇଲି ପଚାରିଥିଲି ଯେବେ।"

"କ'ଣ ଚିହ୍ନି ପାରୁନୁ? ମନେ ପଡୁନି?"

ଅତି ଉତ୍ସାହିତ ହୋଇ ମୁଁ ନିଜ ପରିଚୟ ଦେଇ ଦେଲି।

"ମୁଁ ସନ୍ଦୀପ, ମାନେ ସନ୍ଦୀପ ମ, ଯେଉଁ ଆମେ ପିଲା ଦିନେ...ଆରେ ମୁଁ ତୋର ପିଲାଦିନର.."

କ'ଣ ବୋଲି କହିବି? ସାଙ୍ଗ?

କାହିଁକି କେଜାଣି ମୁଁ କ୍ଷଣଟିଏ ଅଟକି ଗଲି! ମୋ ଜିଭ ଲେଉଟିଲା ନାହିଁ।

ଆଗପଛ ବୁଲି ଚାହିଁଲି। କର୍ମଚାରୀମାନେ ଥିଲେ ବେଶ୍ ଦୂରତାରେ।

ମୋର ମନେ ପଡ଼ିଲା, ମୋ ନାମ ସନ୍ଦୀପ ବୋଲି ମୁଁ କ'ଣ ତାକୁ କେବେ କହିଛି! ସେ କ'ଣ କେବେ ପଚାରିଛି? କାଇଁ ସନ୍ଦୀପ ବୋଲି ତ' ସେ କେବେ ମୋ

ନାମ ଧରି ଡାକିନି। ଯଦିଓ ହଜାର ଥର ମୁଁ ତା' ନାଁ ଧରି ଡାକିଛି। ମୋ ମନକଥା ନିଃସଂକୋଚରେ କହି ପାରିଛି।

ଏକକାଳୀନ ଉକୃଷ୍ଟା ଓ ସଂକୋଚ ମୋ ଭିତରେ ଘାଣ୍ଟି ହୋଇ ଅଭୂତ ଭାବ ସୃଷ୍ଟି ହେଉଥାଏ।

କେମିତି ଦେବି ପରିଚୟ,

"ଆରେ ଚିହ୍ନି ପାରୁନୁ କ'ଣ ମଃ, ପିଲାଦିନେ ସାଙ୍ଗ ହୋଇ ଖେଲୁ ନଥିଲେ, ହେଇ ସେଇ ଆମ୍ବଗଛ ମୂଲେ।"

ଏବେ ଯେଉଁ ଦିଗକୁ ଆଙ୍ଗୁଲି ନିର୍ଦ୍ଦେଶ କଲି, ସେ ସ୍ଥାନ ଏକଦମ୍ ରିକ୍ତ। ମତେ ଭାରି ଅସହାୟ ଲାଗିଲା। ଶେଷରେ ନିରବି ଗଲି।

ସେ ମୋ ଗୋଡ଼ଠାରୁ ମୁଣ୍ଡ ଯାଏ ଘଡ଼ିଏ ଚାହିଁ ରହିଲା। ନିଶ୍ଚୟ ଚିହ୍ନି ପାରିଲା। ତୁରନ୍ତ ଅପ୍ରସ୍ତୁତ ହୋଇପଡ଼ିଲା। ପିନ୍ଧା ଲୋଚାକୋଚା ସୁତା ଲୁଗାଟିକୁ ଝାଡ଼ିଝୁଡ଼ି ସଜାଡ଼ି ନେଲା। ଫର ଫର ଉଡ଼ୁଥିବା ନୁଖୁରା କେଶରେ ଦୁଇ ଥର ହାତ ବୁଲାଇ ସାଉଁଲେଇ ଆସିଲା। ଆଖି ଦୁଇ ଆର୍ଦ୍ର। ଯେତିକି ସଂକୋଚ ଓ ଆଶ୍ଚର୍ଯ୍ୟ, ସେତିକି ଆନନ୍ଦର ଭାବ। କିଛି କ୍ଷଣ ସ୍ତବ୍ଧ ହୋଇଗଲା ପରେ ତତ୍ପର ହୋଇ ଭିତରକୁ ଧାଇଁ ଗଲା। ପ୍ଲାଷ୍ଟିକ୍ ଚୌକିଟିଏ ଧରି ଫେରି ଆସିଲା। ଲୁଗା କାନିରେ ପୋଛି ପକାଇ ଅନୁରୋଧପୂର୍ଣ୍ଣ ଚାହାଣିରେ ଅନାଇ ରହିଲା। ମୁଁ ମଗ୍ନ ହୋଇ କେବଳ ତା' ଆଖିକୁ ଚାହିଁ ଖୁବ୍ ଧୀର ସ୍ୱରରେ ସେ ଯେତେବେଲେ "ବସ" ବୋଲି କହିଲା ମୁଁ ପ୍ରକୃତିସ୍ଥ ହେଲି ଓ ସେ ସାମାନ୍ୟ ସହଜ ହେଲା।

କିଛି ସମୟ ସେମିତି ନିରବରେ କଟିଗଲା ପରେ, ମୁଁ ପ୍ରଥମେ ତା' ବିଷୟରେ ପଚାରି ବୁଝିଲି।

ଏ ଭିତରେ ତା'ର ବାପା, ବୋଉ ମରି ସାରିଥିଲେ। ସେ ବିବାହ କରି ନାହିଁ। ନାଣ୍ଡୀକୁ ଜଗିଜଗି ତା'ର ବୟସ ବି ଖସି ଗଲା, ନାଣ୍ଡୀ କିନ୍ତୁ ତାକୁ ଜଗିଲା ନାହିଁ। ଗତ ବର୍ଷ ରୋଗିଣୀ ନାଣ୍ଡୀ, ରୋଗରେ ପଡ଼ି ତାକୁ ଏକୁଟିଆ ଛାଡ଼ି ଚାଲିଯାଇଛି।

ମୁଁ ଲକ୍ଷ୍ୟ କଲି, ତା' ମୁହଁରେ ଅଛି କି ଉଦାସର ଭାବ! ଦୁଃଖ! ଅଭାବ! ନାଇଁ ତ! ସେ କ'ଣ ଉପରବାଲାର ନିର୍ଦ୍ଦେଶ ଭାବି,ସବୁକିଛିକୁ ଗ୍ରହଣ କରି ନେଇଛି ?

ଏପରି ପରିସ୍ଥିତିରେ ମୋ ପାଟିରୁ କଥା ବାହାରିଲା ନାହିଁ। କ'ଣ କହି ତାକୁ ସାନ୍ତ୍ୱନା ଦେବା ଉଚିତ, ମୁଁ ବୁଝି ପାରିଲି ନାହିଁ।

ସେ ମତେ ଚାହିଁଲା, ମୋ ଦ୍ୱନ୍ଦ୍ୱକୁ ହୁଏତ ବୁଝିନେଲା ଓ ପ୍ରସଙ୍ଗ ବଦଳାଇ, ନିଃସଂକୋଚ ଭାବେ ମତେ ପଚାରିଲା,

"ଖାଇଛ ?"

"ହୁଁ"

"କେତେବେଳେ ? କ'ଣ ଖାଇଥିଲ ?"

"ଉଁ ଉଁ..ସକାଳ ଜଳଖିଆରେ କ'ଣ ଖାଇଥିଲି ତ.."

"ଛାଡ଼, ଏବେ କ'ଣ ଖାଇବ କୁହ ?"

"କିଛି ନୁହେଁ।"

"ଏମିତି କେମିତି କିଛି ନୁହେଁ ? ଏତେ ବର୍ଷ ପରେ ଆସି କ'ଣ ଏମିତି ଫେରିଯିବ ? ରୁହ ମୁଁ ଦେଖେ, ଯାହା କିଛି ହେଇପାରିବ, ବନେଇ ଦେବି।"

"ଆରେ ନା ନା ସେ କଥା ନୁହେଁ ଏତେ ଗରମରେ.. "

ମୋର ହଜାରେ ବାରଣ ସତ୍ତ୍ୱେ ବି ବନ୍ଧାବନ୍ଧି ହୋଇଥିବା ଜିନିଷପତ୍ର ଫିଟାଇଲା, କଡ଼ାଇ କାଢ଼ିଲା। ଶେଷଥର ପାଇଁ ଆଞ୍ଚ ଲଗାଇଲା। ଖୁବ୍ ମନ ଦେଇ ଅଟା ଚକଟିଲା। ପୁରି ଛାଣିଲା। ତା' ସ୍ନେହ ଆଦରର ଶୀତଳ ସ୍ପର୍ଶ ଓ ମଥାରୁ ବୋହିଯାଉଥିବା ବୁନ୍ଦା ବୁନ୍ଦା ଝାଳ ଦେଖି ସୂର୍ଯ୍ୟ ଦେବତା ନରମିଗଲେ କି ! ମତେ ଆଉ ଆଦୌ ଗରମ ଲାଗୁ ନଥିଲା।

ସେତେବେଳେ ମୋର ଆଉ କିଛି ବି ମନେ ପଡୁ ନଥାଏ। ମୁଁ କେଉଁ କାମରେ ଆସିଛି, କେଉଁ ଅଧିକାରୀ ବା ମୋ ଆଖପାଖରେ କିଏ ଅଛନ୍ତି ବା ନାହାନ୍ତି। ମତେ ଦିଶୁଥାଏ କେବଳ କୋଇଲି। ସେ ମୋ ପାଇଁ ପୁରି ଛାଣୁଥାଏ ଓ ମୁଁ ତାକୁ ଚାହିଁ ରହିଥାଏ। ବାଡ଼ି ଆଣି ମୋ ପାଖରେ ଛିଡ଼ା ହେଲା।

"ବାଃ ! ଆମ୍ବ ଚଟଣି ସହ ବି ପୁରି ଏତେ ସୁଆଦିଆ ଲାଗେ ! ଆଗରୁ କେବେ ଆମ୍ବ ଚଟଣି ଲଗାଇ ପୁରି ଖାଇନି।"

"ସତରେ ଭଲ ଲାଗୁଛି ? ତରକାରି ଟିକିଏ କରି ପାରିଲି ନାହିଁ। ବାଧ୍ୟ ହୋଇ ଆମ୍ବ ଚଟଣି ଦେଇଦେଲି।"

"ଆରେ ସତ କହୁଛି, ବହୁତ ସ୍ୱାଦିଷ୍ଟ ଏ ଆମ୍ବ ଚଟଣି।"

"ହଁ ସେଇ ବିଶାଳ ଗଛର ଶେଷ କଞ୍ଚା ଆମ୍ବରେ ତିଆରି। ତା'ର ଆମ୍ବ ଭାରି ସୁଆଦ। ତୁମକୁ ତ ମୂଳରୁ ପସନ୍ଦ।"

ମୋର ତା' କଥା ଶୁଣିବା ଠାରୁ ଖାଇବାରେ ବେଶୀ ଆଗ୍ରହ ଥିଲା। ଯେମିତି

ଅନେକ ଦିନୁ ମୁଁ କିଛି ଖାଇ ନାହିଁ। ମୋ ଉଦରରେ କେଉଁ ଜନ୍ତୁର ଭୋକ ଇୟେ! ବୋଉ ଗଳାପରେ ଏତେ ଶ୍ରଦ୍ଧାରେ ପାଖରେ ବସି ମତେ କେହି କେବେ ଖୁଆଇଛି ବୋଲି ମୋର ମନେ ନାହିଁ।

ଆହାଃ! ତା'ର ମନେ ଥିଲା ମୋ କଥା, ମୁଁ କେମିତି କଞ୍ଝାଆମ୍ବ ଭଲ ପାଏ। ପୁରି ଖାଇବାକୁ ଭଲ ପାଏ!

ମୁଁ କିପରି ଭୁଲି ପାରିଲି ତା' କଥା! ତାକୁ ଗରିବରୁ ଧନୀ କରାଇବା କଥା! ଖୁସିରେ ସେ ରହୁ, ସେଇ କଥା। ମତେ ଭାରି ଦୋଷୀ ଦୋଷୀ ଲାଗିଲା, ଦୁଃଖ ଲାଗିଲା।

ସେ କିନ୍ତୁ ଦୁଃଖ କଲାନି। ସେ ତା' ଗାଁ କୁ ଚାଲିଯିବ। ସେଠାରେ ତା'ର କୌଣସି ଅସୁବିଧା ହେବ ନାହିଁ। ତା' ମନରେ ଟିକିଏ ବି ଗ୍ଲାନି ନାହିଁ। କାହା ପାଇଁ ଅଭିମାନ ନାହିଁ, ଅଭିଯୋଗ ନାହିଁ।

ମୋ ହୃଦୟରେ କିନ୍ତୁ ଅନେକ ଗ୍ଲାନି। ଇଚ୍ଛା ହେଉଥାଏ ମନ ଖୋଲି ତା' ଆଗରେ ସବୁ କହି ଦିଅନ୍ତି କି!

ଅଫିସ୍ କଥା, ଘର କଥା, ବୋଉର ବିୟୋଗ କଥା, ଦୁଇ ପିଲା ଓ ସ୍ତ୍ରୀ କଥା। କାମର ଚାପରେ ମୁଁ କେମିତି ଯନ୍ତ୍ରଟିଏ ପାଲଟି ଯାଇଛି, ଭୁଲି ଯାଇଛି ମୁଁ ବି ଦିନେ ପିଲା ଥିଲି, ଧୂଳିରେ ଖେଳୁଥିଲି, ଟେକା ମାରି ଆମ୍ବ ଝଡ଼ାଉଥିଲି। ସବୁ କଥା। ଯାହା ମୁଁ ମନ ଖୋଲି କାହାକୁ କେବେ କହିପାରି ନାହିଁ।

ଆହାଃ, ମୋ କୋଇଲି ପରି କିୟେ ହେବ!

ମୁଁ ବେଶ୍ ଅନ୍ୟମନସ୍କ ଓ ଭାବପ୍ରବଣ ହୋଇ ଉଠିଲି, ଅନୁତପ୍ତ ଆଖିରେ ତାକୁ ଚାହିଁ କହିଲି,

"ମୁଁ ତୋ ପାଇଁ କିଛି ବି କରି ପାରିଲି ନାହିଁ ଲୋ କୋଇଲି। କାଲି ତୋ ଘର ଓ ଜଳଖିଆ ଦୋକାନ ସମ୍ପୂର୍ଣ୍ଣ ଭାଙ୍ଗିଦିଆଯିବ। ଅଜାଣତରେ ହେଲେ ବି ସେଥିପାଇଁ ଦାୟୀ ମୁଁ। ତୋ ଘର ତ ଉଜାଡ଼ି ଦେଲି। ଶେଷରେ ଏ ଘଞ୍ଚ ଆମ୍ବଗଛଟିକୁ କାଟିବାର ଆଦେଶ ଦେଲି। ଆମ୍ବଗଛ କଟିଗଲା, ସବୁ ଆମ୍ବ ଝଡ଼ିଗଲା, କୋଇଲି ପକ୍ଷୀ ଉଡ଼ିଗଲେ। ଏବେ ସବୁ କୋଇଲି ଶୂନ୍ୟ।"

କାହିଁକି କେଜାଣି ମୋ କଣ୍ଠ ବାଷ୍ପରୁଦ୍ଧ ହୋଇଗଲା।

ସେ ଆଜି ବି ମୋ ମନକଥା ବୁଝି ପାରିଲା। ଖୁବ୍ ସହଜ ଭାବେ ହସି ଦେଲା। ପରିପକ୍ୱ ପରି କହିଲା,

"ମନ ଦୁଃଖ କରୁଛ କି ? ଏ ଦୁନିଆରେ କିଛି ବି ଶୂନ୍ୟ ହୁଏନା। ରୂପ ବଦଲାଇ ଫେରିଆସେ। ଏଇତ ଠାକୁରଙ୍କ ନିୟତି, ପ୍ରକୃତିର ନିୟମ। ଗୋଟିଏ ଚାଲିଗଲେ ତା' ସ୍ଥାନ ଆଉ କିଏ ପୂରଣ କରିନିଏ। ମନ ଉଦାସ କରନା।"

ଆଜି ବି ମୁଁ ତା ପାଖରେ ସାନ ପିଲାଟିଏ ପରି ହୋଇଗଲି, ଆଉ ସେ ମୋ ଠାରୁ ବଡ଼। ଆଜି ବି ସେ ମତେ ଖାଲି ହାତରେ ଫେରାଇଲା ନାହିଁ।

"ଏଇ ନିଅ" କହି ପଲିଥିନ୍‌ରେ ବାନ୍ଧି ରଖିଥିବା ଆମ୍ବଗଛର ଚାରାଟିଏ ମୋ ହାତକୁ ବଢ଼ାଇ ଦେଲା।

"ଏଇ ସେଇ ତୁମ ପ୍ରିୟ ଆମ୍ବ ଗଛର ଚାରା। ଗତବର୍ଷ ଏଇ ଚାରାଟି ପ୍ରସ୍ତୁତ କରିଥିଲି ଗାଁ କୁ ନେବାପାଇଁ। ମୁଁ ଆଉ ନେବି ନାହିଁ, ତୁମେ ନିଅ, ତୁମ ବଗିଚାରେ ଲଗାଇବ। କିଛି ବର୍ଷ ପରେ ଦେଖିବ, ଏଥିରେ ଆମ୍ବ ଓ କୋଇଲି।"

ଉଃଫ୍ ! ତାଙ୍କ ତୀରଟିଏ ମୋ ଛାତିରେ ଗଳି ଗଲା କି ଆଉ ! ଅଭୁତ ଭାବେ ମୋ ହୃଦତନ୍ତ୍ରୀ ଥରି ଉଠିଲା। ଆଖି ଜକେଇ ଗଲା। ସେ ନଦେଖୁ ବୋଲି ମୁଁ ମୁହଁ ବୁଲାଇ ଦେଲି।

କେଉଁଠି ଥିଲା ଅଦିନ ମେଘ ଘୋଟି ଆସିଲା। ଦୀର୍ଘ ଦିନର ଉଉପ୍ତ ଧରାକୁ ଶୀତଳ କରି ଟୋପା ଟୋପା ବର୍ଷିଗଲା ବର୍ଷା। ଆର୍ଦ୍ର କରିଦେଇଗଲା ମୋ ଶରୀର, ମନ ଆଉ ମୋ ଆତ୍ମା।

ଲୁହକୁ ଚାପି ସାମାନ୍ୟ ହସି ଦେଇ ତା' ହାତରୁ ଚାରାଟି ନେଲି। ମନେ ମନେ ଭାବିଲି "ଠିକ୍ କହିଛୁ ଲୋ କୋଇଲି, ଆଉ କିଛି ବର୍ଷର ଅପେକ୍ଷା। ମୋ ବଗିଚାରେ ଶୁଭିବ କୋଇଲିର ସ୍ୱର, ଥିବ କଣ୍ଠା ଆମ୍ବର ସମ୍ଭାର। ଆଉ ସେ ଆମ୍ବ ଭିତରେ ଥିବା ଧଳା ଅଂଶ କୋଇଲିଟି ହେବୁ ତୁ। ଧୋବ ଫରଫର୍ ସ୍ୱଚ୍ଛ, ନିର୍ମଳ। ତତେ ଆଉ ଭୁଲିବି କେମିତି ! ମୋ ମନକଥା ବୁଝି ପାରୁଥିବା ମୋ କୋଇଲି !"

ଅଜଗର

“କିଛି ବାଟ ଆଗକୁ ଗଲେ ଯେଉଁ ସିଧାରୁ କହିବି ଠିକ୍ ସେହିଠାରୁ ଗାଡ଼ିର ବେଗ ବଢ଼ାଇ ଦେବେ। କାଚଟା ବି ଉପରକୁ ଟେକି ଦେବେ। ଏବେ ତ ସମୟ ହେଇନି, ଖୋଲା ଥାଉ। ଥଣ୍ଡା ପବନ ଆସୁ। ସାର୍, ଶୁଣୁଛନ୍ତି ?”

ମତେ ଏଥର ଟିକେ ବିରକ୍ତିକର ମନେହେଲା। ଗାଡ଼ିରେ ବସିବା ପରଠାରୁ ଏ ଲୋକଟିର ପାଟି ବନ୍ଦ ନାହିଁ, ଖାଲି ଚବର ଚବର ଚଲେଇଛି। ଭଲ ହେଲା ପରିସ୍ରା କରିବାକୁ ଓହ୍ଲାଇବା ବେଳେ ତା’ଠାରୁ ଗାଡ଼ି ଚାବି ହସ୍ତଗତ କରି ନେଇଥିଲି।

“ଚାବି ଦିଅ ଶିବରାମ, ମୁଁ ଡ୍ରାଇଭ କରିବି। ତୁମେ ଯାଅ ପଛରେ ବସ।”

“ କ’ଣ କହୁଛନ୍ତି ଆଜ୍ଞା! ଆପଣ ଗାଡ଼ି ଚଲେଇବେ, ମୁଁ ପୁଣି ପଛରେ ବସିବି! ନାଇଁ ଆଜ୍ଞା..”

ସେ ପ୍ରଥମେ ଅରାଜି ହେଲା। ମୁଁ ଯୋର ଦେଇ କହିଲି..

“କହୁଚି ପରା ବସ। ଜାଣେ, ଏଇଟା ତୁମ ଡିଉଟି। ତୁମ ବାବୁ ରାଗିବେ ଭାବୁଛ କି ? ବ୍ୟସ୍ତ ହୁଅନା, ସେ ତୁମକୁ କିଛି କହିବେ ନାହିଁ। ସେ ଜାଣିବେ ହିଁ ନାହିଁ। ନିର୍ଦ୍ୱନ୍ଦ୍ୱରେ ଚାବି ଦିଅ, ନିଜେ ଡ୍ରାଇଭ କଲେ ମତେ ଆନନ୍ଦ ମିଳେ।”

ଶିବରାମର ସଂକୋଚପଣକୁ ଦୂର କରି ତାକୁ ଆଶ୍ୱସ୍ତ କଲା ପରେ ଏ ସବୁ ସମ୍ଭବ ହୋଇଥିଲା। ଆଉ ତା’କୁ ପଛ ସିଟ୍‍ରେ ବସାଇବାର କାରଣ; ମୋ ଏକାନ୍ତପଣରେ ବାଧା ନ’ଆସୁ। ହେଲେ ହେଉଛି କୋଉଠି ?

ଶିବରାମ କାହୁଁ ବୁଝିବ ଏମିତି ଘଞ୍ଚ ଅରଣ୍ୟର ନିରବତା ଭିତରେ ମାଇଲ ମାଇଲ ଲମ୍ବିଥିବା ଶୂନ୍‍ଶାନ୍ ସଡ଼କ, ଝିପଝିପ ବର୍ଷାରେ ଦୀର୍ଘଦିନର ନିରାଶା ଓ କ୍ଲାନ୍ତିକୁ ଧୋଇଦେଇ ଅନ୍ୟ ଖିଆଲରେ ହଜିଗଲେ ହିଁ, କିଛି କ୍ଷଣ ଶାନ୍ତି ମିଳିବ ! କିଛି ସମୟ

ପାଇଁ ହେଉ ବରଂ ସବୁ ଭୁଲିଯିବା ଭଲ। ସେ କ'ଣ ଜାଣେ, ଅଠେଇଶ ବର୍ଷର ଯୁବକ କ୍ୟାରିଅର୍ ଫାର୍ଷ୍ଟକ୍ଲାସ୍ ଥିବା ସତ୍ତ୍ୱେ, ଅନେକ ବାର ଇଣ୍ଟରଭିଉ ଦେଇ ଅସଫଳ ହେଲେ, କେଉଁ ପ୍ରକାର ହତାଶା ମାଡ଼ି ବସେ! ନିଜ ପ୍ରତି ହୀନଭାବନା ଜାଗ୍ରତ ହୁଏ। ବିଶେଷ କରି ସେଥିରେ ପୁଣି ବଡ଼ଭାଇଙ୍କ କଡ଼ା ତାଗିଦ୍।

“ ଇଣ୍ଟରଭିଉଟା ଦେଇକରି ଖାଲି ଘରେ ବସି ପଡ଼ିଲେ ଚାକିରିଟା ମନକୁମନ ମିଳି ଯିବନି। ତତେ ଟିକେ ଲାଗିବାକୁ ପଡ଼ିବ।”

“ କି ପ୍ରକାର ଲାଗିବା କଥା ସେ କୁହନ୍ତି ମୁଁ ଠିକ୍ ଜାଣେ, ଆଉ ଜବାବ୍ ଦିଏ “ମୁଁ ଏତେ ଲାଗିପାରିବିନି ଭାଇ। ନ'ହେଲେ ନ'ହଉ। କିଛି ନ'ହେଲେ ମୁଁ ପାନ ଦୋକାନ କରିବି।”

“ ସେ ବାହାସ୍ୱୋଟିଆ କଥାଗୁଡ଼ା କହନା। ଘରେ ବହୁତ ଅସୁବିଧା। ଯେମିତି କହୁଛି ସେମିତି କର।”

ଅନିଚ୍ଛା ସତ୍ତ୍ୱେ ମୁଁ ବାଧ୍ୟ ହୁଏ। ତାଙ୍କ କଥା ରୁହେ। ଥରେ ଦୁଇଭାଇ ମିଶି ସାତ ଲକ୍ଷ ଟଙ୍କା ଯୋଗାଡ଼ କରିଥିଲୁ। କିନ୍ତୁ କାମ ହେଲା ନାହିଁ, ସେମିତି ଅଟକି ରହିଛି। ତା ପରେ ଅଫିସର କହିଲେ ଏମିତି ନୁହଁ, ସାମ୍ନାସାମ୍ନି ଭେଟ ହେବେ।

ଶେଷରେ ଭାଇ ନିଜେ ତାଙ୍କ ଘନିଷ୍ଠ ବନ୍ଧୁଙ୍କ ସହାୟତାରେ ସବୁ ଯୋଗାଡ଼ଯନ୍ତ କରି, ଫରେଷ୍ଟ ଅଫିସରଙ୍କ ସହ ସାକ୍ଷାତ କରିବାକୁ ପଠେଇଛନ୍ତି।

ସାମ୍ନାକୁ ଆସି ଦେଖା କଲେ କ'ଣ ହେବ! ମୁଁ ଯଦି ଇଣ୍ଟରଭିଉରେ ଭଲ କରୁଛି, ଯୋଗ୍ୟତା ବଳରେ ଚାକିରି ମିଳିବା କଥା। କିନ୍ତୁ ମିଳୁନି। ଏ ତେଲ ମରାମରି କାମ ମୋ ଦ୍ୱାରା ହେବ ନାହିଁ। କିନ୍ତୁ ଘରଲୋକ ବୁଝିଲେ ତ!

ଥରେ ଥରେ ମଣିଷ କେତେ ଅସହାୟ ହେଇପଡ଼େ। ନିଜ ଦୃଢ଼ବିଚାର, ନୀତିଆଦର୍ଶକୁ ବି ଭୁଲ୍ ପ୍ରମାଣିତ କରେ ବା ସାଲିସ୍ କରିନିଏ। ବହୁତ ଆଗରୁ ମୁଁ ପ୍ରତିଜ୍ଞା କରିଥିଲି, ଯାହା ବି ହେଇଯାଉ, ଧରାଧରି କରି କେବେବି ଚାକିରି କରିବି ନାହିଁ। କିନ୍ତୁ ଆଜି କେଉଁ ଚାପରେ ବଡ଼ଭାଇଙ୍କ ନିଷ୍ପତ୍ତିକୁ ମାନି ନେବାକୁ ପଡ଼ୁଛି, ଜାଣେନା!

ମୋ ଅନ୍ୟମନସ୍ତାକୁ ଭାଙ୍ଗି ଶିବରାମ ପୁଣି ଥରେ ସଜାଗ କଲା

“ଆଖା ମୁଁ ଯେଉଁ ସିଧାରୁ କହିବି ସେଇଠୁ ଆଗକୁ ଯାହା ବି ହେଇଯାଉ ବରଂ ଗାଡ଼ି ବିଲ୍କୁଲ୍ ଅଟକାଇବେ ନାହିଁ।”

ଛାତି ଭିତରେ ଅଦେଖା ଯନ୍ତ୍ରଣା। ଏ ଶିବରାମ କ'ଣ ଜାଣିପାରିବ! କଦାପି ନୁହେଁ। ଜାଣିବାର ଅବକାଶ ନାହିଁ। ଆବଶ୍ୟକତା ବି ନାହିଁ।

ସେ କେବଳ ଗାଡ଼ି ଚଲେଇବା ଓ ତା ମାଲିକଙ୍କ ବୋଲହାକ କରିବା ଜାଣେ। ତାଙ୍କର ଆଜ୍ଞାଧୀନ ବିଶ୍ୱସ୍ତ କର୍ମଚାରୀ। ତାକୁ କେବଳ ଏତିକି ଜଣା ସାରଙ୍କ ବନ୍ଧୁଙ୍କର ଏ ହେଉଛନ୍ତି ସାନ ଭାଇ। ତାଙ୍କର ଯେମିତି କିଛି ଅସୁବିଧା ନ'ହୁଏ। ତାଙ୍କ କାମ ସରିବା ଯାଏ ପାଖେପାଖେ ରହିବ। ଟ୍ରେନ୍ରେ ବସାଇବା ପର୍ଯ୍ୟନ୍ତ ତାଙ୍କ ଭଲମନ୍ଦ ବୁଝିବ। ସେ ତା' କର୍ତ୍ତବ୍ୟ ପାଳନ କରୁଛି।

ବନବିଭାଗର ଡାକବଙ୍ଗଳାରେ ବଣଭୋଜି ଚାଲିଛି। ଉପର ହାକିମ ସେଇଠି ଅଛନ୍ତି। ତାଙ୍କ ସହ ସେଠାରେ ସାକ୍ଷାତ ହେବ। ଖାଲି ସାକ୍ଷାତ ନୁହେଁ ତାଙ୍କୁ ଖୁସି କରିବାକୁ ପଡ଼ିବ। ଲାଞ୍ଚ ଦେବାକୁ ପଡ଼ିବ। ସାଥିରେ ଆଣିଥିବା ଏ ଉପହାରକୁ ମିଶାଇଲେ ତିନିଥର ହେବ, ଏଥର ବି ତାଙ୍କୁ ଖୁସି କରାଇ ହେବ କି ନାହିଁ, କେଜାଣି! କେତେ ଖାଇଲେ ଯାଇ ତାଙ୍କ ଭୋକ ମେଣ୍ଟିବ!

ଉଫଃ...ଏମିତି ଲାଗୁଛି ଯେମିତି ମୁଁ ଏକ ଅନ୍ଧକାର ସୁଡ଼ଙ୍ଗ ଭିତରକୁ ପ୍ରବେଶ କରୁଛି, ଯାହାର ଅନ୍ତ କେଉଁଠି ଜଣାନାହିଁ। ନିଜ ଆମ୍ଭସ୍ୱାଭିମାନକୁ ବଳି ଚଢ଼ାଇ, ଉପହାର ଦେଇ ସେଇ ଲାଞ୍ଚଖୋର୍ମାନଙ୍କୁ ଆହୁରି ଶକ୍ତିଶାଳୀ କରାଇବାକୁ ସେଠାକୁ ଯିବାକୁ ପଡ଼ୁଛି। ହେଲେ ମୁଁ ନିରୁପାୟ। ଭାଇଙ୍କ ନିର୍ଦ୍ଦେଶ, ସେ କାମ ସାରି ସିଧା ଫେରିବୁ। ପ୍ରାୟ ଷାଠିଏ ମାଇଲ ଦୂର ରେଲୱେ ଷ୍ଟେସନ୍। ଟ୍ରେନ୍ ଧରି ପୁଣି ରାତାରାତି ଫେରିଯିବାକୁ ହେବ।

ଶିବରାମ ପଛରେ ବସି ତାର କ'ଣ ଗୀତ ଗୁଣୁଗୁଣାଉଛି। ମଝିରେ ମଝିରେ କ'ଣ ଗପୁଛି, ଗପୁଥାଉ।

ଦୁଇ କଡ଼େ ଘଞ୍ଚ ଅରଣ୍ୟର ଛାତିଚିରି ଗାଡ଼ି ଆଗକୁ ବଢୁଛି। ଆକାଶରେ କଳାହାଣ୍ଡିଆ ମେଘ ଘୋଟି ଗଲା। କଅଁଳ ସନ୍ଧ୍ୟାର ଝାପ୍ସା ଅନ୍ଧକାରକୁ ଗାଢ଼ କଲା ଏ କଳା ବାଦଲ୍। ଟିପ୍ଟିପ୍ ବର୍ଷା ଆରମ୍ଭ ହେଲା। ଗହଳ ଗଛପତ୍ର ମଧ ଦେଇ, ସାଇଁସାଇଁ ପବନ, ଅଜଣା ପକ୍ଷୀଙ୍କ କଳରବ ରହି ରହି ଝକ୍କରି ବିଜୁଲି ଆଲୋକ। ମୁଁ ଟିକେ ନିଜ ଭିତରୁ ବାହାରି ଯିବାକୁ ଚେଷ୍ଟା କଲା ବେଳକୁ ସେ ଛାଡ଼ୁନି।

ଠିକ୍ ଏଇବେଳେ ଲୋକଟା ଗୋଟିଏ କଥାକୁ ବାରମ୍ବାର ଦୋହରାଉଛି। ଭାରି ଗପୁଡ଼ା।

ନିଜ ହାତକୁ ଗାଡ଼ିଚାବି ନେଲାବେଳେ ଦିନ ଦ୍ୱିପ୍ରହର ହୋଇଥିଲା। ସେଇ

ସ୍ୱଚ୍ଛ ସମୟ ପାଇଁ ଶିବରାମର ପାଟି ବନ୍ଦ ଥିଲା । ବୋଧହୁଏ ସେ ନିଜ କର୍ମରୁ ମୁକ୍ତି ପାଉପାଉ ଭୁଲେଇ ପଡ଼ିଥିଲା ପଛ ସିଟ୍‌ରେ । ଉଠିଲା ପରେ ମଝିରେ ଦୁଇ ଥର ଗାଡ଼ି ଅଟକାଇବାକୁ କହିଛି । ଥରେ ରାସ୍ତା କଡ଼ ଏକ ସିନ୍ଦୁର ଲଗା ପଥର ପାଖକୁ ଧାଇଁ ଯାଇ, ଶହେଥର ଖଣ୍ଡେ ମୁଣ୍ଡିଆ ମାରି ଥିବ ! ଦ୍ୱିତୀୟ ଥର ଗୋଟେ ଗଛର ଗଣ୍ଡିକୁ କୁଣ୍ଢେଇ କ'ଣ ମନ୍ତ୍ର ପଢ଼ିଲା ପରି ଗୁଣୁ ଗୁଣୁ ହେଉଥିଲା । ଏହା ଏଇ ଆଦିବାସୀ ଲୋକଙ୍କ ବିଶ୍ୱାସ ।

ସେ ପୁଣି ପାଟି କଲା..

"ହେଇଗଲା ହେଇଗଲା ଆଜ୍ଞା । ଏଥର କାଚ ଟେକନ୍ତୁ । ଯାହା ହେଇଗଲେ ବି ଗାଡ଼ି ଆଦୌ ଅଟକାଇବେ ନାହିଁ ।"

ହାଁ ! ଭାରି ଛାନିଆ ଲୋକଟା । ଘାଟିରାସ୍ତା । ଉଠାଣି, ବୁଲାଣି ସାଙ୍ଗକୁ ଚତୁର୍ଦିଗ ଅନ୍ଧକାର । ଗାଡ଼ିର ହେଡ଼ଲାଇଟ୍‌ ଏକ ମାତ୍ର ଭରସା । ବର୍ଷା ଯୋଗୁଁ ସାମ୍ନାଟା ଠିକ୍‌ରେ ଦେଖା ଯାଉନି । ଦୁଇ ପାଖେ ବିଶାଳକାୟ ଗଛ କାୟା ମେଲାଇଛନ୍ତି । ନଡ଼କା ଡେଙ୍ଗା ଗଛ ବାବନା ଭୁତ ପରି ଥରେ ଆକାଶକୁ ଥରେ ପାତାଳକୁ ଦୋହଲିଗଲା ପରି ମନେ ହେଉଛି । କଡ଼ମଡ଼ ଶବ୍ଦହେଲେ ଭୟ ଲାଗୁଛି । ସେଥିରେ ଗାଡ଼ିର ବେଗ କେମିତି ବଢ଼ାଇବି ? ମୂର୍ଖ ବୁଢ଼ିଲେଟ !

"ଆଜ୍ଞା । ଆଉ ଗୋଟିଏ କଥା କହିବାକୁ ଭୁଲି ଯାଇଛି । ଯଦି କୌଣସି କାରଣରୁ ଗାଡ଼ି ଅଟକି ଯାଏ, ଆପଣ ଭିତରେ ରହିବେ ନାହିଁ । ତୁରନ୍ତ ଓହ୍ଲାଇଯାଇ ଆମେ କେଉଁ ଗଛ ଉହାଡ଼କୁ ଚାଲିଯିବା । ସେମାନେ ଆଗ ଆସି ଗାଡ଼ି ଭିତରକୁ ଉଣ୍ଟିବେ । ଆମେ ଲୁଚିଯାଇଥିବା ସେତେବେଳକୁ, ଯେମିତି ଆମକୁ ଦେଖି ନପାରିବେ । ଦେଖିଲା ମାନେ ସେମାନେ ଆମକୁ ବାନ୍ଧି ପକାଇବେ ।"

"ହ୍ୱାଟ୍‌ ନନସେନ୍‌ ! ଯାହା ମନକୁ ଆସିଲା କହି ଚାଲିଛି ଇଏ । କେତେବେଳେ ଜୋରରେ ଚଲେଇବ, କେତେବେଳେ ଓହ୍ଲେଇ ପଡ଼ିବ, କେତେବେଳେ ଅଟକାଇବନି, କେତେବେଳେ ଭିତରେ ରହିବ । ଛାନିଆ କରିପକାଉଛି ପୁରା ।"

କିନ୍ତୁ ତା'ର ଗୋଟିଏ କଥା, ମୋ ମନକୁ ଝଟକା ଲାଗିଲା । ଏତେବେଳ ଯାଏ ମୁଁ ଭାବୁଥିଲି ବନ୍ୟ ହିଂସ୍ର ଜନ୍ତୁଜୁନ୍ତାଙ୍କ ପାଇଁ ଶିବରାମ ଭୟ କରୁଛି । କିନ୍ତୁ ପଶୁଟେ କ'ଣ ମଣିଷକୁ ଧରି ବାନ୍ଧି ପକାଏ । ଏ ଘନଘୋର ଅନ୍ଧକାର ରାତିରେ ତା'ର ଆତଙ୍କିତ ଓ ଉଦବିଗ୍ନ ସ୍ୱର ପରିବେଶକୁ ଆହୁରି ଗମ୍ଭୀର କରୁଥିଲା । ସାମାନ୍ୟ ଉଚ୍ଚ ସ୍ୱରରେ ମୁଁ ପୁଣି ପଚାରିଲି,

"କେଉଁ ମାନେ ? ବଣର ପଶୁ ନା ଡକାୟତ ?"

"ଆଜ୍ଞା ସେମାନେ। ମୁଁ ଯେଉଁ ବାଟ ସାରା କହିକହି ଆସୁଥିଲି। ସେଇମାନେ.."

ଏଥର ମନେପଡ଼ିଲା, ଶିବରାମ କିଛି କହୁଥିଲା। ତା'ର ଅତିରଞ୍ଜିତ କଥାରେ ମୋର କୌଣସି ଆଗ୍ରହ ନଥିବାରୁ ମୁଁ ବ୍ଲୁ ଟୁଥ୍ ଅନ୍ କରି ଗୀତରେ ମଗ୍ନ ଥିଲି। ଅନ୍ୟମନସ୍କ ହୋଇ ତା ଗପ ଠିକ୍‌ରେ ମୁଁ ଶୁଣିନାହିଁ।

"ଗପ ନୁହେଁ ଆଜ୍ଞା, ନିରୋଳା ସତ। ସେମାନଙ୍କ ହାବୁଡ଼ରେ ପଡ଼ିଗଲେ ମିଳ ଜାଣ। କାଳବିଲମ୍ବ ନ'କରି, ଦଳବଦ୍ଧ ହୋଇ ସେମାନେ ଆମକୁ ଆକ୍ରମଣ କରିବେ। ବାନ୍ଧି ଦେବେ।" ମୋ କାନ୍ଧ ପାଖକୁ ବେକଟା ଲମ୍ବାଇ ଆଣି ଖୁବ୍ ଧୀମା ସ୍ୱରରେ ସେ କହିଲା, ଫିସ୍‌ଫିସ୍ ହୋଇ। ଯେମିତି ଏଠି କୋଉଠି ଅଛନ୍ତି ସେମାନେ।

ମୁଁ ଏଥର ସିଧା ପଚାରିଲି, "ତୁମେ କ'ଣ ଆଖିରେ ଦେଖିଛ କାହାକୁ ବାନ୍ଧି ନେବାର ? ଅଯଥା ବ୍ୟସ୍ତ ହେଉଛ।"

"ଅଯଥା ନୁହେଁ ଆଜ୍ଞା। ଆପଣ ବୋଧେ ମୋ କଥାକୁ ଠିକ୍‌ରେ ଧରିପାରିଲେନି। ସେମାନେ ଆମକୁ ବାନ୍ଧି ନେବେ।" ଏଥର ଖୁବ୍ ଦୃଢ଼ ଭାବେ ଉତ୍ତର ଦେଲା।

"ହଁ ହଁ ବୁଝିଲି, ସେମାନେ ଆମକୁ ବାନ୍ଧି ନେବେ , ତର୍ଣ୍ଣ କଣା କରି ରକ୍ତ ପିଇଯିବେ !"

"ନା ନା ସେମାନେ ସିଧା ରକ୍ତ ପିଇବେ ନାହିଁ। ପ୍ରଥମେ ତାଙ୍କ ଇଷ୍ଟଦେବଙ୍କ ପାଖରେ ପାଣି ଛେଡ଼େଇବେ।"

୩୪ ! ମୋ ତାସ୍ଲ୍ୟଭରା ସାମାନ୍ୟ ବିରକ୍ତି ଭାବକୁ ସେ ବୁଝି ପାରିଲା ନାହିଁ। ଭାରି ସରଳ ସାଧାରଣ ମଣିଷଟିଏ। ଦେଖିଲି ସେ ଖୁବ୍ ଗମ୍ଭୀର ଭାବେ ମତେ ବୁଝାଇବାକୁ ଆପ୍ରାଣ ଉଦ୍ୟମ କରୁଛି। ମୋ ସୁବିଧା ଓ ସୁରକ୍ଷା ତାର ଚିନ୍ତା। ତା' ଭାବନାକୁ ଗୁରୁତ୍ୱ ଦେଇ ତା' କଥା ଟିକେ ଶୁଣିବା ଉଚିତ। ଏମିତି ବି ଅଜଣା ଜାଗା, ଅଚିହ୍ନା ଜଙ୍ଗଲ ଉପରେ ମୋ'ର ନୁହେଁ, ତା'ର ଅଭିଜ୍ଞତା ଅଧିକ।

"ଦେଖନ୍ତୁ ସାର୍ ସେଇ ଯେଉଁ ଦୂର ପାହାଡ଼ ପାଖ ଦୁର୍ଗମ ଇଲାକା ନାହିଁ, ସେଇଟ ତାଙ୍କ ବସତି। ଛାଡ଼ନ୍ତୁ ଦେଖା ତ ଯିବନି ଏଇନା, ଭାବନ୍ତୁ ଏ ଜଙ୍ଗଲ ଆରପାଖେ ଗୋଟେ ପାହଡ଼ ଅଛି। ସେଇଟ ସେମାନେ ରୁହନ୍ତି। ସନ୍ଧ୍ୟା ହେଉ ନ'ହେଉଣୁ ବଣ ଭିତରକୁ ପଶିଆସି ଗଛ ଆଢୁଆଲରେ ଧନୁତୀର ଧରି ଲୁଚି ରୁହନ୍ତି। ଦୁର୍ଭାଗ୍ୟବଶତଃ ଯଦି ସେଇ ବେଳେ କାହା ଗାଡ଼ି ଖରାପ ହେଲା କି କାହାକୁ ମୃତ

ମାଡ଼ିଲା, କି ଜଙ୍ଗଲର ସୁନ୍ଦରତା ଦେଖ୍ ଫଟୋମଟ ଉଠେଇବାକୁ ଓହ୍ଲାଇଲା, ସେ ମଲା ଜାଣ । ତା'ର ପତ୍ତା ବି ମିଳିବନି ।"

ଘନଘୋର ବର୍ଷା ତୋଫାନ୍ ଘଡ଼ଘଡ଼ି ଚଡ଼ଚଡ଼ିର ଭୟଙ୍କର ଗର୍ଜନ ସହ ମିଶି ତା' ସ୍ୱର ମତେ ଭୌତିକ ଓ ରହସ୍ୟମୟ ମନେହେଲା ।

ଉପାୟଶୂନ୍ୟ ମୁଁ । ଏ ଅନ୍ଧକାରଚ୍ଛନ୍ନ ଅନର୍ଗଳ ବର୍ଷା ରାତିରେ ତା' ଗପ ଶୁଣିଶୁଣି ଗନ୍ତବ୍ୟ ସ୍ଥଳରେ ପହଞ୍ଚିଗଲେ, ଗଲା ।

କୁହ ଶିବରାମ ଯାହା ଜାଣିଛ ଆଉ ଥରେ କୁହ ।

"ସେମାନେ ଦଳବନ୍ଦ ଭାବେ ଖପ୍ କରି ଗାଡ଼ି ଉପରକୁ ଡେଇଁ ପଡ଼ିବେ । କିଛି ଭାବିବା ପୂର୍ବରୁ ମଣିଷଟି ଆଉ ସେ ସ୍ଥାନରେ ନଥିବ । ବାନ୍ଧି ନେବେ । ଗୋଟିଏ ଅନ୍ଧକାର କୁଡ଼ିଆ ଭିତରେ ବନ୍ଦୀ କରି ରଖିବେ । ଅମାବାସ୍ୟା ରାତି ପଡ଼ିଲେ, ମହାପୂଜା ହେବ ।

ମଶାଲ୍ ଜଳାଇ ପେଙ୍କାଲି, ତୁରୀ ଓ ବାଜା ବଜାଇ ସେମାନେ ନାଚକୁଦ କରିବେ, ତାଙ୍କ ଭାଷାରେ ହାଉଁ ହାଉଁ କରି ଆର୍ତ୍ତିଚିତ୍କାର କରୁଥିବେ । ଯେମିତି ଛାତି ବିଦାରି ଗଲା ଫଟାଇ କାହାକୁ ଆବାହନ କରୁଛନ୍ତି । ଝୁଣା ଧୂଆଁରେ ଖଣ୍ଡ ମଣ୍ଡଳ କମ୍ପି ଉଠିବ । ପ୍ରଥମେ ଦଳେମିଶି ସମସ୍ତ ବଳ ପ୍ରୟୋଗ କରି ସେ ଗୁମ୍ଫା ମୁହଁରୁ ବିରାଟ ପଥରଟିକୁ ହଟେଇ ଦେବେ । ସେଇଠି ଥିବ ଇଷ୍ଟଦେବ । ଦୀପ ଜଳାଇ ପୂଜା ଅର୍ଚ୍ଚନା କରିବେ । ତା ପରେ ବନ୍ଦୀକୁ ବାହାର କରି ଅଣାଯିବ । ଇଷ୍ଟଦେବ ସାମ୍ନାରେ ଭୋଗ ପାଇଁ ଉଭା କରାଯିବ । ଅଭୁତ ଓ ଭୟଙ୍କର କୋଲାହଲ କରି ପାଦ କଟାଡ଼ି କାଳିଶି ଲାଗିଲା ପରି ଡେଉଁଥିବେ । ସେଇ ଭିତରେ କେତେବେଳେ ଇଷ୍ଟଦେବ ନିଜ ଭୋଗକୁ ଅକ୍ତିଆର କରି ଉଭାନ୍ ହେଇଯିବ କେହି ତା' ଟେର୍ ପାଇବେ ନାହିଁ ।"

ଧଡ଼ାସ୍ କରି ଗୋଟେ ତୀବ୍ର ଶବ୍ଦ ହେଲା । ମୁଁ ଚମକି ପଡ଼ିଲି । ଚାରି ଆଡ଼କୁ ମୋ ଆଖି ପହଁରି ଗଲା । କିଟ୍‌କିଟ୍ ଅନ୍ଧାର । ଗଛ ଡାଳ ଖଣ୍ଡେ ଗ୍ଲାସରେ ବାଡ଼େଇ ହୋଇ ଛିଟିକ୍ ପଡ଼ିଥିବ ବୋଧେ । ମୁଁ ସେ ଦିଗକୁ ଆଉ ଧ୍ୟାନ ଦେଲିନି ।

"ସବୁ ଭୁଲ୍ ସେ ବୁଢ଼ୀର ଆଈଖ । ସେ ଚଣ୍ଡାଳୁଣୀ ବୁଢ଼ୀ ଯଦି ଏମିତି ଭୁଲ୍ କରି ନଥାନ୍ତା ତ'ହେଲେ ଏଡେ ବଡ଼ ଅନର୍ଥ ହେଇ ନଥାନ୍ତା । ତା' ଲୋଭ ପାଇଁ ଏତିକି ହେଇଛି । ସେଇ କାଳରୁ ସେ ସଇତାନ୍ ଇଷ୍ଟଦେବ ଭୋଗ ଖାଉଛି । ମଣିଷ ଭୋଗ । ଅମାବାସ୍ୟା ପକ୍ଷରେ ତାକୁ ଭୋଜନ ନମିଳିଲେ, ଏକା ଥରେ ସମଗ୍ର ଗାଁକୁ ଚଲୁ

କରିଦେବ। ଏମିତି ସର୍ତ ରଖିଛି ସଇତାନ୍। ଗାଁ ବାଲା ନିରୁପାୟ। ଏଇଟା ସେଇ ଅଭିଶପ୍ତ ଇଲାକା।"

"ଓଃ ଏମିତି କଥା !"

ଗପଟା ମତେ ମଜା ଲାଗୁଥିଲା। ମୁଁ ଟିକେ ଆଗ୍ରହ ଦେଖାଇଲି।

"କେଉଁ ବୁଢ଼ୀ ? କି ଅନର୍ଥ କଲା ସେ ? ମୂଳରୁ କୁହ।"

"ଆଚ୍ଛା, ବହୁ ପୁରୁଣା କଥା। ଅନେକ ବର୍ଷ ହେବଣି। ଜେଜେବାପା ତାଙ୍କ ଜେଜେଙ୍କ ଠାରୁ ଶୁଣିଥିଲେ। ମୁଁ ଯୋଉ କହିଲି ଜଙ୍ଗଲ ସେପାଖେ ସେ ବିରାଟ ପାହାଡ଼ ଅଛି, ତା ତଳେ ତାଙ୍କ ବସତି।

ପାହାଡ଼ିଆ ଜଙ୍ଗଲି ମଣିଷ ସେମାନେ। ଦଳବଦ୍ଧ ହୋଇ ରହୁଥିଲେ। ରହୁଥିଲେ ମାନେ ପ୍ରତି ଦିନ ଭୟ ଆତଙ୍କରେ କାଳାତିପାତ କରୁଥିଲେ। ପ୍ରତି ଚାରି ଆଠଦିନରେ ଗାଁରୁ ଜଣକ ମୁଣ୍ଡ ଯାଉଥିଲା। ସେ ବ୍ରହ୍ମଚଣ୍ଡାଳ ସଇତାନ୍‌ର ଦୃଷ୍ଟି ଯାହା ଉପରେ ପଡୁଥିଲା ତାକୁ ଆଉ କେହ ଖଣ୍ଡମଣ୍ଡଳରେ ଦେଖୁ ନଥିଲେ। ଉଭାନ୍ ହେଇ ଯାଉଥିଲା ସେ। କାହା ବାପା କାହା ଭାଇ କାହା ବୁଢ଼ୀ ଆଇ, ତ' କାହା ଗୁରୁଣ୍ଡ ଥିବା କୁନି ଶିଶୁ। କାହାକୁ ଛାଡ଼ୁ ନଥିଲା। କାନ୍ଦ ବୋବାଳିରେ ଫାଟି ପଡ଼ୁଥିଲା ସାରା ଗାଁ। ଦିନେ ମେଳି କରି ସେମାନେ ଯୋଜନା ପ୍ରସ୍ତୁତ କଲେ। କହିଲେ, "ବାସ୍ ବହୁତ ହୋଇଗଲା ଏବେ ଆଉ ନୁହେଁ। ସେ ଆମ ବଂଶ ନିପାତ କରିଦେବା ଆଗରୁ ଆମେ ତାକୁ ନିଃଶେଷ କରି ଦେବା। କିନ୍ତୁ କେମିତି ! ସେ ଯେ ଏତେ ଶକ୍ତିଶାଳୀ !"

ଅନେକଦିନ କଳ କୌଶଳ କରି ବହୁ ପରିଶ୍ରମ ପରେ, ଦିନେ ଗାଁ ବାଲାଙ୍କ ଫାନ୍ଦରେ ସେ ଫସିଗଲା। ମୁହଁରେ ଅଖା ପକାଇ ଖୁବ୍ ଟାଣ କରି ମୋଟା ରଶିରେ ବାନ୍ଧି ଭିଡ଼ି ଆଣିଲେ।

ଆବାଳବୃଦ୍ଧବନିତା ସଭିଏଁ ମିଶି ଘୋଷାରି ଘୋଷାରି ଆଣି ଗାଁ ପୋଖରୀ ନିକଟର ବିରାଟ ବର ଗଛରେ ତାକୁ କଷିକରି ବାନ୍ଧି ଦେଲେ। କେତେକ ମୁଖିଆ, ବୟୋଜ୍ୟେଷ୍ଠ ବିଚାର କଲେ ଯ଼ା ପାଇଁ କଡ଼ା ଶାସ୍ତି ଦରକାର। କିନ୍ତୁ କିଏ ଦେବ ? ସାଧାରଣ ଲୋକ ଯ଼ାକୁ ପାରିବେନି।

ଯ଼ାକୁ ଶାସ୍ତି ଦେବେ ମହାତାନ୍ତ୍ରିକ। ଯେ ପାହାଡ଼ ସନ୍ଧି ଗୁମ୍ଫାରେ ରୁହନ୍ତି। ସାଧାରଣ ଲୋକଙ୍କୁ ଦେଖା ଦିଅନ୍ତି ନାହିଁ। ତାଙ୍କ ପରାମର୍ଶ ଦରକାର।

ପୂଜାପାଠ କରି ଗୁମ୍ଫା ଭିତରକୁ ଜଣେ ସାହାସୀ ପୁରୁଷ ଯିବ। ସେୟ଼ା ହେଲା।

ସାହସ କରି ବଡ଼ ମୁଖିଆ ଗଲେ । କିଛି ସମୟ ପରେ ମହାତାନ୍ତ୍ରିକଙ୍କ ଆଜ୍ଞାମାଳ ଧରି ଫେରି ଆସିଲେ । ନିର୍ଦ୍ଦେଶ ହେଇଛି, ସେ ନରହନ୍ତା ପାଇଁ ମୃତ୍ୟୁ ଦଣ୍ଡ ।

କିନ୍ତୁ ସେ ଏମିତି ମରିବନି । ତାକୁ ମାରି ସୂର୍ଯ୍ୟ ଉଦୟ ହେବା ଆଗରୁ ତା' ସଉକୁ ଲୋପ କରିବାକୁ ପଡ଼ିବ । ତାର ସାମାନ୍ୟତମ ଅଂଶବିଶେଷ ଯଦି ଧ୍ୱସ ନ'ହୋଇ ରହିଯାଏ, ତେବେ ସର୍ବନାଶ ଅନିବାର୍ଯ୍ୟ । ସେଥିରୁ ଜନ୍ମ ନେବ ନୂତନ ଏକ ନରହନ୍ତା । ଅଧିକ ଶକ୍ତିଶାଳୀ । ତା'କୁ ବିନାଶ କରିବା ଅସମ୍ଭବ ହୋଇପଡ଼ିବ । ତେଣୁ ମାରିକରି ପୋତା ହେବନି । ପୋଡ଼ା ହେବ । ଭୋଜି ହେବ । ମାଂସ ଭୋଜି । ଧ୍ୟାନ ଦେବେ ଯେମିତି କାହା ପତ୍ରେ କିଛି ଟିକେ ବି ବଳକା ରହି ନଯାଏ । ଚାଟିଚୁଟି ସବୁ ସଫା । କଲା ପରେ ପତ୍ର ଗଦାକରି ନିଆଁ ଲଗାଯିବ ।

ରାତି ଘନେଇଲା । ମଶାଲ ଧରି ଆଠ ଦଶ ଭେଣ୍ଡିଆ ଗଛ ଚାରିପାଖେ ତାକୁ ଘେରି ରହିଲେ ।

ଛୁଆମାନଙ୍କୁ ମଜା ଲାଗୁଥିଲା ତ, ସଞ୍ଜ ପହରୁ ଡେଉଁଥିଲେ ବରଗଛ ଚାରିପାଖେ । କିଏ ଡାଙ୍ଗ ଖଣ୍ଡେ ଧରି ଦୂରରୁ ତାକୁ କେଞ୍ଚ ଦେଉଥିଲା ତ, କିଏ କୁନି ଟେକାଟିଏ ମାରି ଖଣ୍ଡେ ଦୂର ଦୌଡ଼ି ଯାଇ ତାଲି ମାରୁଥିଲା । ତା କୁସ୍ରିତ ଭୟଙ୍କର ବୀଭସ ରୂପକୁ ଘୃଣାରେ ଛେପ ପକାଇ ତାଲି ମାରୁଥିଲେ । ଛୁଆଙ୍କୁ କେହି ବାରଣ କରୁ ନଥିଲେ । କାହାର ତା' ଲାଗି ଦୟା ନଥିଲା । କାରଣ ସେ ନରହନ୍ତା । କାହାର ତାକୁ ଭୟ ନଥିଲା । କାରଣ ସେ ଏବେ ଶକ୍ତଭାବେ ବନ୍ଧା । ପାହୁଲେ ହଲି ପାରିବ ନାହିଁ ।

ଗାଁବାଲା ଖୁସିରେ ଆମ୍ଭହରା ହେଲେ । ଗାତ ଖୋଲାହେଲା । ବଡ଼ ପାଣି ହଣ୍ଡାଟିଏ ବସିଲା । ଶୁଖିଲା କାଠଗଣ୍ଡି ଚୁଲିରେ ପଶିଲା । ହୁତ୍‌ ହୁତ୍‌ ନିଆଁ ଜଳିଲା । ଭାତ ରନ୍ଧା ହେଲା । ଭାରି ସତର୍କତାର ସହିତ ଗଛରୁ ଫିଟାଇ ତା ମୁଁହକୁ ଅଖାରେ ବାନ୍ଧି ଦଶ ପନ୍ଦର ଭେଣ୍ଡିଆ ମାଡ଼ି ବସିଲେ । ସେ ଭୀଷଣ ଛଟପଟ ହେଉଥାଏ, ମଝିରୁ ପଡ଼ିଲା ଗୋଟିଏ ଚୋଟ । ଏକବାର ଦି ଗଡ଼ି । ଗଣ୍ଡି ମୁଣ୍ଡ ଅଲଗା । ତା ବାଦ୍‌ ବି ଦି' ଗଡ଼ି ଦେହ କିଛି କ୍ଷଣ ପାଇଁ ଛଟ୍‌ ଛଟ୍‌ ହେଉଥିଲା । ପୂରା ନିସ୍ତେଜ ହେବା ପରେ, କଟା ହେଲା ଗଡ଼ି ଗଡ଼ି କରି । ମାଉଁସ ଖଣ୍ଡ ଜଳନ୍ତା ଚୁଲି ଭିତରକୁ ଠେଲି ଦିଆଗଲା । ପୋଡ଼ା ମାଂସ ବାସ୍ନାରେ ଚଉଦିଗ ମହକିଲା । ଭୋକ ବଢ଼ିଲା । ଗାଁ ବାଲା ଏକାଠି ବସି ମନ ଭିରି ପେଟେ ପେଟେ ଭାତ ମାଉଁସ ଖାଇଲେ । ଏତେ ଟିକିଏ ବି ଛାଡ଼ିଲେ ନାହିଁ ।"

ଏତେସବୁ କହି ସାରି ନିଃଶ୍ୱାସ ମାରିଲା ଶିବରାମ ।

ବାଃ କୌତୁକିଆ ଗପଟିଏ ! ଏମିତି ଗପ ମୁଁ ଆଗରୁ ଶୁଣିନି । ମଜା ଲାଗୁଛି । ମୁଁ

ମନେମନେ ଭାବିଲି। କିଛି ନକହି ପରବର୍ତ୍ତୀ ଅଧ୍ୟାୟ ପାଇଁ ଆଶାୟୀ ଆଖିରେ ଚାହିଁ ରହିଲି।

"ସେଇ ବୁଢ଼ୀ ଆଜ୍ଞା। ଯାହା ପାଇଁ ଏ ସବୁ କାଣ୍ଡ। ଯାହାର ପୁଅ ବୋହୂ ସେଇ ବର୍ଷ ସେ ନରହନ୍ତା କବଳରେ ପଡ଼ି ପ୍ରାଣ ହରାଇଥିଲେ। ପୁଅର ସନ୍ତକ ଛୋଟ ନାତିଟିଏ ଛଡ଼ା ତାର ଆଉ କେହି ନଥିଲେ। ନାତି ଶୋଇ ଯାଇଥିଲା, ଡାକିଲେ ଉଠିଲାନି ବୋଲି ତାକୁ ଘରେ ଛାଡ଼ି, ବୁଢ଼ୀ ଏକୁଟିଆ ଆସି ଭୋଜି ଖାଇଲା। କଥା ମୁତାବକ ସମସ୍ତେ ଖାଇସାରି ତୁରନ୍ତ ଖଲିପତ୍ର ସବୁ ନିଆଁରେ ପକାଇଲେ। ବୁଢ଼ୀର ଦିହ ସହିଲା ନାହିଁ। ଆସ୍ତେ କରି ଭାତ ପୁଞ୍ଜେ ଆଉ ମାଉଁସ ଦି'ଗଡ଼ି ଠୋଲାରେ ଗୁଡ଼ାଇ ଲୁଗା କାନିରେ ଲୁଚେଇ ଆଣିଲା।

ନିଘୋଡ଼ ନିଦରେ ଶୋଇଥିଲା ସାତ ବରଷର ନାତି। କୋମଳ ଆଖିରେ ଆଖିଏ ନିଦ। ବୁଢ଼ୀ ଆଉ ଡାକିଲାନି। ଜଗି ବସିଲା। ଉଠିଲେ ମାଉଁସ ଭାତ ଗଣ୍ଡେ ଖୁଆଇ ଦେବ। ବସି ବସି କେତେବେଳେ ବୁଢ଼ୀର ଆଖି ଲାଗିଯାଇଛି। ବୁଢ଼ୀ ଶୋଇ ପଡ଼ିଛି, ରାତି ପାହି ଯାଇଛି। ସକାଳର ସୁରୁଜ ସହ ପୋଡ଼ା ମାଉଁସ ଭିତରୁ ନରହନ୍ତାଟା ପୁନର୍ଜନ୍ମ ନେଇ ସାରିଛି।"

ବୁଢ଼ୀ ନିଦ ଭାଙ୍ଗିଲା ତ, ଚମକି ପଡ଼ିଲା। ଅନର୍ଥ ହେଇଗଲା। କ'ଣ କରିବ ବୋଲି ବୁଦ୍ଧିବାଟ ଦିଶିଲାନି। ବିକଳରେ ଧାଇଁ ଯାଇ ଚୁଲିମୁଣ୍ଡରୁ ପନିକିଟା ଖୋଜି ଆଣିଲା ବେଳକୁ ସେ ଆଖି ଖୋଲି ଜୁଲୁ ଜୁଲୁ ଚାହିଁଛି। ପ୍ରଥ୍ୟବାର ସବୁ କଅଁଳ ଶିଶୁ ନିରୀହ, ଛଳ ଛଳ। ସେ ମଣିଷ ହେଉ କି ପଶୁପକ୍ଷୀ ବା ବୃକ୍ଷଲତା। କ୍ଷଣେ ଅଟକିଗଲା ବୁଢ଼ୀ।

"ମାର୍ ନା ମତେ। ମୁଁ କଅଁଳ ଛୁଆଟିଏ, ତୋ'ର କ'ଣ ବା କ୍ଷତି କରି ପାରିବି ? ବ୍ୟସ୍ତ ହ ନା। ଗାଁ ଲୋକ ମତେ ଦେଖିବେନି। ତତେ କେହି ଦୋଷ ଦେବେନି। ମୁଁ ବଞ୍ଚ ରହିଲେ, ତୋ ଘର ପୂରି ଉଠିବ। ଏ ଗାଁରେ ସବୁଠୁ ଧନୀ ତୁ ହେବୁ। ମତେ କେବଳ ଗଣ୍ଡେ ଖାଇବାକୁ ଦେବୁ, ବାସ୍। ତତେ ଆପେ ଆପେ ସବୁ ମିଳିଯିବ।"

ସେ ନେହୁରା ହେଲା। ବୁଢ଼ୀର ମନ ତରଳି ଗଲା।

ବୁଢ଼ୀ ଶିକାରୁ କାଢ଼ି ତାଟିଏ ଦୁଧ ପିଇବାକୁ ଦେଲା। ଦୁଧ ପିଇ ସତକୁ ସତ ସେ ଘୁସୁରି ଘୁସୁରି ଓଲି ପଛପଟକୁ ଚାଲିଗଲା।

ସେଦିନ ସନ୍ଧ୍ୟାରେ ଗାଁ ମାଇପେ ଅଚାନକ ବୁଢ଼ୀ ପାଇଁ ନିଜ ବାଡ଼ିରୁ ସାରୁ,

କାନ୍ଦିଆ, ଭଣ୍ଡା ଆଣି ଗଦା କଲେ। ଚମତ୍କାର! ଆଜି ଯାଏ ଆଢ଼ ଆଖିରେ ଚାହୁଁ ନଥିବା ବୁଢ଼ୀକୁ ସମସ୍ତଙ୍କର ଏତେ ଦୟା, କେତେ ଆଦର! ସବୁ ତା'ରି କରାମତି। ବୁଢ଼ୀ ବୁଝିଗଲା। କିଛି କାହାକୁ କହିଲା ନାହିଁ। ଅଳ୍ପ ଦିନ ଭିତରେ ବୁଢ଼ୀର ଭାଗ୍ୟ ବଦଲି ଗଲା। କିଛି ଅଭାବ ରହିଲା ନାହିଁ। ସର୍ତ ମୁତାବକ ବୁଢ଼ୀ ବି ତା ପେଟ ଅପୂରା ରଖିଲା ନାହିଁ।

କିନ୍ତୁ ଦିନକୁ ଦିନ ତା' ଶରୀର ସହ ତା' ଭୋକ ବଢ଼ିବାରେ ଲାଗିଲା। ଦୁଧରୁ କୁକୁଡ଼ା ଚିଆଁ, ଗଣ୍ଡା, ଛେଲିଛୁଆରୁ ଗାଈ ମଇଁଷି ପର୍ଯ୍ୟନ୍ତ କଥା ଗଲା। ସବୁଦିନ ତା ଖାଦ୍ୟ ଯୋଗାଡ଼ କରି କରି ସେ ଥକି ପଡ଼ୁଥିଲା। ଦିନେ ରାତିରେ ବୁଢ଼ୀ କିଛି ନପାଇ ଖାଲି ହାତରେ ଫେରି ଆସିବାର ଦେଖି ସେ ରାଗରେ ଫାଟିପଡ଼ିଲା। କ୍ରୋଧରେ ତା' ଆଖିରୁ ଅଗ୍ନି ସ୍ଫୁରଣ ହେଲା। ସାଁ ସାଁ କରି ବୁଢ଼ୀ ଆଢ଼କୁ ଖେପି ଆସିଲା। ଭାରି ଭୟଙ୍କର, ବିକଟାଳ ଦିଶୁଥିଲା ସେ। ସେଦିନ ଗଛଗଣ୍ଡିରେ ବନ୍ଧା ହୋଇଥିବା କୁସିତ ରୂପ ପରି ଅବିକଳ। ଡରିଗଲା ବୁଢ଼ୀ। ଆସନ୍ତା କାଲି ଯେମିତି ହେଲେ କୁକୁଡ଼ାଟିଏ ଆଣିବ, ଏମିତି ବହୁ ବୁଝାଶୁଝ ଓ ପ୍ରତିଶ୍ରୁତି ପରେ ସାମାନ୍ୟ ଶାନ୍ତ ହୋଇ ଓଲି ପଛକୁ ଚାଲିଗଲା।

ପରଦିନ ବୁଢ଼ୀ ଘରୁ ବାହାରି ଗଲା। ବୁଲିଲା ଖୁବ୍ ବୁଲିଲା। ବଣ ଜଙ୍ଗଲ, ପାହାଡ଼ ଝରଣା ସବୁ ବୁଲିଲା। ତା ପେଟ ପାଇଁ କିଛି ପାଇଲା ନାହିଁ ସେଦିନ। ଖାଲି ହାତରେ ହତାଶ ହୋଇ ବାଟରେ ଫେରୁ ଫେରୁ ଭାବିଲା, 'ମୁଁ ଆଉ ପାରିବି ନାହିଁ। ଯାକୁ ଲୁଚାଇ ରଖିବା ଏବେ ଆଉ ସମ୍ଭବ ନୁହେଁ। କାଲି ଗାଁ ରେ କହିଦେବି। ମତେ ଗାଁ ଲୋକ ଯାହା ଦଣ୍ଡ ଦେବେ ସହିବି ସିନା, ୟା କୁ ସମ୍ଭାଳିବା ଏବେ ମୋ ପାଇଁ ଅସମ୍ଭବ। ଆଜି ରାତିଟା କେମିତି କଟିଯାଉ।'

ଏମିତି ଭାବି ଭାବି ଦରଜା ଖୋଲିଲା ବୁଢ଼ୀ। ଏ କ'ଣ! ମାଟି ଲିପା ଚଟାଣ ସାରା ରକ୍ତ ଛିଟା। ଚମକି ପଡ଼ିଲା। ଚତୁର୍ଦିଗ ଆଖି ବୁଲାଇ ଆଣିଲା। ସାତ ବରଷର ଅପଙ୍ଗ ନାତିଟି ତା ଲୋଚା କୋଚା ବିଛଣାରେ ଆଉ ନଥିଲା। ହେ ଭଗବାନ୍! ବେଇମାନ, ଧୋକାବାଜ, ବିଶ୍ୱାସଘାତକ ବୋଲି ରଡ଼ିଟେ କଲା। ଅନୁତାପ, ଭୟ ଓ କ୍ରୋଧରେ ତା ସର୍ବାଙ୍ଗ ଥରିଉଠିଲା। ପ୍ରତିହିଂସାରେ ଜର ଜର ହୋଇ ସେ ଚୁଲି ମୁଣ୍ଡରୁ ପୁଣି ଉଠାଇଲା ଧାରୁଆ ପନିକି। ଶତସିଂହର ବଳ ନେଇ ଧାଁ ଗଲା ଓଲିପଛ ଆଢ଼କୁ।

ଦୁମ୍ କରି ବ୍ରେକ କଷିଲି। କଷିବାକୁ ପଡ଼ିଲା। ଶିବରାମ ସମ୍ପୂର୍ଣ୍ଣ ଆଗକୁ ଝୁଙ୍କି ପଡ଼ୁ ପଡ଼ୁ ନିଜକୁ ସମ୍ଭାଳି ନେଇ ହାଲୁକା ଚିକ୍କାରଟିଏ କଲା। କ'ଣ ହେଲା ଆଜ୍ଞା..

କିଛି ଗୋଟାଏ.. କି ଜନ୍ତୁଟା ଗାଡ଼ି ଆଗକୁ ଲଫଦେଇ ଛିଟିକି ପଡ଼ିଛି।

"ହେଇ ଦେଖ, ସେଇ ଗଛ ମୂଳରେ ।"

ଗାଡ଼ିର ହେଡ଼ଲାଇଟ୍‌ରେ କୁହୁଡ଼ିଆ ଦିଶୁଥିଲା ।

"ରକ୍ତ ଜୁଡ଼ୁ ଜୁଡ଼ୁ ହୋଇ ଛିଣ୍ଡାକନା ବୁଜୁଲାଟି ପ୍ରାୟ ପଡ଼ି ରହିଛି । ଦେଖ ପାରୁନ ଶିବରାମ ? କୁଆଡ଼େ ଦେଖୁଛ, ସେଇ ବାଁ କଡ଼କୁ ଦେଖ ।"

ଶିବରାମକୁ ଦେଖା ଗଲାନି ।

ଆଖି କହୁଛନ୍ତି ମାନେ ପଡ଼ିଛି ନିଶ୍ଚୟ ।

ସବୁ ଜିନିଷ ଦୃଶ୍ୟମାନ ହୁଏ ନାହିଁ । ଦୃଶ୍ୟମାନ ହୁଏ ନାହିଁ ମାନେ ନୁହେଁ ଯେ' ତାକୁ ଅସ୍ୱୀକାର କରାଯିବ, ତା' ନୁହେଁ । ଏହା ପ୍ରମାଣିତ କରିବାକୁ ଯାଇ ସେ ବଡ଼ ହଁ.. ଟିଏ ମାରିଲା ।

"ଓଃ ସରି, ତୁମେ କହିଥିଲ କୌଣସି ପରିସ୍ଥିତିରେ ଗାଡ଼ି ନଅଟକାଇବାକୁ । ମୁଁ ବାଧ୍ୟ ହେଇ.."

"ନାଇଁ ଆଖି, ଆଉ କିଛି ଅସୁବିଧା ନାହିଁ । ସେ ସଡ଼କ ତ ଆମେ ଅନେକ ପଛରେ ଛାଡ଼ି ଆସିଲେଣି । ଏବେ କିଛି ଚିନ୍ତା କରିବାର ନାହିଁ । ଆରାମରେ ଗାଡ଼ି ଚଲାନ୍ତୁ । ଆଉ ଅଛ ବାଟ ଗଲେ ବାଆଁକୁ କାଟିବେ । ଖୋଜେ ବାଟ ଗଲେ ଡାକବଙ୍ଗଳା ।"

ଡାକବଙ୍ଗଳା ଶବ୍ଦଟା ଶୁଣି ମୋ ଚେତା ପଶିଲା । ଗପ ଭିତରେ ସେ କଥାଟା କେମିତି ଭୁଲିଯାଇଥିଲି କେଜାଣି ।

ଦେଖିଲି ସତ କହୁଛି ଶିବରାମ । ବର୍ଷା ଛାଡ଼ି ଯାଇଛି । ମେଘମୁକ୍ତ ଆକାଶରେ କୁନି କୁନି ତାରା । ସବୁ ସ୍ଥିର, ଶାନ୍ତ । ଆକାଶରେ କଅଁଳ ଜହ୍ନ ଆଲୁଅ ଧୀରେ ଧୀରେ ଆଖି ମେଲୁଛି । ସଳଖ ରାସ୍ତା ଲମ୍ବି ଯାଇଛି ।

ମୁହଁକୁ ମୁଦେ ପାଣି ଛାଟି ଗାଡ଼ି ଷ୍ଟାର୍ଟ କଲି । ବ୍ରେକ ବୁଲାଇ ଶିବରାମକୁ ଚାହିଁଲି । ସେ କାହାଣୀଟିକୁ ଅଧାରେ ଛାଡ଼ି ଥିଲା । ସେ କିନ୍ତୁ ଆଉ ଆଗ ପରି ଦିଶୁ ନଥିଲା । ଏତେ କଥା କହିସାରିବା ପରେ ଥକ୍କି ଯାଇଥିଲା ବୋଧେ । ଖୁବ୍ ଶାନ୍ତ ଓ ଉଦାସ ଲାଗୁଥିଲା । ମୁଁ ମୋ ଆଡ଼ୁ ପଚାରିଲି,

"ତା'ପରେ କ'ଣ ହେଲା କୁହ ଶିବରାମ ।"

"ଆଖି କହୁଛି । ସେ ବୁଢ଼ୀ ପନିକି ଧରି ଓଲି ପଛପଟକୁ ଧାଇଁ ଗଲା ବେଳକୁ ଆଉ କିଛି ବାକି ନଥିଲା । ଗଛ ଗଣ୍ଡି ପରି ପେଟ ଫୁଲାଇ ପାଲଗଦା ଉପରେ ଆରାମରେ ପଡ଼ି ରହିଥିଲା ସେ ନରହନ୍ତା ରାକ୍ଷସ ।"

ଶିବରାମ ପୁଣି ଚୁପ୍ ରହିଲା ।

"ଆଛା, ବୁଢ଼ୀ ତା'ପରେ ତାକୁ ନିଶ୍ଚୟ ହାଣି ଦେଇଥିବ । ନା' କ'ଣ କହୁଛ ଶିବରାମ ?"

"ନାଇଁ, ବୁଢ଼ୀକୁ ସେଦିନୁ ଆଉ କେହି ଦେଖି ନାହାଁନ୍ତି । ପେଟ ଫୁଲାଇ ଭିଡ଼ିମୋଡ଼ି ହୋଇ ଘୁଷୁରି ଘୁଷୁରି ଗାଁ ଭିତରକୁ ପ୍ରବେଶ କଲା ସେ ଅଜଗର ।"

"ଅଜଗର !"

"ହଁ ଆଜ୍ଞା, ସେଇ ଅଜଗର ତ ବୁଢ଼ୀ ଓ ତା ନାତିକୁ ଗିଲିଥିଲା ।

କେଉଁ ଆଦିମ କାଳରୁ ବଞ୍ଚିଛି ସେ । ମହାତାନ୍ତ୍ରିକର ଭବିଷ୍ୟବାଣୀ ସତ ହେଇଛି । ତାକୁ ସମୂଳେ ଧ୍ୱସଂ କରା ଗଲାନି ବୋଲି, ତାର ଆଉ ବିନାଶ ହେଇ ପାରିଲା ନାହିଁ । ଲୋଭୀ ମୂର୍ଖ ବୁଢ଼ୀ ତାକୁ ଜୀବନ୍ୟାସ ଦେଇ ନଥିଲେ ଏମିତି କ'ଣ ହେଇ ଥାଆନ୍ତା ! ଏ ମଣିଷ ହିଁ ତାକୁ ଶକ୍ତିଶାଳୀ କରିଛି । ଆହାର ଦେଇଛି ମାନେ ସେ ଖୋଜିବ, ଆହୁରି ଖୋଜିବ । ମଣିଷ ଗିଲିବ । ଯେତେ ଗିଲିଲେ ବି ତା ପେଟ ପୂରିବ ନାହିଁ । ଭୋକ ମେଣ୍ଟିବ ନାହିଁ । କେଜାଣି ଆଉ କେତେ ଯୁଗ ବଞ୍ଚିଥିବ ସେ ନରହନ୍ତା ଅଜଗର ।"

ଛାତି ଦାଉଁ ଦାଉଁ କଲା ମୋର । ବାଁ ଛାତି ପାଖରେ ଅଜଣା ଜଙ୍ଗଲୀ ପୋକଟେ କି କ'ଣ, ପିଟି ହୋଇ ଉଡ଼ିଗଲା । କ୍ଷଣକ ପରେ ମତେ ଆରାମ ଲାଗିଲା । ହାଲ୍କା ଲାଗିଲା । ଯେମିତି ଭାରି ବୋଝଟିଏ କିଏ ଓହ୍ଲାଇ ଦେଇଛି ।

ଶିବରାମ କହିଲା,

"ଆସ୍ତେ ଆଜ୍ଞା ଆସ୍ତେ । ଧୀରେ ଚଲାନ୍ତୁ । ଏଥର କାହିଁକି ବେଗ ବଢ଼ାଇଲେ ? ଆଉ ଭୟ ନାହିଁ ପରା ।"

ମୁଁ ଆଉ ତା କଥା କିଛି ଶୁଣିଲି ନାହିଁ । ମାନିଲି ନାହିଁ ।

ହେଡ଼ଲାଇଟ୍‌ରେ କଳା ମଟ୍ ମଟ୍ ସଡ଼କଟା ମତେ ଦିଶୁଥିଲା ଗୋଟିଏ ବିରାଟ ଅଜଗର ସଦୃଶ୍ୟ । ଲମ୍ବି ଯାଇଛି ପୃଥିବୀର ଶେଷ ସୀମା ପର୍ଯ୍ୟନ୍ତ । ତାକୁ କାଟି ମତେ ଆଗକୁ ଟପି ଯିବାକୁ ହେବ ।

ମିଟରକଣ୍ଟା ଉପରକୁ ଉଠୁଥିଲା, ନବେ, ଶହେ, ଶହେକୋଡ଼ିଏ.. ।

ନନ୍ଦନବନ ଅତିକ୍ରମ କରି ଗାଡ଼ି ଛୁଟି ଥିଲା ରାୟପୁର ରେଲ୍‌ୱେ ଷ୍ଟେସନ୍ ଆଡ଼େ ।

ଶିବରାମ ଡାକୁଥିଲା,

"ଆଜ୍ଞା ବାଁକୁ କାଟିବାର ଥିଲା, ଆପଣ ଛାଡ଼ି ଆସିଲେ। ଡାକବଙ୍ଗଲା ରହିଗଲା।"

ଛାତି ଭିତରୁ ଅସ୍ପଷ୍ଟ ସ୍ୱରଟିଏ ଭାସି ଆସୁଥିଲା। ଡାକବଙ୍ଗଲା ଆଉ ଯିବି ନାହିଁ। ପ୍ରତିଜ୍ଞା କରୁଛି, ମଣିଷ ସମାଜର ଅଜଗର ମାନେ ଅନ୍ତତଃ ମୋ ଦ୍ୱାରା ଆଉ ଶକ୍ତିଶାଳୀ ହେବେ ନାହିଁ।

(ଜନଜାତିଙ୍କ ଲୋକକଥା)

ଅବୁଝା ଅଧ୍ୟାୟ

ଆକାଶରୁ ଝରୁଥିଲା ଅବିଶ୍ରାନ୍ତ ଶ୍ରାବଣର ଧାରା। ଶନିବାର ଓ ରବିବାର ଛୁଟି ପରେ ମୁଁ ଅଫିସ୍ ଯିବାକୁ ପ୍ରସ୍ତୁତ ହୋଇ ରହିଥାଏ। ବର୍ଷା ଟିକେ କମିଥିବାର ଦେଖି ମୁଁ ପୋର୍ଟିକୋରୁ ଗାଡ଼ି ବାହାର କଲା ବେଳକୁ ପୁଣି ଅସରାଏ ବର୍ଷା। ଯାଃ, ଆଜି ଆଉ ବାହିରି ହେବନି! ଏମିତି ତ ବିଳମ୍ବ ହୋଇ ସାରିଥିଲା, ମୁଁ ମନସ୍ଥ କଲି ଆଉ ଯିବିନାହିଁ। ତେବେ ସାରା ଦିନ ଆଉ କିଛି କାମର ଚାପ ନାହିଁ। ମୁଁ ଘର ଭିତରକୁ ବି ଗଲିନାହିଁ। ପିଣ୍ଡା ଉପରେ ପଡ଼ିଥିବା ବେତ ଚୌକିଟା ଟାଣିଆଣି ସେଠି ବସିଲି।

ମୋ କ୍ୱାର୍ଟର ସାମ୍ନାରେ ଛୋଟିଆ ଶିବମନ୍ଦିରଟିଏ। ଆଖପାଖର ଶ୍ରଦ୍ଧାଳୁମାନେ ପୂଜାର୍ଚ୍ଚନା ପାଇଁ ଆସି ଥାଆନ୍ତି। ମୁଁ ବି କେବେକେବେ ଅଫିସରୁ ଫେରି ଧୁଆଧୁଲ ହୋଇ ମନ୍ଦିର ଯାଏ। ମନ୍ଦିର ବେଢ଼ାରେ କିଛି ସମୟ ବସେ। ମୋ ମନ ପ୍ରଶାନ୍ତିରେ ଭରିଯାଏ।

ପୋର୍ଟିକୋ ଛାତରୁ ଜଳର ଅବିରତ ଧାରା ବହି ଯାଉଥାଏ। ଫାଟକ ମୁହଁରେ ବାରମାସି ଫୁଲ ଭର୍ତ୍ତି ବିରାଟ ସ୍ୱର୍ଣ୍ଣଚମ୍ପା ଗଛରୁ ଦଲକାଏ ଦଲକାଏ ଓଦା ପବନ ସହ ଚମ୍ପାଫୁଲର ମହକ ଚତୁଃପାର୍ଶ୍ୱରେ ଖେଳି ଯାଉଥିଲା। ଚମ୍ପାଫୁଲର ମହକ ମତେ ସବୁବେଳେ ମତୁଆଲା କରେ। ପିଣ୍ଡା ଉପରେ ବସି ବସି ମୋର ପିଲାବେଳ କଥା ମନେ ପଡ଼ିଲା।

ଆମ ବାରିରେ ବି ଅନ୍ୟ ଫୁଲଗଛ ସହ ଏମିତି ଏକ ବିରାଟ ଚମ୍ପାଗଛଟିଏ ଥିଲା। ବୋଉ ସେ ଗଛ ସବୁକୁ ନିଜେ ଲଗାଇ ଥିଲା। ଭୋରୁ ଉଠି ଠାକୁରପୂଜା ପାଇଁ ସେ ଚାଙ୍ଗୁଡ଼ିଏ ଫୁଲ ତୋଲି ଆଣେ। ମୁଁ ଉଠିଲା ବେଳକୁ ସାରାଘର ଫୁଲ ମହକରେ ମହକୁ ଥାଏ। ବୋଉ କହେ ଚମ୍ପା ହେଉଛି ମହାଦେବଙ୍କ ପ୍ରିୟ ଫୁଲ। ବୋଉ ଏବେ

ନାହିଁ । ଆଠବର୍ଷ ହେଲା ଯାଇ ସ୍ୱର୍ଗରେ । ସେ ଘର ବି ନାହିଁ । ଅସୁବିଧାରେ ପଡ଼ି ବାପା ସେ ଘରକୁ ବିକି ଦେଇଥିଲେ । ଯଦିଓ ପରେ ଅନ୍ୟତ୍ର ଘର କରିଥିଲେ, କିନ୍ତୁ ବୋଉର ଆତ୍ମା ଯେମିତି ସେଇ ଘରେ ହିଁ ରହି ଯାଇଥିଲା ।

ସମୟ ଗଡ଼ି ଯାଉଥିଲା କିନ୍ତୁ ବର୍ଷା କମୁ ନଥିଲା । ମୋର ପୁଣି ମନେ ପଡ଼ିଲା ତା କଥା । ସେଦିନ ଏମିତି ଏକ ବର୍ଷଣମୁଖରିତ ବେଳାରେ ମୋର ତା ସହ ପ୍ରଥମ ଥର ସାକ୍ଷାତ ହୋଇଥିଲା । ସେଇ ମୁହୂର୍ତ୍ତକୁ ହୁଏତ ଜୀବନରେ କେବେ ଭୁଲିପାରିବି ନାହିଁ ।

ସେଦିନ ଥିଲା ରବିବାର, ଛୁଟିଦିନ । ମୁଁ ଦେହରେ ପତଲା ଚାଦରଟିଏ ବେଢ଼ାଇ ହୋଇ ବଗିଚା ଭିତରେ ବୁଲୁଥିଲି । ଆସନ୍ନ ସନ୍ଧ୍ୟାର ମ୍ଲାନ ଆଲୁଅ । ହଠାତ୍ ଝିପଝିପ ବର୍ଷା ଆରମ୍ଭ ହେଲା ଓ ଦେଖୁ ଦେଖୁ ବର୍ଷିଗଲା । ମୁଁ ତୁରନ୍ତ ବାରଣ୍ଡା ଉପରକୁ ଉଠି ଆସି ଚୌକି ଉପରେ ବସି ପଡ଼ିଲି ।

ଠିକ୍ ସେତିକିବେଳେ ଦରଆଉଜା ଫାଟକ ଆଡ଼େଇ ତର ତର ହୋଇ ଭିତରକୁ ପଶି ଆସିଲେ ଜଣେ ମଧ୍ୟବୟସ୍କା ଭଦ୍ରମହିଳା । ହାତରେ ତାଙ୍କର ଫୁଲଚାଙ୍ଗୁଡ଼ି ଓ ପୂଜାଥାଳି । ସମ୍ଭବତଃ, ସେ ପାଖ ଶିବମନ୍ଦିରରେ ପହଞ୍ଚିବା ପୂର୍ବରୁ ହିଁ ବର୍ଷା କାଟିଦେଲା । ସେ ଏକ ପ୍ରକାର ଧାଇଁ ଆସି ଝରକାର ଛୋଟ ଚାଜା ତଳେ ଛିଡ଼ା ହୋଇଗଲେ । ସେତେବେଳକୁ ସେ ସମ୍ପୂର୍ଣ୍ଣ ଭିଜି ଗଲେଣି । ପାଣି ମାଡ଼ରେ ଆଖିଖୋଲି ସେ ହୁଏତ ଠିକ୍‌ରେ କିଛି ଦେଖି ପାରୁ ନଥିଲେ । ସଫେଦ୍ କଟନ ଶାଢ଼ିଟା ଦେହକୁ ଜଡ଼ାଇ ଧରିଥିଲା । କଟୀ ଯାଏ ଲମ୍ବି ଯାଇଥିବା ମୁକୁଳା କେଶରୁ ଠପ ଠପ ପାଣି ଝରୁଥିଲା । ଚାଜା ତଳେ ବି ପାଣି ଛିଟା ମାରୁଥିଲା । ମାନବିକତା ଦୃଷ୍ଟିରୁ ମୁଁ ଚୌକିରୁ ଉଠିଆସି ତାଙ୍କୁ ପିଣ୍ଡା ଉପରକୁ ଡାକିଲି ।

“ଆସନ୍ତୁ ଆସନ୍ତୁ ସେପଟେ ବି ପାଣି ଛାଟୁଛି, ଏଇ ଉପରକୁ ଉଠି ଆସନ୍ତୁ ।”

ମହିଳା ଜଣଙ୍କ ବୁଲିପଡ଼ି ଅନେଇଲେ । କ୍ଷଣକ ଭିତରେ ତାଙ୍କ ମୁହଁର ଭାବ ବଦଲି ଗଲା । ବିସ୍ମିତ ହେଲା ପରି ମତେ ଚାହିଁ ରହିଲେ । ହଲ୍ ନାହିଁ କି ଚଲ୍ ନାହିଁ । ମୁଁ ଟିକେ ଅପ୍ରତିଭ ହୋଇପଡ଼ିଲି । ଯାହା ହେଲେ ବି ସେ ଜଣେ ମହିଳା, ପୁଣି ଓଦା ଜଡ଼ସଡ଼ । ବାହାରେ ନିର୍ଦ୍ଧୂମ୍ ବର୍ଷା । ରାସ୍ତାରେ କି ଆଖ ପାଖରେ କେହି ଜଣେ ହେଲେ ବି ନାହାଁନ୍ତି । ଏମିତି ଏକାନ୍ତରେ ପୁରୁଷଟିଏ ଯଦି ଅନୁଗ୍ରହ ଦେଖାଏ, ତେବେ କୌଣସି ମହିଳା ପାଖରେ ସଂକୋଚ ଆସିବା ସ୍ୱାଭାବିକ ।

କ୍ଷଣକ ଭିତରେ ମହିଳା ଜଣଙ୍କର ଭାବ ପୁଣି ବଦଳି ଗଲା । ପ୍ରଫୁଲ୍ଲ ଦେଖାଗଲେ । ପଚାରିଲେ,

"ଆପଣ ବିଶ୍ୱଜିତ୍ ?

"ଆଜ୍ଞା !"

"ଆପଣଙ୍କ ଘର ଭୁବନେଶ୍ୱର ନା ?"

"ଆଜ୍ଞା, ହେଲେ ଆପଣ କେମିତି ଜାଣିଲେ ?"

"ତୁମେ ମତେ ଚିହ୍ନି ପାରୁନ ? ମୁଁ ନିରୁପମା ।"

ହଠାତ୍ ଦେଖୁଦେଖୁ ଅଚିହ୍ନା ଲୋକକୁ ଆପଣରୁ ସିଧା ତୁମେ ବୋଲି କିଏ ସମ୍ବୋଧନ କରେ ! ଚିହ୍ନା ଜଣା କେହି ହେଇଥିବେ । ହେଲେ ମୁଁ ମନେ ପକାଇ ପାରୁ ନଥିଲି ।

"କ'ଣ ମନେ ପଡୁନି ?"

"କ୍ଷମା କରିବେ ଆଜ୍ଞା, ମୁଁ ଜମା ମନେ ପକାଇ ପାରୁନି ।"

"ଆରେ କ୍ଷମା କ'ଣ ! ହା ହା ହା .." ସ୍ତ୍ରୀ ଲୋକଜଣଙ୍କ ଖୁସିରେ ଗର୍ ଗଦ୍ ହୋଇ ମନ ଖୋଲା ହସିଲେ ।

ଗମ୍ଭୀର ପରିବେଶରେ ହଠାତ୍ ଚଳ ଚଞ୍ଚଳ ହୋଇ ଉଠିଲା ।

"ମୁଁ ନିରୁପମା, ନିରୁ ମ.. ମନେପକାଅ ପିଲାଦିନ । ତୁମ କଲୋନି ଶେଷ ମୁଣ୍ଡରେ ଆମ ଘର ! ତୁମ ବଗିଚାରୁ ପ୍ରତିଦିନ ଫୁଲ ଚୋରିକରେ, ଖୁଦୁରୁକୁଣୀ, ଗଣେଶପୂଜା ପଡ଼ିଲେ ଆମେ କେତେ ଝିଅ ମେଳି ହୋଇ ଯାଉ ଫୁଲ ତୋଳିବାକୁ । ତୁମ ପାଟେରି ବାହାରୁ ନଗୀ ଲଗାଇ କେତେ ଯେ ଚମ୍ପାଫୁଲ ନ ତୋଳିଛୁ !

ମୁଁ ଆଶ୍ଚର୍ଯ୍ୟ ହୋଇ ଚାହିଁ ଥିଲି ତାଙ୍କ ମୁହଁକୁ !

"ତୁମର ମନେ ନାହିଁ ନା ? ମୋର କିନ୍ତୁ ମନେ ଅଛି । ତୁମ ଅଗଣାରେ ଗୋଟେ ସୁନ୍ଦରୀମୁଣ୍ଡି ଆମ୍ବଗଛ ଥିଲା । ଲମ୍ବା ଅବଧି ଗ୍ରୀଷ୍ମଛୁଟି ଦ୍ୱିପ୍ରହରେ ତୁମେ ସେଇ ଆମ୍ବଗଛ ମୂଲେ ବହିଟେ ଧରି ବସି ପଢୁ ଥାଅ । ମୁଁ ସେ ବାଟ ଦେଇ ମୋ ସାଙ୍ଗ ମିଲି ଘରକୁ ଖେଳିବାକୁ ଗଲା ବେଳକୁ, ପ୍ରତିଥର ତୁମକୁ ଅନାଇ ଅନାଇ ଯାଏ । ମତେ ଭାରି ଶାନ୍ତ, ସୁଧୀର ଲାଗ ତୁମେ ।

ଗଛରେ ତୁମର କଞ୍ଚି ଆମ୍ବ ଭର୍ତ୍ତି ହୋଇ ଥାଏ । ଦିନେ ମୋର ଭାରି ଇଚ୍ଛା ହେଲା ଆମ୍ବ ଝଡ଼େଇବାକୁ । ତୁମକୁ ସେଦିନ ଗଛ ମୂଲେ ଦେଖି ପାରିଲି ନାହିଁ । ସେଇ

ସୁଯୋଗରେ ମାରିଲି ଗୋଟେ ଟେକା । ହେ ଭଗବାନ ! ତୁମେ ସେଇ ପାଖରେ ହିଁ ଥିଲ । ଟେକା ତ ଆମ୍ଭରେ ବାଜିଲା ନାହିଁ, କିନ୍ତୁ ତୁମେ ହାଉଲି ଖାଇବା ପରି ବୋଉ ଲୋ.. ବୋଲି ଏତେ ଜୋରରେ ଚିକ୍ରାର କଲ ଯେ, ତୁମ ବୋଉ ଘର ଭିତରୁ ଧାଇଁ ଆସିଲେ । ମୁଁ ଆଉ କ'ଣ ସେଠି ଅଛି ! ଅଶନିଃଶ୍ୱାସୀ ହେଇ ଧାଇଁଲି ଯେ ସିଧା ଆସି ଆମ ଘରେ ।

ଏବେ ବି ମନେ ପଡୁନି ?

ତା ଉସ୍ଥାହ ଦେଖି ମୁଁ ତାକୁବ୍ ହେଉଥିଲି । ସେତେବେଳକୁ ମୋ ଚେହେରାରେ ବି ଅଭୁତ ଚମକଟିଏ ଖେଳି ସାରିଥିଲା । ଆଉ ଓଠରେ ଧାରେ ହସ ।

"ଆରେ ବାୟରେ ତୁମେ ଏତେ ପ୍ରଗଲ୍ଭା । କେତେ କଥା ଗପି ଗଲ ଏକାଠରେ, ମୋର କ'ଣ ଏବେ ବି ମନେ ପଡ଼ିବନି ! ତୁମେ ବିଷ୍ଣୁ ମଉସାଙ୍କ ସାନଝିଅ । ନାକକାନ୍ଦୁରୀ, ଝାମ୍ପୁରିମୁଣ୍ଡୀ ନିରୁ । ଯାହାକୁ ମୋ ବୋଉ ରାତି ପାହିଲେ ଗାଳି କରେ, କୁହେ "ଏ ଅଣ୍ଡରୀଚଣ୍ଡୀକୁ ନିଦ ନାହିଁ, ବାରିରେ ଫୁଲଟେ ରଖେଇ ଦେଉନି । ନଗୀ ଲଗେଇ, ପାଚେରି ଡେଇଁ ସବୁ ଖୁଣ୍ଟି ନେଉଛି । ଭୋରୁ ନତୋଳିଲେ ନିଜ ବାରିରୁ ବି ଫୁଲ ପାଇବନି ମଣିଷ । ଏଡ଼େ ଦୁଷ୍ଟ ଝିଅକୁ କିଏ ବୋହୂ କରି ନେବ କେଜାଣି !" ହା ହା ହା..ସେତେବେଳ କେମିତି ଦେଖା ଯାଉଥିଲ, ଏବେ ପୂରା ବଦଲି ଯାଇଛ । ତେଣୁ ହଠାତ୍ ଚିହ୍ନି ହେଲାନି ।"

"ବଦଲି ଯାଇଛି ? କୁହ ତେବେ, ସେତେବେଳେ କ'ଣ ଦେଖା ଯାଉଥିଲି, ଆଉ ଏବେ କ'ଣ ବଦଲିଛି ?"

ତା ପ୍ରଶ୍ନରେ ମୁଁ ଟିକେ ଅପ୍ରସ୍ତୁତ ହୋଇ ପଡ଼ିଲି । କାରଣ ଯାହା ହେଲେ ବି ସେ ପିଲାଦିନ ଏବେ ନାହିଁ । ଦେଖୁ ଦେଖୁ ଝାମ୍ପୁରିମୁଣ୍ଡୀ, ନାକକାନ୍ଦୁରୀ, ଅଣ୍ଡରୀଚଣ୍ଡୀ ଏ ସବୁ କହିବା କ'ଣ ଦରକାର ଥିଲା ! ଏବେ କ'ଣ କହି ବୁଝେଇବି ତାକୁ ? ମୁଁ ନିଜକୁ ଯଥା ସମ୍ଭବ ସଜାଡ଼ିବାକୁ ଚେଷ୍ଟା କରି ହସି ଦେଇ କହିଲି,

"ନା ମାନେ.. ମୋ କହିବାର ଅର୍ଥ ଏବେ କେତେ ଅଲଗା ଦେଖା ଯାଉଛ । ସମ୍ଭ୍ରାନ୍ତ, ମାର୍ଜିତ ଭଦ୍ରମହିଳା ।"

"ହା ହା.. ଆଉ କ'ଣ ଏବେବି ସେମିତି ଥିଆନ୍ତି, ସେଇ ଚପଲା କିଶୋରୀ ଝାମ୍ପୁରିମୁଣ୍ଡି ନାକକାନ୍ଦୁରି । ମୁଁ ପରା ଏବେ ଦୁଇଟା ଛୁଆର ମାଆ ।"

ଭାବବିହ୍ୱଳ ହୋଇ ପ୍ରାଣଖୋଲା ହସୁଥିଲା ନିରୁପମା । ମୁଁ ବି ହସିଦେଲି ହେଲେ ଭିତରେ ଭିତରେ ଟିକେ ଲଜ୍ଜିତ ହେଲି । କାରଣ ଯେଉଁ ବାକ୍ୟରେ ମୋର ସାମାନ୍ୟ

ସଂଯମ ରକ୍ଷା କରିବାର ଥିଲା, ହୁଏତ ସେ କଥାକୁ ସିଏ ବି ଧରି ପାରିଥିଲା । ତେଣୁ ମୁଁ ତାକୁ ଆଉ ଥରେ ଭୁଲାଇବା ପ୍ରୟାସରେ ରସିକତା କରି କହିଲି,

"ନାଁ ନାଁ, ମୁଁ କ'ଣ କହୁଥିଲି କି, ଯେମିତି ତମର ଏତେ ସବୁକଥା ନିଖୁଣ ଭାବେ ମନେ, ମୋର ବି ଗୋଟେ କଥା ମନେଅଛି ।"

"କ'ଣ ?"

"ଦେଖ ! ଦେଖ କପାଳରେ ଆଜିଯାଏ ଏଇ ଯେଉଁ ଚିହ୍ନଟା ନାହିଁ, ସେଇଟା ତୁମରି ଉପହାର । ତୁମ ଟେକା ମାଡ଼ରେ...”

"ହେ ଭଗବାନ ! ତୁମର ସେଦିନ ମୁଣ୍ଡ ଫାଟି ଯାଇଥିଲା ! ସରି, ସରି.... ମୁଁ ଜମାରୁ ଦେଖ୍ ନଥିଲି ।"

"ହା ହା ହା.... ଏଇ ଅଭ୍ୟାସଟା ଯାଇନି ତୁମର ! କଥା କଥାରେ କାନ୍ଦକାନ୍ଦ ହୋଇ ସରି କହି ଖସିଯିବ । ଆରେ ସେ ତ ପିଲାଦିନ କଥା । ଏବେ କାହିଁକି ଏତେ ଇମୋସନାଲ୍ ହେଉଛ ମ ! ମୁଁ କ'ଣ ସତରେ କଥା ଧରିଛି !

ମୁଁ ପୁଣି ହସି ଦେଲି; କୌତୁକ କରି କହିଲି, "ହଁ ଆଉ ଗୋଟେ କଥା ଶୁଣ, ଏବେ ବି ଯଦି ଫୁଲ ଚୋରିର ଅଭ୍ୟାସଟା ଯାଇ ନଥିବ, ତେବେ ଚୋରିର ଆଉ ଆବଶ୍ୟକତା ନାହିଁ । ମୋ ବଗିଚା ତୁମ ପାଇଁ ସଦା ଉନ୍ମୁକ୍ତ । ମନ୍ଦିର ଗଲାବେଳେ ଆମ ଚମ୍ପା ଗଛରୁ ମନଇଚ୍ଛା ଫୁଲ ତୋଳି ନେବ । ହେଲା ତ.. !"

ସେ ହସିହସି ମୁହଁ ମୋଡ଼ି କହିଲା, "ମୁଁ ଏବେ ଆଉ ଚୋରି କରୁନି ମ, ମୁଁ ଘରୁ ଫୁଲ ଆଣୁଛି । ମୋର ତୁମ ଫୁଲ ଦରକାର ନାହିଁ ।"

"ତୁମେ ଜାଣିନ କି, ଯେତେ ଫୁଲ ହେଲେ ବି ଚମ୍ପାଫୁଲ ମହାଦେବଙ୍କର ବେଶୀ ପ୍ରିୟ । ଶହେଆଠ ଚମ୍ପା ଚଢ଼ାଇଲେ ଦୀର୍ଘଦିନର ମନୋକାମନା ପୂରଣ ହୁଏ, ଜାଣିନ ଏତିକି ! ଧେତ୍... !"

ଠଟ୍ଟା ପରିହାସ ଚରମ ସୀମାରେ ପହଞ୍ଚି ଯାଇଥିଲା । ଆମେ ଦୁହେଁ ଯେମିତି ଚପଳ ବୟସକୁ ଫେରି ଯାଇଥିଲୁ ।

ଆମେ ପରସ୍ପର ପରିବାର ବିଷୟରେ ଟିକେ କଥା ହେଲୁ ।

ମୁଁ ପଚାରିବାରୁ ସେ ତା ସ୍ୱାମୀଙ୍କର କିଛି ମାସ ହେଲାଣି ଏଠାକୁ ବଦଲି ହେଇଛି ବୋଲି କହିଲା । ତା କଥାରୁ ଜାଣିଲି, ଆମର ତିନିଟା ଲେନ୍ ଛାଡ଼ି ତା କଲୋନି । ସେ ଏପଟେ କେବେ ଯାଏନି । ଛକ ଆରପାଖ ଶିବମନ୍ଦିରକୁ ଯାଏ । ସେପାଖ ରାସ୍ତାରେ ଏବେ କାମ ଚାଲିଛି, ତେଣୁ ଏଇ ମନ୍ଦିରକୁ ଆସୁଛି ।

ଆମେ ଦୁହେଁ କଥାରେ ଏତେ ମଜ୍ଜି ଯାଇଥିଲୁ ଯେ, ଯା ଭିତରେ ବର୍ଷା ଛାଡ଼ି ଯାଇଥିଲା ।

ନିରୁପମାର ଓଦା ଲୁଗା ବି ଅଧା ଶୁଖ୍ ଯାଇଥିଲା । ଭଦ୍ରାମି ଦୃଷ୍ଟିରୁ ମୁଁ ତାକୁ ମୁଣ୍ଡ ପୋଛିବାକୁ ଗାମୁଛାଟିଏ ଯାଚିବାକୁ ବି ଭୁଲି ଯାଇଥିଲି । ସେ କଥାରେ ବି ଆମେ ଦୁହେଁ ବହେ ହସିଥିଲୁ । ନିରୁପମା ପାଖରେ ଆଉ ସମୟ ନଥିଲା । ସେଇ ଅଧା ଓଦା ଲୁଗାରେ ସେ ତର ତର ହୋଇ ମନ୍ଦିର ବାହାରି ଗଲା ।

ଏଥର କେବେ କେମିତି ସକାଳେ ବା ସନ୍ଧ୍ୟାରେ ମନ୍ଦିର ଯିବା ଆସିବା ବେଳେ ଆମର ଭେଟ ହୋଇଯାଏ । ମୁଁ କେତେବେଳେ ଅଫିସ୍ ବାହାରୁ ଥାଏ ତ, କେତେବେଳେ ଫେରୁଥାଏ । ସେଇ କ୍ଷଣିକର ଦେଖା, ସ୍ମିତହସ ସହ ସ୍ୱଚ୍ଛ ବାକ୍ୟ ବିନିମୟ । ବାସ୍ !

ଆଉ ଦିନେ ଏମିତି ଅବକାଶରେ ମୁଁ ବଗିଚାର ଝୁଲାଦୋଲିରେ ବସି ଉପନ୍ୟାସଟିଏ ପଢୁଥିଲି । ସେଇ ସାମ୍ନା ଦେଇ ନିରୁପମା ମନ୍ଦିର ଗଲା । ମୁଁ ଡାକିଲି ଯେ, ସେ ଶୁଣିଲାନି ବା ଶୁଣିପାରିଲାନି । ବୋଧହୁଏ କୌଣସି ଗଭୀର ଚିନ୍ତାରେ ମଗ୍ନ ଥିଲା । ମତେ କାହିଁକି ଟିକେ ଅଡ଼ୁଆ ଲାଗିଲା । କାହିଁକି କେଜାଣି ସାମାନ୍ୟ ଅସ୍ଥିର ହେଲି ମୁଁ! ଉପନ୍ୟାସଟିକୁ ମୁଁ ଆଉ ଏକାଗ୍ରତାର ସହିତ ପଢ଼ି ପାରିଲି ନାହିଁ । ବାରବାର ମୋ ନଜର ସେଇ ଫାଟକ ପାଖକୁ ଚାଲି ଯାଉଥିଲା ।

ଶେଷରେ ନିରୁପମା ଫେରିଲା । ମୁଁ ତାକୁ ଦେଖୁ ଦେଖୁ ଉଠିପଡ଼ି ଡାକିଦେଲି ତ ସେ ଗେଟ୍ ଖୋଲି ଭିତରକୁ ଆସିଲା । ନିର୍ଦ୍ୱନ୍ଦ୍ୱରେ ମୋ ପାଖରେ ଆସି ବସିଲା । ମୋ ହାତରେ ପ୍ରସାଦ ଓ ବେଲପତ୍ର ଟିକେ ଦେଇ କହିଲା, "ପାଇଦିଅ ।" ମୁଁ ଦେଖିଲି ମୁହଁଟି ତାର ଶୁଖ୍ ଯାଇଛି । ପଚାରିଲି,

"କ'ଣ ହେଇଛି, ମୁହଁ ଶୁଖିଛ, ଦେହ ଭଲ ନାହିଁକି ?"

"ନାହିଁ ତ, କିଛି ହେଇନି"

ସେ ମିଛ ହସଟିଏ ଆଙ୍କିଦେଲା; ମୁଁ ଜାଣିପାରିଲି ।

"ମତେ ଲାଗୁଛି, କିଛି ତ ଗୋଟେ ହେଇଛି । ମତେ କିଛି ଲୁଚାଉଛ ?"

"ନା ନା.... କିଛି ଲୁଚାଉନି; ମୋର କିଛି ହେଇନି.."

"ମିଛ .. ସତ କୁହ କ'ଣ ହେଇଛି !"

ସେ ନିରବ !

"ହଉ, କହିବାକୁ ଚାହୁଁନ ବୋଧେ । ଘରକଥା କିଛି ଯଦି...."

“ନା ସେମିତି କିଛି ନୁହେଁ..”

ମୁଁ ନଛୋଡବନ୍ଦା ।

“ତେବେ ମୁହଁ ଓହଲାଇଛ କାହିଁକି ?

ମୁଁ ପ୍ରଶ୍ନ କରୁଥାଏ; ସେ ଚୁପ୍ ବସିଥାଏ ।

“ତମେ କେବେଠୁ ଏତେ ଚୁପଚାପ୍ ଯେ ! ସାଙ୍ଗ ଭାବୁଚ ଯଦି, କୁହ ।”

ସେ ପୂର୍ବପରି ଚୁପ୍ ।

ମୁଁ କି ଛାଡ଼ିବା ଲୋକ ! ତାକୁ ଟିକେ ସହଜ କରିବା ପାଇଁ କହିଲି,

“ଓ, ମତେ ନିଜର ବୋଲି ଭାବୁନ ବୋଧେ । ସେଥିପାଇଁ ଏତେ ସଂକୋଚ । ତା’ପରେ ତମେ ତ ଭାଙ୍ଗିବାରେ ମାହିର ନା ! ପିଲାଦିନେ ମୁଣ୍ଡ ଫଟେଇ ଥିଲ, ଆଉ ଏବେ ମନ ଫଟେଇ ଦେଉଛ, ମାନେ ମନ ଭାଙ୍ଗି ଦଉଚ । ହେଉ ବାବା ନିହାତି ବ୍ୟକ୍ତିଗତ କଥା ଯଦି, କହିବା ଦରକାର ନାହିଁ, ମୁଁ ଆଉ ବାଧ୍ୟ କରିବିନି । ସନ୍ଧ୍ୟା ଗଡ଼ିଗଲାଣି, ଅନ୍ଧାର ହେଲାଣି । ତମେ ଏଥର ଘରକୁ ଯାଅ ।”

ମୁଁ ଟିକେ ମିଛ ଅଭିମାନ ଦେଖେଇଲି, ଆଉ ତା ପାଖରୁ ଉଠି ପଡ଼ିଲି । ହଠାତ୍ ସେ ମୋ ଦୁଇ ହାତକୁ ଜାବୁଡ଼ି ଧରିଲା । ଆଖିରେ ଆଖ୍ୟ ଲୁହ । ସେତେବେଳୁ ତଳକୁ ମୁହଁ କରି ବସିଥିଲା ତ, ମୁଁ କିଛି ଦେଖି ପାରି ନଥିଲି । ସୁନ୍ଦର ମୁହଁରେ କଳାହଣ୍ଡିଆ ମେଘ ଘୋଟି ଥାଏ, ଖାଲି ବର୍ଷିବ ବର୍ଷିବ ହେଉଥାଏ ।

ନାରୀର ଏପରି ଅସହାୟ ଅବସ୍ଥା ଦେଖ୍ ଦୁନିଆଁର କୌଣସି ବି ପୁରୁଷ ନରମି ଯିବ ! ତାକୁ ବୋଧ ଦେଉ ଦେଉ ନିଜ ପାଖକୁ ଟିକେ ଆଉଜାଇ ଆଣିଲି । ହୁଏତ ଏଇ କ୍ଷଣକୁ ସେ ଅନାଇ ରହିଥିଲା । ମୋ ଛାତିରେ ମୁହଁ ଗୁଞ୍ଜି କଇଁ କଇଁ ହୋଇ କାନ୍ଦିଲା । ଅଜାଣତରେ ତା ଛାତିର କୋହ ମୋ ହୃଦୟକୁ କେତେବେଳେ ସଂପ୍ରସାରିତ ହେଇ ସାରିଥିଲା, ମୁଁ ଜାଣି ପାରିଲି ନାହିଁ । ଇଚ୍ଛା ହେଉଥିଲା, ତାର ସବୁ ଦୁଃଖକୁ ନୀଳକଣ୍ଠ ପରି ପିଇଯାନ୍ତି ।

ଇଏ କି ଦୁର୍ବଲ ମୁହୂର୍ତ୍ତ ଆମକୁ ନିବିଡ଼ ହେବାକୁ ବାଧ୍ୟ କରିଥିଲା । ସେଇ କ୍ଷଣରେ ସେ ମତେ ଆଉ ପିଲାଦିନ ସାଙ୍ଗ ପରି ଲାଗୁ ନଥିଲା । ଲାଗିଲା ବହୁତ ନିଜର ।

ଠିକ୍ ଏତିକି ବେଳେ ଆମ ଭିତରର ବହଲିଆ ନୀରବତାକୁ ଦୋହଲାଇ ଦେଇ ରାସ୍ତାର ଷ୍ଟିଟ ଲାଇଟ୍ ଜଳିଉଠିଲା । ଥୋକାଏ ଆଲୁଅ ମୋ ବଗିଚା ଭିତରକୁ

ଛିଟିକି ପଡ଼ିଲା। ମୁଁ ଚମକି ପଡ଼ିଲି। କିଏ ଯଦି କେଉଁଠି ଦେଖ ଦିଏ, କ'ଣ ଭାବିବ ! ମୁଁ ସଙ୍କିତ ହେଇଗଲି ଓ ନିଜକୁ ତା ଠାରୁ ଦୂରେଇ ନେଲି।

ଏ ଗମ୍ଭୀର ପରିସ୍ଥିତିକୁ ହାଲୁକା କରିବାକୁ ଯାଇ ଠଟ୍ଟା କରି କହିଲି..

"କ'ଣ ହେଇଛି ଯେ, ସେତେବେଳୁ କାନ୍ଦୁଛ ଯେ କାନ୍ଦୁଛ। ଆଜି ବି ସେଇ ନାକକାନ୍ଦୁରି। ଦେଖିଲ, ଦେଖିଲ.. ମୋ ଧଳା ସାର୍ଟର ଅବସ୍ଥା କଣ କଲ ! ଆଛା.. ମୁଁ ଯେଉଁ ନିଜର ଭାବୁନ ବୋଲି କହିଲି, ସେଥିପାଇଁ ଏମିତି କାନ୍ଦିଲ କି ? ହା ହା ହା..."

ସେ ଆହୁରି ବେଶୀ ଗମ୍ଭୀର ହୋଇଗଲା। କହିଲା,

"ଏତେ ବଡ଼ କଥାଟେ କାହିଁକି କହିଲ ବିଶ୍ୱ ? ତୁମେ ଜାଣିନ ତୁମେ ମୋ ପାଇଁ କ'ଣ ! ତୁମେ ସିନା ପରିହାସ କରୁଛ, ମୁଁ କିନ୍ତୁ ସତ କହୁଛି। ଶହେଭାଗ ସତ। ମୋ କିଶୋରୀ ବୟସର କଅଁଳ ମନରେ ଯାହା ପାଇଁ ପ୍ରେମ କଢ଼ୀଟିଏ ଜନ୍ମ ନେଇଥିଲା, ସେ ଥିଲ ତୁମେ। ତୁମେ ଘର ଛାଡ଼ି ସେଠାରୁ ଚାଲିଆସିବା ପରେ ମତେ ଭାରି ଶୂନ୍ୟ ଶୂନ୍ୟ ଲାଗିଥିଲା। ସେତେବେଳେ ମୁଁ ନିଜ ଭାବନାକୁ ବୁଝି ପାରିଲି। ସେବେଠାରୁ ଚେଷ୍ଟା କରି ବି ତୁମକୁ କେବେ ଭୁଲି ପାରି ନାହିଁ ବିଶ୍ୱ।"

୦୪.. ଆର୍ଦ୍ର କଣ୍ଠରେ ବାହାରିଥିବା ତାର ଏଇ କେଇ ପଦ କଥା ମୋ ଅନ୍ତରାତ୍ମାକୁ ଭେଦି ଗଲା।

ଏତେକଥା କହି ସାରିବା ପରେ ସେ ଝାଉଳି ପଡ଼ିଥିଲା। ମୁହଁ ଉଠାଇ ମତେ ଆଉ ଚାହିଁଲା ନାହିଁ।

ମୁଁ ଅପରାଧ ନକରି ବି ଅପରାଧୀଟିଏ ପରି ମୁହଁ ପୋଛି ଦେଲି। ମୁହୂର୍ତ୍ତକ ଭିତରେ ସିଏ ସେଠାରୁ ଚାଲିଯାଇ ଥିଲା।

ତା ପର ଠାରୁ ଆମର ଆଉ କେବେ ଭେଟ ହୁଏନା। ଅନେକ ଥର ଅଫିସ ବାହାରିବା ବେଳକୁ ଅଜାଣତରେ ମୋ ଆଖି ହଲକ ତାକୁ ଖୋଜେ। ତା ଉଦାସ ଚେହେରା, ତା ଲୁହଭିଜା ନୟନ ମୋ ମନରେ ଆଲୋଡ଼ନ ସୃଷ୍ଟି କରେ। ପୁଣି ଭାବେ, ସେଦିନ ଘଟଣା ପରେ ସେ ହୁଏତ ଜାଣି ଜାଣି ଏପଟେ ଯାଉ ନାହିଁ। ଭଲ ହେଇଛି, ସେ ମୋ ସମ୍ମୁଖରେ ପଡ଼ି ଗଲେ, ମତେ ମାଡ଼ି ପଡ଼ନ୍ତା। ତା ପରେ ସେ କେଉଁ ଆବେଗରେ ହଠାତ୍ ସେଦିନ ଏତେ କଥା କହିଗଲା, ସେ କଥାର କେତେ ସତ୍ୟତା ଥିଲା କି ନା; ମୁଁ ଅଯଥାରେ ସେଇ କଥାକୁ ଏତେ ଘୁଣି ହେବା ଠିକ୍ ନୁହଁ ! ଏ ଭାବନାରୁ ଯେତେ ଶୀଘ୍ର ମୁକୁଳି ଯିବି, ସେତେ ଭଲ।

ଏମିତି କିଛିଦିନ ବିତିଗଲା । ସେଦିନ ଜୁଲାଇ ଅଠର ତାରିଖ, ମୋ ଜନ୍ମଦିନ । ମୁଁ ଗାଧୁଆ ପାଧୁଆ ସାରି ଦୀପ ବସାଇବାକୁ ମନ୍ଦିର ଗଲି । ଗର୍ଭଗୃହରେ ପାଦଦେବା ବେଳକୁ ଦେଖିଲି ଆଗରେ ନିରୁପମା, ପୁରୋହିତଙ୍କ ସହ କ'ଣ କଥା ହେଉଥିଲା । ମୁଁ ଚମକି ପଡ଼ିଲି । ମୋର ହଠାତ୍ ତା ସାମ୍ନାକୁ ଏମିତି ଚାଲି ଯିବାକୁ ଇଚ୍ଛା ହେଲା ନାହିଁ । ମୁଁ ଦୁଇ ପାଦ ପଛକୁ ଘୁଞ୍ଚି ଖମ୍ଭ ଆଢୁଆଲକୁ ଚାଲିଗଲି । ତା କଥା କିନ୍ତୁ ମତେ ସ୍ପଷ୍ଟ ଶୁଣା ଯାଉଥିଲା । ସେ ପୁରୋହିତଙ୍କୁ କହୁଥିଲା,

"ନନା, ଆଜି ଆଉ ଗୋଟିଏ ନାଁ ରେ ବି ପାଣି ଚଢ଼ାଇ ଦିଅନ୍ତୁ ।"

"ନାଁ କହ ଝିଅ ।"

"ବିଶ୍ୱଜିତ୍ ବିଶ୍ୱାଳ ।"

"ଗୋତ୍ର ?"

"ଗୋତ୍ର ଜାଣେନା ।"

"ଗୋତ୍ର ନ କହିଲେ ପାଣି କେମିତି ଚଢ଼େଇବି ?"

"ସେମିତି ଚଢ଼େଇ ଦିଅନ୍ତୁ ନନା । ପ୍ରତିବର୍ଷ ତାଙ୍କ ଜନ୍ମଦିନରେ ମଙ୍ଗଳ କାମନା କରି ପୂଜା ବସାଏ ।"

"ପ୍ରତିବର୍ଷ ପୂଜା ବସାଉ.. ଆଜିଯାଏ ଗୋତ୍ରଟା ମନେ ରଖି ପାରିନୁ ? ଆଚ୍ଛା ସେ କ'ଣ ତୋର କେହି ନିଜର, ନା କେଉଁ ଦୂର ସମ୍ପର୍କ ?"

"ବାହ୍ୟ ଦୃଷ୍ଟିରେ ସେ ମୋର କେହି ନୁହେଁ, କିନ୍ତୁ ଅନ୍ତରାତ୍ମାରେ ସେ ମୋର ଏକ ଅଂଶ । ଆପଣ ବାସ୍ ତାଙ୍କ ନାଁ ନେଇ ମହାଦେବଙ୍କ ପାଖେ ଜଳଲାଗି କରି ଦିଅନ୍ତୁ ନନା ।"

ଏହା କହି ସେ ଲୁଗା କାନିରେ ଆଖି ପୋଛିଲା ।

ମୁଁ ଧୀରେ ଧୀରେ ସ୍ଲାଣ୍ଡୁ ପାଲଟି ଯାଉଥିଲି । ଆଉ ମୁହୂର୍ତ୍ତେ ବି ସେଠାରେ ଛିଡ଼ା ହେବା ପାଇଁ ମୋର ସାହସ ନଥିଲା ।

ଅର୍ଦ୍ଧସତ୍ୟର ଛାଇ

ରାତି ଗଡ଼ି ଯେବେ ଆଦ୍ୟ ଯୌବନରେ ପାଦ ଦିଏ, ଛାତି ମୋର ଧକ୍‌ଧକ୍‌ ହୁଏ। ଚାଉଁ କି ନିଦଟା ଭାଙ୍ଗି ଯାଏ। ଧଡ଼ଧାଡ଼୍, ଖଡ଼୍‌ଖାଡ଼୍‌। ଧସ୍ତାଧସ୍ତି। ଜାଣିଛି, ଶେଷରେ ଗୋଟିଏ ହାଲ୍‌କା କରୁଣ କ୍ରନ୍ଦନ ସ୍ୱରଟେ ଲୟ ଆସି, ଏ ପାଲାରେ ପୂର୍ଣ୍ଣଚ୍ଛେଦ ପଡ଼ିବ।

ଆଚ୍ଛା ଅବସ୍ଥା ହେଲା ମଣିଷର। କି ବେଳାରେ ଏ ଘରେ ଭଡ଼ା ରହିଲି କେଜାଣି। ଦେଢ଼ମାସ ହେଲା ଭଲ ନାଟ ଲାଗିଛି।

ମୋର ତିନି ମହଲା ଉପର ସିଙ୍ଗଲ୍‌ ବ୍ୟାଚ୍‌ଲର୍‌ ରୁମ୍‌ର ଝରକାରୁ ସାମ୍ନା ଫ୍ଲାଟ୍‌ରେ ତା' ଶୋଇବା ବଖରାର କିଛି ଭାଗ ବେଶ୍‌ ଦେଖାଯାଏ। ମୋ ବାଲ୍‌କୋନିରୁ ଆଉ ଟିକେ ସ୍ୱଷ୍ଟ।

ଉପରଘର ବୋଲି ହେଉ, କି ଥଣ୍ଡା ପବନର ଲୋଭ ହେଉ, ସେ ଦିନବେଳା ପ୍ରାୟ ତା'ଝରକା ବନ୍ଦ କରେ ନାହିଁ।

ମୁଁ ସକାଳୁ ଉଠି ଚାହା କପ୍‌ଟେ ଧରି ମୋ' ବାଲ୍‌କୋନିରେ ବସି ଖବରକାଗଜ ପଢ଼େ। ମଝିରେ ମଝିରେ ମୋ' ଆଖି ପଡ଼େ। ସେ ଗାଧେଇ ସାରି, ଓଦାଲୁଗା ଛାତିରେ ବେଢ଼ାଇ ବାଥ୍‌ରୁମ୍‌ରୁ ବାହାରି ଆସେ। ଟପ୍‌ଟପ୍‌ ପାଣି ଝରୁଥାଏ, ତା' ମୁକୁଳା କେଶରୁ। ମୁଁ ଜାଣିଛି, ସେ ଏବେ ଗାମୁଛା ମୋଡ଼ି ତା' ଗହବା କେଶକୁ ଗୁଡ଼ାଇ ଗୁଡ଼ାଇ ଗଣ୍ଠି କରିବ। ଦେହ, ମୁହଁ ପୋଛିବ। ଖଟ ଧାରରେ ପାଦ ରଖି ଗୋଡ଼ ପୋଛିବ ଜଘ ଯାଏ। ଶେଷ ଉପରେ ଆଗରୁ ଶୁଖିଲା ପୋଷାକ ସଜାଡ଼ି ରଖିଥିବ। ମଝିରେ ମଝିରେ ତା'ଝରକାର ସ୍କ୍ରିନ୍‌ ଉଡ଼ୁଥିବ। ମୋ ନଜର ପଡ଼ୁଥିବ। ଅଧାଅଧା ଦେଖା ଯିବନି।

ତା'ପରେ ମୁଁ ଆଉ ଦେଖି ପାରିବିନି। ଆଗ ପଛ ହୋଇ ଉଣ୍ଟିବାକୁ ଚେଷ୍ଟା ବି

କରିବିନି । ପାପବୋଧ ଆକଟ କରିବ । ମୁଁ ତଳକୁ ମୁହଁ ପୋତିବି । ଆଖି ବନ୍ଦ କରିବି । ମତେ ପୁଣି ଦେଖାଯିବ ।

ଓଦା ଲୁଗାଟା ଖସେଇ ଦେଲା । ପାଦ ପାଖରେ ଲୋଟୁଛି । ତା' ଶରୀରରେ ଏବେ କିଛି ଟିକେ ବି ନାହିଁ । ଓଫ୍..ଆଠେଇଶ ବର୍ଷ ଜୀବନ କାଳରେ ଏମିତି ଚମ୍ପା ରଙ୍ଗର ମସୃଣ ଦେହ ମୁଁ ଆଗରୁ କାହାର ଦେଖିଛି ? ମନେ ପଡୁନି ଏଇନା ।

ସେ ଏବେ ଥାର୍ଟିଫୋରର ଗୋଲାପୀ ବ୍ରା ଟା ଉଠାଇ ନେଲା । ପଛକୁ ହାତ ବୁଲାଇ ହୁକ୍ ଦେଲା, ଦୁଇ ପାଖର ସ୍ଟ୍ରାପ୍ ଆଡ୍ଜଷ୍ଟ କଲା । ପ୍ରଥମେ ବାଁ ହାତ, ତା'ପରେ ଡାହାଣ ହାତ ଗଳାଇ ବ୍ଲାଉଜ୍ ପିନ୍ଧିଲା । ପାଞ୍ଚଟି ଯାକ ବୋତାମ ଦେବ । ସାୟା ଗଳାଇ ଗଣ୍ଠି କରି ସାରିବଣି । ଶାଢ଼ି କୁଞ୍ଚ କରି ତଳି ପେଟକୁ ଖୁଞ୍ଜିବ । ପଣତ ଭାଙ୍ଗ କରି ଛାତି ଉପରେ ସାଇଜ୍ କରିବ ଓ ବାଁ ହାତର ପାଣିକାଚରେ ନଟକିଥିବା ସେଫ୍ଟିପିନ୍ ବାହର କରି କାନ୍ଧ ସିଧାରେ ବ୍ଲାଉଜ୍ ଓ ଶାଢ଼ିକୁ ମିଶାଇ ଗୁନ୍ଦି ଦେବ ।

ମୁଁ ଆଖି ଖୋଲିବି । ଏବେ ସେ ତା ଡ୍ରେସିଂ ଟେବଲ୍ ପାଖକୁ ଗଲାଣି । ରୁପେଲି ଫରୁଆରୁ ଟିପେ ସିନ୍ଦୁର ନେଇ ସିନ୍ଥିରେ ଗାର ଦେଲା । ଆଖିରେ କଜ୍ଜଳ ନାଇ ଲାଞ୍ଜି ଟାଣିଲା । ବେକମୂଳେ ମେଞ୍ଜେ ହବ ପାଉଡର୍ ଛିଞ୍ଚି ପାପୁଲିରେ ମିଳେଇଲା । ଲାଲ୍ ବିନ୍ଦିଟିଏ ଭୃଲତା ମଝାମଝିରେ ମାରିଲା । ବାଲ୍କୋନିକୁ ଆସି ଗାମୁଛା ଖୋଲି ମୁଣ୍ଡ ତଳକୁ ନୁଆଁଇଲା । ଫଡ଼୍ଫଡ଼୍ କରି ରେଶମୀ କେଶରୁ ପାଣି ଝାଡ଼ିଲା ଓ ପଛ ପଟକୁ ଛାଟିଦେଇ ଖରା ଆଡ଼କୁ ପିଠି କଲା ।

ମୋର ଏଥର ମନେ ପଡ଼ିଗଲା, ଏମିତି ଲମ୍ବା ଓ ସୁନ୍ଦର କେଶ ଅବନ୍ତିର ଥିଲା । ତା'ର ବି ଆକାଶ ରଙ୍ଗର ଟଣା ଟଣା ଆଖି । ଏମିତି ଆଖି ଥିବା ଝିଅମାନେ ମତେ ଭାରି ଭଲ ଲାଗନ୍ତି ! ମୁଁ ଏମାନଙ୍କୁ 'ମୃଗନୟନୀ' କୁହେ ।

ଆରେ ସିଏ କ'ଣ ଏପଟକୁ ସେପଟକୁ ଚାହିଁଲାଣି । ତା' ନଜର ପଡ଼ିବା ଆଗରୁ ମୁଁ ଚଟ୍କରି ଉଠି ଆସେ । କାଲେ ସିଏ ଅପ୍ରସ୍ତୁତ ଅନୁଭବ କରିବ ! ନ'ହେଲେ ମୁଁ ବି ସେମିତି ଅନୁଭବ କରିପାରେ ! କାରଣ ତଳେ ଲୁଙ୍ଗିଟିକୁ ପାଲଟାମାରି ପିନ୍ଧିବା ଛଡ଼ା, ମୋ ଦେହରେ ଗଞ୍ଜିଟିଏ ବି ନାହିଁ ।

ଏତେ ବେଳକୁ ନଅଟା ପନ୍ଦର ହେଇଗଲାଣି । ମୋର ଅଫିସ୍ ନାହିଁ କି ? ତରତରରେ ବାଥରୁମ୍ ଭିତରେ ପଶିଲି । ସାଆର୍ ତଳେ ଛିଡ଼ା ହେଲି । ରିମ୍ଝିମ୍ ଝରି ଆସିଲା, ବର୍ଷା ପାଣି ପରି । ଆଖି ବନ୍ଦ କରି ସର୍ବାଙ୍ଗ ଭିଜେଇଲି । ମୁଣ୍ଡ ଠାରୁ ପାଦ ଯାଏ ।

ମୃଗନୟନୀ ବି କ'ଣ ଏମିତି ଭିଜୁଥିବ ! ସମ୍ପୂର୍ଣ ନଗ୍ନ ! ପ୍ରତି ଅଙ୍ଗରେ ଆସ୍ତେ ଆସ୍ତେ ହାତ ବୁଲାଇ, ସାବୁନ ଫେଣ ମାଖୁଥିବ ! ହୁଁ, ନୁହଁ ଆଉ କ'ଣ ? ସମସ୍ତେ ଏୟା କରନ୍ତି ।

ଆହୁରି କେତେ କ'ଣ ଭାବିବି । କି ମୂର୍ଖ ଝିଅ ! କବାଟ ଝରକା ପ୍ରତି ଯତ୍ନଶୀଳ ହେବା ଦର୍କାର । ବିଶେଷ କରି ଏମିତି ଅସଂଯତ ଅବସ୍ଥାରେ ! ଜାଣି ପାରୁନି ନା କ'ଣ ।

ମୁଁ ଯେବେ ବାହା ହେବି, ଅଲକାକୁ ଆଗରୁ କହିଦେବି, ଯେତେ ଉପର ଘର ହେଉନା କାହିଁକି, କବାଟ ଝରକା ପ୍ରତି ଧ୍ୟାନ ରଖିବ । ମୋଟା କପଡ଼ାରେ ପରଦା ଟାଣିବ । ମାନିବନି ମୋ କଥା ? ମାନିବ ନା !

ସେ ଅବନ୍ତି ପରି ଅମାନିଆ ନୁହଁ । ଅବନ୍ତିଟା ଫାଜିଲ । ବାରଣ କଲି ବୋଲି ସାଢ଼େତିନି ମାସ ଭିତରେ ମତେ ଛାଡ଼ି ଛୁ । କୁଆଡ଼େ ଗଲା କେଜାଣି ? ଯାଉ ବା...ଅଲକା ନାହିଁ କି !

ତାକୁ ମୁଁ ପାଖରେ ବସାଇ ବୁଝେଇ ଦେବି । ଆଜି କାଲି ଯୁଗ ଭଲନୁହେଁ । ତୁମେ କାହାକୁ ଦେଖ ପାରୁନ, ତା' ବୋଲି ତୁମକୁ କିଏ କୋଉ ଝରକା ଫାଙ୍କରୁ କି, ପାଖ ବାଲ୍‌କୋନିରୁ ଗଲିକି ପଶିକି ଅନାଉ ନଥିବ ବୋଲି କ'ଣ ମାନେ ଅଛି ?

ଉଁ ହୁଁ କୋଉଠି ଗୋଟେ କ'ଣ ପୋଡ଼ା ଗନ୍ଧ ହେଲାଣି ! ଏବେ ଯାହା ଯାହା ଭାବୁଥିଲି, ନିମିଷକେ ଭୁଲିଗଲି ।

ଅଫିସ୍ କଥା ମନେ ପଡ଼ିଲା । ସେ ରାକ୍ଷାସୁଣୀ ବୁଢ଼ୀ ଚାମ୍ବରକୁ ଡାକି ପୁଣି ଶୋଧିବ । କହିବ "ତମ ମୁଣ୍ଡ କାମ କରୁନି କି ସମୀର । ଦେଖ କଣ କରିଛ । ତମର ବେଳେ ବେଳେ ହଉଚି କ'ଣ ? ବେଳକେ ସବୁ ଠିକ୍ ବେଳକେ ଏତେ ଗଡ଼ବଡ଼ । ଆଉ ଥରେ କରିକି ଆଣ" ଫାଇଲ୍‌ଟା ଟେବୁଲ୍ ଉପରେ କଟି ଦେବ ।

ସେ ବୁଢ଼ୀ ମହାଖଣ୍ଡେ ଅଛି । ଦୀର୍ଘ ବର୍ଷ ଧରି ଆମେରିକାରେ ରହୁଥିବା ମୋର ପିଉସା ଓ ଏ ବୁଢ଼ୀର କଲେଜ ବେଳରେ ନିହାତି କ'ଣ ଭିତିରି ସମ୍ପର୍କ ଥିବ । ଥାଉ ମୋର ତ ଲାଭ । ତାଙ୍କରି ସୁପାରିସ୍‌ରେ ମୁଁ ତିଷ୍ଠି ରହିଛି । ନ ହେଲେ ଏ ବୁଢ଼ୀ ମତେ କେବେଠୁ ତଣ୍ଡିଆ ମାରି ବିଦା କରି ସାରନ୍ତାଣି ।

ପୋଡ଼ା ଗନ୍ଧ ଜୋରରେ ହେଲା ।

ମୃଗନୟନୀ କ'ଣ ବସେଇଥିଲା କି ଗ୍ୟାସରେ ? ସେ କ'ଣ ଏ ଯାଏ ବାଲ

ଶୁଖଉଟି ଖରାରେ ! କେଡ଼େ ହାଉଲିଟା ମଃ, ଯାଇକି ଦେଖୁନି, ମୋ ଯାଏ ଗନ୍ଧ ଆସିଲାଣି ।

ନା ବହୁତ ଗନ୍ଧ ହେଲାଣି । ଆଉ ତର ସହିଲାନି ଭଲ ଭାବରେ ସାବୁନ ଘଷି ହେବାକୁ ।

ଅଣ୍ଡାରେ ଅଧା ଟାଉଲ୍ ଲଖେଇଦେଇ ବାଁ ହାତରେ ଭିଡ଼ି ଧରିଲି । ଓଦା ସର ସର ଅବସ୍ଥାରେ ଧାଇଁ ଆସିଲି ।

ଏ ହେଃ, ପୋଡ଼ି ଗଲା ! ଟୋଷ୍ଟରୁ ଦରଜଲା ବ୍ରେଡ଼ କାଡ଼ିଲି । ଫିଙ୍ଗିଲିନି । ଧାରୁଆ ଛୁରୀର ପଛ ପଟରୁ ଦି' ପାଖ କୋରିଦେଲି । ଜଲି ଯାଇଥିବା ଅଂଶରୁ କଲାକଲା ଗୁଣ୍ଡ ଝଡ଼ି ପଡ଼ିଲା । ମୁଁ ପୁଣି ଭାବିଲି, ଏମିତି ଗୁଣ୍ଡ ମୁଁ ଆଗରୁ କୋଉଠି ଗୋଟେ ଦେଖିଛି !

..ହଁ.. ଶୀତଦିନେ ମୁଁ ମୁଣ୍ଡ କୁଣ୍ଢେଇଲେ ଏମିତି ଗୁଣ୍ଡ ଗୁଣ୍ଡ ରୂପି ଝଡ଼େ, କିନ୍ତୁ ଧଲାଧଲା । ଛ୍ୟା ! ସେଗୁଡ଼ା ମନେ ପକେଇଲେ ଅଇ ଉଠାଉଛି । ଭାବିଲା ମାନେ ଏ ପାଁ ରୁଟି ଆଉ ଖାଇ ହବନି ! ଛାଡ଼..

ମୃଗନୟନୀର କେବେ କ'ଣ ଜଲି ଯାଉଥିବ ! ସେ ନିହାତି ମନେ ରଖିକି ବାଥରୁମ୍ ଯାଉଥିବ । ମୋର ଯେବେ ସ୍ତ୍ରୀ ଆସିବ, ତାକୁ କହିବି ତୁମେ ଜଲଖୁଆ ବନାଅ । ମୁଁ ବସେଇ ଦେଇ ଭୁଲିଯାଏ ।

ମେଞ୍ଛେ କଞ୍ଚା ଲଙ୍କା ଓ ଦି'ଟା ପିଆଜ ଟିକ୍‍ଟିକ୍‍ କରି ଗୋଟେ ଡବଲ୍ ଅଣ୍ଡା ଅମ୍‍ଲେଟ୍ କଲି । ତରତରରେ ମୋ ହାତରେ ଚେଙ୍କା ଲାଗିଗଲା । ଫ୍ରାଇଙ୍ଗ୍ ପ୍ୟାନ୍‍ଟା କଟାଡ଼ି ଦେଲି ସ୍ଲାବ୍ ଉପରେ । ତଲ ଆଡ଼ୁ ଟିକେ ଟୋଲା ହେଇଗଲା ।

ଆରେ ହେଃ..ଯଦି ସ୍ଲାବ ନହେଇ ବୁଢ଼ୀର ମୁଣ୍ଡ ହେଇଥାଆନ୍ତା, ତାହେଲେ ଫ୍ରାଇଙ୍ଗ୍‍ପ୍ୟାନ୍ ଟୋଲା ନହୋଇ, ବୁଢ଼ୀର ମୁଣ୍ଡ ଠୋ କରି ଦି'ଫାଲ ହେଇ ଯାଇଥାଆନ୍ତା । ହେଃ ହେଃ ହେଃ..ମଜା ନା ।

ଗତ ଦେଢ଼ମାସ ହେବ ସେ ମୋ ଅନ୍ନଦାତ୍ରୀ । ତାଙ୍କ ବିଷୟରେ ଏମିତି ଭାବିବା ଅନୁଚିତ । ତେଣୁ ସେ ଭାବନାରୁ ବିରତ ହେବି ।

ଯାହା ହେଇଯାଉ, ଆଜି ଅଭିଯୋଗ ପାଇଁ ସୁଯୋଗ ଦେବିନି । ଠିକ୍ ସମୟରେ ଅଫିସ୍ ପହଞ୍ଚିବି ମାନେ ପହଞ୍ଚିବି ।

ଖାଇଦେଇ ଅଫିସ୍ ବାହାରିଯାଏ । ସାରାଦିନ ଭୁଲି ଯାଏ ଘରକଥା । ମୃଗନୟନୀ କଥା ।

ସନ୍ଧ୍ୟାରେ ମୁଁ କୌଣସି ବାଧା ଚାହେଁନା। ଉପନ୍ୟାସଟିଏ କିଣିଛି। ହେରମାନ୍ ହେସ୍‌ଙ୍କ 'ସିଦ୍ଧାର୍ଥ'। ପଢ଼ିକି ସାରିବାର ଅଛି। ଆଜି ଯାହା ହେଇଯାଉ ପଛେ, ଅନ୍ୟମନସ୍କ ହେବାର ନାହିଁ।

ଧୀରେ ଧୀରେ ସମସ୍ତ ଅକ୍ଷର ଝାପ୍‌ସା ଦିଶିଲେଣି କ'ଣ! ହାଇ ପରେ ହାଇ। ପଡ଼ରଟା ହେବ ହାଇ ପରେ, ବାର ନମ୍ବର ପୃଷ୍ଠା ବେଲକୁ ଛାତି ଉପରେ ଉପନ୍ୟାସଟା ମୁହଁ ମାଡ଼ି ଶୋଇ ପଡ଼ିଲା।

ମୁଁ ଗୋଟିଏ ଘଞ୍ଚ ଅରଣ୍ୟ ଭିତରେ ବାଟବଣା ହୋଇ ଏକା ଏକା ଘୁରି ବୁଲୁଛି। ଭାରି ଶୂନ୍‌ଶାନ୍। ଝିପ୍ ଝିପ୍ ବର୍ଷା ଆରମ୍ଭ ହେଇଗଲାଣି। ମୋ ପାଖରେ ଛତା ନାହିଁ। ପାଣି ବୋତଲ୍ ନାହିଁ। ପାଞ୍ଚ ଟଙ୍କିଆ କ୍ରିମ୍ ବିସ୍କୁଟ୍ ନାହିଁ। ପାଟିଲା କଦଳୀ ବି ନାହିଁ। ମୁଁ ନିଃସ୍ୱ! ନିରୁପାୟ ମୁଁ! ଅସହାୟ ମୁଁ!

ଚତୁର୍ଦିଗ ଖାଲି ବଡ଼ ବଡ଼ ଗଛ, ଛୋଟ ଛୋଟ ବୁଦା, ମଲେ ମଲେ ପାଣି କାଦୁଆ।

ଏବେ ମୁଁ ଅଖ୍‌ଆ ଅପିଆ ଚାଲି ଚାଲି ଥକି ଗଲିଣି। ତଥାପି ବାଟ ପାଉନି। ମୁହଁ ଅନ୍ଧାର ହେଇ ଆସିଲାଣି। ଚଡ଼େଇମାନେ କିଚିରି ମିଚିରି କରି ଅତିଷ୍ଠ କରିଦେଲେଣି। ଆଉ ଅଳ୍ପ ସମୟରେ କିଟି କିଟି ଅନ୍ଧାର ହୋଇଯିବ।

ମୁଁ କ'ଣ ଆଉ ଏ ଅନ୍ଧକାରରୁ ବାହାରି ପାରିବି ନାହିଁ! ହଜିଯିବି! ଶେଷରେ ମତେ ବାଘ କି ଶିଆଳ ମାଡ଼ି ବସିବେ! ଚିରିଫାଡ଼ି ମୋ ଅନ୍ତ ବୁକୁଲା ବାହାର କରିଦେବେ! ଖାଇଯିବେ ମତେ! ମୋର ମାଂସ କି ହାଡ଼ ସୁଦ୍ଧା ମିଳିବ ନାହିଁ! କେହି ଜାଣି ପାଇବେ ନାହିଁ 'ସମୀର୍' ବୋଲି ଜଣେ ମଣିଷ ଜନ୍ମ ହୋଇଥିଲା ଏ ସଂସାରରେ! ମତେ କେବେ ଥରେ କେହି ଖୋଜିବେ ନାହିଁ! ମୁଁ କ'ଣ ଏତେ ଅଲୋଡ଼ା!

..ଇଲୋ ବୋଉ ଲୋ, ଏଟା କ'ଣ !

ସର୍‌ ସର୍ କି ମୋ ବାହୁରେ ଘଷି ହୋଇ ଚାଲିଗଲା। ଏତେ ଲମ୍ବ! ଏତେ ଶୀତଳ !

ହେ ଭଗବାନ! ସାପ। ଗୋଟିଏ ନୁହେଁ, ଦୁଇଟି। ହଳକଯାକ ଖୁବ୍ ନିବିଡ଼ ଭାବେ ଛନ୍ଦାଛନ୍ଦି ହୋଇଛନ୍ତି। ଫଣା ଟେକି ଫଁ କଲେଣି କ'ଣ! ଆରେ ଆରେ ଏଟ ସାପ ଦୁଇଟି କେଳି କରୁଥିଲେ ଆଉ! ଭୟରେ ମୁଁ ଧଡ଼ାସ୍ କରି ହାତଟା ଛାଟିଦେଲି। ଢଙ୍‌ କରି ପାଣି ଜଗ୍‌ଟା ତଲେ ପଡ଼ି ଘିର୍ ଘିର୍ କରି ଘୁରିଗଲା ଚାରିଘେରା।

ଚଟ୍ କରି ମୋ ନିଦ ଭାଙ୍ଗିଗଲା। ମୁଁ ବାଉଳେଇ ହେଲି, ସାପ କାଇଁ, କାଇଁ

ସାପ ! ପାଇଲିନି ! ଜଙ୍ଗଲ ନାହିଁ ! ସାପ ନାହିଁ ! ଏକା ମୁଁ ଅଛି ! ଗମ୍ ଗମ୍ ଢାଲ ପରସ୍ତେ ବହିଗଲା ।

କାନ୍ଥ ଘଣ୍ଟାକୁ ଦେଖେ ତ ବାରଟା ପନ୍ଦର । ଏତେକି ବେଳକୁ ମତେ ଭାରି ବ୍ୟସ୍ତ ଲାଗେ । ମୋର ସମସ୍ତ ଟାଣପଣ ପରାସ୍ତ ହୋଇ ପବନରେ ମିଳାଇ ଯାଏ । ମୁଁ ଭିଡ଼ି ମୋଡ଼ି ହୁଏ । ମୋ ହାତଟା ଲମ୍ବି ଯାଏ ଝରକା ଦିଗକୁ । ନା' ଖୋଲିବିନି । କିଏ ଯଦି ଦେଖିନେବ, କ'ଣ ଭାବିବ !

...ଯଦି କିଏ ନଦେଖେ !

...ମୋର କ'ଣ ଆତ୍ମସଂଯମ ନାହିଁ ।

...ଆଛା, କିଏ ଯଦି ନଦେଖେ, ତେବେ ଆତ୍ମସଂଯମ କି' ଦର୍କାର ! ଏକାନ୍ତରେ ସମସ୍ତେ ତ ଅସଂଯତ !

ନିଜ କଥା ପଦକ ନିଜ ମନକୁ ପାଇଯାଏ ।

ତା'ପରେ ମୁଁ ସଂଯମତାର ଘୋଡ଼ଣୀ କାଢ଼ି ଫିଙ୍ଗିଦିଏ । ଆସ୍ତେ କି ଉଠି ଯାଇ କୋଠରୀ ଆଲୁଅ ଲିଭାଇଦିଏ । ଧୀରେ ଧୀରେ ମୋ ଝରକା ଖୋଲେ । ଯେମିତି ସେପାଖରୁ ମୁଁ କାହାକୁ ଦେଖା ଯିବି ନାହିଁ । ଏ ପାଖରେ ରହି ମୁଁ ଖାଲି ଦେଖିବି ।

କେଉଁ ନବବିବାହିତ ଦମ୍ପତିଙ୍କ ଶୋଇବା ବଖରାକୁ ଏମିତି ରାତି ଅଧରେ ଚୋରଙ୍କ ପରି ଉଣ୍ଡିବା ନିହାତି ଅଭଦ୍ର !

.. ଧରା ପଡ଼ିଲେ ସିନା ଅଭଦ୍ର, ଧରା ନ ପଡ଼ିଲେ, ସଭିଏଁ ଭଦ୍ର ।

ଏଇନା ତା' କୋଠରୀର ଝରକା କବାଟ ବନ୍ଦ ହେଇଗଲାଣି । ଆଲୁଅ ବି ଲିଭିଗଲା । କାଚ ଝରକା ବୋଲି ଅନୁମାନ କରିବା ସହଜ ହୁଏ । ବାସ୍ ଏବେ ଆଉ କିଛି ବି ଦେଖାଯିବନି । ମତେ ଭାରି ବିରକ୍ତ ଲାଗିବ । ମୁଁ ଛଟପଟ ହେଇ ଉଠି ଆସିବି ବାଲକୋନିକୁ । ଦୀର୍ଘ ସମୟ ବସିବି । ବୋର ହେବିନି ।

ଟିକେ ପରେ ତୋ କିନା ଗୋଟେ ଶବ୍ଦ ହେବ ।

ମାଇଲା କି ଗୋଟେ ଚାପୁଡ଼ା ! ମାରିବନି ! ଇଏ ଯଦି ଯୁକ୍ତି କରିଥିବ, ସେ ଲୋକ ତ' ନିହାତି ମାରିଥିବ । ଅବଶ୍ୟ ନ ମାରିକି ବୁଝେଇଥିଲେ ବି ହୁଅନ୍ତା, କି' "ଦେଖ ମୃଗନୟନୀ, ଏମିତି ଝରକା କବାଟ ଖୋଲାକରି ଲୁଗା ପାଲଟିବା ଠିକ୍ ନୁହେଁ । ବାଲକୋନିରେ ବାଲ ଝାଡ଼ିବା ଠିକ୍ ନୁହେଁ, ପୁଣି ଝାଡ଼ି ସାରିବା ପରେ ଖରାକୁ ପିଠି କରି ତାକୁ ଶୁଖେଇବା ତ ଆଦୌ ଠିକ୍ ନୁହଁ । ଜାଣିଛ ନା', ତୁମ ଛାତି, ଅଣ୍ଟା, ପିଠିର ଫାଙ୍କା ଜାଗାରୁ କେତେ କ'ଣ ଦିଶୁଥିବ । ନଜର ପଡ଼ିବନି ଲୋକଙ୍କର ?

କାହିଁକି ଖୋଲୁଛ କହିଲ ! ଖୋଲିବନି, ପ୍ଲିଜ୍ ଖୋଲିବନି, ହେଲା । ଖରାପ ଭାବିଲ କି ମାରିଲି ବୋଲି ? ନା' ଖରାପ ଭାବନି । ମୁଁ ତୁମ ସ୍ୱାମୀ । ତୁମକୁ ସଜାଡ଼ିବା ମୋ ଦାୟିତ୍ୱ ।"

ମାଡ଼ ଖାଇକି ମୃଗନୟନୀ କାନ୍ଦିବ ! ସରୁ ସ୍ୱରରେ !

ସେତିକିବେଳେ ମତେ ଭୀଷଣ ଚିଡ଼ ଲାଗେ । କିଏ ଯୋଗାଡ଼ିଲା ଏ ଯୋଡ଼ି ! ମୃଗନୟନୀର ରଙ୍ଗ ଯଦି ଚମ୍ପାଫୁଲ, ଏ ଲୋକଟା କଳା କିଟି କିଟି ଶୁଖିଲା ଡାଳ । ଇଏ ଦେଖିବାକୁ ସୁନ୍ଦର କଣ୍ଢେଇଟିଏ ପରି ତ, ସିଏ ହୃଷ୍ଟପୁଷ୍ଟ ବିଶାଳ ଦେହଧାରୀ । ସେ ଲୋକଟା ମୋ ବୟସର ହେବ କି' କ'ଣ ! ବଳିଷ୍ଠ ଯୁବକ । ତା' ଠାରୁ ବଳିଷ୍ଠ ତା' କଳା ମର୍ ମର୍ ମୋଟା ମୋଟା ନିଶ । ସେଥିରେ ପୁଣି ଗାଲ ସାରା ସାଲୁବାଲୁ ମେଞ୍ଝେ ଦାଢ଼ି ! ଏତେ ଦାଢ଼ିଥିବା ଲୋକ କେଉଁ ଝିଅକୁ କ'ଣ ପସନ୍ଦ ହେଉଥିବ !

ଏଥର ପୂରା ମୁହଁଟା ଦେଖିବାକୁ ଚେଷ୍ଟା କରିବି । ଆଖ୍ ଦିଓଟି କେମିତି ହୋଇଥିବ କେଜାଣି ! ଭଲ ଭାବେ ଦେଖିବି ଭାବିଲା ବେଳକୁ, ଶିଳାଟା ମୁହଁ ବୁଲେଇ ପଳେଇବ ପା ।

ଦାଢ଼ି କଥାରୁ କଥା ମନେପଡ଼ିଲା । ବୁଢ଼ୀ ଏକାଉଣ୍ଟର ପଳେଇ ବାବୁଙ୍କୁ କହୁଥିଲା, "ସେ ସମୀରଟା କ'ଣ ଏମିତି ବାବାଜୀଙ୍କ ପରି ଅଫିସ୍ ପଳେଇ ଆସୁଛି ? ତାକୁ ଟିକେ ବୁଝେଇନ, ଦାଢ଼ି କାଟି ପରିଷ୍କାର ରହିବ । ସଭ୍ୟ ସମାଜରେ ଚଳିବା କେବେ ଶିଖିବ ସେ ?"

ହୁଁ .. ସଭ୍ୟ ସମାଜ ନା...... ! ପାଟିରୁ କ'ଣ ବାହାରୁଛି ଯେ, ଶ୍ୟାଲ.. ବଡ଼ ଲୋକଙ୍କୁ ଉତ୍ତର ନାହିଁ ।

ହେଉ ନହେଲେ କାଲି ସେଲୁନ୍ ଯିବି । କହିବି "ଜଙ୍ଗଲ ଭଳିଆ ହେଲାଣି, ସବୁ ଚାଞ୍ଛିକି ଟିକେ ଫିଟିକିରି ମାରିଦେ ।"

ପୁଣି ହାଲ୍କା ଶବ୍ଦ ଆସିଲା । ମୁଁ କାନେଇଲି ।

ଆହାଃ, ବିଚାରୀ କି ନିହାତି କଷ୍ଟ ହେଉଥିବ । ଅଭଦ୍ର, ଚାକିରି କରିଛି ନା' ଛେନାଗୁଡ଼ କରିଛି । କୋଉ ଟ୍ରକ ଚକାତଳେ ଚାପି ହେଇକି ମରୁନି କାହିଁକି କେଜାଣି !

ଏତିକି ଭିତରେ ସିଗାରେଟ୍ ଜଳି ଜଳି ମୋ ବିଶି ଆଙ୍ଗୁଠି ଛୁଇଁଲା । ଚେଙ୍କି ଦେଲା ଚାଉଁ କିନା । ମୁଁ ହାଉଳି ଖାଇଲି । ପ୍ରଚଣ୍ଡ ରାଗିଯାଇ ଆସ୍ ଟ୍ରେ'ରେ ତାକୁ ଦଲିଦେଲି ।

ମୁଁ କିନ୍ତୁ ଅଲକା ସହିତ କେବେ ବି ଏମିତି କରିବି ନାହିଁ। ତା'ଇଚ୍ଛାକୁ ସମ୍ମାନ ଦେବି। ଦେଇଛି ବି ଆଜି ଯାଏ।

ଆମେ ଦେଖା ହେବାର ଆସନ୍ତା କାଲିକୁ ଅଠର ଦିନ ପୂରିବ। ଅଫିସ୍ କ୍ୟାଣ୍ଟିନ୍ ବାଦ୍ ପାର୍କରେ ତିନିଥର ଦେଖା ହେଇଛୁ। ଶେଷଥର ସନ୍ଧ୍ୟା ଗଡ଼ି ଅନ୍ଧାରିଆ ହେଇଗଲାରୁ ତାକୁ ଟିକେ କୁଣ୍ଢେଇ ପକେଇଲି। ଗୋଟେ ଚୁମା ଖାଇଦେଲି, ତା ଗାଲରେ। ବାକି ତା ଛାତି ପାଖକୁ ମୋ ହାତ ଥରେ ବି ଯାଇଛି? ସେ ମନା କଲା ପରେ ମୁଁ କ'ଣ ଆଉ ଥରେ ବି ବାଧ୍ୟ କଲି? ବିଲକୁଲ୍ ନୁହେଁ। ତା ଇଚ୍ଛାକୁ ସମ୍ମାନ ଦେଲି। ଭଲ ପାଉଥିବା ମଣିଷ ପାଇଁ ସବୁ ସହି ହେବ।

ଆଚ୍ଛା ସେ କ'ଣ କାଲି ଅଫିସ୍ ଆସିବ? ରାଗିଗଲା କି? ଆଉ ତ' କାଇଁ ପାର୍କ ଯିବାକଥା କହୁନି। ଏଥର ଗଲେ ଆଗ କହିବି "ଦେଖ ଅଲକା, ତୁମେ ମତେ ବାହା ହେଇଯାଅ। ମୋର ଦି ଦି'ଟା ବଡ଼ ବଖରା ଅଛି। ସେଇଠି ରହିବ। ଛତିଶ ଇଞ୍ଚର ଓନିଡ଼ା ଟିଭି ଅଛି। ତୁମେ ଦେଖ ପାରିବ। ଥାକରେ ବୋରସିଲର କାଚ ଗ୍ଲାସ ସେଟ୍ ଅଛି। ମୋ ଘରକୁ କେହି ଆସନ୍ତିନି। ତେଣୁ ପାକେଟ୍ ଖୋଲା ହେଇନି। ଗୋଟେ ଓ୍ୱାଟର୍ ଫିଲ୍ଟର୍ ବି ଅଛି। ଗୋଟେ ସାନ ବାଲ୍କୋନି ବି ଅଛି। ସେଠି ମୃଗନୟନୀ ମୁଣ୍ଡ ପୋଛେ, ଲୁଗା ଶୁଖାଏ। ଯିବା ଆସିବା କରେ। ତା ବି ଦିନ ଯାକ ଦେଖ ପାରିବ। ଏକୁଟିଆ ଥିଲେ ବି ତୁମକୁ କେବେ ଏକୁଟିଆ ଲାଗିବନି। ପ୍ଲିଜ୍ ମତେ ବାହା ହୁଅ। ମୁଁ ଆଉ ଏକା ରହିବାକୁ ଚାହୁଁ ନାହିଁ।

ଶୁଣ, ମୋ ରଙ୍ଗ ଉପରେ ଯାଅ ନାହିଁ। କଳା ହେଲେ କ'ଣ ହେଲା, ମୋ ହୃଦୟଟା ନିର୍ମଳ। ମୁଁ ସାଧାରଣ ଆଜେ ବାଜେ ଲୋକଙ୍କ ପରି ଆଦୌ ନୁହେଁ। ମୁଁ ଅଲଗା।"

...ଆବେ ଏ ଲୋକଟା ପୁଣି ଖସ୍ ଖସ୍ କଲା! ତା'କୁ ଦେଖିଲେ ମୋ ହାଡ଼ଜଳେ। ମୁଗୁନି ପଥର ପରି ଦେହକୁ, ଲୋମଶ ଛାତି। ଛିଃ ଦାନବ କୋଉଠିକାର!

ଉଁ....ଲୋମଯୁକ୍ତ ଛାତି ଥିବା ପୁରୁଷ କୁଆଡ଼େ ଭାରି ବିଶ୍ୱସ୍ତ! ସେଇମାନେ ହିଁ ପ୍ରକୃତ ପୁରୁଷ। କାହାକୁ ଧୋକା ଦିଅନ୍ତି ନାହିଁ କି ଛଲନା କରନ୍ତି ନାହିଁ! ପଲେଇ ବାବୁ କୋଉଗୋଟେ ଚଟିବହିରୁ ପଢ଼ିକି କହୁଥିଲା ସେଦିନ! ମୋର ମନେ ଅଛି।

..ମୁଁ ନିଜ ଲୋମଶ ଛାତିକୁ ବହୁତ ଭଲ ପାଏ। ବିଶ୍ୱସ୍ତ କଥା ଭାବି, ନିଜ ଛାତିକୁ ଦୁଇଥର ଆଉଁଶି ଦେଲି। ମୋ ଛାତି ଗର୍ବରେ ଫୁଲି ଉଠିଲା।

ଚୁଡ଼ି ରୁଣ୍ଡ ଝୁଣ ଶଢ଼ ହେଲାଣି କ'ଣ! କ'ଣ ଚାଲିଥିବ କିରେ? ଧରାଯାଉ

ମାଡ଼ ଖାଇ ସାରିବା ପରେ ମୃଗନୟନୀ ମୁହଁ ବୁଲେଇ ଶୋଇଥିବ, ବା ଆଖି ବନ୍ଦ କରି ମିଛିମିଛିକା ଶୋଇବାର ବାହାନା କରୁଥିବ। ତା'କୁ କାନ୍ଦ ଲାଗୁଥିବ, କାଲେ ଶଢ଼ ହେବ ବୋଲି କାନ୍ଦି ପାରୁ ନଥିବ। ଖାଲି ଧକେଇ ହେଉଥିବ। ତା ଆଖିର ଲୁହକୁ ତକିଆ ପିଉଥିବ। ନାକ ସଡ଼ ସଡ଼ ହେଲେ ବି ପୋଛିବନି। ଶୋଷାଡ଼ି ନେବ ଆସ୍ତେ କି।

ଏ ବେହିଆ ଆଲୁଅ ଲିଭାଇ ଆସ୍ତେ ଆସ୍ତେ ତା' ପିଠି ପାଖକୁ ପାଖେଇଲା। ମାରିଲା ତ' ମାରିଲା। ଅନୁତାପ ବୋଲି କିଛି ଅଛି କି ନାହିଁ!

ଆସ୍ତେ କି ତା' ଚାଦର ତଲେ ହାତ ଗଲେଇଲା। ଗୋଡ଼ ଉପରେ ଗୋଡ଼ ଲଦିଲା। ସଲ୍ ସଲ୍ କଲା ପାଦକୁ। ପାପୁଲିରେ ହାତ ମାରୁ ମାରୁ ଆଙ୍ଗୁଲିରେ ଆଙ୍ଗୁଲି ଛଦିଦେଲା। ଆଙ୍ଗୁଲିରୁ କହୁଣୀ, ସେଠୁ ପୁଣି ବାହୁ। ବୁଲେଇ ଦେବ ଚିତ୍ କରି। ଉଫ୍...ସେ ସୁକୁମାରୀ ତ' ଯା ଲାଲ୍ ଲାଲ୍ ଆଖି ଦେଖି ଭୟ ପାଇବ! ମଦ ଗନ୍ଧରେ ନାକ ଫାଟିବ! ସେ ବାରଣ କରିବ। କହିବ, "କାହିଁକି ଏତେ ପିଉଛ କଲା? ପିଇକରି ଛୁଇଁଲେ ମତେ ଆଦୌ ଭଲ ଲାଗେନି। ମଣିଷର ହିତାହିତ ଜ୍ଞାନ ରହେନା।"

ରୟାଲଷ୍ଟାଗ୍ର ଫୋର୍ଥ ପେଗ୍‌ଟା ମୁଁ ଆଉ ନେଲିନି। ବୋତଲରେ ଢାଳିକି ଠିପି ବନ୍ଦ କରିଦେଲି।

"ନା'ଥାଉ, ପ୍ଲିଜ ଆଜି ନୁହଁ। ଶୋଇପଡ଼ ତୁମେ।"

ମୃଗନୟନୀ ଏମିତି ନେହୁରା ହେଇକି କହିବା କି'ଦରକାର ସେ ଇଡ଼ିଏଟ୍‌କୁ? ଦଉନି ଗୋଟେ ଗୋଇଠା ତା' ତଲି ପେଟକୁ। ସିଧା କଚାଡ଼ି ହେଇକି ତଲେ ପଡ଼ନ୍ତା।

ହେଲେ ସେ ଏୟା ନ କରି, ପ୍ରଶ୍ରୟ ଦେଉଛି କାହିଁକି! ସେ ବଦ୍‌ମାସ ତ ଯା'ଇଚ୍ଛା ସେୟା ଚଲେଇଥିବା ଏଇନା!

ଏତିକି ବେଲକୁ ଅଚାନକ ମୋ ଦେହର ଉଷ୍ଣତା ବଢ଼ିଗଲା। ମତେ କ'ଣ ଜର ହେଇଗଲା କି! ମୋ ଦେହଟା ଏମିତି କ'ଣ ଝିମ୍ ଝିମ୍ ଲାଗୁଛି? ତଲିପେଟଟା ଟିକେ ସିର ସିର ହେଲା। ମୁଁ ଦୌଡ଼ି ଗଲି ବାଥରୁମ୍‌କୁ। ଫେରି ଆସିଲା ବେଲକୁ କହୁଣି ବାଜି ମଦ ବୋତଲଟା ତଲେ ପଡ଼ି ଗଲା। ୫ଣ ୫ଣ ହେଇ ଟୁକୁଡ଼ା କାଚ ଛିନ୍‌ଛତ୍ର ହେଇଗଲା। ହାୟୟୟ..ଇଡ଼ି ଗଲା ମୋର ଅଧା ବୋତଲ୍ ମଦ। ଗଲେ ଯାଉ, କାଲି ଦେଖିବା।

ମୁଁ ସେପଟକୁ ପୁଣି ଧାନ ଦେଲି। ଆଉ ତ କ'ଣ କିଛି ଶୁଭୁନାହିଁ। ସବୁ ନିରବ, ନିସ୍ତବ୍ଧ, ଶାନ୍ତ।

ମତେ ଭାରି ହାଲିଆ ଲଗିଲାଣି। ମୁଁ ବି ଯାଉଛି ଶୋଇବି। ପାଦ ବଢ଼ାଇଛି କି ନାହିଁ, ଭଙ୍ଗା କାଚ ଖଣ୍ଡେ ଗଳି ଗଲା ଗୋଇଠିରେ। ଆଃ! ଝର ଝର ରକ୍ତର ଧାର।

ମୁଁ ଛୋଟେଇ ଛୋଟେଇ ଭିତରକୁ ଆସିଲି। ଫାଷ୍ଟଏଡ଼ ବକ୍ସ ଖୋଜିଲି। ଦରାଣ୍ଡି ଦରାଣ୍ଡି ମିଲିଲାନି। ସ୍ପିରିଟ୍ ଲାଗି ମୋ ପାଦ ଆହୁରି ଜଳିଲା। ମୋ ବ୍ରହ୍ମ ଚିଡ଼ିଲା। ପାଖରେ ଯାହା ଥିଲା ଛାଟିଦେଲି ।

ପ୍ୟାଣ୍ଟଟା ଟଙ୍ଗେଇ ଥିଲି କବାଟ ବାଡ଼ରେ। ଖସି ପଡ଼ିବାରୁ ଟଙ୍କାକିଆ ଦି'ଟଙ୍କିଆ ଯାହା ଥିଲା, ଗଡ଼ି ଗଲା ଟେବୁଲ୍ ତଳକୁ, ଖଟ ତଳକୁ। ଗଡ଼ି ଯାଉ। ମୋର ସେଥିରେ ନଜର ନାହିଁ। ମୋ ନଜର ଅଛି ଏ ପ୍ୟାଣ୍ଟରେ ଲାଗିଥିବା ବେଲ୍ଟ ଉପରେ।

ହଁ ଏବେ ମୌକା ଅଛି। ସେ ରାକ୍ଷସ କାମ ସାରି ଶୋଇବାକୁ ବାହାରିଥିବ। ବାସ୍ ପ୍ୟାଣ୍ଟରୁ ବେଲ୍ଟଟା ଏମିତି ଟାଣିକି ବାହାର କରିବା ଉଚିତ। ତା' ଖୋଲା ପିଠିରେ ଏମିତି ପଟାସ୍ ପଟାସ୍ ପିଟି ଚାଲିବା ଉଚିତ। ସେ ଭୁଲ୍ କରିଛି ମାନେ ମାଡ଼ ଖାଉ। ପିଟେ ଆହୁରି ପିଟେ। ଥକିଲା ଯାଏ ପିଟେ।

୩୪.. ଆଉ ହେବନି। ମୁଁ ଶୋଇବି।

ସକାଳୁ ଉଠିଲା ବେଲକୁ କେତେ ଡେରି ହେଲାଣି। ଦେହ ମୁଣ୍ଡ ଭାରି ବଥା। ଶେଯରୁ ଉଠି ହେଉନି। ଅଫିସ୍ ଯିବାର ନଥିଲେ ଶୋଇ ରୁହନ୍ତି।

****

ମୁଁ ଯାହା ଅନୁମାନ କରୁଥିଲି ସେଇୟା। ଏ ବୁଢ଼ିର ଏବେ ବି ମୋ ପିଉସା ସହ କିଛି ଚକ୍କର୍ ଅଛି। ନହେଲେ କି ଦର୍କାର ଏତେ କଥାରେ ମୁଣ୍ଡ ଖେଲେଇବା ? ଚାମ୍ରକୁ ଡାକି କହିଲା କ'ଣ ନା, "ଶୁଣ ସମୀର, ତୁମ ପିଉସା ଓ ମୁଁ ପିଲାଦିନର ସାଙ୍ଗ। ସେ ମତେ ତୁମ କାହାଣୀ ଆଗରୁ ଅଛ ଅଛ କହିଥିଲେ। ତୁମ ଦାୟିତ୍ୱ ଦେଇଥିଲେ। ସେଥିପାଇଁ ମୁଁ ତୁମକୁ ଏତେ କାମର ଚାପ ପକାଏନା। ତୁମ ପିଉସାଙ୍କର ଆଉ କିଏ ଅଛି କହିଲ ? ତୁମେ ତ ଜାଣିଛ ତୁମ ପିଉସୀନାନାଙ୍କ ଯବାନ ପୁଅ ଦୁର୍ଘଟଣାରେ ମରିଯିବା ପରେ ସେ ଏକାକୀ ହେଇଗଲେ। ପିଉସା କାମରେ ବ୍ୟସ୍ତ ରହିଲେ। ସମୟ ଦେଇ ପାରିଲେ ନାହିଁ। ଧିରେ ଧିରେ ସାରା ଦୁନିଆ ତାଙ୍କୁ ବିଚିତ୍ର ଲାଗିଲା। ଘରେ ରହି ମାନସିକ ରୋଗ ପାଇଁ ଚିକିସିତ ହେଲେ। କିନ୍ତୁ କାହିଁକି କେଜାଣି ଅଧାରୁ ସବୁ ବନ୍ଦ କରିଦେଲେ। ତୁମେ ତ ଜାଣ, ସେ ଗତ ବର୍ଷ ନ'ଅ ତାଲା ଫ୍ଲାଟରୁ ଡେଇଁ ସୁଇସାଇଡ୍ କରିଛନ୍ତି। ତୁମ ବାପା ବି ଏମିତି ଦିନେ ବାଉଳା ହେଇ କେତେ ବର୍ଷ

ହେଲା ଘରୁ କୁଆଡ଼େ ପଳେଇଥିଲେ ଯେ, ଆଜି ଯାଏ ଫେରି ନାହାଁନ୍ତି। ଆଛା, ତୁମ ଘରେ ଆଉ କିଏ ଏମିତି ଅଛନ୍ତି କି !"

ମୁଁ ଚୁପ୍ ରହିଲି। ବୁଢ଼ୀ ମତେ ଗାଢ଼େଇକି ଅନେଇଲା। ଚଷମାଟା ନାକ ଉପରକୁ ଟେକି ପୁଣି କହିଲା,

"ସମୀର ତୁମର ମଝିରେ ମଝିରେ ସିନା ଭୁଲ୍ ଭାଲ୍ ହେଉଥିଲା, ନହେଲେ ସବୁ କାମ ତ ଠିକ୍ ଠାକ୍ କରୁଥିଲ। ଏବେ ଏବେ ଏତେ ବ୍ୟତିକ୍ରମ କାହିଁକି ? ସତ କୁହ, ଔଷଧରେ ଅବହେଲା କରୁଛ ନା !

କରିଥିବ ନିଶ୍ଚୟ। ଆଖି ତଳ କଳା ଦିଶୁଛି। ଠିକ୍‌ରେ ଶୋଉନ ବୋଧେ !

..କିଛି କହୁନ ଯେ !

ମୁଁ ଜାଣିଛି ତୁମେ ଶୋଉନ ବୋଲି। ରାତିସାରା ଧଡ୍ ଧାଡ଼୍, ଖଡ୍ ଖାଡ଼୍ ଫୋପଡ଼ା ଫିଙ୍ଗା ଶବ୍ଦ। କ'ଣ କରୁଛ ସେଠି ? ତୁମ ଫ୍ଲାଟ୍‌ରୁ କମ୍ପ୍ଲେନ୍ ଆସିଥିଲା। ଯେହେତୁ ମୁଁ ତୁମକୁ ସେଠି ରଖେଇଛି, ମତେ ତ' କହିବେ।

ହଉ ଛାଡ଼ ସେସବୁ। ମୋର ଆଉ ଜଣେ ବଡ଼ ସାଇକାଟ୍ରିଷ୍ଟ ଚିହ୍ନା ଅଛନ୍ତି। ପଳେଇବାବୁଙ୍କୁ କହି ଦେଉଛି, ତୁମେ ତାଙ୍କ ସହ ଯାଅ। ଡାକ୍ତର ଯାହା ଔଷଧ ଲେଖିବେ ବାଟରୁ କିଣି ନେବ। ଏଥର ଅବହେଲା କରିବ ନାହିଁ। ଘରେ ଶାନ୍ତିରେ ରହିବ। ଦ୍ୱିତୀୟ ବାର ଯେମିତି ତୁମ ଫ୍ଲାଟ୍‌ରୁ ଅଭିଯୋଗ ନଆସେ। ଆସିଲେ, ତୁମେ ଆଉ ସେଠାରେ ରହିପାରିବ ନାହିଁ। ବାଧ୍ୟ ହୋଇ ତୁମକୁ ସେଇ ପୁରୁଣା ସ୍ଥାନକୁ ପଠାଇ ଦିଆଯିବ, ହେଲା !"

ଆରେ ଆରେ ବୁଢ଼ୀ କେମିତି ଜାଣିଲା କିଛିଦିନ ହେଲା ମୁଁ ଔଷଧ ଖାଉନି ବୋଲି। ଛି ! ଭାରି ପିତା ଔଷଧ। ନା ନା ବୁଢ଼ୀ ନୁହଁ। ସେ ମାତୃତୁଲ୍ୟା। ସେ ଦେବୀ। ଦେଢ଼ ମାସ ହେଲା ସେ ମୋ ଅନ୍ନଦାତ୍ରୀ। ତାଙ୍କ କଥା ମାନିବା ମୋର କର୍ତ୍ତବ୍ୟ। ମୁଁ ତାଙ୍କ କଥା ମାନିବି। ଆଜି ପଳେଇବାବୁଙ୍କ ସହ ଡାକ୍ତରଙ୍କ ପାଖକୁ ଯିବି।

****

ଉଫ୍..କେତେ ଦିନ ହେଲା ମୁଁ ଘରେ ବସିଛି। ଏକା ଏକା। ମୃଗନୟନୀକୁ ଆଉ ଦେଖୁନାହିଁ। ସେ ଏବେ କବାଟ କିଳି ରହୁଛି ବୋଧେ। ସେ କ'ଣ ଆଉ ଗାଧୋଇ ନଥିବ ! ମୁଣ୍ଡ ଧୋଇ ନଥିବ ! ବାଲ୍‌କୋନିରେ ଲୁଗା ଶୁଖୁନି ତ !

ସକାଳେ ଚୌକିଦାର କହିଲା ସେଠି କେହି ନାହାଁନ୍ତି। ମୁଁ ଯେବେ ପଚାରିଲି

"କେବେଠୁ ଘର ଛାଡ଼ିଲେ ?" କହିଲା "ଘର କ'ଣଟା ଛାଡ଼ିବେ ମ, ଫ୍ଲାଟ୍‌ ହେବାଦିନୁ ଦୁଇଶହ ଆଠନମ୍ବର ଘରଟ ଖାଲି ପଡ଼ିଛି । ସେ ଘର କାହାରିକୁ ଦିଆଯାଇ ନାହିଁ ।"

"ଆରେ ସେଠି ମୃଗନୟନୀ ରହୁ ନଥିଲା, ତା'ସ୍ୱାମୀ ସହ । ମୁଁ ସବୁଦିନ ଦେଖେ ପରା ! ମିଛ କ'ଣ କହୁଛ ?"

"କୋଉ ମୃଗନୟନୀ ? ମେଣ୍ଟାଲ୍ କି ! ମିଛ କାହିଁକି କହିବି ? ସେ ଘରଟା ଅଧାତୋଲା ହେଇ ପଡ଼ିଛି । ଝରକା କବାଟ ସୁଧା ଲାଗିନାହିଁ । ଆଉ କିଏ ରହିଗଲା କେତେବେଳେ ଆମେ ଜାଣି ପାରିଲୁ ନାହିଁ ! ଶ୍ୟାଃ ! ଦିନବେଳା ବି ୟାକୁ ଆକାଶରେ ତାରା ଦେଖା ଯାଉଛି ! ଯାଅ ଯାଅ ଘରକୁ ଯାଅ, ଔଷଧ ଖାଇକି ଶୋଇବ ।"

ବାଜେ ଲୋକଟା । ଚିଡ଼ିଚିଡ଼ି ହେଲା ମୋ ଉପରେ । ମୂର୍ଖ, ୟାକୁ ଚୌକିଦାର କିଏ କଲା କେଜାଣି !

ମୁଁ ଫେରି ଆସିଲି । ବାଲ୍‌କୋନିରେ ବସିଲି । କୁଆଡ଼େ ଗଲା ମୋ ମୃଗନୟନୀ ! କାହିଁକି ଗଲା !

ମୁଁ ତାକୁ ଦେଖୁଥିଲି । ବଞ୍ଚୁଥିଲି । ମୁଁ ଏଇନା କେମିତି ବଞ୍ଚିବି !

ସେ କ'ଣ ସତରେ ଚାଲିଗଲା ! ନା' ମାଡ଼ ଖାଇ ରାଗରେ ତିନି ମହଲା ତଳକୁ ଡେଇଁ ଆମ୍ଭହତ୍ୟା କରିଦେଲା ।

ତଳେ ବହୁତ ବାଇକ୍‌ ଥୁଆ ହେଇଛି ? ତିନିଟା କାର ବି । ଯଦି ସିଏ ଡେଇଁଲା ତ କୋଉଠି ଛିଟକି କି ପଡ଼ିଥିବ ! ପଡ଼ିବ ଯଦି କ'ଣ ମରିଯିବ !

ବୁଢ଼ୀ କହୁଥିଲା ପିଉସୀନାନୀ ପୁଣି ନଅ ତାଲା ଉପରୁ ପଡ଼ି ମରିଥିଲେ ! ତିନି ତାଲା ଉପରୁ ବି କ'ଣ ମରି ହେବ !

ବେକାରିଆ ବୁଢ଼ୀଟା । କି' ଓଷଦ ଖାଇବାକୁ କହିଲା କେଜାଣି, ଯେବେଠୁ ଖାଇଲି, ସେବେଠୁ ମୃଗନୟନୀ ଆଉ ମତେ ଦେଖା ଦେଉନି । ଏଥର ଅମଲେତ୍‌ କଲାବେଳକୁ ଟେଙ୍କା ଲାଗିଲେ ଫ୍ରାଇଙ୍‌ ପ୍ୟାନ୍‌ଟା ବୁଢ଼ୀ ମୁଣ୍ଡରେ ଛେଚି ଦେବି । ଫାଟୁ ମୁଣ୍ଡ ।

ତୁମେ କ'ଣ ସତରେ ମରିଗଲ ମୃଗନୟନୀ । ମତେ ଭାଷଣ କାନ୍ଦ ମାଡ଼ିଲାଣି ।

ବଦମାସ୍‌ ଚୌକିଦାର, ମତେ କହିଲା ତମ ମୁଣ୍ଡପୁଣ୍ଡ ଖରାପ କି ? ମୋର ନୁହେଁ, ତୋ ମୁଣ୍ଡ ଖରାପ । ତୁ ପାଗଳ । ତୋ ବାପା, ତୋ ପିଉସୀ ନାନୀ ଆଉ ତୋ ବଂଶରେ ଯେତିକ ଅଛନ୍ତି, ଶଳା ସମସ୍ତେ ପାଗଳ । ତୁ ମରିବୁ ରହ । ମିଛେଇ ବୁଢ଼ୀ ତୋ କଥାରେ ପଡ଼ି ମୁଁ ଔଷଧ ଖାଇବିନି, ଯା ମୋର କ'ଣ କରିବୁ କର ।

ଟେବୁଲ୍ ଉପରୁ ଔଷଧ ଜରିଟା ଆଣି ବୁଲେଇ ବୁଲେଇ ତଳକୁ ଛାଟି ଦେଲି। ବଟିକା ଗୁଡ଼ା ଛିନ୍ଛତ୍ର ହେଇଗଲା।

****

ଦେଖ ମୃଗନୟନୀ କେତେ ଦିନ ହେଲା ମୁଁ ଆଉ ଔଷଧ ଖାଉନାହିଁ। ଏବେ ତ ତୁମେ ଫେରି ଆସ। ମୋର ଆଉ କେହି ନାହାନ୍ତି। ମୁଁ ଏକଦମ୍ ଏକା।

ଦେଖ ମୋର କିଛି ନାହିଁ। ମୋ ଦେହରେ ଜାମା ନାହିଁ। ତଳେ ଲୁଙ୍ଗି ଛଡ଼ା ଗଞ୍ଜି ଖଣ୍ଡେ ବି ନାହିଁ। ଟିଭି କଟି ଯାଇଚି। ଝିଲ୍ ଝିଲ୍ ହୋଉଚି। ମୋର ନୂଆ ଛଅଟାରୁ କାଚ ଗ୍ଲାସରୁ ଗୋଟିଏ ଚିଡ଼ିକି ଯାଇଛି। ଏଠି କୋଉଠି ଗୋଟେ ଷ୍ଟିଲ୍ ଗିନାଟେ ରଖ୍ଥିଲି ନା, ସେଟା ବି ନାହିଁ ପାଉନି। ବୋତଲରେ ଆଉ ଠୋପେ ବି ମଦ ନାହିଁ।

ମୁଁ ନିଃସ୍ୱ! ନିରୁପାୟ ମୁଁ! ଅସହାୟ ମୁଁ!

ମୁଁ ବାଲ୍କୋନିର ଷ୍ଟିଲ୍ ରଡ଼ରେ ଗୋଡ଼ ଦେଇ ତଳକୁ ଝୁଙ୍କିଲି। ତଳେ କିଟି କିଟି ଅନ୍ଧାର। ମୃଗନୟନୀ ଏମିତି ପଡ଼ି ମରିଥିବ! ଓଃ .. ସେଇ ଦୂରକୁ ଛିଟିକି ପଡ଼ି ତା'ପେଟ ଫାଟି ଯାଇଥିବ। ବାଲ୍ଟିଏ କି ଦେଢ଼ବାଲ୍ଟି ଖଣ୍ଡେ ରକ୍ତ ବାହାରି ନ'ଥିବ!

ନା ନା ତୁମେ ମରନି ମୃଗନୟନୀ, ଫେରି ଆସ। ଆସ କହୁଛି ନା! ମାନିବନି ମୋ କଥା! ଦେଖ ମୁଁ ରାଗିଲେ କାହାର ନୁହେଁ।

ଆବେ ମୋ ଆଖ୍କୁ ଏତେ ଆଲୁଅ କିଏ ପକେଇଲା ବେ! ଆରେ ଆରେ ତଳେ କ'ଣ ଗୋଟେ ଗାଡ଼ି ଆସିକି ଲାଗିଲାଣି! ହେଇ ପା'ତାଙ୍କ ଜିନିଷ ପତ୍ର। ତା'ଡ୍ରେସିଙ୍ ଟେବୁଲ୍, ତା' ଖଟ। ତା' ମୁଣ୍ଡ ପୋଛା ଗେରୁଆ ଗାମୁଛା ବି। ମୃଗନୟନୀ ଆସିଲା ବୋଧେ! ଆସିଥିବ।

କିଛିଦିନ ହେଲା ମରି ଯାଇଥିଲା ନା ! ମୁଁ ରାଗିଲି ବୋଲି ଫେରି ଆସିଲା। ଜାଣିଛି ପା' ମାନିବ।

ଆରେ ତୁମେ ଏ ଧଲା ଗାଡ଼ିରେ କାହିଁକି ଆସିଲ ? ଏଇଟା କି ଗାଡ଼ି ଜାଣିଚ ତ! ତା' ମୁଣ୍ଡରେ ନାଲି ଆଲୁଅରୁ କେମିତି କିଁ ଇଁ ଇଁ...କିଁ ଇଁ ଇଁ ଶଢ ବାହାରୁଛି! ଆଉ ତୁମେ କ'ଣ ପାଇଁ ଏମିତି ଅଣ୍ଟୁ ଯାଏ ଧଲା ପୋଷାକ ପିନ୍ଧିଚ ? ମୁଣ୍ଡରେ ଧଲା ଟୋପି କ'ଣ ମଡ଼େଇଚ! ମାନୁନି ଜମାରୁ। ତୁମେ ଶାଢ଼ି ପିନ୍ଧିଲନି।

ଦେଖ ମୃଗନୟନୀ ମତେ ଅଲକା ଦର୍କାର ନାହିଁ, ସେ ମତେ ଛୁଆଁଇବାକୁ

ଦେଲାନି ଟିକେ । ଦେହରେ ଟିପ ବି ମରେଇ ଦେଲାନି । ମୋର କେତେ ଇଚ୍ଛା ହେଉଥିଲା । ମୁଁ ଭିତରେ ଭିତରେ ଭାରି କଷ୍ଟ ପାଇଲି । ସେ ମରୁ ।

ଅବନ୍ତି ପଳେଇଲା ଛାଡ଼ିକି । କେବେ ଥରେ ବି ବୁଝି ପାରିଲା ନାହିଁ ମତେ । ସେ ବି ମରୁ ।

ମୋ ବାପା ବି ମତେ ଛାଡ଼ି ପଳେଇଥିଲେ । ମୁଁ କେତେ ସାନପିଲା ହେଇଥିଲି ସେତେବେଳେ । କୁଆଡ଼େ ଗଲେ କେଜାଣି ! ସେ ବି ମରି ସାରିବେଣି ।

ମତେ କେହି ଭଲ ପାଆନ୍ତି ନାହିଁ । ଦର୍କାର ନାହିଁ । ଏଠି ମତେ କେହି ବିଶ୍ୱାସ କରନ୍ତିନି । ମତେ ଏକୁଟିଆ ଛାଡ଼ି ଦିଅନ୍ତି । ସମସ୍ତେ ବାଜେ ଲୋକ । ମୋ ନାଁ ରେ ଚୁଗୁଲି କରୁଛନ୍ତି । ବୁଢ଼ୀ ରାଗୁଛି । ଏଠି ସମସ୍ତେ ମିଛୁଆ । ମୋ ପାଇଁ କାହା ପାଖରେ ସମୟ ନାହିଁ । ଖାଲି ନିଜ ନିଜ କାମରେ ବ୍ୟସ୍ତ । ଏମାନେ ସମସ୍ତେ ମରନ୍ତୁ । ମତେ କେବଳ ତୁମେ ଦର୍କାର ।

ଆରେ ତୁମେ କ'ଣ ସତରେ ଉପରକୁ ଚଢ଼ିଲଣି । ଆଉ ତୁମ ସାଙ୍ଗରେ ତିନି ଜଣଙ୍କୁ କାହିଁକି ଆଣୁଚ । ଏକା ଆସୁନ !

୦୪ ମୁଁ ଜାଣିଲି ଏଥର, ସେମାନେ ମତେ ଏଠୁ ନେଇଯିବେ । ଘୋଷାରିକି ନେବେ । ସେଇ ଆମ୍ବୁଲାନ୍ସରେ । ନାଇଁ ! ଭାବୁତ ମୁଁ କିଛି ଜାଣି ପାରୁନି ।

ଶୁଣ ମୁଁ ଯୋଉ କହୁଥିଲି ମତେ ଏକା ଏକା ଲାଗୁଛି, ଆଉ ସେମିତି କହିବିନି । ମତେ ତାଙ୍କ ସହ ପଠାଅନି । ମୋ ପାଖରେ ତୁମେ ରହି ଯାଅନା ପ୍ଲିଜ୍ । ତୁମ ଛଡ଼ା ମତେ ଆଉ କିଛି ଦର୍କାର ନାହିଁ ।

ଦେଖ, ମତେ ଫ୍ଲାଟ୍ର ଲୋକମାନେ କେମିତି ବାହାରପଟୁ ବନ୍ଦ କରି ଦେଇଛନ୍ତି । କହିଲେ, "ଈଏ ମେଣ୍ଟାଲ ଟା । ସିଜୋଫ୍ରିନିଆ ପେସେଣ୍ଟ । ନିଜେ ନିଜେ କ'ଣ ସବୁ ଗପୁଛି । ନିଜକୁ ନିଜେ କଷ୍ଟ ଦେଉଛି । ତା ବିଷୟରେ ସବୁ ତଦାରଖ ନକରି, ତାକୁ ଆମ ଫ୍ଲାଟ୍ରେ ରଖାଇବାଟା ଆମର ଭୁଲ୍ ହେଲା । କେତେବେଳେ ଯଦି ମରିମାରି ଯିବ ଆମେ ଦୋଷ ମୁଣ୍ଡାଇବା । ସେ ବାହାରକୁ ବାହିରିଲେ ଆମକୁ ବିପଦ । ତାକୁ ବାହାର ପଟୁ ତାଲା ପକାଇ, ଆଗ ମେଡ଼ିକାଲକୁ ଖବର ଦିଅ ।"

ଏକୁଟିଆ ରହି ରହି ମୁଁ କେତେ କାନ୍ଦିଛି । କେତେ ଦୁଃଖ ପାଇଛି । ଦେଖ ମୋ ପିଠିରେ ନୋଲା ଫଟା ଦାଗ । ମତେ ନିଶ୍ଚୟ କିଏ ଚାବୁକ୍ରେ ମାରିଛି, ନ ହେଲେ ବେଲ୍ଟରେ ! ମତେ ବହୁତ କାଟୁଛି ।

ଧେତ୍ ତମେ କ'ଣ କିଛି ଶୁଣୁନ । ସେମାନଙ୍କୁ ନେଇ ଉପରକୁ ଆସୁଛ । ତୁମେ

ମତେ ପାଖରେ ନରଖି ଏମାନଙ୍କ ସହ ଛାଡ଼ି ଦେବ ? ଗଲାଥର ପରି ସେମାନେ ପୁଣି ମୋ ହାତ ଗୋଡ଼ ବାନ୍ଧି ପାଟିରେ କନାବିଣ୍ଟା ଦେଇ ମୋ ମୁଣ୍ଡକୁ ଚିପି କରେଇ ଦେବେ । ମୁଁ କେତେ ନେହୁରା ହେବି ! କାନ୍ଦିବି । ମରିଗଲି ମରିଗଲି ବୋଲି ଚିଲ୍ଲେଇବି । କେହି ଶୁଣିବେନି ମୋ କଥା !

ମୋର ନିଜର ବୋଲି କେହି ନାହାନ୍ତି ! ମୁଁ ଜାଣେ, ତମେ ସମସ୍ତେ ଏକାପରି । ସମସ୍ତେ ଛଳନା କର । ମତେ ପାଗଳ କୁହ । ମତେ ବୁଝି ପାର ନାହିଁ । ପାଖରେ ବସାଇ କେହି ଟିକେ ମୋ ପିଠି ଆଉଁଶି ଦିଅ ନାହିଁ । ଖାଲି ଗାଲି କର । ଖରାପ ଲୋକ କହି ପାଖ ମାଡ଼ନି ।

ଏଇ..ରହିଥା, କହୁଛି ! ଆସନି ଜମା । ଶୁଭୁନି କି ତୁମକୁ ?

ଆଚ୍ଛା କହିଲ ଦେଖ, ମୁଁ ଆଜି ଯାଏ କାହାକୁ ହଇରାଣ କରିଚି ? ହଉ ନହେଲେ କରିଚି ଯଦି ଆଉ କରିବିନି ।

ଆଁ..କ'ଣ କେହି ଶୁଣୁନ, ଆଚ୍ଛା ସ୍କାଇଡ଼ର୍‌ମ୍ୟାନ୍ ଦେଖିଛ ? ମୁଁ ଦେଖିଛି । ଆମ ଟିଭିରେ ଆସୁଥିଲା, ଯେତେବେଳେ ଟିଭି ଝିଲ୍ ଝିଲ୍ ହେଉ ନଥିଲା । ସେତେବେଳେ ମୁଁ ବହୁତ ଦେଖେ । ମୁଁ ସେମିତି ଉଡ଼ି ପାରିବି । ଗୋଟେ ହାତ ଉପରକୁ ଟେକି, ତଳକୁ ବି ଖସି ପାରିବି । ମୋର କିଛି ହେବନି । ଦେଖ କେମିତି ସାଁଏଁଏଁ କରି ତିନି ସେକେଣ୍ଡରେ ଯାଉଛି ।

ରୁହ ତୁମେ । ମୁଁ ତଳକୁ ଖସିକି ତୁମ କାନରେ କହେ ମୋର ପ୍ରକୃତରେ କ'ଣ ଅସୁବିଧା । ହେଇ ଦେଖ, ହେଇ ଗଲି,..ଉପରକୁ ଦେଖ...ଗଲି..

ଚାଲିଶ ସେକେଣ୍ଡ

ଆଇନା ଉପରେ ଗୋଲାପି ରଙ୍ଗର ଟିକିଲିଟା ଥାପିଦେଇ, ଭ୍ରୁଲତାର ଠିକ୍ ମଝାମଝି ସ୍ଥିର ହୋଇ ଛିଡ଼ା ହେଲି । ଦେଖିଲି କପାଳଟା ଫୁଙ୍ଗୁଲା ଦିଶୁନି । ଟିକିଲି ଯେମିତି ଆଇନା ଉପରେ ନୁହେଁ, ମୋ ମଥାରେ ହିଁ ଲାଗିଛି ।

ପ୍ରକୃତରେ କପାଳରେ ବିନ୍ଦିଟିଏ ନଥିଲେ, କେମିତି ଶୂନ୍ୟ ଶୂନ୍ୟ ଲାଗେ । ଯେମିତି କି ପୃଥ୍ବୀରୁ ସବୁଜିମା ଉଭେଇ ଯାଇଛି । ଟାଙ୍ଗରା ଭୂଇଁ ! ଆକାଶରେ ଜହ୍ନ ନାହିଁ, କି ସୂର୍ଯ୍ୟ ନାହିଁ । ପୂରା ନିର୍ମଳ । ଏମିତି ଉପମା ପରେଶ ଦିଅନ୍ତି ।

ପରେଶ ମୋର ସ୍ୱାମୀ । ସେ କୁହନ୍ତି, ସବୁ ସୁସଜ୍ଜିତ ପରିପାଟି ପରେ ବି, ମଥାରେ ଏଇ ଛୋଟିଆ ବିନ୍ଦିର ଅଭାବ ରହିଲେ, ନାରୀ ସମ୍ପୂର୍ଣ୍ଣ ହୁଏନା ।

ଯେଉଁ ରଙ୍ଗର ଶାଢ଼ୀ ବା ସାଲ୍ଓ୍ୱାର୍ କାମିଜ୍, ସେଇ ରଙ୍ଗର ଟିକିଲି ପିନ୍ଧିଲେ ତାଙ୍କୁ ବହୁତ ପସନ୍ଦ ହୁଏ ।

ସେ ସଂସାର ଛାଡ଼ିବାର ଆଜିକୁ ଗୋଟିଏ ମାସ ପୂରିଗଲା । ଆଜି ବି ଲାଗୁଛି, ସେ ଏଇଠି କେଉଁଠି ଅଛନ୍ତି । ଅଚାନକ୍ ଆସି ଖପ୍ କରି ଡେଇଁ ପଡ଼ିବେ । ପଛ ପଟରୁ ଭିଡ଼ି ଧରି କହିବେ,

"ଏଇଟା ପିନ୍ଧିଲ ? ଏ ଗୋଲାପି କୁର୍ତ୍ତୀ ତୁମକୁ ଭାରି ମାନେ, ବହୁତ ସୁନ୍ଦର ଦିଶ । ପୂରାଦିନ ଓ ସାରାରାତି ତୁମକୁ ମୁହୂର୍ତ୍ତେବି ପାଖରୁ ଅଲଗା କରିବାକୁ ଇଚ୍ଛା ହୁଏନା ।"

ପରେଶ କ'ଣ ସତରେ ଅଛନ୍ତି କି ? ଏଇ ଦରଜା ପଛରେ ଲୁଚିକି । ଲୁଚି ଲୁଚି ମତେ ଦେଖୁ ନାହାନ୍ତି ତ ଆଉ ! ଓଃ..ଆଉ କେତେଦିନ ମତେ ଏ ଭ୍ରମ କବଳିତ କରି ରଖିବ !

ଜନ୍ମ ମୃତ୍ୟୁ ଚିରନ୍ତନ ସତ୍ୟ । ଯାହାକୁ ମୁଁ ପ୍ରତିଦିନ ଡାକ୍ତରଖାନାରେ ଅନୁଭବ

କରେ । ଯେହେତୁ ମୁଁ ଜଣେ ଡାକ୍ତର, ଏହାକୁ ମୁଁ ଅତି ନିକଟରୁ ଦେଖେ । ମାଆଟିଏ ଗର୍ଭ ବେଦନାରେ ଛଟପଟ ହେଲାବେଳେ, ସେ ଓ ତା ପରିବାର ଲୋକ ବିକଳ ହୋଇ ଈଶ୍ୱରଙ୍କୁ ପ୍ରାର୍ଥନା କରନ୍ତି,

"ହେ ପ୍ରଭୁ ! ଅସହ୍ୟ ଯନ୍ତ୍ରଣାରୁ ଶୀଘ୍ର ଉଦ୍ଧାର କର ।"

ଛୁଆ ଜନ୍ମ ହେଲା ମାତ୍ରେ, ଟିକେ ପୂର୍ବର ପୀଡ଼ା ଭୁଲି ଯାଏ ମାଆ । ଖୁସିର ଲହରୀ ଖେଳିଯାଏ । ସେମିତି ଆମ୍ମୀୟସ୍ଵଜନ କେହି ମରିଗଲେ ମୁଣ୍ଡ ବାଡ଼େଇ କାନ୍ଦନ୍ତି ଲୋକେ । ଯେମିତି ମୃତ ବ୍ୟକ୍ତି ସହ ତାଙ୍କର ବି ସେତିକି ବେଳେ ମରିଯିବାର ଥିଲା । ମାୟା ସଂସାରରେ ଆମେ ଘାଣ୍ଟି ହେଉଛୁ । ସେ ସ୍ୱର୍ଗରେ ରହିବ ! ଭାଗ୍ୟବାନ ! ମରିଗଲା ନି ଯେ' ତରିଗଲା ।

ପୁଣି କିଛିଦିନ ପରେ, ସ୍ୱାଭାବିକ ହେଇଯାଏ ଜୀବନ । ଖାଆନ୍ତି, ପିଅନ୍ତି, ହସନ୍ତି, କଥା ହୁଅନ୍ତି, ବୁଲନ୍ତି ଆଉ ସବୁ ଭୁଲି ଯାଆନ୍ତି । ଅତଏବ, ଦୁଃଖ ଯନ୍ତ୍ରଣାକୁ ଭୁଲି ଆଗକୁ ବଢ଼ିବା ହିଁ ଜୀବନ ।

ମରଣ ଏକ ସ୍ୱାଭାବିକ ପ୍ରକ୍ରିୟା । ତାହା ଦୁଃଖଦ ହେଲେ ବି ସହଣୀୟ । ମଣିଷ ସମୟ କ୍ରମେ ଗ୍ରହଣ କରି ନିଏ । କିନ୍ତୁ ଆମ୍ଘତ୍ୟା ତ ସ୍ୱାଭାବିକ ମୃତ୍ୟୁ ନୁହେଁ, ତାହାକୁ ଗ୍ରହଣ କରିବା କ'ଣ ସହଜସାଧ୍ୟ !

ମୁଁ ଜାଣେ, ଆମ୍ଘତ୍ୟା କରି ମରୁଥିବା ମଣିଷକୁ କି କଷ୍ଟ ହୁଏ ! ମୁଁ ଦେଖିଛି, ସେ ପ୍ରୟାସରେ ବିଫଳ ଓ ଦରମରା ହେଇ ହସ୍ପିଟାଲ୍ ଆସୁଥିବା ଲୋକ ପୁଣି ବଞ୍ଚିବା ପାଇଁ କେତେ ଆପ୍ରାଣ ଉଦ୍ୟମ କରୁଥାଆନ୍ତି !

ଯେତେ ଶକ୍ତ ମଣିଷ ହେଉନା କାହିଁକି, ଯେତେ ଦୃଢ଼ତାର ସହିତ ଚରମ ନିଷ୍ପତ୍ତି ନେଇ ଥାଉନା କାହିଁକି, ଅସହ୍ୟ ଯନ୍ତ୍ରଣାର ଚରମ ସୀମା ଲଂଘୁଥିବା ମୁହୂର୍ତ୍ତରେ, ସେ ନିଷ୍ପତ୍ତିରୁ ଓହରି ଆସିବାକୁ ଛାତିପିଟି ହୁଏ । ବିକଳ ହୁଏ । କିନ୍ତୁ ସୁଯୋଗ ଥିଲେ ତ ! କ୍ଷଣିକର କଥା । ଯାହା ଘଟିବାର କଥା ଘଟିଯାଏ ।

ସେଦିନ ଖବର ପାଇ ଆମ ଭଡ଼ା ଘରକୁ ପରେଶଙ୍କ ଘରଲୋକ, ମାନେ ମୋ ଶ୍ୱଶୁରଘର ଲୋକ ଧାଇଁ ଆସିଲେ । ପୁଅର ଶବ ଦେଖି କାହାର ଦେହ ସହନ୍ତା ! କାନ୍ଦବୋବାଳିରେ ଫାଟି ପଡ଼ୁଥିଲା ପରିବେଶ । ଯାହା ସ୍ୱାଭାବିକ । କିନ୍ତୁ ମୋ ଆଖିରେ ଲୁହ ନଥିଲା । ମୁଁ ଥିଲି ସ୍ତବ୍ଧ, ନିର୍ବାକ ।

ପରେଶଙ୍କ ଶେଷ ଦର୍ଶନ କରିବାକୁ ଆସିଥିବା ପଡ଼ୋଶୀ ମହିଳା ମାନେ, ଟୁପୁରୁ ଟାପୁରୁ ହେଉଥିଲେ,

"ଆହାଃ.. ସ୍ୱାମୀଟା ମରି ପଡ଼ିଛି, ସ୍ତ୍ରୀ ଯେ କବାଟ କୋଣରେ ଯାଇ କାଠ ପରି ଛିଡ଼ା ହେଇଛି । ଦେଖନ୍ତୁ ଆଖିରେ ଟୋପେ ଲୁହ ନାହିଁ । କେତେ ବା ବୟସ ହେଇଥିଲା ପରେଶର ? ଟୋକାଟା ଏମିତି ପାଗଲାମୀ କଲା କାହିଁକି ! କେତେ ଭଲ ପାଉ ନଥିଲା ଯେ, ଏଇ ଝିଅ ପାଇଁ ଘରଲୋକଙ୍କ ସହ ଝଗଡ଼ା କରି, ଘର ଛାଡ଼ି, ଲୁଚି କରି ମନ୍ଦିରରେ ବାହା ହୋଇ ପଡ଼ିଥିଲା ! ସବୁବେଳେ କହୁଥିଲା 'ଆମର ପ୍ରେମ ସର୍ବଶ୍ରେଷ୍ଠ । ବର୍ତ୍ତମାନ ଇଏ କେବଳ ରୁବି ନୁହଁ, ପରେଶ ରୁବି ବିଶ୍ୱାଲ । ମୋ ସହ ଓ ମୋର ନାମ ସହ ଜଡ଼ିତ ତାର ପରିଚୟ । ସେଥିପାଇଁ ରୁବିକୁ କେହି କିଛି କହିବ ନାହିଁ, ଯାହା କହିବ ମତେ କୁହ ।'

ଶେଷକୁ ସେଇ ସ୍ତ୍ରୀର ଓଢ଼ଣୀ ବେକରେ ବାନ୍ଧି, ନିଜକୁ ଫାଶୀ ଦେଲା । ୟାଙ୍କ ଭିତରେ କେମିତିକା ପ୍ରେମ ଥିଲା ଲୋ ମାଆ ଠାକୁରେ ଜାଣିଥିବେ ! ହେଲେ ମରିବାର କିଛି ତ ଗୋଟେ କାରଣ ଥିବ !"

ତାଙ୍କ ଭିତରୁ କେହି ଜଣେ କହିଲେ,

"ନିୟତିରେ ଯାହା ଲେଖା ଅଛି, ତାହା ହିଁ ହୁଏ ।"

ପରେଶ ବି ଦିନେ ଏମିତି କହୁଥିଲେ ।

"ଜାଣିଛ ରୁବି, ଜୀବନରେ ଆମେ କେହି କାହାକୁ ଛାଡ଼ି ରହିବା ନାହିଁ । ଦୁନିଆ ଯାହା କହୁଛି କହୁ, ଆମେ ପରସ୍ପର ପାଇଁ ବଞ୍ଚିବା ଚିରଦିନ । ଏହା ହିଁ ଆମ ନିୟତି । ତୁମେ ଜାଣିଛ ନା, ମୁଁ ତୁମକୁ କେତେ ଭଲ ପାଏ !"

"ଜାଣେ, ହଜାରେ ଥର କହିଛ, ଆଉ କେତେ କହିବ !"

"ମଲାଯାଏ ।"

ମୁଁ ଆଉ କିଛି କୁହେ ନାହିଁ । ମୋ ସ୍ୱାମୀ ମତେ ଭଲପାଆନ୍ତି ଓ ଚିରଦିନ ପାଉଥିବେ । ଏ କଥା କେତେଜଣ ସ୍ତ୍ରୀଙ୍କ ଭାଗ୍ୟରେ ଥିବ ! ସେ ଦୃଷ୍ଟିରୁ ମୁଁ ସୌଭାଗ୍ୟବତୀ । ଖୁସି ହେବା କଥା । କିନ୍ତୁ ହେଇ ପାରେନା ।

ଏକଦମ୍ ଚୁପ୍‌ଚାପ୍ ନିଜ ଭାଗର ରେଜେଇ ଭିତରୁ ବାହାରି ଆସି ବାଲ୍‌କୋନିରେ ଛିଡ଼ା ହୁଏ । ଛାତି ଉପରେ ହାତ ଛନ୍ଦି ଭାବେ, ଇଏ କି ପ୍ରକାର ଭଲ ପାଇବା ! ବାହାଘର ପୂର୍ବରୁ ଏମିତି କେବେ ଅନୁଭବ କରି ପାରି ନଥିଲି । ମୁଁ ବି ତ ତାଙ୍କୁ ସମପରିମାଣରେ ଭଲ ପାଏ । କିନ୍ତୁ ଏମିତି କଥାକଥାକେ "ଜୀବନ ହାରିଦେବି, ମରଣକୁ ବରଂ ବରଣ କରିବି ପଛେ, ତୁମକୁ ଛାଡ଼ି ରହି ପାରିବି ନାହିଁ । ତୁମେ କେବଳ ମୋ'ର ।" ସବୁବେଳେ.. ଦିନକୁ ଦଶଥର ସେଇ

କଥା । ଥରେ ଥରେ ଭାବେ, ଏହା କ'ଣ ଗଭୀର ଭଲ ପାଇବା, ନା' ଅତ୍ୟଧିକ ଅସୁରକ୍ଷିତ ଭାବନା !

ସବୁକଥା ଅଧିକ ହେଲେ ଅସହଜ ଲାଗେନି !

ଘରୁ ଲୁଚିକରି ଯେବେ ରେଜେଷ୍ଟ୍ରି ମ୍ୟାରେଜ୍ କରିବାକୁ ବାହାରିଲୁ, କେବଳ ବୋଉକୁ ଫୋନ୍ କରିଥିଲି । ବୋଉ ଭାରି ଅସହାୟ ଭାବେ କହିଥିଲା,

"ତୁ ଏ କ'ଣ କଲୁ ! କେବେ ଏମିତି କରିବୁ ବୋଲି ଆମେ ବିଶ୍ୱାସ କରି ନଥିଲୁ । ବାପା ଆଉ ତତେ କେବେ ବି ଘରେ ପୁରେଇବେ ନାହିଁ । ଯେଉଁ ଝିଅକୁ କେବଳ ପାଠଛଡ଼ା କିଛି ଦିଶୁ ନଥିଲା, ସେ କେତେବେଲେ ପ୍ରେମରେ ପଡ଼ିଗଲା ! ତୁ ଗୋଟିଏ ମେଡ଼ିକାଲ ଷ୍ଟୁଡେଣ୍ଟ । ତୋର ଭବିଷ୍ୟତ ଉଜ୍ଜ୍ୱଲ । ଡାକ୍ତରୀ ପାଠ କ'ଣ ସହଜ ! ତୋ ପାଠ ପଢ଼ା ପାଇଁ ଆମେ କ'ଣ ନ କରିଛୁ ! କାହାକୁ ନଜଣାଇ ତୋର ଏ ନିଷ୍ପତ୍ତି ନେବା, ତତେ କେତେ ଯେ ଅଡ଼ୁଆରେ ପକାଇବ, ତୁ ଏବେ ଭାବି ପାରୁନୁ ।

ଯାହା ବି ହେଲା, ପିଲାଟା ବି କୋଉ ଯୋଗ୍ୟର ହେଇଥାଆନ୍ତା । ପାଠ ତ ବେଶୀ ପଢ଼ିନି, ଆଉ ତୁ କହୁଛୁ ଯେ, ଏ ଯାଏ କିଛି ରୋଜଗାର ବି କରିନାହିଁ । ତା'ହେଲେ କ'ଣ ଭାବିକି ଏମିତି ବେକାରୀ ପିଲା ସାଥିରେ ଘରୁ ଲୁଚି ପଲେଇଗଲୁ ?

ହେଉ, ଏବେ ବି ସମୟ ଅଛି । ଯାହା ହେବାର, ହେଇଗଲା । ବୟସର ଦୋଷ । ଗୋଟେ ଆବେଗରେ ତମ ଭିତରେ ଯାହା ଘଟିଗଲା, ଭୁଲି ଯା' । ସେ ସବୁ ଛାଡ଼ି, ତୁରନ୍ତ ଘରକୁ ଫେରିଆ । ମୁଁ ବରଂ ବାପାଙ୍କ ଗୋଡ଼ ହାତ ଧରି, ନେହୁରା ହେବି । ସେ ତତେ କ୍ଷମା କରିଦେବେ ।"

"କଦାପି ନୁହେଁ । ମୁଁ ପ୍ରେମ କରିଛି, ଖେଲ ନୁହେଁ । ପରେଶଙ୍କୁ ଛାଡ଼ି କୁଆଡ଼େ ଯିବନି ।"

ମୋ ଜିଦି ଓ କଡ଼ା ଉତ୍ତର ବୋଉକୁ ନିହାତି ବାଧିଥବ । ମୋ ମୁଣ୍ଡକୁ କି ଭୂତ ଚଢ଼ି ଥିଲା କେଜାଣି !

ପରେଶଙ୍କ ଘରେ ବି କେହି ଆମ ସମ୍ପର୍କକୁ ସମ୍ମତି ଦେଲେ ନାହିଁ । ଦୁଇ ପରିବାରର ପ୍ରତ୍ୟାଖ୍ୟାନ ପରେ, ଅନ୍ୟ ସହରରେ ଛୋଟିଆ ଘରଟିଏ ଭଡ଼ା ନେଇ, ସଂସାର ଆରମ୍ଭ କଲୁ ।

ପରେଶଙ୍କ ବେକାରୀ ସମସ୍ୟା ଯୋଗୁଁ ବାହାଘରର ଦୁଇ ବର୍ଷ ବିତିଯାଇଥିଲେ ବି, ସେ ଘରେ ବସି ରହୁଥିଲେ । ଅବଶ୍ୟ ମୋ ନୂଆ ଚାକିରିର ସୀମିତ ଦରମାରେ ଆମେ ଚଳିଯାଉ ।

ମୋର କେବେ କୌଣସି ଆପତ୍ତି ଅଭିଯୋଗ ନଥିଲା । ପରେଶଙ୍କର ସେଇ ଗୋଟିଏ ପଦ

"ମୁଁ ତୁମକୁ ବହୁତ ଭଲପାଏ ରୁବି, ସାରା ଜୀବନ ଆଖିର ତାରା କରି ରଖିବି", ବାସ୍ ସେଇ ପଦକ ଛାତିକୁ ଛୁଉଁ ଥିଲା । ସବୁ ଦୁଃଖ ଭୁଲି ଯିବା ପାଇଁ ଯଥେଷ୍ଟ ଥିଲା ।

ସେ ମତେ କେବେ କୌଣସି କଷ୍ଟ ଦିଅନ୍ତି ନାହିଁ । ହସ୍ପିଟାଲରୁ ଯେତେ ବିଳମ୍ବରେ ଫେରିଲେ ବି କୌଣସି ଦିନ କୈଫିୟତ ମାଗନ୍ତି ନାହିଁ । ଚାଣ ପଦେ ତ ଦୂରର କଥା । କେବେକେବେ ଅଧିକ ବିଳମ୍ବ ଦେଖି ନିଜ ହାତରେ ରୁଟି ସନ୍ତୁଲା କରି, ଜଡ଼ ଆଲୁଅରେ ଚେୟାର ପକାଇ ବାଲକୋନିରେ ଜଗି ବସିଥାଆନ୍ତି ଘଣ୍ଟା ଘଣ୍ଟା । ସେ ଭିତରେ କେତୋଟି ସିଗାରେଟ୍ ଜଳି ଥାଏ, ତାହା ସକାଳେ ଝାଡ଼ୁ କଲାବେଳେ ଜଣାପଡ଼େ ।

ଯେବେ ଡିଉଟି ସାରି ଫେରୁ ଫେରୁ ଅନେକ ରାତି ହୋଇଯାଏ, ସିନିୟର ସାର୍ ନିଜ ଘରକୁ ଫେରିବା ବାଟରେ କାରରେ ଆଣି, ଆମ ଗେଟ୍ ପାଖରେ ଓହ୍ଲାଇ ଦିଅନ୍ତି । ବାଲକୋନିରେ ଥାଇ ସବୁ ଦେଖୁଥିବେ ପରେଶ । ଦୌଡ଼ି ଆସି କବାଟ ଖୋଲିବେ । କହିବେ,

"ଆଜି ବହୁତ ଡେରି ହେଇଗଲା । କାମର ଚାପ ଥିଲା ବୋଧେ ? ଯାହା ବି କୁହ ଭାରି ମହାନ ମଣିଷ ତୁମ ସାର୍ । ଅଧିକ ରାତି ଓ ମହିଳା ଡାକ୍ତର ଦେଖି, ନିଜେ ଆଣି ଛାଡ଼ି ଦେଉଛନ୍ତି । କେଡ଼େ ହୃଦୟବାନ !"

"ସରି, ଏତେ ଡେରି ପାଇଁ । ଗୋଟିଏ ଡେଲିଭରି କେସ୍ ଥିଲା । ମାଆଟିର ଗୁଡ଼ାଏ ସ୍ୱାସ୍ଥ୍ୟ ସମସ୍ୟା ଥିଲା । ଶିଶୁ ବି ଅପରିପକ୍ୱ । ସାରାରାତି ଲାଗିଛୁ ଆମେ । ବିଳମ୍ବ ହେଲେ ମଧ୍ୟ, ବିନା ସିଜରିଆନ୍‌ରେ କରେଇଲୁ । ଠିକ୍‌ରେ ହେଇଗଲା । ଗରିବ ଲୋକ ସେମାନେ । କୃତଜ୍ଞତାରେ ପାଦ ଧରି ପକାଇଲେ । ଯାହା ହେଉ ଈଶ୍ୱରଙ୍କ କୃପାରୁ ସୁସ୍ଥ ଅଛନ୍ତି ମାଆ ଛୁଆ ।"

"ଓଃ ସାରାରାତି ଅନିଦ୍ରା ! ସେଥିପାଇଁ ଖୁବ୍ ଥକ୍ଲି ଗଲାପରି ଲାଗୁଛ । ରାତିରେ ଆଉ କିଏ କିଏ ଥିଲେ ଲେବର୍ ରୁମ୍‌ରେ ?"

"ସାର୍, ମୁଁ ଆଉ ଜଣେ ଦିଦି । ଜାଣିଛ ତ ଏ ଅଞ୍ଚଳରେ ଗୋଟିଏ ମାତ୍ର ଛୋଟ ହସ୍ପିଟାଲ । ଷ୍ଟାଫ କମ୍ ।"

"ହଁ ସବୁ ଜାଣେ ।"

କ୍ଷଣେ ନୀରବ ରହି ମୁହଁଟିକୁ ତୋଲିଧରି କହିବେ,

"ହଁ.. ଶୁଖ୍ ଯାଇଛି , ଆଇ ଲଭ ୟୁ। ତୁମ ଶୁଖିଲା ମୁହଁ ଦେଖିଲେ ଦେହ ସହେନା। ବିଶ୍ୱାସ କରିପାରିବନି କେତେ ଭଲ ପାଏ।"

କୁଣ୍ଡେଇ ପକାଇବେ।

ସେତେବେଳେ ମୁଁ ଦେଖିଛି ତାଙ୍କ ମୁହଁରେ ମୋ ଠାରୁ ଅଧିକ କ୍ଳାନ୍ତି। ଉଦାସପଣ। ଅପେକ୍ଷା କରି କରି ଯେମିତି ଥକ୍ ଯାଇଛନ୍ତି!

ମୁଁ ଭିତରକୁ ଯାଏ, ପୋଷାକ ବଦଲାଏ। ଧୂଆ ଧୂଳ ହେଇ ଗାଧୁଆଘରୁ ବାହାରିବା ବେଳକୁ ସେ ମୁହଁ ଘୋଡ଼ାଇ ଶୋଇ ପଡ଼ିଥାଆନ୍ତି। ରୁଟି ସନ୍ତୁଲା ସେମିତି ଘୋଡ଼ା ହୋଇ ରହିଥାଏ। ଘଣ୍ଟା ଦେଖ ମୁଁ ଆଉ ଉଠାଏନା। ଧୈର୍ଯ୍ୟ ପାଏନା। ମତେ ବି ଭଲ ଲାଗେନା। ଦୁଃଖ ଲାଗେ। ବିଚରା ଚାହିଁ ଚାହିଁ ଶୋଇଗଲେ। ନିଜେ ବି ଅଖିଆ ଶୋଇ ପଡ଼େ।

ସକାଳୁ ଆଗ ଉଠି ଚାହା କରି ଆଣିବେ। କହିବେ,

"ଉଠିଲଣି ? ଉଠ, ଆଇ ଆମ୍ ସରି। ମୁଁ ଖାଇଲି ନାହିଁ ବୋଲି ତୁମେ ଉପାସ ଶୋଇଗଲ ନା! ତୁମେ ରାଗି ନାହଁ ତ ?"

"କାହିଁକି ରାଗିବି ମୁଁ !"

"ମୁଁ ଯେଉଁ କହିଲି ରାତିରେ ଆଉ କିଏ ହସ୍ପିଟାଲରେ ରହିଥିଲେ ବୋଲି! ତୁମ ସାର୍ ବହୁତ ହ୍ୟାଣ୍ଡସମ୍ ଓ ସ୍ମାର୍ଟ। ତୁମକୁ ନିଜ କାରରେ ପ୍ରାୟ ଦିନ ଆଣି ଘରେ ଛାଡ଼ୁଛନ୍ତି। ଏ କଥା ପଚାରିବାରେ ମୋର କୌଣସି ମନ୍ଦ ଉଦ୍ଦେଶ୍ୟ ନଥିଲା। ଆଇ ଲଭ ୟୁ ଡାର୍ଲିଙ୍ଗ। ସନ୍ଦେହ କରୁନାହଁ। କ'ଣ ମନକୁ ଆସିଲା ତ ପଚାରିଦେଲି।"

ମୁଁ ତାଙ୍କ ମୁହଁକୁ ଚାହେଁ। ଏ କଥା ତ ମୋ ମୁଣ୍ଡରେ ପଶି ନଥିଲା, ସେ ଯେମିତି ବୁଝାଇ ଦେଲେ, ସବୁ ବୁଝିନେଲି। କିଛି କୁହେନା।

ଆଗ ଆଗ ତ ମତେ ବହୁତ ଭଲ ଲାଗୁଥିଲା। ସ୍ୱାମୀ ହେଲେ ବି ମୋ ବୋଉର ଅଭାବ ପୂରଣ କରିଦେଉଛନ୍ତି। ବୋଉ ଏମିତି ଦୁଆର ଜଗି ବସିଥାଏ।

କିନ୍ତୁ ବେଳକୁବେଳ କାହିଁକି ଅଶନିଃଶ୍ୱାସୀ ବୋଧ ହେଲା କେଜାଣି! ଅତ୍ୟାଧିକ ପ୍ରେମର ମିଠାଫାଶ, ଫାଶୀ ପରି ବେକରେ ଗୁଡ଼ାଇ ହେଇ, ଚରଲ କାଢ଼ୁଛି। ଘରେ କେହି ଜଣେ ଜଗି ବସିଛି। କିନ୍ତୁ ତାର ତୀକ୍ଷ୍ଣ ଦୃଷ୍ଟି ଏଇ ଚତୁର୍ଦିଗରେ ଘୂରି ବୁଲୁଛି। ହସ୍ପିଟାଲରେ ସାମାନ୍ୟ ଡେରି ହେଲେ, ସେ ଆଖି ଦୁଇଟି ମୋ ଆଖି ଆଗରେ ନାଚିଯାଏ। ତାଙ୍କ ଗାଢ଼ ଆଲିଙ୍ଗନ, ମୁହଁକୁ ତୋଲିଧରିବା କଥା ମନେ ପଡ଼ିଗଲେ କନ୍ଥା ପରି ଫୋଡ଼ି ହେଇଯାଏ। ଏହା ଦିନକୁ ଦିନ ତୀବ୍ରୁ ତୀବ୍ରତର ହେଉଥିଲା।

ଥରେ ମୁଁ ହସ୍ପିଟାଲରେ ଥାଏ । ଫୋନ୍ କାଢ଼ିବା ବେଳକୁ ପରେଶଙ୍କର ବାରଟା ମିସ୍ କଲ୍ , ଚାରୋଟି ଆଇ ଲଭ ୟୁ ମେସେଜ ଓ ଗୁଡ଼ାଏ ଫ୍ଲାଇଙ୍ଗ କିସ୍‌ର ଇମୋଜି ଦେଖି ମୁଁ ଡରିଗଲି । ଘଣ୍ଟା ଦେଖିଲା ବେଳକୁ ଚାଳିଶ ମିନିଟ୍ ବିଳମ୍ବ ହୋଇ ସାରି ଲାଣି । ତୁରନ୍ତ ଘରକୁ ବାହାରିଥିଲି । ସାର୍ ଅଟକାଇ ଦେଲେ ।

"ବିଷ ପିଇଛି ଇଏ । ସିରିୟସ୍ କେସ୍ । ଅନ୍ୟ ଜଣେ ଚାର୍ଜ ନନେଲା ପର୍ଯ୍ୟନ୍ତ, ତୁମେ ଯାଇ ପାରିବ ନାହିଁ । ଜାଣେ, ତୁମ ଡିଉଟି ସରିଗଲାଣି । ସ୍ଲିପ ଅଭାବ । ଆମକୁ କରିବାକୁ ପଡ଼ିବ । ଆମ କାମ ସେୱା । ମୃତ୍ୟୁ ମୁଖରେ କାହାକୁ ଛାଡ଼ି ପାରିବା ନାହିଁ ।"

ରହିଗଲି, କିନ୍ତୁ ମୋର ମନେ ପଡ଼ୁଥିଲା ଗଲାଥର ମିଟିଙ୍ଗରେ ବହୁତ ବେଶୀ ଡେରି ହୋଇଥିଲା ବୋଲି, ପରେଶ ବହୁତ ମାତ୍ରାରେ ବ୍ୟସ୍ତ ହୋଇ ଯାଇଥିଲେ । ଘରକୁ ଫେରି ଗେଟ୍ ଖୋଲୁଖୋଲୁ ଘର ମାଲିକାଣୀ ମାଉସୀ ଆସି ଆସ୍ତେ କହିଥିଲେ,

"ଝିଅ ! କ'ଣ ହେଇଛି ପରେଶ୍‌ର, ସାରାଦିନ ବୋଲ୍‌କୋନିରେ ଦୁମ୍‌ଦୁମ୍ ହୋଇ ଏପଟ ସେପଟ ଚାଲୁଛି । ଝଗଡ଼ା ଝାଟି ହେଇଚ କି ତମ ଭିତରେ ? ପରେଶ ଭାରି ଚିଡୁଛି ! ବାହାର ଛୁଆଙ୍କ କ୍ରିକେଟ ବଲଟା ଉପରକୁ ପଡ଼ିଗଲା ଯେ, ଦଶଥର ଡାକିବା ପରେ, ତଳକୁ ଚାହିଁଲା ବୋକାଙ୍କ ପରି । କିଛି ଉତ୍ତର ଦେଲାନି । ଶେଷକୁ ସେ ଛୁଆ ନିଜେ ଉପରକୁ ଯାଇ ବଲ୍ ଆଣିଲେ ।"

"ନାଇଁ ମ ମାଉସୀ, ସେମିତି କିଛି ନୁହେଁ । କଥା ଏଡ଼ାଇ ଦେଇ ସାମାନ୍ୟ ହସି ମୁଁ ଉପରକୁ ଚାଲି ଆସେ ସିନା, କିନ୍ତୁ ମୁଁ ଜାଣେ, ଖାଇ ନଥିବେ ସାରାଦିନ । ନିଜକୁ କଷ୍ଟ ଦେଇଥିବେ । ଯାହା ସେ ସବୁବେଳେ କରନ୍ତି । ମୋର କିଛି ଭୁଲ୍ ହେଲେ ବି, ମତେ କିଛି ନକହି, ଢୋ ଢୋ କରି ନିଜ ଗାଲରେ ଚାପୁଡ଼ା ମାରନ୍ତି । କୁହନ୍ତି

"ତୁମର ଭୁଲ୍ ନୁହେଁ । ତୁମକୁ ମୁଁ ଠିକରେ ରଖି ପାରୁ ନାହିଁ । ମୋ ରୋଜଗାର ଥିଲେ, ଘର କାମ କରିବାକୁ ଲୋକଟେ ରଖନ୍ତେ, ମୋ ପ୍ୟାଣ୍ଟ ସାର୍ଟ ଟାଇମରେ ସଫା ହୁଅନ୍ତା । ଦେଖ, ଚାରିଦିନ ହେଲା ଗଦା ହେଇଛି କେମିତି !"

ଚାପୁଡ଼ାଟା ପରୋକ୍ଷରେ ମୋ ଗାଲରେ ବାଜେ । ମୁଁ ପଦଟିଏ ବି ଉତ୍ତର ଦିଏନା, ନହେଲେ ସେ ଆହୁରି ବଡ଼ ପାଟି କରିବେ । ନିଜକୁ ନିଜେ କଷ୍ଟ ଦେବେ । ତଳଘର ମାଉସୀ କାନ ଡେରିବେ । ଯଦି କହିବେ "ବହୁତ ବିଶୃଙ୍ଖଳା କରୁଛ ଘର ଛାଡ଼ !" ତେଣୁ ନୀରବରେ ତୁରନ୍ତ ସବୁ ପ୍ୟାଣ୍ଟ ସାର୍ଟ କାଚି ପକାଏ ।

ସେଦିନ ମାଉସୀଙ୍କ କଥା ଶୁଣି ତରତରରେ ଭିତରକୁ ଯାଇ ଦେଖିଲା ବେଳକୁ, ପରେଶ ଟିଭି ଦେଖୁଛନ୍ତି । ରକ୍ଷା ! ଚଟାପଟ୍ ଗରମ ଗରମ ରୁଟି ଓ ଆଲୁକଷା ବନାଇ

ଆସିଲା ବେଳକୁ, ସେ ଟିଭି ବନ୍ଦ କରି ଡିମ୍ ଲାଇଟ୍ ସହ ଆର୍ମଟେୟାରରେ ବସି ଝୁଲୁଛନ୍ତି । ମୁଁ ଡାକିଲି, ଶୁଣିଲେ ନାହିଁ । ତାଙ୍କ ସାମ୍ନାକୁ ଚାଲିଗଲି ଯେବେ ସ୍ୱଚ୍ଛ ହୋଇଗଲି ।

ପରିବାକଟା ଧାରୁଆ ଛୁରୀଟା କେତେବେଳେ ଉଠାଇ ଆଣି, ଡାହାଣ ହାତରେ ଧରି ବାମ ହାତ ମଣିବନ୍ଧ ପାଖରେ ହଲ୍ ହଲ୍ କରୁଥିଲେ ! ଦେଖୁଦେଖୁ କହିଲେ,

"ତୁମେ କେତେ କାମ କରୁଛ, ଏତେ ଡେରିରେ ଫେରୁଛ । ପୁଣି ମୋ ଲାଗି ଖାଇବା ବନାଉଛ । ମୋ ବୋଝ ଉଠାଉଛ । ସ୍ୱାମୀ ହେଇ ମୁଁ ନିକମା ପରି ବସିଛି । ମରି ଯାଆନ୍ତି କି ଭଲା !"

ଛାତି ଦାଉଁ କଲା ମୋର । କ'ଣ କହିବ ଯାକୁ ପିଲାଳିଆମୀ ନା ମୂର୍ଖାମୀ ?

"କ'ଣ କରିବାକୁ ବସିଥିଲ ? ଦିଅ ସେଇଟା ।"

ଛୁରୀଟା ହାତରୁ ଛଡ଼ାଇ ଫିଙ୍ଗି ଦେଲି । ବହୁତ କନ୍ଦାକଟା କଲୁ ଦୁହେଁ । ବହୁତ ବୁଝାଇଲି ତାଙ୍କୁ ।

"ତୁମେ ଚାହୁଁ ଯଦି ମୁଁ ଚାକିରି ଛାଡ଼ି ଦେବି । ଘରେ ବସି ବସି ଏକଲା ହେଇ ଯାଉଛ ବୋଲି, ଏ ସବୁ କଥା ମୁଣ୍ଡରେ ପଶୁଛି ।"

"ଚାକିରି କାହିଁକି ଛାଡ଼ିବ ? ମୁଁ ତ ସେୟା କହିନି । ମୁଁ କହିଲି ମୁଁ ଅପଦାର୍ଥ, ନିକମା । ସ୍ତ୍ରୀ କୁ ପୋଷିବାର ଯୋଗ୍ୟତା ନାହିଁ ।"

"ସେମିତି ଭାବନି । ସମୟ ସବୁ ଠିକ୍ କରିବ । ତୁମେ ବ୍ୟସ୍ତ ହୁଅନି । ଖୁବ ଶୀଘ୍ର ତୁମେ ବି କାମ କରିବ ।"

ବହୁତ ବୁଝା ସୁଝା ପରେ, ପୁଣି ଖାଇବା ଗରମ କରି ନିଜ ହାତରେ ଖୁଆଇ ଦେଲି । କିନ୍ତୁ ନିଜେ ଖାଇ ପାରିଲି ନାହିଁ । ଭୋକ ମରି ଯାଇଥିଲା । ମୋ କୋଳରେ ମଥା ରଖି ସେ ଶୋଇଲେ । ଅର୍ଦ୍ଧଚେତନ ଅବସ୍ଥାରେ ବି ବାଉଳାଇ ହେଉଥିଲେ "ମୁଁ ତୁମକୁ ବହୁତ ଭଲ ପାଏ ରୁବି । ଆଇ ଲଭ ୟୁ ରୁବିନା । ମୁଁ ଜାଣେ ତୁମେ ବି ମତେ ସେତିକି ଭଲ ପାଅ । ତୁମେ ମତେ କଦାପି ମରିବାକୁ ଦେବ ନାହିଁ । ମୁଁ କ'ଣ ସତରେ ମରି ଯାଉଥିଲି ! ଖାଲି ଦେଖୁଥିଲି ତୁମ ପ୍ରତିକ୍ରିୟା ! ତୁମେ ଡରୁଛ କାହିଁକି ?"

ମୋ ଆଖିରେ ନିଦ ନଥିଲା । କବଳିତ କରୁଥିଲା ଗୋଟିଏ ଅଭୂତ ଭୟ । ମୁଁ ଦିନକୁ ଦିନ ଖୁବ୍ ଅନ୍ୟମନସ୍କ ରହିବାକୁ ଲାଗିଲି । ଏ ପ୍ରେମ ମତେ ଅନିଶ୍ୱାସୀ କରିଦେଉ ଥିଲା । ସବୁବେଳେ ଲାଗୁଥିଲା, ପରେଶ ମତେ ସବୁ କଥାରେ ନିରବ ଧମକ ଦେଉଛନ୍ତି । ମୁଁ କେବଳ ତାଙ୍କ ସ୍ତ୍ରୀ ନୁହେଁ, ଜଣେ ଡାକ୍ତର । ରୋଗୀଙ୍କ ଜୀବନ

ବୁଝାଇବା ମୋର ପ୍ରଥମ କର୍ତ୍ତବ୍ୟ। ସେ କିଛି ନକହେ, ବହୁତ କିଛି କହିଦିଅନ୍ତି। ମୁଁ ବେଳକୁବେଳ ବାନ୍ଧି ହୋଇ ପଡୁଥାଏ। ମୋର ହଜାରେ ଚେଷ୍ଟା ପରେ ବି ପରେଶଙ୍କ ଠାରେ କୌଣସି ପରିବର୍ତ୍ତନ ପରିଲକ୍ଷିତ ହେଲା ନାହିଁ। ସେ ସବୁବେଳେ ମତେ ସନ୍ଦେହ କରିବା ଜାରି ରଖିଲେ ଓ ନିଜକୁ କଷ୍ଟ ଦେଉଥିଲେ।

ହସ୍ପିଟାଲରେ ଥରେ ସାର୍ ପଚାରିଥିଲେ, "ଆଜିକାଲି ଏତେ ଅନ୍ୟମନସ୍କ ରହୁଛ, କ'ଣ ହେଇଛି ? ଆମ ପେଶାରେ ଅନ୍ୟମନସ୍କତାର ଜାଗା ନାହିଁ। ରୋଗୀଙ୍କ ଜୀବନ ଆମ ହାତରେ। ଖୋଲିକି କୁହ ରୁବି।"

ମୁଁ ମୋ ସମସ୍ୟା ବିଷୟରେ ସବୁ କିଛି ଖୋଲି କହିଲି। ସାର୍ କହିଲେ,

"ଏ ହେଉଛି ଅତିରିକ୍ତ ଅସୁରକ୍ଷିତ ଭାବନା। ପରେଶକୁ କାଉନସେଲିଂ ଦରକାର। ଏକୁଟିଆ ବସି ରହିବା ଦ୍ୱାରା, ଏପରି ଭାବନା ଆସୁଛି ! ସେ ଆଗ ବାହାରକୁ ଯାଉ, କିଛି ବି କାମ କରୁ। ତା'ପରେ ଦେଖିବା।"

ବହୁତ ଚେଷ୍ଟା କରି ପରେଶ ପାଇଁ କାମଟିଏ ଯୋଗାଡ଼ କରିଦେଲି। ଏଥର ସେ ମଧ୍ୟ ତାଙ୍କ କମ୍ପାନୀ କାମରେ ପଳାନ୍ତି। ଆଶ୍ୱସ୍ତ ହୁଏ ମୁଁ। କିନ୍ତୁ କିଛି ଦିନ ପରେ ପୁଣି ସେଇ କଥା। କମ୍ପାନୀରେ ଥାଇ ବାର ବାର ଫୋନ୍ କରନ୍ତି। ଥରେ କହିଲେ,

"ଆଜି ମୁଁ ଛୁଟି ଆଣିଛି। ତୁମେ ବି ଯାଆନ। ତୁମର ଏ ମାସର ପାଞ୍ଚଟି ଲିଭ୍ ଥିଲା। ଗୋଟିଏ ବି ନେଇ ନାହଁ। ଆଜି ନେଇଯାଅ। ଆଜି ତୁମ ଜନ୍ମଦିନ। ଯାହାକୁ ମୁଁ ସ୍ମରଣୀୟ କରିବାକୁ ଚାହେଁ। ଆମେ ଘରେ ରହି ମଜା କରିବା।"

ତାଙ୍କୁ ଖୁସି କରାଇବା ପାଇଁ ମୁଁ ରାଜି ହେଲି ଓ ଛୁଟି ଦରଖାସ୍ତ ମେଲ କରି ଫୋନ୍‌ରେ ଜଣାଇଦେଲି। ସାଜସଜ୍ଜା ଓ କେକ୍ ପ୍ରସ୍ତୁତିରେ ଲାଗିଗଲେ ପରେଶ। କିଛି ସମୟ ପରେ ହସ୍ପିଟାଲରୁ ଦିଦିଙ୍କର ଫୋନ୍ ଆସିଲା।

"ସେ ଦିନ ଯେଉଁ ଚଉଦ ନମ୍ବର ପେସେଣ୍ଟର ଡେଲିଭରି ହୋଇଥିଲା, ସେ ଶିଶୁର ସ୍ୱାସ୍ଥ୍ୟ ଅବସ୍ଥା ଅଚାନକ ବିଗିଡ଼ି ଯାଇଛି ମାଡ଼ମ୍। ସାର୍ ଓ.ଟି.ରେ। ଆଉ କେହି ନାହାନ୍ତି। ସୁରଭି ମାଡ଼ମଙ୍କର ଆସିବାକୁ ସମୟ ଲାଗିବ। ସାର୍ କହିଲେ, ଆପଣଙ୍କୁ ତୁରନ୍ତ ଡାକି ଦେବାକୁ। ଜଲ୍‌ଦି ଆସନ୍ତୁ ମାଡ଼ମ।"

ଦିଦିଙ୍କ କଥା ଶୁଣି ତତ୍ପର ହୋଇ ଉଠିଲି। ସେ ଛୁଆକୁ ବହୁତ କଷ୍ଟରେ ମୁଁ ପ୍ରସବ କରାଇଥିଲି। ଅପରିପକ୍ ଥିଲା ସେ। ମୁଁ ଟିକେ ବ୍ୟସ୍ତ ହେଇ ବାହାରି ପଡ଼ିଲି।

"କିଛି ସମୟ ପରେ ଫେରି ଆସିଲେ କେକ୍ କାଟିବା ପରେଶ। ଅଧୈର୍ଯ୍ୟ ହେବ ନାହିଁ। ମୁଁ ଆସୁଛି।"

ଚାରି ପାହାଚ ତଳକୁ ଯାଇଛି, ଘର ଭିତରୁ ମସ୍ତବଡ଼ ଶବ୍ଦଟିଏ ଶୁଣି ଚମକି ପଡ଼ିଲି । ଗୋଟିଏ ନିଃଶ୍ୱାସରେ ଉପରକୁ ଧାଇଁଲି ।

କବାଟ ଠେଲି ଭିତରକୁ ପଶିଲା ପରେ, ଆଶ୍ଚର୍ଯ୍ୟ ଓ ସ୍ଵାଣ୍ଡୁ ପାଲଟି ଯାଇଥିଲି । ସେତେବେଳେ ବି ଆଇ ଲଭ୍ ୟୁ କହୁଥିଲେ ପରେଶ ।

ଅବଶ୍ୟ ଶେଷ ଥର ଆଇ ଲଭ ୟୁ ଟା ଏତେ ସ୍ୱଷ୍ଟ ଶୁଭି ନଥିଲା । ଗାଁ ଗାଁ ଶବ୍ଦ ସହ ଅଧା କଥା ପବନରେ ମିଳେଇ ଯାଇଥିଲା । ନିଜ ପାଦତଳୁ ସ୍ଟୁଲଟା ଠେଲିଦେଲା ପରେ ମୋ ଗୋଲାପୀ ଚୁନରିଟା ଯେ ତାଙ୍କ ବେକକୁ ଏତେ ଜୋର୍‌ରେ ଚାପିଦେଇଥିଲା, ଆଉ ସେଥରେ ପାଟିରୁ କିଛି ସ୍ୱଷ୍ଟ ବାହାରିବା କ'ଣ ସମ୍ଭବ !

ସେତେବେଳେ ତାଙ୍କର ଯନ୍ତ୍ରଣାଶିକ୍ତ ବିକଳ ମୁହଁ ଦେଖି, ମୋ ଆଖି ଆଗରେ ନାଚୁଥିଲା ନବଜାତ ଶିଶୁଟିର କଅଁଳ ମୁହଁ ଓ ତା ମାଆର କରୁଣ ନିବେଦନ ।

ଆଉ ବି କିଛି ଥିଲା ମୋ ଆଖି ସାମ୍ନା ଟେବୁଲ ଉପରେ । ଚିକ୍‌ଚିକ୍ କରୁଥିବା ପରିବାକଟା ଧାରୁଆ ଛୁରୀ ।

ଯନ୍ତ୍ରଣାର ଚରମ ସୀମା ଲଙ୍ଘିଲା ବେଳେ, ଆଖି ଓ ଆଙ୍ଗୁଳି ଠାରରେ କ'ଣ କହୁଥାଇ ପାରନ୍ତି ପରେଶ ! ସମ୍ଭବତଃ ଛୁରୀଟା ଆଣି ଚୁନରୀ ଟା କାଟିଦିଅ, ପାଦତଳେ ସ୍ଟୁଲଟା ଲଗାଇ ଦିଅ । ମୁଁ ଜାଣେ, ତୁମେ ମତେ ଏମିତି ମରିବାକୁ ଦେବ ନାହିଁ । ଆଇ ଲଭ୍ ୟୁ....

ଚାଲିଶ ସେକେଣ୍ଡର ଅନ୍ୟମନସ୍କତା, ବାସ୍ ।

ଜୀବନର ବିରାଟ ପରିବର୍ତ୍ତନ ପାଇଁ ସେଇ ଚାଲିଶ ସେକେଣ୍ଡ ହିଁ ଯଥେଷ୍ଟ ଥିଲା ।

****

ମୋ ଅନ୍ୟମନସ୍କତା ଭାଙ୍ଗି ବୋଉର ହାତ ମୋ କାନ୍ଧ ଛୁଇଁଲା ।

"ତୁ ଏଇଟା କ'ଣ ପିନ୍ଧିଛୁ ? ଏ ଗୋଲାପୀ ସାଲୁଆର ପିନ୍ଧି କୁଆଡ଼େ ଯିବୁ ? ଶୁଭୁନି କି ରୁବି ?"

ମୋ ଦୀର୍ଘ ନୀରବତାରେ ବିରକ୍ତ ହେଇ ବୋଉ ପୁଣି କହିଲା,

"ପରେଶ୍ ଯିବାର ଆଜିକୁ ଜମା ମାସଟିଏ ହେଲା । କିଛିଦିନ ତଳେ, ତୁ ଘରକୁ ଫେରିଛୁ । ଏ ଗୋଲାପୀ ରଙ୍ଗ ପିନ୍ଧି ବାହାରକୁ ଗଲେ ଲୋକ କ'ଣ କହିବେ ! କିଛି କହୁନୁ ଯେ ! ତୁ ପରା କହୁଥିଲୁ ସେ ତତେ ବହୁତ ଭଲ ପାଉଥିଲା ? ତୁ ବି ତ ପାଉଥିଲୁ ? କହ ମତେ ।"

“ହଁ ପାଉଥିଲି ବୋଉ । ଏବେ ବି ଭଲ ପାଏ । କିନ୍ତୁ ତା’ଠାରୁ ଅଧିକ ମୁଁ ମୋ ନିଜକୁ ଭଲ ପାଏ । ଆଉ ଯେ ନିଜକୁ ଭଲ ପାଇ ପାରେ, ସେ ସାରା ସଂସାରକୁ ଭଲ ପାଇ ପାରିବ ।”

“ତୁ କ’ଣ କହୁଛୁ ମୁଁ କିଛି ବୁଝିପାରୁନି ।”

“କିଛି ବୁଝେନା କି ପଚାରେନା ବୋଉ । ଠିକ୍ ମାସେ ପରେ ଜଏନ୍ କରୁଛି । ହସ୍ପିଟାଲରୁ ଫେରିବା ଟିକେ ବିଳମ୍ବ ହେଇପାରେ । ତୁ ବ୍ୟସ୍ତ ହେବୁ ନାହିଁ ।”

ଗୋଲାପୀ ଟିକିଲିଟା ଆଇନାରୁ କାଢ଼ି ଆଣି ନିଜ ମଥାରେ ଲଗାଇଲି । ଦେହରେ ଧଲା ଗାଉନ୍ ଗଲାଇ ଦେଇ ବାହାରି ପଡ଼ିବାକୁ ହେଲା ନୂଆ ଜୀବନ ଓ କର୍ତ୍ତବ୍ୟ ପଥରେ ।

ଧୂସର ଇଲାକା

ମୁଁ ମୁକ୍ତ ଭାବରେ ସ୍ୱୀକାର କରୁଛି ଯେ, ସେଇ କାମଟି କଲା ବେଳକୁ ମୋ'ର ହାତ ଭୟଙ୍କର ଭାବେ ଥରି ଉଠିଥିଲା । ଯେମିତି ବାହୁରୁ ଛିଣ୍ଡି ଅଲଗା ହୋଇଯିବ । ଡାହାଣ ହାତ ବୋଲ ମାନିବାକୁ ନାରାଜ । ବାଧ୍ୟ ହୋଇ ବାଁ ହାତରେ ଆର ହାତକୁ ମାଡ଼ି ବସି କାମଟା କରାଇବାକୁ ପଡ଼ିଲା ।

ଓଃ... ଦୁଃଖ ! ସେ କଥା ନକହିବା ଭଲ ! ଏତେ ଭଲ ପାଉଥିଲି, ତାକୁ ନିଜ ହାତରେ ଟିକ୍‌ଟିକ୍‌ ଖଣ୍ଡ କରି ଦେବାକୁ ବାଧ୍ୟ ହେଲି ମାନେ, ମୋ ମାନସିକ ସ୍ଥିତି କ'ଣ ଥାଇ ପାରେ ତା ଅନୁମାନ କରିବା କଥା ।

ମୋର କେତେ ଯେ ପ୍ରିୟ ଥିଲା, ତା କେବଳ ମୁଁ ଜାଣେ । ମୋ ନିରାସକ୍ତ ଜୀବନର ଖୁସି ଟିକକ ଫେରି ଆସିବାର କାରଣ ଥିଲା ସେ । ତା ବ୍ୟତିରେକେ ଜୀବନର ଆଉ କିଛି ମାନେ ନାହିଁ ।

ଦେଖନ୍ତୁ ମୋ ପାଖରେ ଏବେ କିଛି ନାହିଁ । ଧନ ନାହିଁ, ମନ ନାହିଁ । ଘର ନାହିଁ, ଦ୍ୱାର ନାହିଁ । ନିଜର ବୋଲି କେହି ନାହିଁ । ମୋ ଜୀବନ କାହାଣୀ କହିଲେ ପୋଥିଟିଏ ହେବ ।

ଦୁଇ ବର୍ଷ ତଳେ ଜୀବନ ଏମିତି ନ'ଥିଲା । ମୁଁ ଆଜି ଯେଉଁଠି, ସେଇଠି ନଥିଲି । ଥିଲି ସୁରାଟରେ । କାମର ସନ୍ଧାନରେ ଯାଇ, ରହିଯାଇଥିଲି । ନୀତା ଗାଁ ରେ ଥିଲା । ନୀତା ମୋ ସ୍ତ୍ରୀ ନୁହେଁ, ପ୍ରେମିକା । ଯେ ମତେ ପ୍ରାଣ ଦେଇ ଭଲ ପାଏ ବୋଲି ସବୁବେଳେ କୁହେ । ମତେ ଛାଡ଼ି ମାସ ମାସ ରହିବାକୁ ପଡ଼େ ବୋଲି ମୁହଁ ଫୁଲାଏ । ଥରେ ଥରେ କହିବ,

"ଶୁଣ କୈବଲ୍ୟ, ତୁମେ କାହିଁକି ଏତେ ଦୂରରେ ଯାଇ ରହୁଛ ? ପାଖ

"

ସହରରେ କ'ଣ ଚାକିରି ମିଳିବ ନାହିଁ ? କାହିଁକି ଅନ୍ୟ ଜାଗାରେ ଯାଇ କାମ କରୁଛ ? ପଳେଇ ଆସନ୍ତୁ"।

"ନାଇଁ ନୀତା, ଏଇଠି ଯେଉଁ ଚାକିରିଟା ମିଳିଛି, ସେଇଠି ମତେ କିଏ ଦେବ ! ଫୁଲବାବୁ ପରି କାମ। ଆଉ ଏପରି କାମ ପାଇଁ ସେଠି ମତେ କିଏ ଏତେ ପଇସା ଦେବ କହିଲ ! ଏଇ କିଛି ବର୍ଷ ଏଇଠି ରହି କିଛି ରୋଜଗାର ଓ ସଂଚୟ କରିନିଏ। ଆମ ବାହାଘର ବେଳେ କେତେ ଖର୍ଚ ହେବ, ମୋର ଆଉ କିଏ ଅଛି ! ସବୁ ତ ନିଜେ କରିବି। ଏବେ କିଛିଦିନର କଥା, ବାହାଘର ପରେ ଯାଇ ସେଇଠି କେଉଁଠି ପାଖରେ କାମ ଖୋଜି ନେବି।

ବାହାଘର କଥା ଶୁଣି ସିଏ କିଛି ସମୟ ନିରବ ହୋଇଯାଏ। ଫୋନ୍ ରଖିବା ପୂର୍ବରୁ ଚୁମାଟିଏ ଦିଏ। ତାର ସେଟିକି ଆଦର ପାଇବା ପାଇଁ, ମୁଁ ଯେମିତି ଚାତକ ପରି ଅନେଇ ବସିଥାଏ।

ଏ ସବୁ ତ ଠିକ୍, କିନ୍ତୁ ତାକୁ ଯେଉଁ କହେ ମୋ ଚାକିରିଟା ଫୁଲବାବୁ ପରି, ଅସଲରେ ସେଇଟା ମିଛ। କିନ୍ତୁ ତାକୁ ଏ ମିଛ କହିବାରେ ମୋର ତିଲେମାତ୍ର ଅନୁତାପ ନାହିଁ।

ନୀତାକୁ ମିଛ କହେ, କାରଣ ମତେ ଲାଜ ଲାଗେ ଓ ଡର ବି ଲାଗେ। ମୁଁ ଏଠି ଯେଉଁ କାମ କରୁଛି, ଗାଁ ଆଖ ପାଖରେ କେଉଁଠି କଲେ, ଚିହ୍ନା ଲୋକ ଜାଣିବେ। ପରେ ପରେ ନୀତା କାନକୁ କଥା ଯିବ। ସେ ପ୍ରବଳ ଉଚ୍ଚାଭିଳାଷୀ। ମୋ କାମ କଥା ଶୁଣି ସେ ମତେ ଛାଡ଼ି ଦେବ। ଏୟା ଭୟ ଥାଏ।

ପ୍ରକୃତରେ ମତେ ଏ କାମ ପସନ୍ଦ ନୁହେଁ। ବାଧ୍ୟରେ କରୁଛି। ପଇସା ଲୋଭରେ। କାମ ହେଲା ମାଲ୍ ବୋହିବା। ଟ୍ରକ ଡାଲାରୁ ଗଣ୍ଠିଲି ଗଣ୍ଠିଲି କପଡ଼ା ପିଠିରେ ଲଦି ଗୋଦାମ ଘରେ ରଖିବା ଓ ଗୋଦାମରୁ ମଣ୍ଡିକୁ ନେବା। ଏ ସବୁ ପାଇଁ ଏଠି ଭଲ ପଇସା ମିଳେ। ଖାଇ ପି ମୋ ହାତରେ ଦି' ପଇସା ରହିବା ପରି। ଯାହା ବିନା ପାରିଶ୍ରମିକରେ କରିବାକୁ ହୁଏ ତା' ହେଲା ମାଲିକ ଘରକୁ ଯାଇ, ମାଲିକାଣୀର ବୋଲହାକ କରିବା। ପରିବାପତ୍ର ଠାରୁ ତାଙ୍କ ପିଲାଙ୍କୁ ସ୍କୁଲ ନେବା ଆଣିବା ଯାଏ, ଯାବତୀୟ କାମ। ମାଲିକର ଆଦେଶ, ଇଚ୍ଛା ନଥିଲେ ବି କରିବାକୁ ପଡ଼େ।

ଯାହା ବି ହେଉ ସବୁ ଠିକ୍ଠାକ୍ ଚାଲିଥିଲା। ହଠାତ୍ କୌଣସି କାରଣରୁ ମାଲିକର କମ୍ପାନୀ ବନ୍ଦ ହୋଇଗଲା। ମୋ ଚାକିରି ଗଲା। ବାଧ୍ୟ ହେଇ ଗାଁ କୁ ଫେରିବା ପାଇଁ ନିଷ୍ପତି ନେଲି।

ସେତେବେଳେ ପୂଜା ଛୁଟି । ବହୁତ କଷ୍ଟରେ ଟିକେଟ୍ ପାଇଲି । ଟ୍ରେନ୍‌ରେ ବସିଲି । ମତେ କାହିଁକି ସେଦିନ ଭାରି ବ୍ୟସ୍ତ ଲାଗୁଥାଏ । ଅସ୍ଥିର ଲାଗୁଥାଏ । ନିଜ ଜାଗାରୁ ଉଠି ଆସି ଟ୍ରେନ୍‌ର ଦୁଆର ମୁହଁରେ କିଛି ସମୟ ଛିଡ଼ା ହେଲି । ଶୀତଳ ପବନ ଦଲକାଏ ବାଜି ମତେ ଆରାମ ଲାଗିଲା । ନୀତା କଥା ଭାବୁଥିଲି । ତା ଘରେ ସେ କ'ଣ କହି ଆମ ପ୍ରସ୍ତାବ ପାଇଁ ରାଜି କରାଇବ, ସେଇ ଚିନ୍ତା ବି ଘାରୁଥାଏ । ଖୁବ୍ ଅନ୍ୟମନସ୍କ ଥାଏ ମୁଁ । ବୋଧହୁଏ ସେଇ ଅନ୍ୟମନସ୍କତା ଯୋଗୁଁ ହଠାତ୍ ମୋ ଗୋଡ଼ ଖସି ଗଲା । ମୁଁ ଚଳନ୍ତା ଟ୍ରେନ୍‌ରୁ ଝଟିକି ପଡ଼ିଲି ।

ଭୟଙ୍କର ଦୁର୍ଘଟଣା । ମୋର ଚେତା ନାହିଁ କେତେବେଳେ କ'ଣ ଘଟିଛି । ୟା ଭିତରେ କେତେ ଦିନ ବିତି ଯାଇଛି । ଆଖି ଖୋଲିଲା ବେଳକୁ ମୁଁ ଡାକ୍ତରଖାନା ଶଯ୍ୟାରେ । ଜୀବନ ତ ରହିଯାଇଥିଲା, କିନ୍ତୁ ଆଣ୍ଠୁ ତଳୁ ଗୋଡ଼ ଦୁଇଟି ହରାଇ ବସିଥିଲି ।

ବାସ୍ ସେଇ ଗୋଟିଏ ଦୁର୍ଘଟଣା, ମୋ ଜୀବନର ଗତିପଥ ବଦଲାଇ ଦେଇଥିଲା । ଡାକ୍ତରଖାନାରେ ଦୀର୍ଘ ମାସ ବିତାଇବା ଭିତରେ, ମୋ ଭବିଷ୍ୟତର ନକ୍ସା ବି ବଦଲିଗଲା । ବହୁତ କଷ୍ଟରେ ନୀତା ସହ ଥରେ ଯୋଗାଯୋଗ କରିଥିଲି । ମୋ ଅବସ୍ଥା କଥା ଶୁଣି ସେ ଦୁଃଖ ପ୍ରକାଶ କରିଥିଲା ସତ, କିନ୍ତୁ ଥରେ ହେଲେ ଡାକ୍ତରଖାନା ଆସି ମତେ ଦେଖି ନଥିଲା । ମୁଁ ଅସହାୟ, ସେମିତି ଅପେକ୍ଷାରେ ରହିଗଲି । ଗୋଟେ ସୂତ୍ରୁ ହଠାତ୍ ଦିନେ ଖବର ପାଇଲି ନୀତା ଅନ୍ୟତ୍ର ବିବାହ କରିଗଲା । ଖୁବ୍ କାନ୍ଦିଲି ।

ସମୟ ଗଡ଼ି ଚାଲିଲା । ଟିକେ ଭଲ ହେବା ପରେ ମେଡ଼ିକାଲ୍‌ରୁ ବି ଛୁଟି ମିଳିଗଲା । ମୋର ନିଜର ବୋଲି କେହି ନଥିଲେ । ତେଣୁ ମୋର ଗାଁକୁ ଫେରିବାର ଆଉ କୌଣସି କାରଣ ନଥିଲା । ସେବେ ଠାରୁ ରେଲୱେ ପ୍ଲାଟ୍‌ଫର୍ମ ଶେଷ କୋଣରେ ଦୁଇ ଫୁଟ୍ ଉଚ୍ଚତାରେ ଛିଡ଼ା ହେଇଥିବା ଚାହା ଦୋକାନର ତଳ ଭୁଇଁ ଖଣ୍ଡିକ, ମୋ ବାସସ୍ଥାନ ପାଲଟିଗଲା ।

ଜୀବନ କ'ଣ ନଦେଖାଏ ମଣିଷକୁ । ମରି ପାରେନା, କି ବଞ୍ଚ ପାରେନା ! ଅଖାପାଲ, ପ୍ଲାଷ୍ଟିକ୍ ମଗ, ପ୍ଲାଷ୍ଟିକ୍ ଟେପାଟୋଲା ବୋତଲ, ଦି ଚାରିଟା ଗିନା ତାଟିଆ ସହ କିଛି ମାଗାଜିନ୍ ଓ ଖବରକାଗଜ । ଏହା ହିଁ ମୋ ସମ୍ପତ୍ତି ।

ଚାହା ଦୋକାନୀ ଠାରୁ ଖବରକାଗଜ ଓ ମାଗାଜିନ୍ ନେଇ ଦିନ ତମାମ ଚକଲଗା କାଠପଟା ଗାଡ଼ି ଉପରେ ବସି, ଦୁଇ ହାତ ଭରା ସାହାଯ୍ୟରେ ଘୋଷାରି ହେଇ ଦିନରେ ସତୁରି ଅଶୀ ଖଣ୍ଡ ଖବରକାଗଜ ବିକିଦିଏ । ସେତିକି ମୋ ରୋଜଗାର ।

କେବିନ୍ ତଳୁ ମତେ କେହି ଦେଖିପାରନ୍ତି ନାହିଁ, କିନ୍ତୁ ମୁଁ ସମସ୍ତଙ୍କୁ ଦେଖିପାରେ ।

ଏ ସବୁ ଭିତରେ ମୁଁ ନିଜକୁ ଶକ୍ତ କରି ପୁଣି ବଞ୍ଚି ରହିଲି ସତ, କିନ୍ତୁ ମୋ ଭିତରେ ଭାବପ୍ରବଣତା ଲୋପ ପାଇସାରିଥିଲା। ନୀତାର ପ୍ରତାରଣା ଓ ଭୟଙ୍କର ଦୁର୍ଘଟଣା ମତେ ସମ୍ପୂର୍ଣ୍ଣ ବଦଲାଇ ଦେଇଥିଲା।

ରାତି ଦିନ ଟ୍ରେନ୍ ଯିବା ଆସିବାର ଦୁଲୁଦୁଲୁ ଛାତି ଥରା ବିକଟାଳିଆ ଶଦ। ଲୋକ ଗହଲି, ଘୋ' ଘୋ'। ଅସମ୍ଭବ କୋଲାହଲ, ଆଉ ତୁହାକୁ ତୁହା ରଡ଼ି ଛାଡୁଥିବା ମାଇକ୍। କେଉଁ ଗାଡ଼ି କେତେବେଲେ ଆସିବ ଓ ଯିବାର ବିବରଣୀ ସହ ଟ୍ରେନ୍ କିଛି ଲୋକଙ୍କୁ ଉତାରି ଦେଇ, କିଛିଙ୍କୁ ବୋହି ନେଇ ଚାଲିଯାଏ। ସାରା ପ୍ଲାଟ୍‌ଫର୍ମ ଗୋଟିଏ ନାଲି ନେଲି ବିଜୁଲି ଚାଲିତ ଗତିମାନ ଚକ୍ର ପରି ପ୍ରତୀୟମାନ ହେଉଥାଏ। ମୁଁ କେବଲ ଦେଖଣାହାରୀ। କୁଆଡ଼େ ଯିବାର ନାହିଁ।

ଜୀବନ ଏମିତି ଚାଲିଥିବା ସମୟରେ, ଘଟଣାଟିଏ ଘଟିଗଲା। ଜାଣେନା କିଏ ଥିଲା ସେ ଅଜଣା ଯୁବକ। ଏକାକୀ ପ୍ଲାଟ୍‌ଫର୍ମରେ ବୁଲୁଥିଲା। ଭାରି ବ୍ୟସ୍ତ ବିବ୍ରତ ଜଣା ପଡୁଥିଲା ସେ। ଠିକ୍ ଏଇ ସମୟରେ କିଛି ପୋଲିସ୍ ପ୍ଲାଟ୍‌ଫର୍ମ ଭିତରକୁ ପ୍ରବେଶ କଲେ। ପୋଲିସ୍‌କୁ ଦେଖି ଯୁବକଟି ପ୍ରାଣବିକଲରେ ଗୋଟିଏ ଚଲନ୍ତା ଟ୍ରେନ୍‌ରେ ଚଢ଼ିଗଲା। ସେ ପୋଲିସ୍ କବଲରୁ ଖସି ପଲାଇବା ସମୟରେ ହଁ, ତା' ହାତରୁ କାନ୍ଧବ୍ୟାଗ୍‌ଟି ଖସି କେବିନ୍ ତଲକୁ ଛିଟିକି ପଡ଼ିଥିଲା।

ମୋ ମୁଣ୍ଡରେ ସେତେବେଲେ କ'ଣ ପଶିଲା କେଜାଣି, କୌତୂହଲବଶତଃ ସେ ବ୍ୟାଗ୍‌ଟିକୁ ଅଖାପାଲ ତଲେ ଲୁଚାଇ ଦେଲି। ଭାବିଲି ନିଶ୍ଚୟ କିଛି ମୂଲ୍ୟବାନ ଜିନିଷ ଥିବ। ଏଇଟି ନିଶ୍ଚୟ ମୋ ଭାଗ୍ୟରେ ଅଛି। ଟିକେ ଫାଙ୍କା ସମୟ ଦେଖି ଆସ୍ତେ ଆସ୍ତେ ବ୍ୟାଗ୍‌ଟି ଖୋଲିଲି। ସେଥିରେ ଥିଲା କିଛି ବିସ୍କୁଟ ପ୍ୟାକେଟ୍, ଗୋଟିଏ ପୁଡ଼ିଆ ଚିନାବାଦନ ଓ ପାଣି ବୋତଲ। ଲୋକଟା ନିହତି ସାଧାରଣ ହୋଇଥବ! ତେବେ ପୋଲିସ୍ କାହିଁକି ତା ପଛରେ ପଡ଼ିଥିଲା?

ଛାଡ଼, କିଏ ଭାବୁଛି! ମୋ ପରି ଭୋକିଲା ମଣିଷ ପାଇଁ ଏ ଖାଦ୍ୟ ଅମୃତ ସମାନ। ଦୁଇ ପ୍ୟାକେଟ୍ ବିସ୍କୁଟ୍ ଖାଇ ସାରିବା ପରେ ଅନୁଭବ କଲି ବ୍ୟାଗରେ ଆଉ ବି କ'ଣ ଅଛି। ହାତକୁ ଟାଣୁଆ ଲଗୁଥିବା ଜିନିଷଟିକୁ ବାହାର କଲି। ମୋବାଇଲ୍ ଫୋନ୍!

ଦୁର୍ଘଟଣାରେ ମୋ ମୋବାଇଲ୍‌ଟି ନଷ୍ଟ ହୋଇ ସାରିଥିଲା। ଦୀର୍ଘମାସ ପରେ ମୁଁ ଫୋନ୍ ଦେଖିଲି। ସେତେବେଲେ ମୋର ନୀତା କଥା ମନେ ପଡ଼ିଲା। କେତେ ଗପୁଥିଲା। ଚୁମା ଦେଉଥିଲା। ଖିଲି ଖିଲି ହସୁଥିଲା। ଏଇ ଯନ୍ତ ଦେଇ ଭାସିଆସୁଥିବା

ଅନ୍ତରଙ୍ଗ ଆଲାପରେ, କେମିତି ମୋ ସାରା ଶରୀର ଶିହରି ଉଠୁଥିଲା। ଅପହଞ୍ଚ ଦୂରତାରେ ଥାଇ ମଧ୍ୟ, ମୁଁ ତାକୁ ଖୁବ୍ ନିକଟରେ ଅନୁଭବ କରି ପାରୁଥିଲି। ତା କଲ୍ ଆସିଲେ ସାରାଦିନର ଥକ୍କା ମେଣ୍ଟି ଯାଉଥିଲା।

ହେଲେ ଏ ମୋବାଇଲ୍‌ଟି ଯେ ମୋର ନୁହେଁ, ଅନ୍ୟ କାହାର! ଯଦି କେହି ଖୋଜା ଖୋଜି କରି ଚାଲିଆସେ! ହେ ପ୍ରଭୁ! କାହିଁକି ଲୋଭରେ ମୁଁ ଏ ବ୍ୟାଗ୍‌ଟିକୁ ଅକ୍ତିଆର କରିନେଲି! ସେହି ସମୟରେ ହିଁ ପୋଲିସ୍‌ର ଜିମା ଦେଇ ଦେବାର ଥିଲା।

ଅନେକ କଥା ମୁଣ୍ଡ ଭିତରେ ଏକାଠାରେ ଘୂରି ବୁଲିଲା ଓ ଥକ୍କାପଣରେ କେତେବେଳେ ସେଇ ମୋବାଇଲ୍‌ଟି ମୁଣ୍ଡ ପାଖରେ ରଖି ଶୋଇଯାଇଥିଲି, ଜାଣେନା। ଦିନ ଗଡ଼ି ରାତି ହେଲା। ହଠାତ୍ ମୋବାଇଲ୍‌ଟି ଦପ୍ କରି ଜଳି ଉଠିଲା। ଦୁମ୍ କରି ନିଦ ଭାଙ୍ଗିଗଲା। ମୁଁ ଚମକି ପଡ଼ିଲି। ଲାଗିଲା କିଏ ଯେମିତି ଏଇକ୍ଷଣି ଚର୍ଚ ପକାଇ ମତେ ଦେଖୁନେଲା। ଘୋଷାରି ନେବ କେବିନ୍ ତଳୁ, ନିର୍ଘାତ ପିଟିବ, କହିବ ଏଠି କ’ଣ କରୁଛୁ? ଚୋର, ଏ ଫୋନ୍ କାହାର? ଏ କଥା ମନକୁ ଆସିବା ମାତ୍ରେ ଧଡ଼ାସ୍ କରି ମୁଁ ଫୋନ୍ ଅଫ୍ କରିଦେଲି।

କିଛି ସମୟ ପରେ ପୁଣି ଟିଁ ଶବ୍ଦ ହେଲା। କିଏ ଜଣେ ମେସେଜ୍ କଲା।

“ହାଏ, କ’ଣ କରୁଛ? କଲ୍ କଲି, କାଟିଦେଲ କାହିଁକି? କୋଉଠି ଅଛ କି? ମନ ଭଲ ନାହିଁ କି? ଆଜି ସାରାଦିନ ମେସେଜ୍ ନାହିଁ?”

ମୁଁ ଏଥର ସତରେ ଭୟ ପାଇଲି। ଗୋଲାପ ଫୁଲର ବୃତ ଭିତରୁ ଦେଖାଯାଉଛି ଟାଇପିଙ୍ଗ୍। ଆଉ କ’ଣ ପଚାରିବ ସେ?

ମୁଁ ଏବେ କ’ଣ କରିବି? କହିଦେବି କି “କ୍ଷମା କରିବେ ସେ ବ୍ୟକ୍ତି ମୁଁ ନୁହେଁ। ଫୋନ୍‌ଟା ପଡ଼ିଥିଲା, ମୁଁ ଉଠାଇ ଆଣିଛି।”

ଯଦି ଏ କଥା ଶୁଣି ସେ ପୋଲିସ୍ ଧରି ମୋ ପାଖରେ ପହଞ୍ଚେ, ପଚାରେ କିଏ ତୁ? ଚୋର! ଫୋନ୍ ପାଇଲୁ କେଉଁଠୁ? ବ୍ୟାଗ୍‌ରେ ଆଉ କ’ଣ ଥିଲା କହ। ପାଞ୍ଚ ପାକେଟ୍ ବିସ୍କୁଟ ଛଡ଼ା ପାଆଁଶ ପଞ୍ଚାବନ ଟଙ୍କା କଥା ମୁଁ କ’ଣ କହି ପାରିବି? ଯାହାକୁ ମୁଁ ଅତି ଗୋପନରେ ଛିଣ୍ଡା ପେଣ୍ଟର ଚୋରା ପକେଟ୍‌ରେ ଲୁଚାଇଛି। ତାହା ମୁଁ କଦାପି ଦେବି ନାହିଁ। ମୁଁ ପାଇଛି ମାନେ, ସେଇଟା ମୋର।

ନିରୁପାୟ ହେଇ ଚୁପ୍‌ଚାପ୍ ଚାହିଁ ରହିଲି। ପଢ଼ି ଚାଲିଲି। ସେ କିଛି ସମୟ କ’ଣ ସବୁ ଲେଖୁଥିଲା ପରେ ଚୁପ୍ ହେଇଗଲା। ବତୀ ଲିଭିଗଲା। ମୁଁ ଆଶ୍ୱସ୍ତ ହେଲି। ଶୋଇ ପଡ଼ିଲି।

ତା'ପର ଦିନ ଠିକ୍ ସେଇ ସମୟରେ ପୁଣି ମେସେଜ୍ ।

"ହାଏ..ରାଗିଚ ? ପ୍ଲିଜ୍ କଥା ହୁଅ ।"

କିଛି କ୍ଷଣ ନିରବତା ପରେ ଲିଭିଗଲା ଆଲୁଅ ।

ଆଶ୍ଚର୍ଯ୍ୟ, ମୋ ଅଜାଣତରେ ମୁଁ ଏଥର ତା' ମେସେଜ୍କୁ ଅପେକ୍ଷା କରୁଥିଲି । ଠିକ୍ ସମୟରେ ମୋର ମନେପଡ଼େ । ଦିନବେଳା ଲୁଚାଇ କରି ଷ୍ଟେସନ୍ରେ ଚାର୍ଜ କରିନିଏ । ରାତିରେ ଅନାଇ ବସେ । ଠିକ୍ ରାତି ନ'ଟା ପରେ ଗୋଲାପ ଫୁଲ ଭିତରୁ ଦେଖାଯାଏ ଟାଇପିଙ୍ ।

"ପ୍ଲିଜ୍ ରାଗ ନାହିଁ ଆଉ । ମୋ ସହ କଥା ହୁଅ । ରିପ୍ଲାଏ ମି । ତୁମ ମଧୁ ତୁମ ବିନା ମରିଯିବ । ମୁଁ ଜାଣେ ମେସେଜ୍ ସିନ୍ ହେଉଛି ମାନେ, ତୁମେ ପଢୁଛ, କିନ୍ତୁ ତୁମେ ରିପ୍ଲାଏ କରୁନାହିଁ ।"

ଆଚ୍ଛା, ଏ ଝିଅ ନାଁ ଟି ତେବେ ମଧୁ!

ପୁଣି କିଛି ସମୟ ବିରତି ପରେ ଲେଖିଲା ସେ ।

"ପ୍ଲିଜ୍ କୈବଲ୍ୟ, ପ୍ଲିଜ୍ । ତୁମ ବିନା ମୁଁ ବଞ୍ଚି ପାରିବି ନାହିଁ । କୈବଲ୍ୟ! ଆମେ ପ୍ରେମ କରିଛନ୍ତି । ତୁମ ନିରବତା ମତେ କଷ୍ଟ ଦେଉଛି ।"

ଛାତି ଦାଉଁ କଲା । ଅସମ୍ଭବ! ଏ କେମିତି ଜାଣିଲା ମୋ ନାଁ ? ଏ କ'ଣ ନୀତା କି ? ନୀତା ତ ମତେ ଏମିତି ମେସେଜ୍ କରେ, କହେ ପ୍ଲିଜ୍ କୈବଲ୍ୟ, ତୁମେ ଫେରିଆସ । ନା' କଦାପି ନୁହେଁ । ସମ୍ଭବତଃ କୈବଲ୍ୟ ତା ପ୍ରେମିକର ନାଁ ।

ଏତେ ଭିତରେ ମୁଁ ଜାଣି ସାରିଥିଲି ଏ ନମ୍ବରଟି ସେ କେବଲ ତା ପ୍ରେମିକାକୁ ହିଁ ଦେଇଥିଲା । ସେଥିରେ ଆଉ କାହାର ଫୋନ୍ ଆସୁ ନଥିଲା । କ'ଣ ଉଦ୍ଦେଶ୍ୟ ଥିଲା ସେ ଯୁବକଟିର ? ପ୍ଲାଟ୍‌ଫର୍ମରେ ସେ କାହିଁକି ଏକାକୀ କାନ୍ଧରେ ବ୍ୟାଗ୍ ନେଇ ବୁଲୁଥିଲା ? ପୋଲିସ ଦେଖି କାହିଁକି ଧାଇଁଲା ? ଅନେକ ଅସମାହିତ ପ୍ରଶ୍ନ ଠୁଲ ହେଉଥିଲା ମୋ ଭିତରେ । ଏ ସବୁ ପରେ ବି ମୁଁ ଗୋଲାପ ଫୁଲ ଭିତରେ ମୋ ନୀତାକୁ ଦେଖିବା ଆରମ୍ଭ କରି ଦେଇଥିଲି ।

ଅଜବ ଅନୁଭବ ହେଉଥିଲା ।

ସେ ଝିଅର ଅନ୍ତରଙ୍ଗ ଆଲାପ, ଦେହରେ ରୋମାଞ୍ଚ ଭରୁଥିଲା । ତା ଚୁମା ଇମୋଜି ମୋ ଛାତି ଚହଲାଇ ଦେଉଥିଲା । ବିକଳ ଭାବେ ଖୋଜିଲାପଣ ମତେ ଅଥୟ କରୁଥିଲା । ଏତେ ସୁନ୍ଦର କଥା ହେଉଥିବା ମଧୁ, ଦେଖିବାକୁ ନିଶ୍ଚିତ ସୁନ୍ଦର ହେଇଥିବ । ନୀତା ସହ କଥା ହେବା ବେଲେ, ସମଗ୍ର ଶରୀରରେ ଖେଲି ଯାଉଥିବା

ଉଷ୍ଣତା ପୁଣି ଥରେ ମୋ ଭିତରେ ଗଜା ମାରୁଥିଲା। ଗୋଡ଼ ଦୁଇଟି ଛଡ଼ା ମୋ ଶରୀରର କୌଣସିଟି ଅଙ୍ଗ ଅକାମୀ ନୁହେଁ। ମୁଁ ବି ମଣିଷ ଓ ପୁରୁଷଟିଏ।

ଦିନେ ମୁଁ ବି ତା' ସହ ମେସେଜ୍ ଆରମ୍ଭ କଲି। ଗୋଟିଏ କାଳ୍ପନିକ ଦୁନିଆ ଜାଣି ସୁଦ୍ଧା, ତା' ଭିତରେ ବୁଡ଼ିବାକୁ ଇଚ୍ଛା କଲି। ସେ ମତେ ଆନନ୍ଦ ଦେଲା। ।

ସେ କୈବଲ୍ୟ ଲେଖିଲେ ମୋ ରାତିର ନିଦ ହଜେ। ସେ ଆଇ ଲଭ ୟୁ ଲେଖିଲେ, ମୋ ଛାତିରେ ନିଆଁ ଲାଗେ। ମୁଁ ବି ସ୍କ୍ରିନ୍ ଉପରେ ଚୁମାଦିଏ। ଛାତିରେ ଚାପିଧରେ ମୋବାଇଲ୍। ମୋ ଧମନୀରେ ଅଭୁତ ଶିହରଣ। ସେଇ କିଛି ସମୟ ମୁଁ ସବୁକିଛି ଭୁଲିଯାଏ। ମୁଁ ଏଥର ତାକୁ ମୋ ପାଖରେ ଅନୁଭବ କରୁଥିଲି, ନିବିଡ଼ ଭାବେ। ଠିକ୍ ନୀତା ପରି।

କଞ୍ଚନାରେ ହିଁ ଆନନ୍ଦ ଥାଏ! ଏହା ସତ।

ଏମିତି କେତେ କଥା ଆମେ ଚାଟିଙ୍ଗରେ ଗପିବାକୁ ଲାଗିଲୁ। ଅର୍ଥହୀନ ସବୁ। କେଉଁଠୁ ଆରମ୍ଭ ହୁଏ କେଉଁଠି ଶେଷ, କେହି ଜାଣ୍ତୁନା।

ଦିନେ ଝିଅଟି ମୋ ସହ ଦେଖା ହେବ ବୋଲି ଜିଦ୍ କରି ବସିଲା। ମୁଁ କେମିତି ତା' ସହ ଦେଖାହେବି! ମୁଁ ଯେ ତା' କୈବଲ୍ୟ ନୁହେଁ। ଛୋଟା ଅପଙ୍ଗ। ଏ ଖେଳ ମତେ ଏଥର ମହଙ୍ଗା ପଡ଼ିବ କି? ପ୍ରତିଦିନ ଜିଦ୍ ବଢ଼ୁଥାଏ ତାର। ବାହାନା ମୋର ସରି ସରି ଆସୁଥାଏ। ଗୋଟିଏ କାଳ୍ପନିକ ମାୟା ଭିତରେ ମୁଁ ଆନନ୍ଦ ପାଇଛି, ବଞ୍ଚିଛି। କିନ୍ତୁ ଏ କ'ଣ ହେଲା ଏବେ!

ମୁଁ ଜାଣି ସାରିଥିଲି ଏବେ ମତେ ଏ ମାୟା ଭିତରୁ ବାହାରିବାକୁ ହେବ। ସତକୁ ସାମ୍ନା କରିବାକୁ ପଡ଼ିବ। ଅଜାଣତରେ ହେଲେ ବି ସେ ମତେ ଖୁସି ଦେଇଛି। ତା ପାଇଁ ମୁଁ ଯେ ଏଇ କିଛିଦିନ ହେଲା ମନଖୋଲା ବଞ୍ଚି ପାରିଛି। ମିଛର ଆୟୁଷ କମ୍। ଏମିତି ବି ତାକୁ ଥରେ ଦେଖିବାର ଦୁର୍ବାର ଇଚ୍ଛା ଥିଲା। ରାଜକୁମାରୀ ପରି ହେଇଥିବ। ଖୁବ୍ ସୁନ୍ଦର ଉଜ୍ଜ୍ୱଳ ଗୋରା ଝିଅଟିଏ। ତା ପାଦ ଧରି କ୍ଷମା ମାଗିନେବି। ସେ ମତେ ପାଦରେ ଏଡ଼ାଇ ଦେବ। ଗୋଇଠା ମାରି ପାରେ! ପୋଲିସ୍ ଡାକି ପାରେ! ସବୁ ପାଇଁ ମୁଁ ପ୍ରସ୍ତୁତ ହେଲି।

ଏଇ ଷ୍ଟେସନ୍‌ରେ ଦେଖା ହେବ ବୋଲି ମେସେଜ୍ କଲି। ଅପେକ୍ଷା କଲି। ସେ ସମୟ ଆସିଲା। ସେ ପ୍ଲାଟ୍‌ଫର୍ମରେ ପ୍ରବେଶ କଲା। ଫୋନ୍ ନକରି କେବଳ ମେସେଜ୍ କରୁଥାଏ।

"କେଉଁଠି ଅଛ? ମୁଁ ଏଇ ତିନି ନମ୍ବର ଗେଟ୍ ଭିତରେ ପଶିଲି।"

ମୁଁ କେବିନ୍ ତଳୁ ଜୁଲୁ ଜୁଲୁ ଚାହୁଁଥିଲି । ସେ ମତେ ଦିଶୁ ନଥିଲା ।

"ଦେଖ, ମୁଁ ଘର ଛାଡ଼ି ଚାଲି ଆସିଛି । ଆଉ ଫେରିବି ନାହିଁ । ବହୁତ ଦୁଃଖ ପାଇଲି, ଆଉ ନୁହଁ । ସାବତ ମାଆ ମତେ ସନ୍ଦେହ କଲାଣି । ଆଗରୁ ଯେଉଁ ଲୁଚାଇ ଚୋରାଇ ତୁମ ଠିକଣାରେ ପଠାଇଥିବା ଛଅ ଲକ୍ଷ ଟଙ୍କା ଆସିଛ ତ ? ମୁଁ ଜାଣେ ଆସିଥିବ । କହିବା ଦରକାର ନଥିଲା ତ, କହି ନଥିଲି । ଶୁଣ, ଆମେ ସବୁଦିନ ପାଇଁ ଏ ଜାଗା ଛାଡ଼ି ଚାଲିଯିବା । ମନେ ଅଛିନା ମୋ ବିଷୟରେ ସବୁ ଜାଣି ସାରିବା ପରେ ମଧ୍ୟ, ନିଜ କଥାରେ ତୁମେ ଥିଲ ଅଟଳ । ତୁମକୁ ମୋ ବ୍ୟତୀତ କିଛି ଲୋଡ଼ା ନାହିଁ ବୋଲି କହିଥିଲ ! ଏ ସହରରେ ଆଜି ଆମ ଶେଷ ଦିନ ।

କୈବଲ୍ୟ କେଉଁଠି ତୁମେ ? ପାଉନାହିଁ ମୁଁ । ଖେଳ ନାହିଁ ପ୍ଲିଜ୍ । ଆତୁର ଭାବେ ତୁମକୁ ଖୋଜୁଛି । ଆଜି ଯାଏ ଫୋନ୍‌ରେ ସବୁ ଚାଲିଥିଲା ଆମର । ଆଜି ଦେଖିବି ତୁମେ କେମିତି ଦିଶୁଛ, ଆଉ ତୁମେ ଦେଖିବ ତୁମ ମଧୁକୁ । ପ୍ରଥମ ସାକ୍ଷାତ ଆମର ଚିର ସ୍ମରଣୀୟ ହୋଇ ରହିବ କୈବଲ୍ୟ ! ଆଚ୍ଛା ଯେଉଁଠି ଅଛ, ଆଖି ବୁଲାଇ ଦେଖ । ମୁଁ ଗୋଲାପୀ ସାଲୱାର ପିନ୍ଧିଛି । ସବୁଜ ଚୁନରୀ । ଦେଖି ପାରିଲ ? ଏଇ ତିନି ନମ୍ବର ଗେଟ୍ ସାମ୍ନାରେ ।"

ବୁଲି ପଡ଼ି ଚାହିଁଲି ତ, ଚମକି ପଡ଼ିଲି । ହାତ ଥରି ଫୋନ୍ ଖସି ପଡ଼ିଲା । ମୁଁ ବିଶ୍ୱାସ କରି ପାରୁ ନଥିଲି, ଏ ସେଇ ଝିଅ ! ତିନି ନମ୍ବର ଗେଟ୍ ଦେଇ ପ୍ରବେଶ କରୁଥିବା ଝିଅଟି ହାତରେ ଫୋନ୍ ଓ ସେ ବିକଳ ହୋଇ ଚାରିଆଡ଼େ ଚାହୁଁଛି, ପୁଣି ମେସେଜ୍ କରୁଛି । ଗୋଲାପୀ ପୋଷାକ ସହ ସବୁଜ ଚୁନରୀ ।

ହୁଇଲ୍ ଚେୟାରରେ ବସି ଥିବା ଝିଅଟି ବାଁ ହାତ ସାହାଯ୍ୟରେ ଚକ ଗଡ଼ାଇ ଗଡ଼ାଇ ଆଗକୁ ବଢ଼ୁଛି । ମୁହଁ ଉପରକୁ ଆଖି ଗଲା ତ, ମୋ ପାଦ ତଳୁ ମାଟି ଖସିଗଲା । ଏସିଡ୍ ମାଡ଼ରେ ଜଳି ଯାଇଥିବା ବେକ ଓ ମୁହଁକୁ ବାର ବାର ଚୁନରୀରେ ଢାଙ୍କିବାର ବୃଥା ପ୍ରୟାସ କରୁଥିବା ମଧୁର ଆଖିରେ, ଆଖିଏ ଲୁହ ।

ହେ ଭଗବାନ ! ଏ ମୁଁ କ'ଣ କଲି ! ସ୍ୱପ୍ନ ଭାଙ୍ଗିବାର ଯନ୍ତ୍ରଣା କ'ଣ ମୁଁ ଜାଣେ !

ଛାତି ଫଟା ଆର୍ତ୍ତଚିତ୍କାରଟିଏ ମୋ ଭିତରୁ ବାହାରି ଆସିଲା ।

ସତ କହୁଛି, ମଧୁକୁ ମୁଁ ଧୋକା ଦେଇ ନାହିଁ । ତା ଚୋର ଲମ୍ପଟ ପ୍ରେମିକ ମୁଁ ନୁହେଁ । ମୋ ପରି ସେ ମଧ୍ୟ ଅପଙ୍ଗ, କେଉଁ ଦୁର୍ବୃତ୍ତର ଏସିଡ୍ ମାଡ଼ରେ ତା ମୁହଁ ବିକୃତ ହୋଇ ସାରିଛି । ଯାହା ମତେ ଗଭୀର ଭାବେ ମର୍ମାହତ କଲା । କିନ୍ତୁ ମୁଁ ବା କ'ଣ କରି

ପାରିବି ! ଯେ ନିଜେ ଏତେ ଅସହାୟ, ସେ ଅନ୍ୟକୁ କିପରି ସମବେଦନା ଜଣାଇବ ! ମଧୁ ଯଦି ଏ କଥା ଜାଣେ, ତା' ମନ କେତେ ଯେ ଭାଙ୍ଗିବ ମତେ ଜଣା।

ମୁଁ ଅପରାଧ କରିଛି। ମଧୁର ଅଜାଣତରେ, ତା' ମନରେ ସ୍ୱପ୍ନ ବୁଣିଛି। ତା ଜୀବନର କିଛି ମଧୁର ମୁହୂର୍ତ୍ତ ଚୋରାଇ ଆଣି, ଖୁସୀ ହେଇଛି। କାହା ମନରେ କଷ୍ଟ ଦେଇ କଳ୍ପନାରେ ବି ଖୁସୀ ହେବାର ଅଧିକାର ମୋର ନାହିଁ। ମୁଁ ପୁଣି ଥରେ ପରିଚୟହୀନ ପଙ୍ଗୁ ପାଲଟି ଯିବାକୁ ଚାହେଁ।

ସବୁ ଘଟଣା ପଛରେ ଏଇ ମୋବାଇଲ୍‌ଟି ଦାୟୀ। ଏ ନିର୍ଜୀବ ବସ୍ତୁଟି, ଯେ ଅଦୃଶ୍ୟରେ ମଣିଷ ମନରେ ସ୍ୱପ୍ନ ବୁଣିପାରେ ଓ ନିମିଷକେ ଭାଙ୍ଗିରୁଜି ଚୁରମାର୍ କରି ପାରେ, ସେ ବି ଏମିତି ଚୁରମାର୍ ହୋଇଯିବା ଉଚିତ୍‌। ଖଣ୍ଡେ ଇଟା ସାହାଯ୍ୟରେ ମୋବାଇଲ୍‌ ସ୍କ୍ରିନ୍‌ ଉପରେ ଶକ୍ତ ପ୍ରହାର କରି ଚାଲିଲି।

ଭ୍ରମରେ ବି ହେଉ, ବଞ୍ଚି ରହିବାର ଶେଷ ସାହାରାଟିକୁ ମଣିଷ ଯେବେ ନିଜ ହାତରେ ନଷ୍ଟ କରିବାକୁ ବାଧ୍ୟ ହୁଏ, ସେତେବେଳେ ତାର ମାନସିକ ଅବସ୍ଥା କଣ ଥାଏ, ତା ହୁଏତ ଅନ୍ୟ କେହି ଅନୁଭବ କରି ପାରିବେ ନାହିଁ।

ଦୃଶ୍ୟ

ଷ୍ଟେସନ୍‌ରେ ଟ୍ରେନ୍‌ଟି କିଛି କ୍ଷଣ ଅଟକି, ପୁଣି ଗଡ଼ିବା ଆରମ୍ଭ କଲା। ସାମ୍ନା ସିଟ୍‌ରେ ପୁଅ ଝିଅ ଦୁହେଁ ବସିଛନ୍ତି। ତାଙ୍କ କଥାବାର୍ତ୍ତା ଓ ଭାବଭଙ୍ଗୀରୁ ଲାଗୁଛନ୍ତି ପ୍ରେମିକ, ପ୍ରେମିକା। ସେମାନେ ପୂର୍ବରୁ କେଉଁ ଏକ ଷ୍ଟେସନ୍‌ରୁ ଉଠିଥିଲେ। ବସିବା ପରଠାରୁ ଯୁକ୍ତିତର୍କ, କଥା କଟାକଟିରେ ଲିପ୍ତ। ଏ ବୟସରେ ଏକାନ୍ତ ପାଇଲେ ମଣିଷ ପ୍ରେମ କରେ, ଯାତ୍ରାର ମଜା ନିଏ। ଏମାନେ କିନ୍ତୁ ଝଗଡ଼ା ଲାଗୁଛନ୍ତି, ସ୍ୱାମୀ ସ୍ତ୍ରୀ ପରି। କୌତୂହଳବଶତଃ ସାମ୍ନାରେ ବସିଥିବା ଭଦ୍ରଲୋକ ଜଣକ କାନ ଡେରିଲେ। ପୁଅଟି ବିରକ୍ତ ହୋଇ କହୁଛି,

"ତୁମ ମୁଣ୍ଡଫୁଣ୍ଡ ଖରାପ ହେଇଗଲାଣି ବୋଧେ। କ'ଣ ଭାବିକି ଏମିତି ଦୋଷ ଲଦୁଛ ? ଯେତେ କହିଲେ ବି ବୁଝୁନ। ଦେଖ ! ଏ ପର୍ଯ୍ୟନ୍ତ ଆମ ବାହାଘର ହେଇନାହିଁ। ଆଜିଠୁ ତୁମର ମୋ ଉପରେ ଏତେ ଅଧିକାର ?"

"ତୁମେ ଦିନ ଗଡ଼ାଉଛ, ତେଣୁ ବିଧିବଦ୍ଧ ଭାବେ ବାହାଘର ହୋଇ ନାହିଁ। ନହେଲେ ଆଉ କ'ଣଟା ବାକି ଅଛି ଆମ ଭିତରେ ? ତୁମରି କଥାରେ ପଡ଼ି ତ, ଘରୁ ଲୁଚି ଦେଢ଼ମାସ ହେଲା ତୁମ ସହ....। ଝିଅଟିଏ ହୋଇ ବି ମୋର ସାହସ ଅଛି। ଆଉ ତୁମେ ଯେ.., ମତେ ଲାଗୁଛି ମୋ ପାଖରୁ ତୁମ ମନ ଛାଡ଼ି ଗଲାଣି। ତୁମ ମନ ଯାଇ ସେଇ ଝିଅ ପାଖରେ, ଯିଏ ତମକୁ ରାତି ଅଧରେ ମେସେଜ୍ କରେ।"

"ତା' ମାନେ ତୁମେ ମୋ ଫୋନ୍ ଚେକ୍ କର ! ଆଉ ତୁମର ଯେଉଁ ବାର ବାର ଫୋନ୍ ଆସେ, କିଏ ପଚାରିଲେ ତୁମେ ଚୁପ୍ ରୁହ, ସେ ବିଷୟରେ କ'ଣ କହିବ ? ଏବେ ତ' ଲାଗିଲାଣି ସେ ଅଜଣା ଟୋକାଟି ତୁମର ଖୁବ୍ ପାଖରେ। ଯେମିତି ଆମ ପିଛା କରୁଛି, ମୁଁ ଶୋଇଗଲେ ତା' ସହ ତୁମେ କୁଆଡ଼େ ଫେରାର୍ ହେଇ ଯିବ।"

"ଛି ! କି ବାଜେ ଲୋକ, ଏତେ ହୀନ କଥା ଭାବି ପାରୁଛ ମୋ ବିଷୟରେ !
"କ'ଣ, ମୁଁ ବାଜେ !"

ଠିକ୍ ସେତିକିବେଳେ ଝିଅଟିର ଦୃଷ୍ଟି ସାମ୍ନା ଲୋକଟି ଉପରେ ପଡ଼ିଗଲା ।
କଥା ଅଧାରୁ ବନ୍ଦକରି ସେ ଚାହିଁଲା । ଏ କ୍ଷେତ୍ରରେ ଝିଅମାନଙ୍କ ନଜର ଭାରି ତୀକ୍ଷ୍ଣ ।
ତୁରନ୍ତ ନିଜ ଚୁନରୀଟି, ଛାତି ଉପରେ ଭଲ ଭାବେ ସଜାଡ଼ି ନେଲା । ଏଥର ସେ ଆଉ
ଆଗକୁ ଝୁଙ୍କି ନବସି, ସଲଖ ବସିଲା । ଡାହାଣ ହାତଟା ତା' ପ୍ରେମିକର ଜଙ୍ଘ ଉପରେ
ଆସ୍ତେ କରି ରଖିଲା ଓ ଟିକେ ତା' କାନ୍ଧ ପାଖକୁ ଢଳି ପଡ଼ିଲା । ଏମିତି କରି ସେ
ହୁଏତ ଦର୍ଶାଇଲା ଯେ, ସେମାନେ ଖୁବ୍ ନିବିଡ଼ । ଏ ଝଗଡ଼ାଝାଟି ସବୁ ଥିଲା ମିଛ ।
ଏହା ଦର୍ଶାଇ ସେ ନିଜ ସୁରକ୍ଷାକୁ ବି ମଜବୁତ୍ କରିନେଲା । ଯୁବକ ଜଣକ ଝିଅଟିର
ଭାବ ଓ ସ୍ପର୍ଶକୁ କୌଣସି ଆଗ୍ରହ ନଦେଖାଇ, ସେମିତି ବେଖାତିର୍ ଭାବେ ଝରକା
ବାହାରକୁ ଚାହିଁଛି ।

ଯାହାବି ହେଉ, ଲୋକଟିକୁ ଟିକେ ଖରାପ ଲାଗିଲା । ତା' ଉଦ୍ଦେଶ୍ୟ ସେୟା
ନୁହେଁ । ଝିଅଟିର ଦେହ ଉପରେ ତା' ନଜର ନଥିଲା । ସେ କେବଳ ଘଟଣାଟିକୁ
ଅନୁଧ୍ୟାନ କରୁଥିଲା । ଯେହେତୁ ଦୀର୍ଘ ସମୟ ଧରି ତାଙ୍କର ଏ ଫାର୍ସ ଚାଲିଛି । ସାମ୍ନାରେ
ବସି ଏମିତି ହେଲେ, ନଜର ତ' ଯିବ ! ଏମାନେ ବରଂ ଲୋକଟିକୁ ବାର ବାର
ଅନ୍ୟମନସ୍କ କରାଉଛନ୍ତି । ତା' ଏକାନ୍ତ ଭାବନାକୁ ବାଧା ଦେଉଛନ୍ତି ।

ଲୋକଟି ଏକ ନିର୍ଦ୍ଦିଷ୍ଟ ଉଦ୍ଦେଶ୍ୟ ନେଇ, ଅନିର୍ଦ୍ଦିଷ୍ଟ କାଳ ଯାଏ ଘରୁ ବାହାରି
ଆସିଛି । ଅନେକ ଦିନ ହେଲା ତା' ମନରେ କିଛି ପ୍ରଶ୍ନ ଉଙ୍କି ମାରୁଛି । ଉତ୍ତର ମିଳୁ
ନାହିଁ । ତାକୁ ଅସ୍ଥିର ଲାଗୁଛି ।

ତା' ଭିତରେ ଯେଉଁ ଭୋକ ମୁଣ୍ଡ ଟେକିଛି, ତାହାକୁ ପ୍ରଶମିତ କରିବାକୁ ସେ
ବାଟ ଖୋଜୁଛି । ସେ ଭୋକ ମୁକ୍ତିର, ଶାନ୍ତିର ଭୋକ । ତାର ଏକ ମାତ୍ର ଲକ୍ଷ୍ୟ, ଏ
ଭୋକରୁ ସେ କେମିତି ନିସ୍ତାର ପାଇବ ।

ମଣିଷ ଯାହାକୁ ପାଏ ନାହିଁ, ସେୟାକୁ ବେଶୀ ଖୋଜେ ।

ଏବେ ପ୍ରକୃତରେ ଲୋକଟିକୁ ଖୁବ୍ ଭୋକ ହେଲାଣି । ପେଟର ଭୋକ ।
ଆଳସର ବେମାରିଆଙ୍କୁ ସମୟ ବ୍ୟବଧାନରେ ଖାଦ୍ୟ ଦରକାର । ତୃଷ୍ଟ ବି ଶୁଖିଗଲାଣି ।

ସିଟ୍ ତଳକୁ ପାଣି ବୋତଲଟା ଗଡ଼ି ଯାଇଛି ବୋଧହୁଏ । ନଇଁ ପଡ଼ି ବୋତଲଟା
ଉଠେଇଲା । ଧେତ୍.. ଖାଲିଟା । ହଉ, ଆଗ ଷ୍ଟେସନ୍ରେ ଗାଡ଼ି ରହିଲେ ପାଣି ଆଣିବ
ଭାବି ଚୁପ୍ ବସିଲା ।

"ୱାଟର୍ ୱାଟର୍ ...କୋଲ୍ଡ ୱାଟର୍। ଟିଂ ଟିଂ...ଥଣ୍ଡା ଥଣ୍ଡା କୁଲ୍ କୁଲ୍... ଆଇସକ୍ରିମ୍.."

ପାଖ ବଗିରୁ ପୁଣି ବିକାବାଲା ମାନେ ଚାଲି ଆସିଲେଣି। ସେ ଯଦିଓ ପାଣି ବୋତଲଟିଏ କିଣି ପିଇ ପାରିବ, କିନ୍ତୁ କିଣୁ ନାହିଁ। ଅଳ୍ପ ସମୟ ପରେ ସେ ମାଗଣା ପାଣି ପାଇ ଯିବ। ଅଯଥା କ'ଣ ପାଇଁ ଖର୍ଚ୍ଚ କରିବ ଭାବି, ଚୁପ୍ ବସିଲା।

ପାଖ ସିଟ୍ରେ ମାଆ ପାଖରେ ବସିଛି କୁନି ଝିଅଟିଏ। ଅଝଟ କରୁଛି। ରୁଚିପୂର୍ଣ୍ଣ ପରିପାଟିରେ ସ୍ତ୍ରୀ ଲୋକଟି ସମ୍ଭ୍ରାନ୍ତ ଘରର ବୋଲି ଜଣା ଯାଉଛି। ବିକାବାଲାଙ୍କୁ ଦେଖି ଛୁଆଟି ଅଝଟ କରୁଛି,

"ମମ୍ମି ଶୋଷ।"

"ନା ନା ସେ ପାଣି ନୁହଁ। ରହ ଦଉଛି, ନେ' ତୋ ସିଝାପାଣି।"

"ନା ମୁଁ କୋଲ୍ଡ ୱାଟର୍ ପିଇବି।"

"ଛିଃ ବେବି, ଦେଖ ସେ ବାଲ୍ଟି ତଳେ ମେଞ୍ଚେ ବରଫ ରଖି ବଟଲ୍ ଥୋଇ ବିକୁଛି। ସେ ସବୁ ମିନେରାଲ୍ ନୁହେଁ। ଇନ୍‌ଫେକ୍ସନ୍ ହବ ଧନ।"

"ମମ୍ମି..କିଣି ଦିଅନା ପ୍ଲିଜ୍।"

ଏଥର ସେ ଶକ୍ତଭାବେ ଛୁଆକୁ ବାରଣ କଲା।

"ନୋ ବେବି। ବାଜେ ପାଣି। ସେ ସବୁ ଏଇ ରେଲୱେ ଲାଇନ୍‌ର ତଳ ପାଇପରୁ ଭରି ସିଲ୍ କରୁଛନ୍ତି। ଟିଭିରେ ଦେଖିନୁ? ତେଣୁ ବାହାର ଜିନିଷ କିଛି ବି ନୁହଁ। ଓହ୍ଲେଇଲେ ସେଠି ଯାହା କହିବୁ, ତୋ ବାବା ସବୁ କିଣିଦେବେ।"

ବିକାବାଲାଙ୍କ କର୍କଶ ରଡ଼ି ସହ, ଏ କୋଲାହଳ। ଲୋକଟିକୁ କେତେବେଳୁ ଅଶନିଃଶ୍ୱାସୀ ଲାଗିଲାଣି। ସେ ଉଠିଗଲା ଦରଜା ପାଖକୁ। ଖୋଲା ପବନ। ଗାଡ଼ିର ବେଗ ତୀବ୍ର। କିଛି ସମୟ ଦୁଆର ମୁହଁରେ ଛିଡ଼ା ହେବାପରେ, ତାକୁ ଟିକେ ଆରାମ ଲାଗିଲା। ସେ ନିଜ ସ୍ଥାନକୁ ଫେରି ଆସିଲା।

ଏବେ କୁନି ଝିଅଟି ବୋଧେ ବୁଝି ଯାଇଛି। ମାଆ କୋଳରେ ମୁଣ୍ଡ ରଖି ମୋବାଇଲରେ ଗେମ୍ ଖେଳୁଛି। ଯେଉଁ ମହିଲା ଜଣଙ୍କ କିଛି ସମୟ ଆଗରୁ ବାହାର ଜିନିଷ ଖରାପ କହି ଝିଅକୁ ବାରଣ କରୁଥିଲେ, ତାଙ୍କ ହାତରେ କପେ ଚାହା। ନାକ ଟେକି ପିଉଛନ୍ତି ଓ ଗର ଗର ହେଉଛନ୍ତି।

"ପୂରା ପାଣିଚିଆ। ଛି ! କେଉଁ ପାଣି ବ୍ୟବହାର କରୁଥିବେ ତା' ବି ସନ୍ଦେହ !

ଚାହା ନହେଲେ ବୋଧେ ତାଙ୍କ ମୁଣ୍ଡ ବିନ୍ଧେ । ତେଣୁ ବାଧ୍ୟ । ଟ୍ରେନ୍‌ର ଚାହା କଫି ମାନେ ସେୟା । ”

ପ୍ଲାଟ୍‌ଫର୍ମ ଛୁଇଁବା ଆଗରୁ ଗୋଟେ ଲମ୍ବ ସିଟି ଦେଇ ଧୀରେ ଧୀରେ ଟ୍ରେନ୍ ଅଟକିଲା ।

ଲୋକଟି ଏଥର ସେ ଭଦ୍ର ମହିଲାଙ୍କ ଉପରୁ ନଜର ହଟେଇଲା । ଖାଲି ବୋତଲ୍ ଧରି ତଳକୁ ଓହ୍ଲାଇଲା । ବିଶୁଦ୍ଧ ପାନୀୟ ଜଲଯୋଗାଣ କେନ୍ଦ୍ର ଆଗରେ ଆଗରୁ ଆଠ ଦଶଜଣ ଲାଇନ୍‌ରେ ଥାଆନ୍ତି । ସେ ଏବେ କରିବ କ’ଣ ? ଅବଶ୍ୟ ଗାଡ଼ି ଏଠି ଅଧିକ ସମୟ ରହିବ ।

ଏପଟ ସେପଟ ହେଉ ହେଉ ଟି’ ଷ୍ଟଲ୍ ପାଖକୁ ଯାଇ ଚାହା କପେ ଧରିଲା । ୟା ସହ ସିଗାରେଟ୍‌ଟିଏ ହେଲେ ଟିକେ କ୍ଲାନ୍ତି ମେଣ୍ଟନ୍ତା । ସେ ପକେଟ୍‌ରେ ହାତ ପୂରାଇଲା ବେଳକୁ ଦେଖିଲା, କାନ୍ଥରେ ଲେଖା ହୋଇଛି, –ଏଠାରେ ଧୂମ୍ରପାନ ନିଷେଧ । ଏହା ଏକ ଦଣ୍ଡନୀୟ ଅପରାଧ ।

ସେ ନିଜ ମନକୁ ସଂଯତ କଲା ଓ ଖାଲି ଚା’ ପିଇଲା ।

ସେ ପାଖରେ କାନ୍ଥକୁ ଆଉଜି ଛିଡ଼ା ହୋଇଛି ତରୁଣୀଟିଏ । କାଖରେ ଶିଶୁଟିଏ । ବାର ବାର ମାଆ ଛାତିରେ ମୁହଁ ଗୁଞ୍ଜିବାକୁ ଚେଷ୍ଟା କରୁଛି । ବାଧା ଦେଉଛି ମାଆ । ଏଠାରେ ଧୂମ୍ରପାନ ନିଷେଧ । ଭୋକିଲା ଶିଶୁକୁ କ୍ଷୀର ଦେବା ତ’ ନିଷିଦ୍ଧ ନୁହେଁ! ଆଚ୍ଛା! ଜନଗହଳିରେ ଲଜ୍ଜା ଓ ସଂକୋଚ, ତାକୁ ଆବୋରି ବସୁଥିବ! ଗରିବ ବୋଲି କ’ଣ ଇଜ୍ଜତ ନାହିଁ! ଅବଶ୍ୟ ତା’ ବେଶପୋଷାକ ଯଦି ଟିକିଏ ବାଗର ହୋଇ ଥାଆନ୍ତା, ତେବେ କେହି ଜାଣିପାରନ୍ତେ ନାହିଁ ଯେ, ସେ ଭିକାରି ବୋଲି । କେଜାଣି, ପରିସ୍ଥିତି କ’ଣ ହୋଇଥିବ, ନହେଲେ କ’ଣ ଏତେ ସୁନ୍ଦର ଢଲ ଢଲ ଯୌବନର ଅଧିକାରିଣୀ ହେବା ସତ୍ତ୍ୱେ ଷ୍ଟେସନ୍‌ରେ ଛିଡ଼ା ହୋଇ କାହାକୁ ହାତ ପାତୁ ଥାଆନ୍ତା !

ଗହମରଙ୍ଗର ଦେହ, ଅଣ୍ଟା ଯାଏ ଲମ୍ବ ଗହବା କେଶ । କାହାକୁ ଖୋଜିଲାପଣର ଗଭୀର ଆଖ୍ଯ ହଲକ ଖୁବ୍ ଆକର୍ଷଣୀୟ । ଗୋଟେ ନାରୀର ଶରୀରକୁ ଏପରି ନିରୀକ୍ଷଣ କରିବା ବି ନିଷେଧରେ ଯାଏ ?

ଲୋକଟି ସିଆଡ଼ୁ ଆଖ୍ଯ ଫେରାଇ ଆଣିଲା । ପକେଟ୍ ଅଣ୍ଟାଇଲା । ଶହେ ଟଙ୍କିଆ ନୋଟ୍ ଖଣ୍ଡେ ବାହାର କରି ତା’ ପାଖରେ ରଖିଦେଲା ।

ଏଥର ଝିଅଟି ମୁଣ୍ଡ ଉଠାଇ ଚାହିଁଲା ଓ ଦୁଇପାଦ ପଛକୁ ଘୁଞ୍ଚି ଗଲା । ଖଡ଼ଖଡ଼ିଆ

ନୋଟ୍‌ଟା ଦେଖ୍‌ ଏମିତି ଅନେଇଲା, ଯେମିତି ଲୋକାଟି ବଳାତ୍କାରୀ, ଲୁଟେରା କି ଦଲାଲ୍‌। ଟଙ୍କା ବଦଲରେ ଲୁଟିନେବ ଝିଅଟିର ଅମୂଲ୍ୟ ଯୌବନ।

ଲୋକଟିକୁ ଭାରି ଖରାପ ଲାଗିଲା। ସେ କିଛି ନଜାଣି, ଝିଅଟିକୁ ଭିକାରୀ ବୋଲି ଆକଳନ କରିବା, ବୋଧହୁଏ ଠିକ୍‌ ହେଲା ନାହିଁ। ସେ ପଛକୁ ନଚାହିଁ ଫେରି ଆସି ଟ୍ରେନ୍‌ରେ ଚଢ଼ିଗଲା।

ପରବର୍ତ୍ତୀ ଡିଉଟିରେ ଥିବା କଳା କୋଟଧାରୀ ଟି ଟି ଇ ଜଣଙ୍କ ବି ଟ୍ରେନ୍‌ରେ ଚଢ଼ିଲେ।

ରାତି ସାଢେ ନ'। ଏବେ ଯିଏ ଯାହା ଜାଗାରେ ଶୋଇବାକୁ ପ୍ରସ୍ତୁତ ହେଲେଣି। ଲୋକଟି ବାଇଶ୍‌ ନମ୍ବର ମିଡ଼ ବର୍ଥକୁ ଉଠିଗଲା। ତା' ତଳ ସିଟ୍‌ରେ ସେଇ ଭଦ୍ର ମହିଳା ଜଣଙ୍କ କୁନି ଝିଅକୁ ଧରି ଶୋଇଗଲେଣି। ସାମ୍ନା ଛବିଶ୍‌ ନମ୍ବରରେ ସେଇ ପ୍ରେମିକଟି ଶୋଇଛି। ପ୍ରେମିକା ଜଣଙ୍କ ତା' ଉପରେ ଅତି ଆଦରରେ ଚାଦରଟିକୁ ଢାଙ୍କି ଦେଇ, ଇଆଡ଼େ ସିଆଡ଼େ ଦି' ଥର ଚାହିଁ, ଗାଲରେ ସରୁଚୁମାଟିଏ ଦେଲା ଓ ତଳ ବର୍ଥରେ ବସି ମୋବାଇଲ ଘାଣ୍ଟିବାରେ ବ୍ୟସ୍ତ ହେଇଗଲା। ମୁଖ୍ୟ ଆଲୁଅ ଲିଭିଗଲା। ଖାଲି ଡିମ୍‌ ଲାଇଟ। ସବୁ କିଛି ଝାପ୍‌ସା। ଲୋକଟି ବି ଶୋଇ ପଡ଼ିଲା। ରାତି ବଢ଼ିବା ସହିତ ପ୍ରାୟ ସବୁ ଯାତ୍ରୀ ଶୋଇଗଲେ।

ସମୟ ବୋଧହୁଏ ବାରଟା। ହଠାତ୍‌ ଲୋକଟିର ନିଦ ଭାଙ୍ଗିଗଲା। ଟ୍ରେନର ଦୁଲୁ ଦୁଲୁ ଶବ୍ଦ ଛଡ଼ା ଆଉ କିଛି ଶୁଭୁନି। ତାକୁ ପରିସ୍ରା ଲାଗିଲାଣି। ବ୍ୟସ୍ତ ବି ଲାଗୁଛି। ଟୟଲେଟ ଯାଇ ଗୋଟେ ସିଗାରେଟ୍‌ ଟାଣିଲେ ଆରାମ ଲାଗନ୍ତା। ତା'ର ଭାରି ଇଚ୍ଛା ହେଉଛି। ଦଣ୍ଡନୀୟ ଅପରାଧ ବୋଲି, ସକାଳପହରୁ ନିଜକୁ ନିୟନ୍ତ୍ରଣରେ ରଖୁଛି।

ସେଠି ତ' କେହି ଦେଖ୍‌ବେନି। ଗୋଟେ ଟାଣିଲେ ହୁଅନ୍ତା। ନା, ଥାଉ। ନିଷେଧ ଯାହା, ତାହା କରିବା ଅନୁଚିତ୍‌। ଖାଲି ପରିସ୍ରା କରିଆସିବ ସେ।

ଉପରୁ ଓହ୍ଲେଇବା ବେଳେ, ଭାରି ସନ୍ତର୍ପଣରେ ଡାହାଣ ଗୋଡ଼ଟା ତଳକୁ ବଢ଼େଇଲା।

ଆଗରେ ଦେଖ୍‌ଲା ପ୍ରେମୀ ଯୁଗଳ ଏକାଠି ବସିଛନ୍ତି! ଏକ ମାତ୍ର ଚାଦର ତଳେ ଦୁହେଁ ଖୁବ୍‌ ନିବିଡ଼ ଓ ଉତ୍ତେଜିତ ଅବସ୍ଥାରେ। କେଉଁ ଆଡ଼େ ନଜର ନାହିଁ ତାଙ୍କର। ପରସ୍ପର ଭିତରର ଉଷ୍ଣତାକୁ ନିଜ ଭିତରେ ଶୋଷି ନେବାକୁ ଯେମିତି ବ୍ୟାକୁଳ।

ନିର୍ଲଜ! ଦିନ ଆଲୁଅରେ ଝିଅଟି ଲାଗୁଥିଲା ଲଜ୍ଜାଶୀଲା। ଜାକି ଜୁକି ହେଇ ଛାତି ଉପରେ ଚୁନରୀ ଘୋଡ଼ାଇ ପକାଉ ଥିଲା। ରାତି ଅନ୍ଧାରରେ ସେ ଯେ ଲଜ୍ଜାର

ଆବରଣକୁ କାଢ଼ି ପିଙ୍ଗି ଦେଇଛି। ଦେଢ଼ମାସ କାଳ ସାଙ୍ଗ ହୋଇ ସମୟ ବିତାଇ ସାରିବା ପରେ ବି, ସାମାନ୍ୟ ସଂଯମ ନାହିଁ ? ଲୋକଟି ଚାହିଁ ପାରିଲା ନାହିଁ।

ହଠାତ୍ ଛବିଶ ନମ୍ବର ବର୍ଥ ଉପରେ ଆଖ୍ ପଡ଼ିଗଲା ! ଯୁବକ ଜଣକ ଯେ ନିଘୋଡ଼ ନିଦରେ। ଘୁଙ୍ଗୁଡ଼ି ମାରୁଛି। ତେବେ ଏ ଝିଅ ପାଖରେ କିଏ ?

ଆରେ ! ଏ ତ ସେଇ ଟୋକା ଯିଏ ଦିନବେଲା ଗୋଟିକିଆ ୫ର୍କୋ ପାଖ ସିଟ୍‌ରେ ବସିଥିଲା ଓ ଝିଅଟିକୁ ଚାହିଁ କ'ଣ ଇଙ୍ଗିତ କରୁଥିଲା। ତେବେ ସକାଲେ ତା ପ୍ରେମିକର ସନ୍ଦେହ ଠିକ୍ ଥିଲା। ଜଣେ ଅଜଣା ଟୋକା ତୁମ ପିଛା କରୁଛି, ଏବେ ତୁମେ ତା ପ୍ରେମରେ କହିବା ଉକ୍ତିଟି ସତ।

ଲୋକଟି ଆଉ ସେ ଆଡ଼କୁ ଚାହିଁଲା ନାହିଁ। ଚଟାପଟ୍ ଓହ୍ଲାଇ ପଡ଼ି ଆଗକୁ ବଢ଼ିଲା।

ବନ୍ଦ ଲୁହାର ଦରଜା ମୁହଁରେ କୁନି ଛୁଆଟି ବସିଛି। ଏଇ ତ ସେ ଦରିଦ୍ର ପରି ଦିଶୁଥିବା ସୁନ୍ଦରୀ ତରୁଣୀର ଛୁଆ। ଏମାନେ ବିନା ଟିକେଟ୍‌ରେ ଚଢ଼ି ଯାଆନ୍ତି ! ଛୁଆଟି ଗୋଟେ ମଲିଛିଆ ଲୁଗା ଉପରେ ବସି ତା କଅଁଳ ଓ ଅନଭିଜ୍ଞ ହାତରେ ପାଉଁରୁଟି ଖଣ୍ଡେରୁ ଟିକେ ଟିକେ ଛିଣ୍ଡାଇ ପାଟିରେ ପୂରାଉଛି। ତା' ଅର୍ଥ ଏ ପର୍ଯ୍ୟନ୍ତ ମାଆଟି ଛାତି ଖୋଲି ଶିଶୁର ଭୋକକୁ ପ୍ରଶମିତ କରାଇ ପାରିନାହିଁ !

ଭୋକ ପ୍ରଶମିତ ନ' ହେବା ଯାଏ, ଶାନ୍ତିରେ ରହିପାରେନା କୌଣସି ପ୍ରାଣୀ ? ତେଣୁ ଛୁଆ ଯାହା ପାଇଲା, ଖାଇ ପକାଉଛି।

ହେଲେ ଅବୋଧ ଶିଶୁକୁ ଏକୁଟିଆ ଛାଡ଼ିଦେଇ ତା' ମାଆ ଗଲା କୁଆଡ଼େ ? ପୁଣି ଦୁଆର ମୁହଁରେ ବସାଇଦେଇ ଚାଲିଯାଇଛି। ଯଦିଓ ଦରଜା ବନ୍ଦ ଅଛି, ହେଲେବି ଯଦି କିଛି ଅଘଟଣ ଘଟେ, ତ' କିଏ ଦାୟୀ ହେବ ? ଟି ଟି ଇ ଏଇ ପାଖରେ ଥିଲେ ଗାଡ଼ି ଅଟକିବା ଯାଏ ମାଆ ଓ ଛୁଆକୁ ଟିକେ ସୁରକ୍ଷିତ ସ୍ଥାନରେ ବସାଇ ପରିଥା'ନ୍ତେ ?

ଛାଡ଼, ନିରୀହ ଛୁଆଟିର ବା ଦୋଷ କ'ଣ ! ମାନବିକତା ଦୃଷ୍ଟିରୁ ଲୋକଟିକୁ ବର୍ତ୍ତମାନ ତାର ଧ୍ୟାନ ରଖିବାକୁ ପଡ଼ିବ। ସମ୍ଭବତଃ ତା ମାଆଟି ଟଏଲେଟ ଯାଇଥାଇ ପାରେ ! ଲୋକଟି ଚୁପ୍‌ଚାପ୍ ସେଇଠି ଟିକେ ଅପେକ୍ଷା କଲା।

ତା' ଅନୁମାନ ଠିକ୍ ଥିଲା ! ଟଏଲେଟ୍ ଭିତରୁ କେହିଜଣେ ସ୍ତ୍ରୀ ଲୋକ ବାହାରିବା ପରି ଲାଗିଲା ! ସେ ଗାଡ଼େଇ ଚାହିଁଲା। ସେଇ ଛୁଆର ମାଆ। ତଲ ବୋତାମ ଦେଉଦେଉ ପଚାଶ ଟଙ୍କିଆ ନୋଟ୍‌ଟି ବ୍ଲାଉଜ୍ ଭିତରେ ଗେଞ୍ଜିଥିଲା ସେ

ତରୁଣୀ। ଲୁଗାକାନିକୁ ଛାତି ଉପରେ ଭଲଭାବେ ଘୋଡ଼ାଇ ନେଇ ପଛକୁ ମୁହଁ ବୁଲାଇ ମୁରୁକି ହସୁଥିଲା।

ପଛରେ କଳା ଓଭର୍ କୋଟ୍ ପିନ୍ଧା ଡେଙ୍ଗା ଲୋକ ଜଣଙ୍କ ତର ତର ହୋଇ ବାହାରି ଆସିଲା। ଯେ ପରବର୍ତ୍ତୀ ଡିଉଟି ପାଇଁ ପୂର୍ବ ଷ୍ଟେସନ୍ ଚଢ଼ି ଥିଲା। ସେ ଲୋକ ଜଣଙ୍କ ପ୍ୟାଣ୍ଟର ବେଲ୍ଟ ଠିକ୍ କଲା ଓ ଟିକେଟ୍ ଖାତାଟିକୁ କାଖରେ ଜାକି, ତୀବ୍ର ବେଗରେ କ୍ଷୀଣ ଆଲୁଅରେ ମିଳେଇ ଗଲା।

ଲୋକଟି ନିର୍ବାକ ହେଲା। ଏଇ ଦରିଦ୍ର ଯୁବତୀଟି ଦିନବେଳା ତା' ଶହେ ଟଙ୍କିଆ ନୋଟ୍ଟିକୁ ପ୍ରତ୍ୟାଖ୍ୟାନ କରିଥିଲା। ତାକୁ ଲମ୍ପଟ ଭାବି, ତୀକ୍ଷ୍ଣ ଦୃଷ୍ଟିରେ ଚାହିଁ ଥିଲା। ରାତି ଅନ୍ଧାରରେ ପଚାଶ ଟଙ୍କାରେ ସେ ନିଜକୁ ବିକ୍ରି କରିପାରେ!

ଲୋକଟି ମୁହଁ ବୁଲାଇଲା। ଟ୍ରେନ୍‌ର ଲୁହା ଦରଜା ଉପରେ ଦୁଇ ଧାଡ଼ି ଲେଖା ତା' ଆଖିରେ ପଡ଼ିଲା। 'ବିନା ଟିକେଟ୍‌ରେ ଯାତ୍ରା କରିବା ଦଣ୍ଡନୀୟ ଅପରାଧ। ଅନାବଶ୍ୟକ ସ୍ଥଳେ ଚେନ୍ ଭିଡ଼ି ଗାଡ଼ି ଅଟକାଇବା ଅପରାଧ। ଗାଡ଼ି ଭିତରେ ନିଶାଦ୍ରବ୍ୟ ସେବନ କରିବା ନିଷେଧ। ନିଜ ସୁରକ୍ଷା ପ୍ରତି ଧ୍ୟାନ ଦିଅନ୍ତୁ। କୌଣସି ଅସୁବିଧା ହେଲେ, କାର୍ଯ୍ୟରତ ଟି.ଟି.ଇ.ଙ୍କୁ ଅବଗତ କରାନ୍ତୁ।'

ଲୋକଟିର ଏଥର ମନେ ପଡ଼ିଗଲା ଅଫିସ୍‌ରେ ଏକ ଆଲୋଚନା ଚକ୍ରରେ ବଡ଼ବାବୁ କହୁଥିଲେ,

"ମଣିଷ ବାହାରେ ଯାହା ଦେଖାଯାଏ, ଭିତରେ ସେୟା ନୁହଁ। ଦିନ ଆଲୁଅରେ ଯାହା ଦୃଶ୍ୟମାନ ହୁଏ, ରାତି ଅନ୍ଧାରରେ ସେ ଦୃଶ୍ୟ ବଦଳି ଯାଏ। ସବୁ ନିଷିଦ୍ଧ ସିଦ୍ଧ ହୁଏ ସେଇ ଅନ୍ଧକାରରେ। ମଣିଷ ଭିତରେ ଯେଉଁ ଭୋକ ଅଛି, ସେ ଭୋକକୁ ନିଜେ ହିଁ ପ୍ରଶମିତ କରିପାରିବ। ତା' ନହେବା ଯାଏ, ଯେତେ ଜୁଆଡ଼େ ଗଲେ ବି ସେ ଶାନ୍ତି ଓ ମୁକ୍ତି ପାଇବ ନାହିଁ।"

ଲୋକଟିକୁ ଏବେ ସିଗାରେଟ୍ ଟାଣିବାର ଥିଲା। ସେ ବେଧଡ଼କ ପକେଟ୍‌ରେ ହାତ ପୂରାଇ ମାଚିସ୍ ବାହାର କଲା!

ଫଇସଲା

"ଆପଣ ଆଉଥରେ ଭଲ ଭାବରେ ଚିନ୍ତା କରନ୍ତୁ।"

"ମ୍ୟାଡ଼ମ୍ ଲକ୍ଷେଥର ଭାବିଚି। ସତ କହୁଛି, ଏ ବୋଝ ନେଇ ବଞ୍ଚିବା ମୋ ପକ୍ଷେ ଅସମ୍ଭବ। ପ୍ଲିଜ୍... ମତେ ୟା' ଭିତରୁ ଯେମିତି ହେଲେ ବାହାର କରନ୍ତୁ।"

ବାହଘରର ଦୀର୍ଘ ବର୍ଷ ପରେ ଉମେଶ ଆଚାର୍ଯ୍ୟର ମନୋଭାବରେ ବିଚିତ୍ର ପରିବର୍ତ୍ତନ ଘଟିଲା।

ସେ ମୁକୁଳିବାକୁ ଚାହେଁ। ସମ୍ପର୍କ ତାକୁ ବୋଝପରି ଲାଗିଲାଣି। ସଂସାର ଭାରିପଡ଼ିଲାଣି ତା'ଉପରେ। ତାକୁ ଲାଗୁଛି, ସେ ଧୀରେ ଧୀରେ ପାତାଳକୁ ଦବିଯିବ।

ନା...ଆଉ ନୁହେଁ। ପ୍ରତ୍ୟେକ ରାତି ସେଇ ସ୍ୱପ୍ନ। ସ୍ୱପ୍ନରେ ସେ ଭିନ୍ନ ଦୁନିଆକୁ ଚାଲିଯାଏ। ସେଇ ଧଲା କପଡ଼ାରେ ଗୁଡ଼ା ହୋଇଥିବା କଅଁଲା ଶିଶୁ। ଯାହା ତାକୁ ଏତେ ମାତ୍ରାରେ ଡରାଏ ଯେ, ଆଖି ବନ୍ଦ କରିବାକୁ ବି ଭୟ ଲାଗେ। ଢେରରାତି ଯାଏ ଟିଭି ଦେଖେ। ମୋବାଇଲ୍ ଘାଣ୍ଟେ। ପୁରୁଣା ଖବରକାଗଜ, ମାଗାଜିନ୍ ଖେଲାଏ। ଯେତେ ସମ୍ଭବ ନିଜକୁ ବ୍ୟସ୍ତ ରଖିବାକୁ ଚେଷ୍ଟା କରେ। ସମ୍ପୂର୍ଣ୍ଣ ନିଦରେ ଟଳମଳ ହୋଇ, ଯେତେବେଳେ ତା'ର ସବୁ ଟାଣପଣକୁ ପରାସ୍ତ କରି ଆଖିପତା ହାରମାନେ, ସେ ଯୋଉଠି ବସିଥାଏ ସେଇଠି ଢଳି ପଡ଼େ।

"ଆପଣ ତେବେ ଶେଷ ନିଷ୍ପତ୍ତି ନେଇସାରିଲେଣି ? ଦେଖନ୍ତୁ ମୁଁ ଆଗରୁ କହିଦେଉଛି, ଏ ପ୍ରକ୍ରିୟାରେ ବହୁତ ସମୟ ଲାଗିବ। ସେଇ ଭିତରେ ଆପଣଙ୍କ ମତ ପରିବର୍ତ୍ତନ ହେବା ମଧ୍ୟ ଅସମ୍ଭବ ନୁହେଁ। ଯଦି ହୁଏ, ତା' ସ୍ୱାଗତଯୋଗ୍ୟ।"

"ଆଜ୍ଞା। ମୁଁ ଆଗ ଦୁଇଥର ଯାହା କହିଚି, ଆଜି ବି ସେଇଆ। ମୁଁ ଡିଭୋର୍ସ ଚାହେଁ। କାୟିରା ଠାରୁ ମୁକ୍ତି ଚାହେଁ। ହଁ ମାନୁଛି, ତେଇଶ ବର୍ଷ

ତଲେ ଭୟଙ୍କର ଭାବେ ତା' ପ୍ରେମରେ ପଡ଼ି, ଯାବତୀୟ କାଣ୍ଡ ଭିଆଇବାକୁ ବି ପଛାଇ ନଥିଲି । ସେ ଝିଅ ଛଡ଼ା କେହି ବି ମତେ ପସନ୍ଦ ନଥିଲେ । ଜାତି, ଧର୍ମ, ସମାଜ, ସମ୍ପ୍ରଦାୟ, ବଂଶପରମ୍ପରା..କୌଣସି କଥାକୁ ଖାତିର ନଥିଲା । ସେଥିପାଇଁ ତ ବିବାହ କରି ଦୀର୍ଘବର୍ଷ ଏକାଠି କାଟି ପାରିଲୁ ! ଆମର ପୁଅଟିଏ ବି ଅଛି, ତେର ବର୍ଷର ।

କିନ୍ତୁ ବାସ୍...ବହୁତ ହେଲା । ସମ୍ପର୍କ ଏବେ ପୂର୍ଣ୍ଣଛେଦ ଚାହୁଁଛି ।"

ଗୌତମୀ ମ୍ୟାଡ଼ମ୍ ଜଣେ ନାଁ କରା ଓକିଲ । ଜୀବନ କାଲରେ ସେ ଗୋଟିଏ ବି କେସ୍ ହାରିନାହାନ୍ତି । କିନ୍ତୁ ଡାକ୍ତରକୁ ଯେମିତି ରୋଗ ବିଷୟରେ ସବୁ ଖୋଲି କୁହାଯାଏ, ଓକିଲକୁ ବି ସବୁ ତଥ୍ୟ ଖୋଲି କହିବା ଉଚିତ୍ ।

"କୁହନ୍ତୁ ମିଷ୍ଟର ଉମେଶ, ଏ ସବୁ ତ' ଆପଣ ଆରମ୍ଭରୁ କହୁଛନ୍ତି । ଆପଣଙ୍କ ସ୍ତ୍ରୀ ଖୁବ୍ ସୁନ୍ଦର, କାମଧନ୍ଦାରେ ନିପୁଣା, ଶାରୀରିକ ଭାବେ ଗୋଟେ ସୁସ୍ଥ ଛୁଆର ମାଆ । ତାଙ୍କ ଅଫିସ୍ ଡିଉଟି ସହିତ ଘରକାମ ବି ସୁଚାରୁ ରୂପେ ତୁଲାଇ ପାରନ୍ତି । ସବୁଠାରୁ ବଡ଼ କଥା ହେଲା, ସେ ଆପଣଙ୍କ ପାଇଁ ବିଶ୍ୱସ୍ତ । ମାନେ କୌଣସି ପରପୁରୁଷ ସହିତ ତାଙ୍କର ସମ୍ପର୍କ ନାହିଁ । ତେବେ କେଉଁ ସ୍ଥିତିରେ ଆପଣ ତାଙ୍କୁ ଛାଡ଼ପତ୍ର ଦେବେ ? ଯଦିବା ଆପଣ ଫାଇଲ କଲେ, ସେ ଯେ ଆପଣଙ୍କୁ ଛାଡ଼ିବେ, ସେମିତି କିଛି ମାନେ ଅଛି... ? ଯେତେବେଲେ କି ସେ ଆପଣଙ୍କୁ ଆଜିବି ଭଲ ପାଆନ୍ତି ।"

"ଆଜ୍ଞା କହି ତ ସାରିଛି । ମତେ ଆଉ ସେ ଘର ଭଲ ଲାଗୁନାହିଁ । ତା'ସହ ମୁଁ ଆଉ ଏକାଠି ରହି ପାରିବି ନାହିଁ । ତା'କୁ ଛାଡ଼ି ମୁଁ ଆଉ କାହା ସମ୍ପର୍କରେ ବାନ୍ଧି ହେବି, ତା'ବି ନୁହଁ । ମତେ ବାସ୍ ମୁକ୍ତି ଦର୍କାର । ତେଇଶ୍ ବର୍ଷ ତଲର ବୋଝ ମୋ ଉପରେ ଭାରି ପଡ଼ୁଛି । ମୁଁ ଚାହୁଁଛି କେବଲ ମୁକ୍ତି ମୁକ୍ତି ମୁକ୍ତି ...ନହେଲେ ଏକ ମାତ୍ର ବିକଳ୍ପ, ଆମ୍ଭହତ୍ୟା ।"

"ରିଲାକ୍ସ ମିଷ୍ଟର ଉମେଶ । ଆପଣ ବାରମ୍ବାର ସେ ଶବ୍ଦଟିକୁ ମୁହଁରେ ଧରନ୍ତୁ ନାହିଁ ପ୍ଲିଜ୍ ।"

ଗୌତମୀ ଦାଶ କିଛି ସମୟ ନିରବ ରହି ଲୋକଟାର ମାନସିକ ଅବସ୍ଥା ବୁଝିବାକୁ ପ୍ରୟାସ କଲେ । ମଣିଷଟି ଅସମ୍ଭବ ଭାବେ ବିଚଳିତ ! କେସ୍‍ଟିକୁ ପୁନର୍ବାର ଧ୍ୟାନ ଦେଇ ଶୁଣିବାକୁ ପଡ଼ିବ ।

"ଆଚ୍ଛା ଆପଣ ଆଉଥରେ ମତେ ସବୁ କୁହନ୍ତୁ । ଦେଖନ୍ତୁ ମନେ ପକାଇ ସବୁ କହିବେ ।"

"ଆଜ୍ଞା ଯାହା ଘଟିଛି ସବୁ ଖୋଲିକି କହିଛି । ଯଦି ଆଉଥରେ ଶୁଣିବାକୁ ଚାହୁଁଛନ୍ତି, ତେବେ ମୋର ଆପତ୍ତି ନାହିଁ ।

କାୟିରା ବାପାଙ୍କର ଟ୍ରାନ୍ସଫର୍ କାରଣରୁ ସେମାନେ ସହରକୁ ନୂଆ କରି ଆସିଥିଲେ । ସ୍କୁଲ୍‌ର ଶେଷ ବର୍ଷରେ ହିଁ ସେ ଆମରି ସ୍କୁଲରେ ନାମ ଲେଖାଇ ଥିଲା । ବାର୍ଷିକ ପରୀକ୍ଷା ପାଇଁ ସମସ୍ତେ ପ୍ରସ୍ତୁତ ହେଉଥିଲେ । କାହା ପାଖରେ ପୁରସତ୍ ନଥିଲା ନୂଆ ଆସିଥିବା ପିଲା ସହ ସାଙ୍ଗ ହୋଇ ସମୟ କାଟିବା ପାଇଁ । ସେ ଖୁବ୍ ଏକାକୀ ହୋଇ ରହୁଥିଲା । ମତେ ସେ ବହୁତ ଭଲ ଲାଗୁଥିଲା । ସେତେବେଲେ ହିଁ ଆମ ଭିତରେ ବନ୍ଧୁତା ସ୍ଥାପନ ହୋଇଥିଲା ।

ସ୍କୁଲ୍ ଜୀବନ ସରିଗଲା । ଆମ ବନ୍ଧୁତା ଆହୁରି ନିବିଡ଼ ହେଲା । କଲେଜ ସମୟରେ ବନ୍ଧୁତା ଅଜଣାତରେ ପ୍ରେମରେ ରୂପାନ୍ତରିତ ହେଲା ।

ଆମେ ଦୁହେଁ ଭଲ ପଢୁଥିଲୁ । ନିଜ ଭିତରେ ସ୍ଥିରକଲୁ ଏଠି ପଢ଼ା ଶେଷ ପରେ ଦିଲ୍ଲୀ ଯାଇ ଜେ ଏନ୍ ୟୁ ରେ ପଢ଼ିବା । ଯାହା ଏତେ ସହଜ ନଥିଲା । କାରଣ ଆମ ସମ୍ପର୍କ ବିଷୟରେ ଘରଲୋକେ ଅଳ୍ପ ବହୁତ ଆଭାସ ପାଇସାରିଥିଲେ । କାୟିରା ଖାନ୍ ମୁସଲିମ୍ ଝିଅ । ବ୍ରାହ୍ମଣ ହିନ୍ଦୁ ପରିବାର ଗୋଟିଏ ପୁଅ ସହ ମିଲାମିଶାକୁ ତା ଘରେ ପସନ୍ଦ କରୁ ନଥିଲେ ।

ଯାହା ବି ହେଉ, କେବଲ ନିଜ ପାଠପଢ଼ାରେ ମନ ଦେବୁ, ନିଜ ନିଜ ପରିବାରକୁ ଏଇ ପ୍ରତିଶ୍ରୁତି ଦେଇ ଭବିଷ୍ୟତର ସ୍ୱପ୍ନ ନେଇ ନିଜ ନିଜ ଘରୁ ବାହାରି ଆସିଲୁ ଦିଲ୍ଲୀ ।

ଦିଲ୍ଲୀରେ କିଛି ବାଧା ବନ୍ଧନ ନଥିଲା । ଘର ଲୋକଙ୍କ କଡ଼ା ନଜର ନଥିଲା । ଆମେ ସେଠି ପ୍ରଚୁର ସମୟ ପାଇଲୁ । ଯେହେତୁ ଆମେ ଦି'ଜଣ ଭଲ ପଢ଼ୁ, ଆମ ପାଇଁ, ପ୍ରଥମେ ଆମ କ୍ୟାରିଅର୍ ଥାଏ ଗୁରୁତ୍ୱପୂର୍ଣ୍ଣ ।

ବିବାହ ପାଇଁ ଦୁହିଁଙ୍କ ପରିବାର ତ କଦାପି ରାଜି ହେବେନାହିଁ । ଥରେ ରୋଜଗାରକ୍ଷମ ହୋଇଗଲେ, ତାଙ୍କ ପ୍ରତିବାଦକୁ ସାମ୍ନା କରିବାର କ୍ଷମତା ବି ଚାଲିଆସିବ । ତାପରେ ଯାହା । ଏମିତି କିଛିର ଖସଡ଼ା ଆମ ଭିତରେ ନିତି ତିଆରି ହୁଏ ।

ସମୟ ଗଡ଼ି ଚାଲିଲା । ପଢ଼ା ଶେଷ ବର୍ଷ ଲେଡିଜ୍ ହସ୍ଟେଲ୍ ପିଲାଙ୍କର ଷ୍ଟଡ଼ିଟୁର୍ ପଡ଼ିଲା । ସେମାନେ ଯିବାକୁ ପ୍ରସ୍ତୁତ ହେଲେ ।

ସେମାନେ ବସ୍‌ରେ ଯିବେ । କୌତୂହଲବଶତଃ ଆମେ ଚାରି ପାଞ୍ଚଜଣ ସାଙ୍ଗ

କଲେଜ୍ ଛୁଟି କରି, ବାଇକ୍‌ରେ ତାଙ୍କ ପଛେ ପଛେ ଗୁପ୍ତରେ ଯିବାକୁ ଯୋଜନା କଲୁ।

ସେୟା ହେଲା। ହଷ୍ଟେଲରୁ ତାଙ୍କ ବସ୍ ବାହାରିଲା। ଆମେ ଫିଲ୍ମ୍ ହିରୋ ଷ୍ଟାଇଲ୍‌ରେ କିଛି ଦୂରତା ବଜାୟ ରଖି ବାଇକ୍ ଛୁଟେଇଥାଉ। ପହଞ୍ଚିବାକୁ ଆଉ କିଛି ବାଟ ଥିବ, ଅଦିନ ମେଘ ଢାଙ୍କି ଦେଲା। କଳା ଅନ୍ଧାର କରି ଘୋଟିଗଲା ସାରା ଆକାଶ। ଘଞ୍ଚ ଜଙ୍ଗଲ ଦେଇ ବସ୍ ଯାଉଥାଏ।

ଅଚାନକ ଦୁଲ୍‌ଦାଲ୍ କୁଢ଼େଇ ଦେଲା ବଡ଼ ବଡ଼ ବରକୋଲିଆ ଟୋପା। ଓଃ ! ଏମିତି ଝଡ଼ ତୋଫାନ୍ ମୁଁ ଆଗରୁ କେବେ ଦେଖି ନଥିଲି। ପୂର୍ବରାତି ପାଣିପାଗ ଖବରର ସତର୍କ ସୂଚନାକୁ ବେଖାତିର କରିବାର ପରିଣାମ ଏବେ ଆମ ସାମ୍ନାରେ।

ମୁଷଳଧାରା ବର୍ଷା। ଆଖପାଖରେ ଆଶ୍ରୟ ନେବାକୁ ଜାଗାଟିଏ ବି ନଥାଏ।

ଏମିତି ସମୟରେ ହିଁ ବସ୍‌ର ପଛ ଚକ ଫାଟିବାର ଥିଲା ! ଅଧା ଢଳି ପଡ଼ିଲା ବସ୍। ସୌଭାଗ୍ୟକୁ ସମସ୍ତେ ଅକ୍ଷତେ ବର୍ତ୍ତିଗଲେ। ଜଣ ଜଣ କରି ସମସ୍ତେ ବାହରକୁ ବାହାରି ଆସିଲେ। ବାତ୍ୟାର ପ୍ରକୋପ ବଢ଼ିବାକୁ ଲାଗିଲା। ଝୁ ଝୁ ବର୍ଷାରେ ମୁହଁକୁ ମୁହଁ ଦିଶୁ ନ ଥାଏ। ଧୀରେ ଧୀରେ ଗଛର ଡାଳ ଓ ପରେ ବଡ଼ ଗଛ ମଡ଼ ମଡ଼ ହୋଇ ଭାଙ୍ଗି ପଡ଼ିଲା। ଭୟରେ ଯିଏ ଯାହାର ଛତ୍ରଭଙ୍ଗ ଦେଲେ। ମତେ କୌଣସି ବୁଦ୍ଧି ବାଟ ଦିଶିଲା ନାହିଁ। ମୁଁ କାୟିରାକୁ ବାଇକ୍‌ରେ ବସାଇ ସେଠୁ ବାହାରି ଆସିବାକୁ ଉଚିତ ମନେକଲି।

ସେ ପଛରେ ବସି ମତେ ଖୁବ ଜୋର୍‌ରେ ଭିଡ଼ି ଧରିଥାଏ। କିଛି ସମୟ ଭିତରେ ସାରା ଅଞ୍ଚଳର କାୟା ତୀବ୍ର ବେଗରେ ବଦଳୁ ଥାଏ। ପାଣିସୁଅରେ ରାସ୍ତା ମଝିରେ ମଝିରେ ଧୋଇ ହୋଇ ବଡ଼ ବଡ଼ ଖାଲ। ଆଗକୁ ହାତେ ବଢ଼ିବା, ବିପଦଜନକ। ମୁଁ ବାଇକ୍ ବୁଲାଇଲି ଗୋଟେ ପାଦଚଲା ରାସ୍ତା ଆଡ଼କୁ। ଜଙ୍ଗଲ ଭିତରେ ଅନୁମାନ କରି କେତେ ବାଟ ଆସିଛୁ, ଜଣା ନାହିଁ।

ଆଉ ଆଗକୁ ଯିବା ଆମ ପାଇଁ ସମ୍ଭବ ହେଲାନାହିଁ। କିଛି ଦୂରରେ ଗୋଟେ ଛୋଟ କୁଡ଼ିଆ ଦେଖି ସେଇ ଦିଗକୁ ଆଗେଇଲୁ। ସେତେବେଳକୁ ବର୍ଷା ଥମି ଯାଇଥାଏ। ଅନ୍ଧାର ଗାଢ଼ ହେଉଥାଏ।

ସେଠି ପହଞ୍ଚି କବାଟ ଠକ୍‌ଠକ୍ କଲୁ। କିଛି ସମୟ ପରେ ଚାଳିଆ ଭିତରୁ ବାହାରି ଆସିଲେ ଜଣେ ବୃଦ୍ଧ। ଆଖିରେ ବହଳିଆ କାଚର ଚଷମା। ଠାକରା ଗାଲ। ଜରାଜୀର୍ଣ୍ଣ ଶରୀର। ବୟସ ଅଶୀରୁ କମ୍ ହେବନି। ଚଷମା ତଳୁ ଆମକୁ ନିରିଖି ଦେଖିଲେ।

ବର୍ଷାମାଡ଼ ଖାଇ ଆମେ ଥକ୍କି ଯାଇଥାଉ । କ୍ଷଣଟିଏ ଛିଡ଼ା ହେବାର ଶକ୍ତି ନଥାଏ । ଆଖି ମାଡ଼ି ପଡୁଥାଏ । କଳ୍କି ଯାଉଥାଏ ଦେହମୁଣ୍ଡ । ଆମ ଅବସ୍ଥା ଦେଖି କିଛି ପ୍ରଶ୍ନ ନକରି ବି, ସେ ବୁଝିଗଲେ, ଆମେ ଦିଗହରା ପଥିକ । ଆମକୁ ଭିତରକୁ ଡାକିନେଲେ ।

ଚାଳିଆ ଭିତରେ ମିଞ୍ଜି ମିଞ୍ଜି ଜଳୁଥିଲା ଏକମାତ୍ର ଲଣ୍ଠନ । ଭିତରେ ଗୋଟିକିଆ ଖଟିଆଟିଏ । ପାଖକୁ ଲାଗି ଦୁଇଟି ଟିଣ ବାକ୍ସ । କାନ୍ଥ କଡ଼ରେ ଡେରା ହୋଇଥାଏ ପୁରୁଣା ସାଇକେଲ୍ ଓ ପାଖରେ ଦୁଇ ଚାରିଟା ରସ ବାସନ । ମାଟିକାନ୍ଥ ଉପରେ ଲମ୍ବା ଲମ୍ବା କାଠର ରେକ୍ । ତା'ଉପରେ ଅନେକ ସାନ ସାନ କାଚ ଔଷଧ ବୋତଲ୍ । ଘରର ଅବସ୍ଥିତି ଦେଖି ଲାଗୁଥାଏ ସେ ଏଠି ଏକାକୀ ରୁହନ୍ତି ଓ ଛୋଟମୋଟ ଔଷଧ ବେପାର କରନ୍ତି ।

ଆମ ଓଦା ସରସର ପୋଷାକ ଦେଖି, ଟିଣ ଟ୍ରଙ୍କରୁ ଦୁଇଖଣ୍ଡ ଧୋତି କାଢ଼ି ହାତକୁ ବଢ଼ାଇ ଦେଲେ ।

"ବାସ୍ ଇତନା ହେ ମେରେ ପାସ୍ । ଆପ ପତିପତ୍ନୀ କପଡ଼ା ବଦଲ୍ ଦୋ, ନହିଁ ତୋ ଥଣ୍ଡ ଲଗ୍ ଯାଏଗି, ଓର୍ ଏହିଁ ଶୋ' ଯାଓ । ହମ୍ ବାହର ଶୋ' ଯାଏଙ୍ଗେ ।"

ଏୟା କହି ତାଙ୍କ ଅଣଓସାରିଆ ବାରଣ୍ଡାକୁ ଚାଲିଗଲେ ଓ କବାଟ ଆଉଯାଇ ଦେଲେ । ତାଙ୍କ ପାଟିରୁ ଆମ ପାଇଁ ଏମିତି ସମ୍ବୋଧନଟି ଶୁଣି, ଆମ ମନରେ ଅପୂର୍ବ ଆନନ୍ଦ ଖେଳିଗଲା । ଥକ୍କା ମେଣ୍ଟିଗଲା । ହଁ ଆମେ ସ୍ବାମୀ ସ୍ତ୍ରୀ । ଆଜି ନହେଲେ, କାଲି ତ ହେବା !

ଏକ ପରସ୍ତ ଧୋତିକୁ ଗୁଡ଼ାଇ, ଅନଭ୍ୟସ୍ତ ହାତର ପିନ୍ଧା ଶାଢ଼ିରେ କାୟିରା ଅଭୁତ ସୁନ୍ଦର ଲାଗୁଥିଲା ସେଦିନ । ତା ଗୋରା ତକତକ୍ ଶରୀର କ୍ଷୀଣ ଆଲୁଅରେ ବି ଚିକ୍ଚିକ୍ କରୁଥିଲା । ତା ଦେହର ବାସ୍ନା ଓ ରହସ୍ୟମୟୀ ଆଖି ହଲକ ସେଦିନ କାହିଁକି ମତେ ମତୁଆଲା କଲା ଓ ଆକର୍ଷିତ କଲା ! ପାଖକୁ ଟାଣି ନେବାକୁ ବାଧ୍ୟ କଲା ।

ଗୋଟିକିଆ ଖଟିଆ ଉପରେ ଆମ ଭିତରର ଝିନ ପରଦାଟି ଉଠାରି ଦେଇ ରାତି କାଟିଦେଲୁ ।

ତା ଥିଲା ଆମ ଜୀବନର ପ୍ରଥମ ଅବିସ୍ମରଣୀୟ ମଧୁରାତି । ପ୍ରକୃତରେ ସେଇ ମଧୁରାତିର ମୁଖା ପିନ୍ଧି କାଳରାତିଟିଏ ଆମ ଜୀବନ ଭିତରକୁ ପ୍ରବେଶ କରିଥିଲା । ସେହି ଦିନରୁ କୌଣସି ରାତି ମୋ ପାଇଁ ମଧୁର ହୋଇନାହିଁ । ତାହାର କରାଳ ଗର୍ଭରେ ଆଜି ମୁଁ ସମ୍ପୂର୍ଣ୍ଣ କବଳିତ ।"

"କାଳ ! ଏମିତି କାହିଁକି କହୁଛନ୍ତି ?"

"ଶୁଣନ୍ତୁ ତେବେ ।

ସକାଳେ କୃତଜ୍ଞତାପୂର୍ଣ୍ଣ ପ୍ରଣାମ ଜଣାଇ ଫେରିଲା ବେଳେ ଜାଣିଲୁ, ସେ ଜଣେ ବୈଦ । ଆଖପାଖ ଗାଁର ଲୋକେ ଚିକିତ୍ସା ପାଇଁ ତାଙ୍କ ପାଖକୁ ଧାଇଁ ଆସନ୍ତି । ହାତ ତିଆରି ଜଡ଼ିବୁଟି ଖାଇ ଉପକୃତ ବି ହୁଅନ୍ତି ।

ଫେରିବା ପରଠାରୁ ଆମ ଭିତରେ ସମ୍ପର୍କଟା ବେଶୀ ବେଶୀ ମଜବୁତ୍ ହେବାରେ ଲାଗିଲା । ଆମେ ଘର ଲୋକଙ୍କୁ କିପରି ରାଜି କରାଇବୁ ସେଇ ଚିନ୍ତାରେ ଥାଉ । ଫାଇନାଲ୍ ପରୀକ୍ଷା ବି ମୁଣ୍ଡ ଉପରେ । କିଛିଦିନ ଭିତରେ ଆମେ ଭୋଗିଥିବା ମିଠା ମୁହୂର୍ତ୍ତ ଟି ଆମକୁ ବିଷାଦରେ ଘାରିଦେଲା, ଯେତେବେଳେ ଜଣା ପଡ଼ିଲା କାୟରା ଗର୍ଭବତୀ ।

ସେତେବେଳକୁ ତା'ର ପାଞ୍ଚମାସ । ଅନେକ ସମୟରେ ଅନିୟମିତ ମାସିକଧର୍ମ ଯୋଗୁଁ, ସେ ଏହାକୁ ପ୍ରଥମରୁ ଧରି ପାରି ନଥିଲା । ଏ କଥା ଜାଣି ଆମେ ଟିକେ ଡରିଗଲୁ ।"

ଗୌତମୀ ଦୀର୍ଘ ନିଃଶ୍ୱାସ ନେଇ ସଲଖି ବସିଲେ । ଉତ୍କଣ୍ଠାର ସହ ଚାହିଁ ରହିଲେ ଉମେଶକୁ ।

"ସତରେ ମ୍ୟାଡମ୍ ସେତେବେଳେ ସେଥିପାଇଁ ସେ ଜମାରୁ ପ୍ରସ୍ତୁତ ନଥିଲା କି ମୁଁ ବି ନଥିଲି । ସାମ୍ନାରେ ଆମ କ୍ୟାରିୟର୍ । ଆମ ଉଚ୍ଚାଭିଳାଷ ଆଗରେ, ଏ ଅବାଞ୍ଛିତ ଗର୍ଭ ଆମକୁ ବାଧା ଦେବ । ଖୁସୀ ହେବାର କୌଣସି କାରଣ ନାହିଁ ।"

ହେଲେ ଗର୍ଭପାତ ପାଇଁ ଡାକ୍ତର ମନାକଲେ । ବହୁତ ଡେରି ହୋଇ ଗଲାଣି ବୋଲି କହିଲେ । ଏହା ନିୟମ ବିରୁଦ୍ଧ କହିଲେ । ଆମେ ଟିକେ ନିରବ ରହି ଉପାୟ ଚିନ୍ତା କଲୁ ।

ମନେ ପଡ଼ିଲା ସେଇ ଝଡ଼ ବର୍ଷାରେ ଆଶ୍ରା ଦେଇଥିବା ବୃଦ୍ଧ ବୈଦ୍ୟ କଥା । ସେ କହୁଥିଲେ, 'ତାଙ୍କ ପାଖରେ ସବୁ ସମସ୍ୟାର ସମାଧାନ ଅଛି । ବଡ଼ ବଡ଼ ଡାକ୍ତର ଯାହା ପାରନ୍ତି ନାହିଁ, ତାଙ୍କ ଜଡ଼ିବୁଟି ତାହା କରିପାରେ । ଆଜି ପର୍ଯ୍ୟନ୍ତ କେହି ନିରାଶ ହୋଇ ଫେରି ନାହାନ୍ତି ।' ହୁଏତ ସେ କିଛି ବାଟ ବତାଇ ପାରିବେ ।

ନିରୁପାୟ ହୋଇ ବାଟ ଖୋଜି ଖୋଜି ସେଠି ଯାଇ ପହଞ୍ଚିଲୁ ।

ତାଙ୍କ ପ୍ରଶ୍ନିଳ ଆଖିକୁ ସାମ୍ନା କରି ନପାରି, ଅବିବାହିତ ବୋଲି ମାନିଲୁ । ସେ ମନା କଲେ ।

"ବହୁତ ବିଳମ୍ବ ହୋଇ ଗଲାଣି । ଆଉ କିଛି ମାସ ପରେ ଛୁଆ ପୂର୍ଣ୍ଣାଙ୍ଗ ହୋଇ ଯିବ । ଏବେ ଗର୍ଭପାତ କଲେ, ମାଆ ପାଇଁ ବିପଦ ।"

ଆମେ ନେହୁରା ହେଲୁ । ଗୋଡ଼ହାତ ଧରିଲୁ । ଆମ ସନ୍ତାନର କଥା । ଆମ ଭବିଷ୍ୟତର କଥା । କିଛି ତ ଉପାୟ ଥିବ ?

"ଆଠଦିନ ଏଠି ରୁହ । ମୁଁ ଶିଖିଥିବା ପୁରୁଣା ପଦ୍ଧତିରେ ଥରେ ଚେଷ୍ଟା କରିବି । ତା'ପରେ ଭଗବାନଙ୍କ ଇଚ୍ଛା । "

ବହୁତ କଷ୍ଟରେ ସେ ରାଜି ହେଲେ ସେ । ଆଠଦିନ ରହିଲୁ । ସେୟା ହେଲା । କାୟରା ବହୁତ କଷ୍ଟ ପାଇଲା । କିନ୍ତୁ କାମ ହୋଇଗଲା । ଅପରିପକ୍ୱ ଶିଶୁ । ନିଷ୍ଫଳ, ନିର୍ଜୀବ । ସେତେବେଳେ ଆମେ ଏତେ ମାତ୍ରାରେ ଚାପଗ୍ରସ୍ତ ଥିଲୁ ଯେ, ଛୁଆକୁ ଦେଖି, ଆମ ଭିତରେ କୌଣସି ଭାବପ୍ରବଣତା ଜାଗ୍ରତ ହେଲାନାହିଁ ।"

ଏତିକ କହି ଦୀର୍ଘ ସମୟ ଧରି ଗମ୍ଭୀର ହୋଇଗଲା ଉମେଶ ।

ଗୌତମୀ ନିରବରେ ଉଠିଯାଇ, ଦୁଇକପ୍ କଫି ବନାଇ ଆଣିଲେ । ପିଇବାକୁ ଦେଇ ପୁଣି ପଚାରିଲେ..

"କୁହନ୍ତୁ, ତା'ପରେ..."

"ତା'ପରେ ଆଉ କ'ଣ ଉପାୟ ଥିଲା ? ଶିଶୁକୁ ଆମେ ସେଇଠି ତ୍ୟାଗ କଲୁ ଆଉ ଫେରି ଆସିଲୁ ।"

"ସେଉଠୁ ?"

"ସେଉଠୁ କ'ଣ ! ଆମେ ଆମ ଜୀବନ ଭିତରେ ପୁଣି ହଜିଗଲୁ । କ୍ୟାରିୟର, ଜବ୍ ଓ ପରେ ପରେ ପରିବାରର ବିରୋଧରେ ଯାଇ ବିବାହ ।"

ଗୌତମୀ ଦେଖିଲେ ଲୋକଟା ଅଯଥା ଏତେ ଗପ ଗପୁଛି କିନ୍ତୁ ମୂଳ ତତ୍ତ୍ୱକୁ ଆସୁନାହିଁ ।

"ଆଚ୍ଛା ! ତା ପରେ କଣ ହେଲା ?"

ତା ପରେ ଅନେକ ବର୍ଷ ବିତିଗଲା । କିଛି ପରୀକ୍ଷା ପରେ କାୟରା ପୁଣି ମାଆ ହେଲା । କିନ୍ତୁ ନିୟତିରେ ବୋଧେ ଅନ୍ୟ କିଛି ଲେଖା ଥିଲା । ଧୀରେ ଧୀରେ ଜଣାପଡ଼ିଲା, ଉପରୁ ସୁସ୍ଥସବଳ ଦିଶୁଥିବା ପୁଅଟି ଅଟିଷ୍ଟିକ୍ ।

ପରେ ପରେ ଘରେ ବିଶୃଙ୍ଖଳା ଦେଖାଗଲା । ଆମ ଭିତରେ ଆଉ ସେ ପ୍ରେମ ରହିଲା ନାହିଁ । ଛୁଆର ଦାୟିତ୍ୱ ନେବା ସାର ହେଲା ।

ଆମେ ଦିହେଁ ଚାକିରିଆ । ପ୍ରଚୁର ଟଙ୍କା ଥାଇ ମଧ ଛୁଆକୁ ଭଲ କରି ପାରୁ ନାହିଁ । ଆସ୍ତେ ଆସ୍ତେ ଅବସାଦ ଘାରିଲା ।

ମୋ ଜୀବନରେ ଶାନ୍ତି ରହିଲା ନାହିଁ । ମତେ ଲାଗିଲା, ଏହା ବୋଧହୁଏ

ଆମ ଅତୀତରେ କଲା ଅପକର୍ମର ଫଳ । ଏତେ ଅଶାନ୍ତ ରହିଲି ଯେ, ଶେଷକୁ ଆଇଟି କମ୍ପାନୀର ଉଚ୍ଚ ପଦବୀ ଚାକିରି ଛାଡ଼ିଦେଲି ।

ମୁଁ ଜାଣେ, ମୋର ଭୁଲ୍ ପାଇଁ ଆମର ଆଜି ଏଇ ଦଶା । ବୟସ ଥିବା ବେଳେ ଆଦୌ ବିଶ୍ୱାସ କରୁ ନଥିବା ଜୌତିଷ, ବାବାଙ୍କ ପାଖକୁ ଧାଇଁଲି । ଏମିତି ଘୂରି ବୁଲିଲି ।

ଥରେ ଜଣେ ବାବା ମୋ ହାତ ଦେଖିଲେ । ପଚାରିଲେ ସବୁ କଥା । ନିତି ଆତ୍ମଗ୍ଲାନିରେ ମରୁଥିବା କଥା ଖୋଲି କହିଲି । ବାବା କହିଲେ

"ପ୍ରାୟଶ୍ଚିତ କର । ସେଇ କଅଁଳ ଶିଶୁ ଆତ୍ମାର ସଦ୍‌ଗତି ପାଇଁ, ତୁମେ ସ୍ୱାମୀ, ସ୍ତ୍ରୀ ଦୁହେଁ ମିଶି ଶ୍ରାଦ୍ଧ କରିବାକୁ ହେବ । ଯାହା ତୁମେ ଅନେକ ଆଗରୁ କରିବାର ଥିଲା ।"

ମୋ ସ୍ତ୍ରୀ ମୋ ଭାବନାକୁ ଗୁରୁତ୍ୱ ଦେଉ ନାହିଁ । ସେ ସହଯୋଗ କରୁ ନାହିଁ । କହୁଛି

"ସେଇଟା ଅନ୍ଧବିଶ୍ୱାସ । ଶ୍ରାଦ୍ଧ ଫ୍ରାଦ୍ଧ କରି, ଅତୀତକୁ ସାମ୍ନାକୁ ଆଣିବାର କିଛି ଆବଶ୍ୟକତା ନାହିଁ ।"

ଗୌତମୀ ପୁଣି ପ୍ରଶ୍ନ କଲେ ।

"ଶୁଣନ୍ତୁ, ଭାବପ୍ରବଣତାକୁ ବାଦ ଦେଇ, ବାସ୍ତବବାଦୀ ହେବାଯଦି, ତେବେ ଛାଡ଼ପତ୍ର ପାଇଁ ଏହାକୁ ଏକ ବଡ଼ କାରଣ ଧରାଯିବ ନାହିଁ । ଏମିତି ଘଟଣା ଅନେକ ଘଟୁଛି । ଯଦିଓ ଲିଙ୍ଗ ନିରୂପଣ ଓ ଗର୍ଭନଷ୍ଟ ଏକ ଦଣ୍ଡନୀୟ ଅପରାଧ । ତା ପରେ ମୁଁ ପ୍ରଥମ ଥର ଶୁଣୁଛି, ଯେଉଁ ଶିଶୁ ସଂସାରକୁ ଆସି ଆଖି ଖୋଲି ନାହିଁ, ତା ପାଇଁ କି ଶ୍ରାଦ୍ଧ ? ତଥାପି ଯଦି ଆପଣଙ୍କ ମନ ମାନୁନି ତେବେ ଆପଣ ଏକୁଟିଆ କର୍ମଟି ତୁଲାଇ ପାରିବେ ।"

"ନା, ତାକୁ ମୋ ସହ ସହଯୋଗ କରିବାକୁ ପଡ଼ିବ । କାରଣ ସେତେବେଳେ ତାରି ନିଷ୍ଠୁରେ ରାଜି ହେବାରୁ ଆଜି ମୋର ଏଇ ଦଶା । ମୁଁ ନିଜକୁ କ୍ଷମା କରିପାରୁ ନାହିଁ ।"

"ମୁଁ ବୁଝୁଛି, ହେଲେ ଛାଡ଼ପତ୍ର ଦେଲେ ଆପଣ କ'ଣ ଶାନ୍ତି ପାଇଯିବେ ?"

"ହୁଏତ ପାଇ ନ'ପାରେ । କିନ୍ତୁ ତାକୁ ଛାଡ଼ପତ୍ର ଦେଲା ପରେ, ସସ୍ତ୍ରୀକ ଶବ୍ଦଟି ମୋ ପାଖରେ ଲାଗୁ ହେବ ନାହିଁ । ଏକୁଟିଆ ଶ୍ରାଦ୍ଧ କରିବି ।"

ଗୌତମୀ ଚୁପ୍ ରହିଲେ । ଲୋକଟାର ମାନସିକତାକୁ ପରଖିବାକୁ ସମୟ ଲାଗିବ । ତାଙ୍କୁ ଚାରିଦିନ ପରେ ଆସିବାକୁ କହି, ନିରବରେ ବସି ଭାବିଲେ ।

ଜଣେ ଲୋକ ତା ମୃତ ଅତୀତକୁ ନେଇ ଅସମ୍ଭବ ପ୍ରକାରରେ ଘାଣ୍ଟି ହେଉଛି । ସେ ଜଣେ ଉଚ୍ଚ ଶିକ୍ଷିତ । ଗୋଟେ ବଡ଼ ପୋଷ୍ଟକୁ ପାଦରେ ଠେଲି ଦେଇ, ପାଗଲଙ୍କ ପରି ଘୁରି ବୁଲୁଛି । ଏତେ ଅଶାନ୍ତ !

ଠିକ୍ ଚାରିଦିନ ପରେ ଉମେଶ ପୁଣି ହାଜର । ଗୌତମୀ କହିଲେ,

"ମୁଁ ଆପଣଙ୍କ କେସ୍ ହାତକୁ ନେବି । ଆପଣ ଜାଣନ୍ତି ମୁଁ ଆଜିଯାଏ କୌଣସି କେସ୍ ହାରିନି । କିନ୍ତୁ ତା ଆଗରୁ ଆପଣଙ୍କୁ ଆଉ କିଛି କଥା କହିବାକୁ ପଡ଼ିବ ।"

"ଆଜ୍ଞା। ସବୁତ କହିଛି । ଆଉ କ'ଣ ବାକି ଅଛି ଯେ, କହିବି ? କହିଲିନା ମୁଁ ଶାନ୍ତି ଚାହେଁ । ବାବା କହିଲେ, ସ୍ୱାମୀ ସ୍ତ୍ରୀ ଦିହେଁ ଶ୍ରାଦ୍ଧ କଲେ ହିଁ ଶିଶୁର ମୋକ୍ଷ ପ୍ରାପ୍ତି ହେବ । ସେ ମାନୁନି । ତା ଆଧୁନିକ ଚିନ୍ତାଧାରା ଆଜି ମୋ ପାଇଁ କାଳ ହୋଇଛି । ନଦୀ କୂଳରେ ପୂଜାପାଠ କରି ପାଞ୍ଚ ବ୍ରାହ୍ମଣଙ୍କୁ ଦାନ ଦକ୍ଷିଣା ଦେଇ, ଜଳତର୍ପଣ କଲେ ଆତ୍ମାକୁ ଶାନ୍ତି ମିଳିବ । ଆମ ଧର୍ମରେ ଶ୍ରାଦ୍ଧରୁ ମୋକ୍ଷ ପ୍ରାପ୍ତି ହୁଏ କି ନାହିଁ ? ମତେ ବିବାହ କରିଛି ମାନେ ମୋ ଧର୍ମରେ ଯାହା ଅଛି, ତାହାକୁ ସେ ସମ୍ମାନର ସହ ଗ୍ରହଣ କରିବ ।"

"ମିଷ୍ଟର ଉମେଶ, ଶ୍ରଦ୍ଧାରୁ ହିଁ ଶ୍ରାଦ୍ଧ । ଆପଣଙ୍କ ବିଚାରକୁ ଗ୍ରହଣ କରିବା ପାଇଁ ସେ ବାଧ୍ୟ ନୁହନ୍ତି ।"

ଗୌତମୀ ଉମେଶ ମୁହଁକୁ ଚାହିଁ ରହିଲେ । ଆଖିରେ ଆଖି ମିଶାଇ ପ୍ରଶ୍ନ କଲେ ।

"ଆପଣ ସେଦିନ କହିଲେ ଯେ ଛୁଆଟିକୁ ତ୍ୟାଗ କଲେ । ତ୍ୟାଗ କଲେ ମାନେ କ'ଣ କଲେ ? ସବୁ କିଛି ସ୍ପଷ୍ଟ କୁହନ୍ତୁ ।"

ଉମେଶର ଆଖି ଧୀରେ ଧୀରେ ବନ୍ଦ ହୋଇ ଆସିଲା । ଦୁଇ ଧାର ତତଲା ଲୁହ ଦୁଇ ଗାଲ ଦେଇ ବହିଗଲା । ସେ ପୁଣି ଫେରିଗଲା ତେଇଶ୍ ବର୍ଷ ତଳ ଅତିତକୁ ।

"ବୁଢ଼ା ମଉସାଙ୍କ ସହାୟତାରେ ଛୁଆଟି ଜନ୍ମ ହେଲା । ଗୋଟେ ମାଂସ ପେଣ୍ଡୁଲା ପରି ଦିଶୁଥାଏ । ଧଳା ଧୋତି କନାରେ ଗୁଡ଼ାଇ, ସେ ମାଂସ ପେଣ୍ଡୁଲାଟିକୁ ବୁଢ଼ା ମଉସା ମୋ ହାତକୁ ବଢ଼ାଇ ଦେଲେ । ଗାଁ ରେ କାହାକୁ ସାପ କାମୁଡ଼ିଥିଲା । ତାଙ୍କୁ ସଙ୍ଗେ ସଙ୍ଗେ ଯିବାକୁ ହେଲା । କିଛି ସମୟ ଭିତରେ ମୁଁ ଆସୁଛି କହି,ସେ ଚାଲିଗଲେ ।

କୁଡ଼ିଆ ଭିତରେ କେବଳ ଆମେ । ଏଇ ଘଟଣାକ୍ରମ ଓ ଶରୀର ଯନ୍ତ୍ରଣା, କାୟିରାକୁ ସମ୍ପୂର୍ଣ୍ଣ ଭାଙ୍ଗି ଦେଇ ଥାଏ । ସେ ଶିଶୁଟି ଆଡ଼କୁ ଥରେ ମାତ୍ର ଚାହିଁଲା ନାହିଁ ।

ତାର ଯେମିତି କୌଣସି କଥା ପାଇଁ ମନ ନାହିଁ। ଦୃଢ଼ ଓ ଶକ୍ତ ହୋଇ ସାରି ଥାଏ ସେ। ତା ପାଖରେ ମୁଁ ନିରୁପାୟ ହୋଇ ଛିଡ଼ା ହେଲି। ସେ କହିଲା,

"ଏ ସମୟ ଭିତରେ ଯାହା ଘଟିଗଲା, ମୁଁ ତାକୁ ଜୀବନ ପୃଷ୍ଠାରୁ ଲିଭାଇ ଦେବାକୁ ଚାହେଁ। ଏବେ ତମର ଯାହା ଇଚ୍ଛା କର। ମୋ ସମ୍ମୁଖରୁ ଚାଲିଯାଅ। ମୁଁ କିଛି ସମୟ ଏକାନ୍ତ ଚାହେଁ।"

ନିଶ୍ଚଳ, ନିର୍ଜୀବ ଶିଶୁକୁ ଧରି କେତେ ସମୟ ଅପେକ୍ଷା କରିଥାଆନ୍ତି? ମୋର ଧୈର୍ଯ୍ୟଚ୍ୟୁତ ହେଲା।

ତାକୁ ଧରି ବାହାରି ଗଲି। ଆଗକୁ ବଢ଼ିଲି। ଘଞ୍ଚ ଜଙ୍ଗଲର ଛାତି ଚିରି ବହୁଥିଲା ଦେବୀ ନଦୀ। ମୋ ଛାତିକୁ ପଥର କରି ଶେଷଥର ପାଇଁ ତା ମୁହଁରୁ କପଡ଼ା କାଢ଼ି ଥରେ ଚାହିଁଲି। ତା ପରେ .....।"

ଅତିତ ବଖାଣୁ ବଖାଣୁ ସେ ପହଞ୍ଚି ଯାଇଛନ୍ତି ଅନ୍ୟ ଏକ ଦୁନିଆରେ। ବନ୍ଦ ଆଖିରୁ ଧାର ଧାର ଲୁହ। ବାଷ୍ପରୁଦ୍ଧ କଣ୍ଠ ତାଙ୍କର ନିରବି ଗଲା।

"ହଁ କୁହନ୍ତୁ କୁହନ୍ତୁ। ପ୍ଲିଜ୍ କହିଚାଲନ୍ତୁ। ନଦୀରେ ଭସାଇବା ପୂର୍ବରୁ କ'ଣ ଦେଖିଲେ ଆପଣ?

ଆଚ୍ଛା ପୁଅ ନା ଝିଅଥିଲା। ତା' ତ ଜଣାଥିବ?"

"ଝିଅ.."

"ଦେଖିବାକୁ କେମିତି? କାହାପରି? ଆପଣଙ୍କ ପରି ନା ତା' ମାଆ ପରି? ମାଂସ ପେଣ୍ଡୁଲା ହେଲେ ବି କିଛି ତ ଜଣା ପଡ଼ୁଥିବ।"

"ତମ୍ବା ରଙ୍ଗର ଶରୀର। ଛୋଟଛୋଟ ରେଶମୀ କଅଁଳ କେଶ। ଦେଖିବାକୁ ଠିକ୍ ତା ମା' ପରି।"

"ନାକ?"

"ଏକଦମ୍ ଖଣ୍ଡାଧାର। ମୋ' ପରି।"

"ଏକବାର କଅଁଳା, ନୁହେଁ?"

"ଅପରିପକ୍ୱ ଶିଶୁ ଆଉ କେମିତି ହୋଇଥାଆନ୍ତା? ଆପଣ ଏମିତି କ'ଣ ପଚାରୁଛନ୍ତି?"

ବିରକ୍ତି ଓ କୋହରେ ଉମେଶର କଣ୍ଠରୁଦ୍ଧ ହୋଇ ଆସୁଥାଏ।

"ଆଚ୍ଛା ଧଳା ଧୋତିକନା ଉପରେ ସାରୁ ପତ୍ରରେ ଆବୃତ। ନୁହେଁ?"

"ହୁଁ.."

"କେହି କୋଉଠି ନଥିବେ ତ ?"

"କହିଲି ପରା ନିଛାଟିଆ ।"

"ଜହ୍ନ ଆଲୁଅ ନା ଅନ୍ଧକାର ?"

"ପୂର୍ଣ୍ଣଚନ୍ଦ୍ର । ତୋଫା ଜହ୍ନ ।"

ଧୀରେ ଧୀରେ ଅବଚେତନ ଅବସ୍ଥାକୁ ଚାଲିଗଲାଣି ଉମେଶ । ଲୁହ ଧାର ଅବିରତ ବହୁଥାଏ । ଆଉ ହୋସ୍ ନାହିଁ ।

"କୁହନ୍ତୁ ଉମେଶ ବାବୁ ।"

"କଣ୍ଠସ୍ୱର କାହା ପରି ?"

ଉମେଶର ଦୀର୍ଘ ନିରବତା । ସେ ଯେମିତି ଏଠାରେ ନାହିଁ, ଅଛି ସେ ନଈ କୂଳେ । କଅଁଳା ଶିଶୁ ତା କୋଳରେ ।

"ପ୍ଲିଜ୍ ଭାବନ୍ତୁ ଥରେ । ଆରେ ଏମିତି କେମିତି ନିଜ ଛୁଆ କଥା କିଏ ଭୁଲିଯିବ ! କୁହନ୍ତୁ ଉମେଶ ବାବୁ । ପ୍ଲିଜ୍ କୁହନ୍ତୁ । ଅପରିପକ୍, ସ୍ପନ୍ଦନହୀନ, ନିଜ ପ୍ରେମର ପ୍ରତୀକ, ନିଜ ରକ୍ତର ସନ୍ତାନକୁ ନିଜ କୋଳରେ ଧରି କେମିତି ଅନୁଭବ ହେଉଥିଲା ? ଭସାଇ ଦେବା ପୂର୍ବରୁ ଶେଷ ଥର ଆପଣ ତା ମୁହଁକୁ ଦେଖ୍ କିଛି ତ ଭାବପ୍ରବଣ ହୋଇଥିବେ ?

ଉତ୍ତେଜକ ପ୍ରଶ୍ନରେ, ଉମେଶ ବି ବେଳକୁ ବେଳ ଉତ୍ତେଜିତ ହୋଇ ଉଠୁଛି ।

ଗୌତମୀ ତ ସେୟା ଚାହୁଁଥିଲେ ।

କୁହନ୍ତୁ ନା କାହା ପରି ?

"କି ଅଜବ ପ୍ରଶ୍ନ କରୁଛନ୍ତି ମ୍ୟାଡମ୍, ସବୁ କଅଁଳା ଶିଶୁଙ୍କ କାନ୍ଦଣା ଏକା ପରି । ସେ ବି ସେମିତି କୁଆଁ କୁଆଁ ହୋଇ କାନ୍ଦୁଥିଲା ।"

ଚତୁର୍ଦିଗରେ ଯେମିତି ଝଡ଼ ପୂର୍ବର ଅଖଣ୍ଡ ନିରବତା ଛାଇଗଲା । ଆଉ କୌଣସି ପ୍ରଶ୍ନ ଓ ଉତ୍ତରର ଆବଶ୍ୟକତା ନ'ଥିଲା ।

ତର୍ପଣ

କିଛି ଦିନ ଧରି ଆଇ. ସି. ୟୁ ଭିତରେ, ଲାଇଫ୍ ସପୋର୍ଟ୍ ସିଷ୍ଟମର ଟିକ୍ ଟିକ୍ ଟିକ୍ ..ଟିଁ ଟିଁ ଟିଁ ଶବ୍ଦକୁ ମୁଁ ଅନୁଭବ କରୁଥିଲି। ଦିନେ ମତେ ତାହା ଧୀମା ଶୁଭିଲା ଓ ଆସ୍ତେ ଆସ୍ତେ କରି ଏକଦମ୍ ନିରବ ହୋଇଗଲା। ଠିକ୍ ସେଇ ମୁହୂର୍ତ୍ତରେ ମୁଁ ନିଜକୁ ଖୁବ୍ ହାଲୁକା ମନେକଲି। ଦୀର୍ଘଦିନର ତୀବ୍ର ଯନ୍ତ୍ରଣାରୁ ହଠାତ୍ ମୁଁ ଯେମିତି ମୁକ୍ତି ପାଇଗଲି, ଏପରି ଅନୁଭବ ହେଲା। ମୋ ଭିତରର ଭୟ କୁଆଡ଼େ ଉଭେଇ ଯାଇଛି।

ହଁ ଭୟ ... ମେଡ଼ିକାଲ୍ କଥା ପଡ଼ିଲେ, ମତେ ଡର ଲାଗେ। ସେଥିରେ ପୁଣି ଆଇ. ସି. ୟୁ। ପ୍ରଚଣ୍ଡ ନିରବତା ଭିତରେ, ନିଥର ନିର୍ବାକ ଓ ଅସହାୟ ଭାବେ ପଡ଼ି ରହିଥିବା, ଜଡ଼ ଶରୀର ଉପରେ ମୃତ୍ୟୁର ବରଫ ହାତ ଓ ତାର ଶୀତଳ ସ୍ପର୍ଶ ସହ କପାଳରେ ଆର୍ଦ୍ର ଚୁମ୍ବନ। ଲାଇଫ୍ ସପୋର୍ଟ୍ ସିଷ୍ଟମର ଟିଁ ଟିଁ ଶବ୍ଦଟା ମତେ ଲାଗେ ମୃତ୍ୟୁ ଦୂତର ପ୍ରିୟ ମଧୁର ସଙ୍ଗୀତ। ଏଇ ସ୍ୱର ସହ ସେ ଯେମିତି କାହାକୁ ଆଲିଙ୍ଗନ କରି କୋଳେଇ ନେବାକୁ ବ୍ୟାକୁଳ।

ମୋ ପାଇଁ ସେ ଦୃଶ୍ୟ ବି ଭାରି ବିଭତ୍ସ ଓ ହୃଦୟ ବିଦାରକ। ଅସ୍ତବ୍ୟସ୍ତ ଅଙ୍ଗ, ଆଁ ମେଲାଇ ପଡ଼ି ରହିଥିବା ଶରୀର। ଖାଦ୍ୟନଳୀ ଓ ଶ୍ୱାସନଳୀରେ ପାଇପ୍। ଶୌଚକ୍ରିୟା ପାଇଁ ପାଇପରେ ଲାଗି ଗୋଡ଼ ପାଖରେ ଝୁଲୁଥିବା ପ୍ଲାଷ୍ଟିକ୍ ଥଳି। ମୁଣ୍ଡ ଉପରେ ଲାଗିଥିବା ଭେଣ୍ଟିଲେଟର୍ ଯନ୍ତ୍ର ପରି ଜୀବନ୍ତ ଶରୀରଟା ବି ଯେମିତି ଆଉ ଏକ ଯନ୍ତ୍ର!

କାହା କାହା କ୍ଷେତରେ ଯନ୍ତ୍ରଣା ଜର୍ଜରିତ ହାତ ପାଦ ବନ୍ଧା ଥିବା ଅର୍ଦ୍ଧମୁଦିତ ନୟନର ଆକୁଳ ଚାହାଁଣି ଓ ସୂକ୍ଷ୍ମ ବିଳାପ। ସାମାନ୍ୟ ହଲିଗଲେ ସତେ ଅବା କେଉଁ ସୂକ୍ଷ୍ମ ସ୍ନାୟୁ ଛିଣ୍ଡି ଯିବ ଓ ମସ୍ତିଷ୍କ ସହ ସବୁ ସମ୍ପର୍କ ଛିନ୍ନ ହୋଇ ଯିବ, ସେଥିପାଇଁ ଏ ବନ୍ଧନ।

ଓହୋ, କି ଦୟନୀୟ ଅବସ୍ଥା ! ଗଗନବ୍ୟାପୀ ଭାବନା ଭିତରୁ କାଣିଚାଏ ବି ପ୍ରକାଶ କରିବା, ସେ ମଣିଷ ପାଇଁ ଅସମ୍ଭବ । ଅକ୍ସିଜେନ୍ ମାସ୍କରେ ଆବୃତ ମୁଖ । କି ବିବଶତା !

ଯେତେ ସବୁ ଡାକ୍ତରୀ ଯନ୍ତ୍ରପାତି, ଚଳପ୍ରଚଳ ହେଉଥିବା ନର୍ସ ଓ କର୍ମଚାରୀଙ୍କ ପୋଷାକ, କୋଠରୀ ଭିତରର ପରଦା, ଚାଦର ଓ ଶେଜ ଉପରେ ପଡ଼ି ରହିଥିବା ଶରୀରକୁ, ଅଧା ଘୋଡ଼ାଇ ରଖ୍ଥିବା ଗାଉନ୍, ଏ ସବୁର ରଙ୍ଗ ମତେ ଏକା ପରି ଲାଗେ । ସବୁଜ ।

ଏଇ କାଳୁଆ କୋଠରୀର ଦୃଶ୍ୟ ଏମିତି ଯେ, ଯେତେ ଦୃଢ଼ମନା ବ୍ୟକ୍ତି ହେଲେ ବି ଶଙ୍କି ଯିବ । ବ୍ୟାଧି ଓ ବାର୍ଦ୍ଧକ୍ୟ ସମସ୍ତଙ୍କ ମନରେ ଭୟ ସୃଷ୍ଟି କରେ, ଯାହାକୁ କେହି ନିଜ ଇଚ୍ଛାରେ ଏଡ଼ାଇ ପାରେନା !

ସାରା ଜୀବନ ଏକ ନାମକୁ ଧାରଣ କରି ଚଳପ୍ରଚଳ ହେଉଥିବା ମଣିଷ ହଠାତ୍ ଏକ ସଂଖ୍ୟାରେ ନାମିତ ହୋଇଯାଏ ।

ଆଜିକୁ ଚଉଦ ବର୍ଷ ତଳେ ମୋ ସ୍ତ୍ରୀ ଯେବେ ଭୀଷଣ ଅସୁସ୍ଥ ହୋଇପଡ଼ିଲା, ସେ ବି ଏମିତି ଆଇ. ସି. ୟୁରେ ଭର୍ତ୍ତି ହୋଇଥିଲା । ଏଇ ନିବୁଜ କୋଠରୀ ଭିତରେ, ଏହିପରି ଜଡ଼ବତ ନିଃସହାୟ ଭାବେ ପଡ଼ି ରହିଥିଲା । ତାକୁ ନାଁ ରେ ନୁହେଁ, ସତର ନମ୍ବର ପେସେଣ୍ଟ ବୋଲି କହୁଥିଲେ ।

ପ୍ରଥମ ଦୁଇଦିନ କବାଟର କାଚ ବାଟେ ତାକୁ ଦେଖୁଥିଲି । ପରେ ମତେ ଭିତରକୁ ଯିବାପାଇଁ ଅନୁମତି ଦେଲେ । ନିର୍ଦ୍ଧାରିତ ସମୟ ମଧ୍ୟରେ ହିଁ ଭିତରକୁ ଯାଇ ହୁଏ । ବାହାରେ ଯୋତା ରଖ୍, ହାତକୁ ଭଲ ଭାବେ ଶୋଧନ କରି, ମୁହଁରେ ମାସ୍କ ଭିଡ଼ି ଭିତରକୁ ଯିବ ।

ପ୍ରବେଶ କରୁକରୁ ଔଷଧ, ସ୍ୱିରିଟ୍, ପୂଜ-ରକ୍ତ, ତୁଲା, ଗଜକନା, ଡାକ୍ତରି ସରଞ୍ଜାମ ସହ, ରୋଗୀ ଶରୀରର ଏକ ଅଭୁତ ବାସ୍ନା । ସତର ନମ୍ବର ବେଡ୍ ଦିଗକୁ ଦୃଷ୍ଟି ଯିବା ପୂର୍ବରୁ ଚତୁର୍ଦିଗକୁ ମୋ ନଜର ଘୂରି ଆସେ । ଓଃ ! ମତେ ଭାରି ଅସ୍ୱସ୍ତି ଲାଗେ । ସେତେବେଳେ ଡାକ୍ତର କହିଥିଲେ,

"ଦେଖନ୍ତୁ, ମୁଁ ଆଗରୁ ପରିଷ୍କାର କହିଦେଉଛି, ଆପଣଙ୍କ ସ୍ତ୍ରୀଙ୍କ ଅବସ୍ଥା ବହୁତ ବିଗିଡ଼ି ଗଲାଣି । ଖୁବ୍ କମ୍ ସମୟ ପାଇଁ ଚେତା ଫେରୁଚି । ନହେଲେ ସେଇ ଅଚେତ ଅବସ୍ଥା । ଶେଷ ପର୍ଯ୍ୟାୟରେ ଆଉ ଏକ ଅସ୍ତୋପଚାର ପାଇଁ ଯୋଜନା କରିଛୁ । କିନ୍ତୁ ଫଳାଫଳ ବିଷୟରେ କିଛି କହିହେବ ନାହିଁ । ଯଦି ବି ସଫଳ ହୁଏ, ତେବେ ଆଉ

କିଛିଦିନ ବା କେଇ ମାସ। ସେ କିନ୍ତୁ ଉଠିବା ପାଇଁ ଆଉ କେବେ ସକ୍ଷମ ହେବେ ନାହିଁ। ସେମିତି ପୂର୍ବ ପରି ନିଶ୍ଚଳ ହୋଇ ଶେଯରେ ହିଁ ପଡ଼ି ରହିବେ। ତେଣୁ ଆପଣ ମନ ସ୍ଥିର କରି ଆମକୁ ଜଣାଇଲେ, ଆମେ ସେ ହିସାବରେ ପ୍ରସ୍ତୁତ ହେବୁ।

ଦୀର୍ଘ ସମୟ ଧରି ମୁଁ ଏକୁଟିଆ ଘର ସମ୍ଭାଳିବା ଓ ପୁଅର ଯତ୍ନ ନେବା ସହ ପଦ୍ମିନୀର ସେବା କରି କରି କ୍ଳାନ୍ତ ହୋଇ ପଡ଼ିଥିଲି। ତା'ସହ ପଦ୍ମିନୀର କଷ୍ଟ ଦେଖିବା ପାଇଁ ମୋର ଆଉ ଧୈର୍ଯ୍ୟ ନଥିଲା। ମୋର ଭାବିବାର ଶକ୍ତି ପ୍ରାୟ ଲୋପ ପାଇବାକୁ ବସିଥିଲା। ଡାକ୍ତରଙ୍କ କଥା ଶୁଣି ମୁଁ ଆଖି ବନ୍ଦ କଲି, ଆମେ ବିତାଇଥିବା ପୁରୁଣା ଖୁସିର ଦିନକୁ ସ୍ମରଣ କଲି। ପଦ୍ମିନୀର ଶାନ୍ତ, ସରଳ ମୁହଁଟି ମତେ କାଇଁ ସ୍ପଷ୍ଟ ଦିଶିଲା ନାହିଁ। ସବୁ ଝାପ୍ସା। ତା'ପ୍ରତିବଦଳରେ ଆମ ପୁଅର ମୁହଁ ଖାଲି ଆଖି ସାମ୍ନାରେ ଭାସି ଉଠିଲା। ମୁଁ ଆଖି ଖୋଲି ଡାକ୍ତରଙ୍କୁ ପ୍ରଶ୍ନ କଲି,

"ଆଜ୍ଞା, ପୁଣି କେତେ ଲାଗିବ ?"

"ସେଇ..ପାଖାପାଖି ତିନି ଲକ୍ଷ ଧରନ୍ତୁ। ଦେଢ଼ଲକ୍ଷ କାଲି ସକାଳ ସୁଦ୍ଧା ଜମା କରିବାକୁ ପଡ଼ିବ। ବାକି ଯାହା, ଦୁଇ ଦିନ ପରେ ଦେଲେ ଚଳିବ।"

ହଠାତ୍ ଯେମିତି ମୋର ହୃଦସ୍ପନ୍ଦନ ଅଟକି ଗଲା। ତିନି ଲକ୍ଷ ଟଙ୍କା ! ମୋର ସବୁ ଜମାପୁଞ୍ଜି ମିଶିଲେ ବି ଏତିକି ହେବନି। ଏମିତି ବି ଦୀର୍ଘମାସର ଚିକିତ୍ସାରେ ମୋର ଅଜସ୍ର ଟଙ୍କା ଖର୍ଚ୍ଚ ହୋଇ ସାରିଥିଲା। ଏ କଥାକୁ ନେଇ ମୁଁ ବହୁତ ଚିନ୍ତା କଲି। ଅସ୍ତ୍ରୋପଚାର ଯଦି ଅସଫଳ ହୁଏ ? ମୋ ପାଖରେ ଆଉ କିଛି ରହିବ ନାହିଁ। ନା ମୋ ସ୍ତ୍ରୀ, ନା ମୋର ସଂପତ୍ତି। ଯଦି ସେ ବଞ୍ଚି ରହିଲା, ତା' ବି କେଇଟା ଦିନ। ଏଥିପାଇଁ ଏ ଖର୍ଚ୍ଚ କ'ଣ ଯଥାର୍ଥ ! ଏକ ଅନିଶ୍ଚିତ ବର୍ତ୍ତମାନ ପାଇଁ, କଅଁଳ ଭବିଷ୍ୟତକୁ ଜଳାଞ୍ଜଳି ଦେଇଦେବା କେତେ ଦୂର ଠିକ୍ ! ଏକ ମାତ୍ର ପୁଅକୁ ମଣିଷ କରିବାର ଅଛି। ଏବେ ଯାହା କିଛି ଅଛି, ତା' ଆମ ପୁଅର।

ଏ କଥା ଭାବିଲି ସିନା, ହେଲେ ମୋ ଭାବନାଟା ମତେ କୁତ୍ସିତ ମନେହେଲା।

ଲୋକେ ଜାଣିଲେ କ'ଣ ଭାବିବେ। ନିହାତି ସ୍ୱାର୍ଥବାଦୀ ! ପୁତ୍ର ପ୍ରତି ମୋହାବିଷ୍ଟ ! ସ୍ତ୍ରୀକୁ ଅଧରାସ୍ତାରେ ଛାଡ଼ି ଦେଉଛି !

ତା ପରେ ଦୁଇଦିନ ଯାଏ ଡାକ୍ତରଙ୍କୁ ଉତ୍ତର ନଦେଇ ମୁଁ ନିରବ ରହିଲି। ପଦ୍ମିନୀର ଶେଯଧାରରେ ମୁହଁ ପୋତି ଏଇ କଥାକୁ ମନେ ମନେ କେତେ ବାର ଘୋଷି ହେଇଥିବି କେଜାଣି ! ଖୁବ୍ ଦ୍ୱନ୍ଦ୍ୱରେ ଘାଣ୍ଟି ହେଲି। କିଏ ଦେବ ଉଚିତ ପରାମର୍ଶ ! ନିଜେ ପଦ୍ମିନୀ ଥରେ ମାତ୍ର ଆଖି ଖୋଲି ଏ ଦ୍ୱନ୍ଦ୍ୱରୁ ମତେ ମୁକ୍ତ କରି ଦିଅନ୍ତା ନାହିଁ !

ଥରେ ଥରେ ପରିସ୍ଥିତି ମଣିଷକୁ କେତେ ଅସହାୟ କରିଦିଏ ସତେ ! ନା ଏବେ ନିଷ୍ପତ୍ତି ନେବାର ବେଳ କେବଳ ମୋର । ଭାବପ୍ରବଣ ନହୋଇ, ବାସ୍ତବତାକୁ ଗ୍ରହଣ କରିନେବା ମୋ ପକ୍ଷେ ଉଚିତ୍ ହେବ । ମନ ଦୃଢ଼ କଲି । ପଦ୍ମିନୀକୁ ମନେ ମନେ କ୍ଷମା ମାଗିନେଲି ।

ତା' ଅବଚେତନ ମନଟି ଯେମିତି ମୋ ମନକଥା ପଢ଼ି ନେଇଥିଲା । ଠିକ୍ ତୃତୀୟ ଦିନ ସକାଳୁ ଦେଖିଲା ବେଳକୁ ତା ନିଷ୍ତେଜ ଶରୀରଟି ଚିରଦିନ ପାଇଁ ନିରବି ଗଲା ।

ତା' ମୃତ୍ୟୁ ସହ, ସେଇ ଦୁଃଖଦ ଅଧ୍ୟାୟର ଅନ୍ତ ଘଟିଲା ।

ସମୟ କାହାକୁ ଅପେକ୍ଷା କରେନା । ଅବିରାମ ଗତିରେ ଗଡ଼ି ଚାଲେ । ସେ ଭିତରେ କେମିତି ଚଉଦ ବର୍ଷ ବିତିଗଲା ଜଣା ପଡ଼ିଲା ନାହିଁ ।

ଜୀବନ ତା ବାଟରେ ଚାଲିଥିବା ବେଳେ, ହଠାତ୍ ମୁଁ ଏକ ମର୍ମନ୍ତୁଦ ସଡ଼କ ଦୁର୍ଘଟଣାର ଶିକାର ହେଲି । ଖୁବ୍ ସଙ୍କଟାପନ୍ନ ଅବସ୍ଥାରେ ମତେ ଆଣି ମେଡ଼ିକାଲରେ ଭର୍ତ୍ତି କରି ଦିଆଗଲା ।

ଏ ସେଇ ସ୍ଥାନ, ଯେଉଁଠି ମୋ ସ୍ତ୍ରୀ ଶେଷ ନିଃଶ୍ୱାସ ତ୍ୟାଗ କରିଥିଲା । ଦୀର୍ଘ ଚଉଦ ବର୍ଷ ଭିତରେ ତା' ରୋଗ ଯନ୍ତ୍ରଣାର ଦୃଶ୍ୟକୁ ମୁଁ ସମ୍ପୂର୍ଣ୍ଣ ଭୁଲି ସାରିଥିଲି ।

ପ୍ରକୃତରେ ଭୁଲିଯିବାଟା ହିଁ ଜୀବନ !

ପ୍ରଥମ ଦୁଇ ଦିନ ଆପାତଃକାଲିନ ବିଭାଗ ତା'ପରେ ଆଇ.ସି.ୟୁ କୁ ମତେ ନେଇଗଲେ ।

ଏକମାତ୍ର ପୁଅ ଓ ବୋହୂ ଥିଲେ ମୋ ସଂସାର । ପୁଅ ତ ଥିଲା ମୋ ନୟନପିତୁଲା । ଜୀବନରେ ପୁଅଟିଏ ମୋର ଏକାନ୍ତ କାମ୍ୟ ଥିଲା । କାରଣ ମୁଁ ଜାଣେ, ମୃତ୍ୟୁ ପରେ ପୁତ୍ର ହାତରେ ତିଳତର୍ପଣ ଦ୍ୱାରା ହିଁ ପିତୃପୁରୁଷର ମୋକ୍ଷ ପ୍ରାପ୍ତି ହୁଏ ।

ପୁଅକୁ ମୁଁ ବହୁତ ଭଲପାଏ । ସେଥିପାଇଁ ତ ପଦ୍ମିନୀକୁ ତା ଭାଗ୍ୟ ହାତରେ ଛାଡ଼ି ଦେଇ, ପୁଅକୁ ଆଗରେ ରଖି ଥିଲି । ସ୍ତ୍ରୀର ମୃତ୍ୟୁ ପରେ, ଚାହିଁ ଥିଲେ ଦ୍ୱିତୀୟ ବିବାହ କରି ପାରି ଥାଆନ୍ତି । କିନ୍ତୁ କରିଲି ନାହିଁ । ସାହିପଡ଼ିଶା, ବନ୍ଧୁବାନ୍ଧବ କ'ଣ କହିବେ ? ପିଲାଟିକୁ ଏକୁଟିଆ ମଣିଷ କରି ପାରିଲା ନାହିଁ, ନିଜର ଖୁସି ପାଇଁ ବିଭା ହୋଇ ପଡ଼ିଲା ! ସମାଜରେ ମୋର ସ୍ଥାନ ଅଲଗା ପ୍ରକାର । ଦୃଢ଼ ଆତ୍ମବଳ ଥିବା ଜଣେ ଶୃଙ୍ଖଳିତ ମଣିଷ । କୌଣସି ପ୍ରକାରେ ମୁଁ ଚାହେଁନା କି ମୋର ଏଇ ଭାବମୂର୍ତ୍ତି ସାମାନ୍ୟ କ୍ଷୁର୍ଣ୍ଣ ହେଉ ।

ପୁଅ ପୂରା ମୋ ପରି ଆଦର୍ଶବାଦୀ । ମୋ ପାଇଁ ତାର ବହୁତ ଆଦର ସମ୍ମାନ । ପୂରା ଆଜ୍ଞାଧୀନ । ମୋ ବନ୍ଧୁ ମହଲରେ ତାର ଖୁବ୍ ସୁନାମ । ପୁଅ ହେବ ତ ଏମିତି ।

ଲୋକ କୁହନ୍ତି ମୁଁ କୁଆଡ଼େ ଦଶରଥ ପରି ବାପାଟିଏ । ତା'ବିହୁନେ ମୋ ପ୍ରାଣ ଛାଡ଼ି ଯିବ । କିଏ କିଏ କୁହନ୍ତି ସେ ମୋର ଶ୍ରବଣ କୁମାର । ବାପା ମାନେ ତା'ଜୀବନ । ଏହା ନିରାଟ ସତ୍ୟ । ମୋର ଦୃଢ଼ ବିଶ୍ୱାସ, ମୋ ପାଇଁ ସେ କିଛି ବି କରିପାରେ ।

ମୋ ପାଇଁ ଦିନେ ତା' ନବବିବାହିତା ସ୍ତ୍ରୀକୁ ବି ସେ ଆଡ଼ କରି ଦେଇଥିଲା !

ସେ ସମୟ ମୋ ପରିବାର ପାଇଁ ଥିଲା ଦୁର୍ଭାଗ୍ୟପୂର୍ଣ୍ଣ । ନୂଆ ବୋହୂଟି କାହା ପାଖରୁ ଖବର ପାଇଲା ଯେ, ଶ୍ୱଶୁର କୁଆଡ଼େ ଦୀର୍ଘ ସମୟ ଧରି ଜଣେ ଝିଅ ସହ ସମ୍ପର୍କ ରଖିଛନ୍ତି । ସେ ବିଶ୍ୱାସ କରିଗଲା ।

ଧୀରେ ଧୀରେ ଘରେ ତାର ପ୍ରାଦୁର୍ଭାବ ଆରମ୍ଭ କଲା । ମତେ ତ ମୁହଁରେ କିଛି କହିବାକୁ କାହାର ସାହସ ନାହିଁ । କଥା କଥାରେ ପୁଅକୁ କହିଲା,

"ତୁମେ ପରା କହୁଥିଲ ତୁମ ବାପା ଭାରି ଆଦର୍ଶବାଦୀ । ତୁମେ ଏ କଥା ଜାଣିନ ବୋଧେ, ପାଖାପାଖି ତୁମରି ବୟସର ସେ ଯେଉଁ ଝିଅ 'ରୂପାଲୀ' ...ଛିଃ ଲାଜ ଲାଗୁନି ତୁମ ବାପାଙ୍କୁ, ନିଜ ପୁଅ ବୟସର ଗୋଟେ ଝିଅ ସହିତ... । ଆଗରୁ ଜାଣିଥିଲେ ମୋ ପରିବାର ଏଠି କେବେ ବନ୍ଧୁ ବାନ୍ଧି ନ ଥାନ୍ତେ । ତୁମେ କାଳେ ମିଛ ଭାବିବ ତେଣୁ ସବୁ ତଥ୍ୟ ମୁଁ ନିଜେ ସଂଗ୍ରହ କଲି । କଲେଜ ଛକରେ ଘରଭଡ଼ା ନେଇ ତାକୁ ରଖିଛନ୍ତି । କହିବ ଯଦି ସବୁ ପ୍ରମାଣ ଦେଇଦେବି । ନିଜେ ଯାଇ ବି ପଚାରି ପାର ତାଙ୍କୁ । ଏ ବୟସରେ କି ଲୀଳା ଲଗେଇଛନ୍ତି ! ଆଉ କେବେଠୁ ଚାଲିଛି ଏ ପାଲା । ଛିଃ କି ବାଜେ ମଣିଷ ! ଚରିତ୍ରହୀନ !"

ଧଡ଼ାସ୍ କରି ପୁଅ ତା' ଗାଲରେ ଗୋଟିଏ ଶକ୍ତ ଚାପୁଡ଼ା ମାରିଥିଲା ।

"ତୁମ ସାହସ କେମିତି ହେଲା ତାଙ୍କୁ ଚରିତ୍ରହୀନ କହିବାକୁ, କାହା କାନକୁହା କଥାରେ ମୁଁ ଭାସି ଯିବା ମଣିଷ ନୁହେଁ । ସେ ମୋ ବାପା । ମୋ ପାଇଁ ସାରା ଜୀବନ ତ୍ୟାଗ କରିଛନ୍ତି । ସେ ଘରର ମୁରବି । ତାଙ୍କ ମୁହଁରେ ପ୍ରଶ୍ନ ରଖିବାର ଅଧିକାର ମୋର ନାହିଁ । ଆଉ ତାଙ୍କ ବିରୁଦ୍ଧରେ ମୁଁ ପଦେ ବି ଶୁଣି ପାରିବି ନାହିଁ ।"

ପାଖ ବଖରାରେ ମୁଁ ମିଛରେ ଶୋଇ ରହିଥିଲି । ମୋ ଆଖରୁ ଦି' ଧାର ଲୁହ ବହିଗଲା । ହେଲେ ମୁଁ ଉଠି ଆସିଲି ନାହିଁ କି ତାଙ୍କ ଯୁକ୍ତିତର୍କ ମଝିରେ ପଶିଲି ନାହିଁ ।

ତାଙ୍କ କଥା ବହୁତ ଆଗକୁ ବଢ଼ି ଗଲା । ବାପା ଗୁଣେ ପୁଅ, 'ଲମ୍ପଟ' ଏ ଆଖ୍ୟା ଦେଇ ଆଉ କେବେ ନଫେରିବାର ନିଷ୍ଠୁର ନିଷ୍ପତ୍ତି ନେଇ ବୋହୂ କାନ୍ଦି କାନ୍ଦି

ତା ବାପଘରକୁ ଚାଲିଗଲା। ପୁଅ ମତେ କେବେ ପଦଟିଏ ବି ପ୍ରଶ୍ନ କଲା ନାହିଁ, କି ମତେ ଛାଡ଼ି କୁଆଡ଼େ ଗଲା ନାହିଁ।

ସାହିଭାଇ ଅସଲ କଥା ଜାଣିଲେ ନାହିଁ, ଖାଲି ଜାଣିଲେ ବୋହୂ କୁଆଡ଼େ ଶ୍ୱଶୁରକୁ ଅସମ୍ମାନ କରି ଘର ଛାଡ଼ିଚି। ପୁଅଟି ସ୍ତ୍ରୀ କଥାରେ ଭାସି ଯାଇନି।

ସଭିଙ୍କ ଆଗରେ ଆମ ବାପା ପୁଅଙ୍କ ସମ୍ପର୍କ ଏକ ଦୃଷ୍ଟାନ୍ତ ପାଲଟି ଗଲା। ପୁଅକୁ ବାଃ ବାଃ କଲେ। ମୋ ଛାତି ବି ଗର୍ବରେ ଫୁଲି ଉଠିଲା। ଏକ ସମୟରେ ତାର ମୋ ପ୍ରତି ଭଲ ପାଇବା ଓ ତ୍ୟାଗ ପାଖରେ ମୁଁ ମନେ ମନେ ଛୋଟ ହେଇଗଲି। କାରଣ ବୋହୂର ରହସ୍ୟ ଉନ୍ମୋଚନ ଘଟଣାଟା ସତ ଥିଲା।

ରୂପାଲୀ କଥା ମୋର ସମ୍ପୂର୍ଣ୍ଣ ବ୍ୟକ୍ତିଗତ। ଏଥିରେ କାହାର କ୍ଷତି ତ ହେଉ ନଥିଲା। ବୋହୂର ସେଥିରେ ହସ୍ତକ୍ଷେପ କରିବାର ନଥିଲା। ଯେଉଁ କଥାକୁ ମୁଁ ଦୀର୍ଘ କାଳ ଲୁଚାଇ ରଖିଥିଲି, ସେ କାହିଁକି ତା'ର ସନ୍ଧାନ ନେଇ ପ୍ରଘଟ କରିବାକୁ ବସିଥିଲା ! ସେ ମତେ ଭୁଲ୍ ବୁଝି ଘର ଛାଡ଼ିଲା। ଗଲା ତ, ଯାଉ। ତା' ମନ ବୁଝିଲେ ନିଜେ ଫେରିବ ଭାବି ମୁଁ ଚୁପ୍ ରହିଲି।

ମୁଁ ସ୍ୱାର୍ଥବାଦୀ ନୁହେଁ। ମୁଁ ପୁଅର ଖୁସି ଚାହେଁ। କିନ୍ତୁ ମୁଁ ନିରୁପାୟ।

ଉପରେ ଯେତେ ଟାଣପଣ ଥିଲେ ବି ସ୍ତ୍ରୀ ଗଲା ପରେ ମୁଁ ଏକଦମ୍ ଏକାକୀ ହୋଇ ପଡ଼ିଥିଲି। ଦି' ଘଡ଼ି କାହା ପାଖରେ ବସି ମନ କଥା କହିବା ପରି କେହି ନଥିଲେ। ରୂପାଲୀ ନିଆଶ୍ରୀ ଝିଅଟିଏ। କେମିତି କ'ଣ ହେଲା କେଜାଣି, ତା' ସହ ମୋର ପରିଚୟ ହେଲା। ସେ ଝିଅଟି ପେଟକୁ ଦାନା ପାଉ ନଥିଲା କି, ଦେହ ଢାଙ୍କିବାକୁ କନା। ସେ ଖୁବ୍ ମାନେ ମତେ। ସବୁଠାରୁ ବଡ଼ କଥା, ସେ କିଛି ବୁଝୁ କି ନବୁଝୁ, ମୋ ମନକଥା ବସିକି ଶୁଣେ। ଘଣ୍ଟା ଘଣ୍ଟା ସେ ମୋ ପାଇଁ ସମୟ ଦେଇପାରେ। ମତେ ସେ କେବେ ପରଖେନା। କେମିତି ବେସାହାରା ଛାଡ଼ି ଦେଇ ଥାଆନ୍ତି ଏମିତି ଅସହାୟ ଝିଅଟିକୁ।

ପ୍ରତି ମାସରେ ମୁଁ ତା' ପାଇଁ ସଉଦାପତ୍ର କିଣି ନେଇ ଯାଏ। ସମୟ ବ୍ୟବଧାନରେ ଲୁଗାପଟା। ସେ ବହୁତ ଅଳି କଲେ ସୁନାର ନାକଗୁଣାଟିଏ କି ପାଦକୁ ରୁପା ପାଉଁଜୀ ହେଲେ କିଣିଥିବି।

ଦିନେ ସେ ଅଳି କରି କହିଲା,

"ଏମିତି ଆଉ କେତେ ଦିନ ଚାଲିବ, ମୋ ପାଇଁ କିଛି ଗୋଟେ ସ୍ଥାୟୀ ଥଇଥାନ କରି ଦେଉନ। ଛୋଟିଆ ଟେସ୍ନରୀ ଦୋକାନଟିଏ ହେଲେ ବି ମୁଁ ସେଥିରେ

ଚଲି ଯାଆନ୍ତି । ତୁମର ଏତେ ଧନ, ଏକମାତ୍ର ପୁଅ । ବୋହୂ ବି ଘର ଛାଡ଼ି ପଲେଇଛି ପରା ?"

ତା' କଥାଗୁଡ଼ା ମୋ ଛାତିକୁ ବିନ୍ଧି ଗଲା । ଦୋକାନ ଯାଏ ଠିକ୍ ଥିଲା, ଇଏ କ'ଣ ମୋ ଧନ ସମ୍ପତ୍ତି ଉପରେ ନଜର ପକେଇଲାଣି । ମୋ ଘରକଥା ବି ଖବର ରଖୁଛି । ସବୁଦିନ ୟା' ପାଖକୁ ଆସି ମୁଁ କିଛି ଭୁଲ୍ କରୁନି ତ ? ଦିନକୁ ଦିନ ତାର ଆଶା ବଢ଼ିବ, ଲୋଭ ବଢ଼ିବ । ସେ ସବୁ କ'ଣ ମୁଁ ପୂରଣ କରି ପାରିବି ? ଖୁବ୍ ଦ୍ୱନ୍ଦ୍ୱରେ ଘାଣ୍ଟି ହେଲି । ମନକୁ ବୁଝାଇଲି । ତା' ଚଳିବା ପାଇଁ ଯେତିକି ପାରିବି ସେତିକି କରି, ମୁଁ ଧିରେ ଧିରେ ତା' ପାଖକୁ ଯିବା ବନ୍ଦ କରିଦେଲି ।

ସେଦିନ ଆଇ.ସି.ୟୁ ଭିତରେ ମୋ ପୁଅ ସହ, ତା' କଣ୍ଠସ୍ୱର ଅନୁଭବ କରି ଚକିତ ହୋଇ ଯାଇଥିଲି । ଇଏ ଏଠି କେମିତି ! ଭିଜିଟିଂ ଆୱାରରେ ଦୁହେଁ ଆସି ମୋ ଶେଯଧାରରେ ଛିଡ଼ା ହେଇଥାଆନ୍ତି । ବୋଧହୁଏ ପୁଅର ବାହୁକୁ ଭିଡ଼ି ଧରି ସାନ୍ତ୍ୱନା ଦେଉଥିଲା ।

"ଚିନ୍ତା କରନି, ଈଶ୍ୱରଙ୍କର ଯାହା ଇଚ୍ଛା, ସେୟା ହେବ । ତୁମ ବାପାଙ୍କ ପାଇଁ ତୁମେ ଢେର କଲଣି । ମୁହଁ ଶୁଖ୍ ଗଲାଣି ତୁମର । ତୁମକୁ ଦେଖ୍ଲେ ମତେ ଭାରି ଦୟା ଲାଗୁଚି । ମତେ ଭୁଲ୍ ବୁଝିବନି । ତୁମ ବାପାଙ୍କ ସହ ମୋର କିଛି ଅନୈତିକ ସମ୍ପର୍କ ନଥିଲା । ତୁମ ସ୍ତ୍ରୀ ମୋ ପାଇଁ ଘର ଛାଡ଼ିଲେ, ସେଥିପାଇଁ ମୁଁ ଦୁଃଖିତ ।"

"ଆମର ପ୍ରଥମ ସାକ୍ଷାତ ହେବା ଦିନ ହିଁ ଏକଥା ତୁମେ ମତେ କହି ସାରିଛ । ତୁମକୁ ଭୁଲ୍ ବୁଝିବାର ପ୍ରଶ୍ନ ଉଠୁନି ରୁପାଲୀ । ତାଙ୍କ ସହ ତୁମର କ'ଣ ଥିଲା, କି ନଥିଲା, ମୁଁ ସେ କଥା କେବେ ଭାବିନି । ତୁମେ ଯେ ବହୁତ ଭଲ । ବାପା ଏଡ଼ମିଟ୍ ହେଲା ପରେ, କେଉଁଠୁ କେମିତି ତୁମେ ମୋ ଜୀବନରେ ଚାଲି ଆସିଲ ଓ ମତେ ସମ୍ଭାଲି ନେଲ, ତାହା ମୋ ପାଇଁ ବହୁତ ବଡ଼କଥା । ଏ ଅସମୟରେ ମତେ ଜଣଙ୍କ ସାହାରା ଦରକାର ଥିଲା । ତୁମକୁ ଧନ୍ୟବାଦ । ତୁମେ ମୋ ସାଥିରେ ନଥିଲେ, ମୁଁ ପୂରା ଭାଙ୍ଗି ପଡ଼ି ଥାଆନ୍ତି" ବୋଧହୁଏ ରୁପାଲୀ କାନ୍ଧରେ ଢଳି ପଡ଼ିଲା ।

ଚେତନା ଠାରୁ ଅବଚେତନ ମନ ଅଧିକ ଶକ୍ତିଶାଳୀ ।

ମନ ଯେତେ ଶକ୍ତିଶାଳୀ ହେଉନା କାହିଁକି, ଶରୀର ନିଷ୍କ୍ରିୟ ହେଲେ ମଣିଷ ନିରୁପାୟ ହେଇଯାଏ ।

ମାତ୍ର କେଇ ମୁହୂର୍ତ୍ତ ପାଇଁ ଚେତନାକୁ ଫେରାଇ ଆଣନ୍ତେ ନାହିଁ ଈଶ୍ୱର ! ପୁଅକୁ ମନ ଖୋଲି ସବୁ କହି ଦିଅନ୍ତି, ଯାହା ଜୀବନ କାଳରେ କେବେ କହି ପାରିଲି ନାହିଁ ।

ମଣିଷ ସବୁବେଳେ ଉଚିତ ସମୟକୁ ଅପେକ୍ଷା କରୁଥାଏ, କିନ୍ତୁ ସମୟ ମଣିଷକୁ କେବେ ଅପେକ୍ଷା କରେନା। ମୋ ପୁଅ ରୂପାଲିକୁ କହୁଥାଏ,

"ଶୁଣ ରୂପାଲି! ଆଜି ବି ଡ଼ାକ୍ତର ଠିକ୍‌ରେ କିଛି କହୁ ନାହାନ୍ତି। ଏଗାର ଦିନ ହୋଇଗଲା। ଆଉ କେତେଦିନ ପକାଇ ରଖିବା? ଆଇ. ସି. ୟୁର ବେଡ଼ ଚାର୍ଜ କେତେ ଜାଣିଚ? ତା ବାଦ୍ ଅନ୍ୟାନ୍ୟ ଖର୍ଚ। ଓଃ, ମୋ ମୁଣ୍ଡ ତ କାମ କରୁନି!"

ମୋ ଆମ୍ୟା ଥରି ଉଠୁଥିଲା। "ଡରି ଯାଆନା ପୁଅ। ତୋ ଅଜାଣତରେ ମୁଁ ତୋ ପାଇଁ ବହୁତ ଟଙ୍କା ଗଚ୍ଛିତ ରଖିଛି। ଯେଉଁଠି ଯାହା ସଞ୍ଚୟ କରିଛି, ମୁଁ ମରିଗଲେ ତୁ ଆଉ ତାହା ଜାଣି ପାରିବୁ ନାହିଁ। ତତେ ଜଣାଇବା ପାଇଁ ସମୟ ଆସିବା ପୂର୍ବରୁ ମୋର ଏ ଅବସ୍ଥା। ଧୈର୍ଯ୍ୟ ଧରି ଆଉ କିଛି ଦିନ ପେକ୍ଷା କରିଯା। ଚିନ୍ତା କରନା, ମୁଁ ବଞ୍ଚିଥିବା ଯାଏ ତୋର ଅଭାବ ରହିବ ନାହିଁ। ଥରେ ଖାଲି ମତେ ସୁସ୍ଥ କରି ନେ। ଜୀବନ ସୁଧାରି ନେବି। ମୋର ଚିନ୍ତା ହେଲା, ତୁ ଏବେ ବି ପିଲା। ଦୁନିଆ କ'ଣ ଜାଣିନୁ। ତୁ କେମିତି ଜାଣିବୁ ମୁଁ ତୋ ପାଇଁ କ'ଣ ଭାବିଛି ! ବହୁତ କାମ ବାକି ଅଛି।"

ଓଃ, ଏ ଭାବନାକୁ ମୁଁ ଭାଷାରେ ପ୍ରକାଶ କରି ପାରନ୍ତି ହେଲେ! ଏ କି ବିବଶତା ପ୍ରଭୁ! ଛାତି ଭିତରେ ଅସମ୍ଭାଳ କମ୍ପନ!

"ନା ରୂପା, ମୁଁ ଆଉ ପାରିବିନି। ଥକି ଗଲିଣି। ନିତି ଧାଁ ଦୌଡ଼। ଘରୁ ଡାକ୍ତରଖାନା ହେଇ ହେଇ ମୁଁ ନ୍ୟାସ୍ତ ହେଇ ଗଲିଣି। ମୁଁ ଶୁଣିଛି ଏମାନେ କୁଆଡ଼େ ଲାଇଫ୍ ସପୋର୍ଟ ସିଷ୍ଟମରେ ରଖି ରୋଗୀର ପରିବାରକୁ ଠକନ୍ତି। ବଞ୍ଚିବାର ଆଶା ନଥିଲେ ବି ଆଉ କିଛି ଦିନ ଟଙ୍କା ଲୋଭରେ ଅଟକାଇ ଦିଅନ୍ତି। ମୁଁ ନିର୍ଣ୍ଣୟ ନେଇ ସାରିଛି। ଆଜି ଡାକ୍ତରଙ୍କ ସହ କଥା ବି ହେଇଛି। ଲାଇଫ୍ ସପୋର୍ଟ ସିଷ୍ଟମ କାଢ଼ି ତାଙ୍କୁ ଘରକୁ ନେଇଯିବି। ତା'ପରେ ଯାହା ତାଙ୍କ କପାଳରେ ଥିବ, ହବ।"

"ମୁଁ ବି ସେୟା ଭାବୁଛି, କିନ୍ତୁ ତୁମେ କାଳେ ଖରାପ ଭାବିବ ବୋଲି ମୁଁ ଜୋର୍ ଦେଇ କହୁ ନଥିଲି। ଏମିତି ବି ସେ ତୁମ ପାଇଁ ବହୁତ ତ୍ୟାଗ କରିଛନ୍ତି, ତୁମେ କରିବ, ଭଲରେ ଚିନ୍ତା କରି ସାରି କରିବ।"

"ଏଥିରେ ଖରାପ ଭାବିବାରେ କିଛି ନାହିଁ। ଏହା ହିଁ ବାସ୍ତବ। ଭାବପ୍ରବଣତାରେ ଭାସି, ମୁଁ ଅଧିକ କିଛି ଆର୍ଥିକ ବୋଝ ନେବାକୁ ଚାହୁଁ ନାହିଁ। ଆଉ ରହିଲା ତ୍ୟାଗ, ତା' ମୁଁ ବି ବହୁତ କରିଛି। ଚାକିରି କଥାରେ ତ ଉଠ୍‌ବସ୍ ହୁଏ। ମୋ ଇଚ୍ଛାରେ ହେଇଛି କିଛି ? ଲୋକ କୁହନ୍ତି ଆଜ୍ଞାଧୀନ। ସେ ଆଜ୍ଞାଧୀନ ହେବା କିଛି ସହଜ

ବେପାର ନୁହେଁ। ଗତ ଆଠମାସ ହେଲା ଏ ଯୁବା ବୟସରେ ନବବିବାହିତା ସ୍ତ୍ରୀ କୁ ଛାଡ଼ି ମୁଁ କେମିତି ଜଳି ଜଳି ମରିଛି, ବାପା କ'ଣ ପଚାରିଛନ୍ତି ଦିନେ ? ଯା ବୋହୁକୁ ବୁଝାସୁଝା କରି ତା' ବାପଘରୁ ଫେରାଇ ଆଣିବୁ ବୋଲି କହିଛନ୍ତି ଦିନେ ? ନିର୍ଲଜ ପରି ଏ କଥା କ'ଣ ମୁହଁ ଖୋଲି କହିଥାଆନ୍ତି ତାଙ୍କୁ! ତୁମେ ଅଚାନକ ମୋ ଜୀବନରେ ଚାଲିଆସିଲ ସେଇଟା ମୋ ଭାଗ୍ୟ। ନହେଲେ ମୋ ଅବସ୍ଥା କ'ଣ ହେଇଥାଆନ୍ତ ଜାଣେନା।

ଜାଣିଛ, କଲେଜଛକ ଠାରୁ ଟିକିଏ ଦୂରରେ ଆମର ଜାଗା ଖଣ୍ଡେ ପଡ଼ିଛି। ତାର ମୂଲ୍ୟ ଏବେ କାହିଁରୁ କେତେ। ତାକୁ ବିକ୍ରି କରି ମୋଟର ସୋ ରୁମ୍ ଆରମ୍ଭ କରିବି ବୋଲି ଦିନେ କହିଥିଲି ଯେ, ଦି' ଦିନ ଯାଏ ବାପା ଭାତ ଖାଇଲେନି। –ସେ ଜାଗା ଆଗକୁ ବହୁତ ମୂଲ୍ୟବାନ ହେବ। ଏବେ ବିକ୍ରି କରିବାର ପ୍ରଶ୍ନ ଉଠୁନି କହିଲେ। ମୋର ବି କି ଅଧିକାର, ସବୁ ତ ତାଙ୍କ ନାଁ ରେ। ଗୋଟେ ଓକିଲ ଠାରୁ ବୁଝିଥିଲି ଯେ, ସେ କହିଲା ବାପା ବଞ୍ଚିଥିବା ଯାଏ ତମେ ମନକୁ ବିକି ପାରିବନି। ମୁଁ ଚୁପ୍ ରହି ବେକାର ହୋଇ ଘରେ ବସିଲି। ମୁଁ ତାଙ୍କ ଆଗରେ କେବଳ କାଠ କଣ୍ଡେଇ।"

...ନା ପୁଅ ସେକଥା ଭାବେନା। ମତେ ଭୁଲ୍ ବୁଝନା। ଯାହା କରିଛି ସବୁ ତୋ ମଙ୍ଗଳ ପାଇଁ। ଏ ସବୁ ସମ୍ପତ୍ତି ଉପରେ ଅଧିକାର କେବଳ ତୋର! ଈଶ୍ୱର କ୍ଷଣେ ମାତ୍ର ମୋ ପାଟି ଫିଟାଇ ଦିଅନ୍ତ ନାହିଁ। ଆଜି ମୁଁ କେତେ ନିଃସହାୟ। ସବୁ ଜାଣୁଛି, ହେଲେ କିଛି କରି ପାରୁ ନାହିଁ।

"ଜାଣିଛ ରୂପା, ଆଜି ବାପାଙ୍କ ଏକାଉଣ୍ଟରୁ ସବୁ ଟଙ୍କା ଉଠେଇ ଆଣିଛି। ହସ୍ପିଟାଲ୍ ଚାର୍ଜ ଯାହା ସବୁ ପେମେଣ୍ଟ କରି ଘରକୁ ନେଇ ଯିବି। ତା' ପରେ ଯାହା ହେଉଛି ହେଉ। ଏଠି ଏମିତି ପାଣି ପରି ଟଙ୍କା ବୁହାଇ ହେବନି। ହଠାତ୍ ଯଦି ତାଙ୍କରି କିଛି ହେଇଗଲା ତ, ଶୁଦ୍ଧକ୍ରିୟା କରିବାକୁ ପଡ଼ିବ। ସେ ଯେଉଁ ଖର୍ଚ୍ଚ ହେବ, ତାକୁ ମତେ ହିଁ କରିବାକୁ ପଡ଼ିବ ନା। ଆଉ କିଏ ଅଛି କି !

କେତେ ଲୋକ ହେବେ ଜାଣିଛ ? ସମସ୍ତଙ୍କୁ ନ ଡାକିଲେ ମତେ କ'ଣ କହିବେ ! ଲୋକସମ୍ପର୍କ ଥିଲେ କେତେବେଲେ କିଏ କାମରେ ଆସିବ, ଏଇ ଭାବନା ରଖି ବାପା ଖୋଜି ଖୋଜି ବହେ ସାଙ୍ଗସାଥ କରିଛନ୍ତି। ତାଙ୍କ ବନ୍ଧୁ ମହଲରେ ବି ମୋ ସ୍ଥାନ ଅଲଗା। ଶ୍ରବଣ କୁମାର ମୁଁ। ସେ ଭାବମୂର୍ତ୍ତି କୁ ମୁଁ ଆଦୌ ହାନୀ କରିବାକୁ ଦେବି ନାହିଁ।

ପାଖା ପାଖ୍ ଚାରିଶହ ଲୋକ ହେବେ । ତାଙ୍କ ଡାୟରୀରୁ ତାଙ୍କର ସବୁ ସାଙ୍ଗ ସାଥ୍ଙ୍କ ନମ୍ବର ବାହାର କରିଛି । ଭବ୍ୟ ଭୋଜି ଦେବି । ସମସ୍ତଙ୍କୁ ଡାକିବି । ଲୋକ ଦୀର୍ଘ ଦିନ ଯାଏ ମନେରଖିବେ, ଖାଇଥିଲେ ଗୋଟେ ଭୋଜି ।

କାଲି ରାତିରେ ତୁମେ ସିନା ଶୋଇଗଲ, ମତେ ଆଉ ନିଦ ହେଲାନି । ବସି ବସି ସବୁ ତାଲିକା ବନାଇ ସାରିଛି । କାହାକୁ କାହାକୁ ଡକା ହେବ । କେଉଁଠି ତମ୍ବୁ ଟଣାଯିବ । କେଉଁ ଡିଜାଇନ୍‌ରେ ନିମନ୍ତ୍ରଣ ପତ୍ର ଛପା ହେବ । କେତେ ପ୍ରକାର ଆଇଟମ୍ ହେବ । ହଁ, ଆଜି ଏଠାରୁ ଗଲାପରେ, ଖୋଜିକି ବାପାଙ୍କର ଗୋଟିଏ ହସ ହସ ମୁହଁବାଲା ଫଟୋ ନେଇ ଲାଇଫ୍ ସାଇଜ୍ ପାଇଁ ଆଡ୍‌ଭାନ୍‌ ଦେବାକୁ ପଡ଼ିବ । ପେଟ ଯାଏ ଚନ୍ଦନ ହାର ଝୁଲିବ । ବାପା ସୁନ୍ଦର ଦିଶିବେ । ଫଟୋଟା ହେଇଗଲେ, ଘରେ ନେଇକି ରଖ ଦେଇଥିବା । ଆରେ ତାକୁ କରିବାକୁ ତ ପୁଣି ସମୟ ଲାଗିବ ନା ! ଆଗ ସରିଯାଉ ସେ କାମ ।

ରୁପା, ତୁମେ କ'ଣ ଭାବୁଥିବ କେଜାଣି ! ମୁଁ କିନ୍ତୁ ନିର୍ଦ୍ଦୟ ନୁହେଁ, ବାସ୍ତବବାଦୀ । ବେଶ୍ ଭାବିଚିନ୍ତି ବିଚାର କରି କାମ କରିବା ମଣିଷ । ମୁଁ ଏକୁଟିଆ ମଣିଷ, ଆଗରୁ ପ୍ରସ୍ତୁତ ନହେଲେ, ହଇରାଣ ହେବି ।" ବାପା ବଞ୍ଚି ଥାଉ ଥାଉ ପୁଅଟି ଯଦି ମନ ଭିତରେ ତା ବାପାର ଅନ୍ତ୍ୟେଷ୍ଟି କର୍ମ କରିଦିଏ, ତେବେ ଜୀଁ ରହି ଆଉ ଲାଭ କ'ଣ !

ସମୟର ଚକ ଗଡ଼ୁ ଥାଏ । କାଲି ମୋ ସ୍ତ୍ରୀ ଯେଉଁ ସ୍ଥାନରେ ଥିଲା, ଆଜି ମୁଁ ସେଇଠି । ଆଉ ମୋ ଜାଗାରେ ମୋ ପୁଅ ।

ମତେ ଲାଗିଲା କେଉଁ ଦୂର ମୁଲକରେ ମୋ ସ୍ତ୍ରୀ ଅନେକ ବର୍ଷ ହେଲାଣି ଆପେକ୍ଷା କରିଛି ବସି ରହିଛି । ଏଥର ମତେ ତା ପାଖକୁ ଯିବାକୁ ହେବ । ପଦ୍ମିନୀର ମୁହଁଟା ମତେ ଦେଖାଗଲା । ପୁଅର ମୁହଁ ଧୀରେ ଧୀରେ ଝାସ୍ତା ହେଇ ଆସିଲା

ପ୍ରାଚୀର

ଶୁଭେନ୍ଦୁ ପୁଣି ବିକଳ ହେଲେ ଓ ଲୁହା ହାତୁଡ଼ିର କାଠ ବେଣ୍ଟକୁ ଆଉ ଟିକେ ଶକ୍ତ ଭାବେ ମୁଠାଇ ଧରି, ଦୁମ୍‌ଦୁମ୍‌ କରି ପଥର ପାଚେରିକୁ ପ୍ରହାର ଉପରେ ପ୍ରହାର କରି ଚାଲିଲେ । ତାଙ୍କ ଜରାଜୀର୍ଣ୍ଣ ଦୁର୍ବଳ ଅବସନ୍ନ ଶରୀରର ସମସ୍ତ ଶକ୍ତି ପବନରେ ଉଡେଇ ଯାଉଥିଲା । ସମସ୍ତ ପ୍ରହାରକୁ ପ୍ରତିହତ କରି ସୁଉଚ୍ଚ ପାଚେରି ଥିଲା ଦୃଢ଼, ଅଟଳ ।

ଏ କି ପାଗଳାମୀ ! ଏ ବୃଦ୍ଧ ବୟସରେ ବୃଥା ପ୍ରୟାସ ? ଭିତରେ କବାଟ କୋଣରେ ଛିଡ଼ା ହେଇ, ନିଷ୍କଳ ଆଖିରେ ଖାଲି ଦେଖୁଥିଲା ବାସନ୍ତୀ । ଅନ୍ୟ ଦିନ ହେଇଥିଲେ ପାଖକୁ ଧାଇଁ ଆସି ବାବୁଜୀ କ'ଣ ହେଲା ବୋଲି ପଚାରି ଥାଆନ୍ତା । ଆଜି ପଚାରୁନି । ପଚାରିବା ଦରକାର ନାହିଁ । ସେ ଜାଣେ କ'ଣ ହେଇଛି ।

ସେ ଭାବିଲା, ଯାହା ବି ହେଉ ସବୁ ଭୁଲ୍ ତା ନିଜର । ଦୀର୍ଘ ଏଗାର ବର୍ଷ ଭିତରେ ବି ସେ ବାବୁଙ୍କୁ କଣ ବୁଝି ପାରିଲା ନାହିଁ ?

ଉଦୟବାବୁ ଆମେରିକାରୁ ଫୋନ୍ କଲା ଦିନ ତା ପାଟିରୁ ଯଦି ସତ ବାହାରି ନଥାଆନ୍ତା, ତ ଆଜି ଏ ଅବସ୍ଥା କ'ଣ ହେଇଥାଆନ୍ତା ? ତେଣୁ ଏ ସବୁ ପାଇଁ ସେ ହିଁ ଦାୟୀ ।

ସେ ବି କ'ଣ କରିବ ? ତା ଅପାଠୁଆ ଗାଉଁଲି ମୁଣ୍ଡରେ କେତେ ବା ବୁଦ୍ଧି ! ସେଇ ଉପସ୍ଥିତ ବୁଦ୍ଧିର ଅଭାବ ଓ ବୋକାପଣ ଯୋଗୁଁ କ'ଣ କମ ଯାତନା ଭୋଗିଛି !

ଜଟଣୀ ମୁଖ୍ୟରାସ୍ତାରୁ କୋଡ଼ିଏ କିଲୋମିଟର ଭିତରକୁ ଏଇ ଛୋଟିଆ ଗାଁ । ତାର ଶେଷ ମୁଣ୍ଡ ଆଡ଼କୁ ଏକ ପ୍ଲଟ୍ ଉପରେ ଏ ଘର ।

ଭୁବନେଶ୍ୱରରେ ଥିଲାବେଳେ ପଚିଶ ବର୍ଷ ତଳେ ଶୁଭେନ୍ଦୁବାବୁ ଏ ଜାଗା କିଣି ଥିଲେ । ଶସ୍ତାରେ ବିରାଟ ପ୍ଲଟ୍ । ସାଢ଼େ ଚାରି ଫୁଟ୍‌ର ପାଚେରି ଘେରାଇ ଛାଡ଼ି

ଦେଇଥିଲେ । ଚାକିରିରୁ ଅବସର ନେଇ ଘର କଲାବେଳକୁ, ଏ ଜାଗା ନିଶ୍ଚୟ କେତେ ଉନ୍ନତି ହେଇଯିବା କଥା, ହେଲାନାହିଁ । ଏବେ ବି ନିଛାଟିଆ ।

ସାରା ଜୀବନ ସେଇ ଦୁଇ ପିଲାଙ୍କୁ ମଣିଷ କରିବା ପ୍ରୟାସରେ କେତେବେଳେ ସବୁ ଧନ ଓ ସମୟ ହାତ ମୁଠାରୁ ବାଲି ପରି ଖସିଗଲା, ଜଣା ପଡ଼ିଲା ନାହିଁ । ସଫଳତା ସ୍ୱରୂପ ଆମେରିକାରେ ବଡ଼ପୁଅ ଉଦୟ ଓ ବୋହୂ ଦୁହେଁ ଇ ଏନ୍ ଟି ବିଭାଗରେ ଜଣେ ଜଣେ ସଫଳ ଡାକ୍ତର । ସାନ ପୁଅ ଉମେଶ ବି ସେଇଠି । ପାର୍ଟ ଟାଇମ ଜବ୍ କରୁଛି ଓ ପଢୁଛି । ସେଠିକା ଚାକିରିରେ ଅଧିକ ଦରମା । ପଢ଼ା ସରିଲେ ସେଇଠି ହିଁ ରହିବ କହୁଥିଲା ବଡ଼ ଭାଇକୁ ।

ତେବେ ଦୁଇ ପିଲାଙ୍କ କାନ୍ଧରେ ଖଞ୍ଜି ଥିବା ସୁନେଲି ଡେଣାରେ ଫେରିବା ଠିକଣା ଲଗାଇବାକୁ ବୋଧହୁଏ ଭୁଲି ଯାଇଥିଲେ ବାପା । ପୁଅ ଦୁହେଁ ଦୀର୍ଘବର୍ଷ ହେଲା ଓଡ଼ିଶା ଆସିନାହାନ୍ତି । ନାତାଙ୍କ ଜିଦ୍‌ରେ ଦୁଇ ବଖରା ସ୍ୱପ୍ନର ଘର ତୋଲା ହୋଇ ପ୍ରତିଷ୍ଠା ବେଳକୁ ବି ନୁହଁ । ସେତେବେଳେ ଅବଶ୍ୟ ଏତେ ଜରୁରି ନଥିଲା ।

"ଏ ଛୋଟମୋଟ କଥାରେ ଟିକେଟ୍‌ରେ ପଇସା ଖର୍ଚ୍ଚ କରିବା ଠିକ୍ ହେବକି ବାପା ?"

"ହଉ ଚିନ୍ତା କରନି, ତୁମ ବୋଉ ତ ସେମିତି, ମୁଁ ବୁଝେଇ ଦେବି" ବୋଲି କହିଥିଲେ ଶୁଭେନ୍ଦୁ ।

ଗୃହ ପ୍ରବେଶର ତିନିବର୍ଷ ପରେ ବୋଉ ମରିଗଲା ବେଳକୁ ଦୁଇ ପୁଅ ଆସିବା ଅବଶ୍ୟ ଜରୁରି ଥିଲା, କିନ୍ତୁ ଦୁର୍ବଳ ଅର୍ଥନୀତି ଦେଇ ଗତି କରୁଥିବା ଆମେରିକା କମ୍ପାନୀରୁ ଛୁଟି ମିଳିବା ସମ୍ଭବ ହେଲାନାହିଁ । ଯେତେ ଦୁଃଖ ଲାଗିଲେ ବି ସେମାନେ ନିରୁପାୟ । ଶୁଭେନ୍ଦୁ ନିଜ ନିର୍ବଳ ଶରୀର ଓ ମନକୁ, ବିନା କାହା ସାହାରାରେ ନିଜେ ନିଜେ ଶକ୍ତ କଲେ ।

ଘର ପ୍ରତିଷ୍ଠା ଓ ଅନ୍ୟ ସମୟରେ ଭୁବନେଶ୍ୱରରୁ ଯେଉଁ ସାତ ଆଠ ଜଣ ସାଙ୍ଗ ଆସୁଥିଲେ, ସ୍ତ୍ରୀ ବିୟୋଗ ପରେ ତାଙ୍କୁ ଭୁବନେଶ୍ୱର ଫେରିଯିବାକୁ ପରାମର୍ଶ ଦେଲେ । କହିଲେ,

"ତୁ ଏକାକୀ ଏଠି କ'ଣ କରିବୁ ଶୁଭେନ୍ଦୁ ? ଭୁବନେଶ୍ୱର ଚାଲ । ସେଇଠି ଆମେ ସବୁ ରିଟାୟର୍ଡ ବୁଢ଼ା ଗୋଟେ କ୍ଲବ୍ କରିଛୁ । ସକାଳେ ପ୍ରଣାୟାମ କରୁଛୁ, ଏକ୍ସରସାଇଜ୍ କରୁଛୁ, ମେଲିହେଲ ହସୁଛୁ । ସଞ୍ଜକୁ ତାସ୍ ବାଡ଼ଉଛୁ । ମିଲିମିଶି ସମୟ କାଟିଦେବା । ଏ ଘର ଭଡ଼ା ଲଗେଇ ଦେ ।"

ପୁଅ ବୋହୂ ରାଜି ହେଲେ ନାହିଁ । ଯାହା ହେଲେ ନିଜଘର, ନିଜଘର । ସେ ପରା ସ୍ୱପ୍ନର ଘର ! ବୋଉର ଆମ୍ୟା ଅଛି ସେଠି । ଏମିତି ବି କୋଉ ଭଡ଼ାଟିଆ ଏ ଘରକୁ ନିଜ ଘର ପରି ରଖ୍ଖବ ? ଆମେ ଗଲା ବେଲକୁ ଘରର ଅବସ୍ଥା ଆଉ ଥବ ? ସେଇଠି ରୁହ ବାପା । କିଛି ଦିନ ପରେ ମନ ବହଲି ଯିବ ।

ପୁଅ ଏବଂ ଘରର ମୋହକୁ ଏଡ଼ାଇ ପାରିଲେ ନାହିଁ ବାପା । ସାଙ୍ଗସାଥୀ ଧୀରେ ଧୀରେ ବୁଢ଼ା ହେଲେ । ମଝିରେ ମଝିରେ ଯେଉଁ ଆସୁଥଲେ, ଆଉ ଆସି ପାରିଲେ ନାହିଁ । କିଏ କିଏ ମରି ଗଲେଣି ।

ଦୀର୍ଘ ଏଗାର ବର୍ଷ ଧରି ସେ ଏ ଘରକୁ ଜଗିଛନ୍ତି ଯକ୍ଷ ପରି । ଅଧିକାଂଶ ସମୟ ଅଗଣାରେ ବସନ୍ତି । ଚୁନା ଚୁନା କଟା ପିଆଜ, କଞ୍ଚାଲଙ୍କା, ଠୋପେ ସୋରିଷତେଲ ଗୋଲାଇ ମୁଢ଼ି ଚୋବାନ୍ତି । ବଡ଼ ଷ୍ଟିଲ୍ ଗ୍ଲାସରେ ନାଲି ଚାହା ପିଅନ୍ତି । ଖବରକାଗଜ ପଢ଼ନ୍ତି । ଏ ସବୁ ପରେ ଯେଉଁ ସମୟ ବଳିଯାଏ, ପିଲାଦିନ କଥା ମନେପକାନ୍ତି । ପୁରୁଣା ରେଡ଼ିଓ ଟ୍ୟୁନ୍ କରି ଆକାଶବାଣୀ କଟକ ଲଗାନ୍ତି, ଗୀତ ଗୀତିକା ଓ ତାଜା ଖବର ଶୁଣନ୍ତି । ଟିଭି ଠାରୁ ତାଙ୍କୁ ରେଡ଼ିଓ ବେଶୀ ପସନ୍ଦ । ସବୁ ସେଇ ପାଚେରି ଘେରା ଅଗଣା ଭିତରେ ଚାଲେ ।

ଅବଶ୍ୟ ପୁଅ ଫୋନ୍ କରେ ସପ୍ତାହରେ ଥରେ । ଘରର ଟିକି ନିଖ୍ଖ ବୁଝିଦିଏ । ବାପାଙ୍କ ଚଳିଯିବା ପରି ଟଙ୍କା ପଠାଇ ଦିଏ । ଘରକାମ ପାଇଁ ନିଯୋଜିତ ବାସନ୍ତୀ ଏକାଉଣ୍ଟକୁ ବି ତା ଦରମା ପଠାଇ ଦିଏ । ବର୍ଷସାରା ପୂଜାପର୍ବରେ ଲୁଗାପଟା ହେଲା କି ହାତ ଖର୍ଚ, ଶୁଭେନ୍ଦୁ ନିଜ ପକେଟ୍‌ରୁ ଜବର କରି ବାସନ୍ତୀ ହାତରେ ଗୁଞ୍ଜି ଦିଅନ୍ତି ।

ଅଗଣାରେ ସୁଲୁସୁଲିଆ ପବନ । ସ୍ୱର୍ଣ୍ଣଚମ୍ପା, କାଠଚମ୍ପା, କେଶୀ କୁସୁମ ସହ ଆମ୍ୟ, କରମଙ୍ଗା, ପିଜୁଲି, ନେଉଆ ଓ ବାତାପି ଗଛ ତିନୋଟି । ଭୁବନେଶ୍ୱରରୁ ହାଇବ୍ରିଡ଼ ଚାରା ଆଣି ସୁମିତ୍ରା ଭାରି ଶ୍ରଦ୍ଧାରେ ଲଗାଇଥଲେ । ଗତ କିଛି ବର୍ଷ ହେଲା କଷି ଧରୁଛି । ପାଚିଲା ପର୍ଯ୍ୟନ୍ତ ରୁହେ ନାହିଁ । ମାଙ୍କଡ଼ଦଲ ଝଡ଼େଇ ଦିଅନ୍ତି ।

ମାଙ୍କଡ଼ ମାନେ ଖାଲି ସେ ମାଙ୍କଡ଼ ନୁହଁ । ଲିଙ୍ଗୁଡ଼ବିହୀନ ବି । ବାଲୁଙ୍ଗା ସ୍କୁଲ୍ ଫେରନ୍ତା ଝଖେଚଡ଼ ।

ସବୁ ମାଙ୍କଡ଼ଦଲ ପାଇଁ ଶୁଭେନ୍ଦୁଙ୍କର ପ୍ରତିକାର ପନ୍ଥା ଅଲଗା ।

ଦୀପାବଲୀ ସମୟରେ ଜତଣୀ ହୋଲ୍‌ସେଲ ମାର୍କେଟରୁ ମଗେଇଥବା ଗଛେ ତାଲଫୋଟକା ବର୍ଷ ଭରି ଖରାତେଜ ଦେଇ ସାଇତା ହୋଇ ରୁହେ । ଚୁଚୁହ୍ୟାରେ

ଗୋଟାଏ ଲଗାଇ ଛାଡ଼ି ଦେଲେ, ଢୋଓଓଓ...ଲାଙ୍ଗୁଡ଼ବାଲାଏ ଛିନ୍ନଛତ୍ର ହୁଅନ୍ତି କିଏ କୁଆଡ଼େ ।

ଲାଙ୍ଗୁଡ଼ ବିହୀନଙ୍କ ପାଇଁ ଟିକେ ଦିମାଗ୍‌ ଲଗାଇବାକୁ ପଡ଼େ । ପାଖ ଗାଁ ସ୍କୁଲ୍ ଛୁଟି ଚାରିଟା ପନ୍ଦର । ତା' ଆଗରୁ ପ୍ଲାଷ୍ଟିକ୍‌ ଚୌକି ଖଣ୍ଡେ ପକାଇ ଗଛ ଆଢ଼ୁଆଳରେ ଲୁଚିଲା ପରିକା ବଙ୍କୁଳୀ ବାଡ଼ି ଖଣ୍ଡେ ଧରି ଜଗି ବସିଥିବେ । ସ୍କୁଲ୍ ଛୁଟି ପରେ ପାଦ କଟାଡ଼ି, ଧୂଳି ଉଡ଼େଇ ଘୋ' ଘୋ' ହେଇ ସେଇ ବାଟେ ଫେରୁଥିବେ ସେମାନେ । ହଠାତ୍‌ ତାଙ୍କ ଘୋ' ଘୋ' ଶବ୍ଦ ବନ୍ଦ ହେଇଯିବ । ଫୁସ୍‌ଫାସ୍‌ ଆରମ୍ଭ ହେବ । ଜଣେ ଦି' ଜଣ ଆଗ କରି କହୁଣୀ ଭରାଦେଇ ପାଚେରି ଭିତରକୁ ଉଙ୍କିବେ । କେହି ଦେଖାଯିବେନି । ହିଁ ହିଁ ଖିଁ ଖିଁ ହେଇ କହିବେ ବୁଢ଼ା ଶୋଇଛି, ଚନ୍ଦ୍‌ । ଯୋଡ଼େ ତିନିଟା ବର୍ଗୁଲିଆ ଚଢ଼ି ଯିବେ ଆଗ କରି । ତଳେ ସ୍କୁଲ୍ ବସ୍ତାନୀ ସହ ଚଟି ଜଗିଥିବେ ଆଉ ଦି' ଚାରି ଜଣ । ବାସ୍‌ ଯେତେ ଯାଏ ହାତ ପାଇବ, ଡାଲକୁ ଟଣା ଭିଡ଼ା କରି ତୋଳି ଚାଲିବେ । ତଳୁ ପାଟି ଶୁଭୁଥିବ, ଡେଙ୍ଗ ଲଗା ଆଣୁନୁ ବେ, ନସି ଭାଙ୍ଗି ପଖାଳ ଖାଇବା । କିଏ କହିବ ସାତ ପଟିରିଆ ଆମ୍ବ ଡାଲ ଖଣ୍ଡେ ଛିଣ୍ଡାରେ, ବୋଉର କାଲି ଗୁରୁବାର । ଦେଖୁକି ସେ ଖୁସୀ ହେଇଯିବ ।

ପୁଣି ହିଁ ହିଁ ଶୁଭିବ । ବୁଢ଼ା ଏଥର ବଙ୍କୁଳୀ ବାଡ଼ି ଧରି ଆସ୍ତେ ଆସ୍ତେ ଉଠିବେ ।

"କିଏରେ ସିଏ ଖେଚଡ଼ ଛୁଆ" କହି ପାଟି କରିବେ ଯେ, ପିଲା ସବୁ କିଲିକିଲା ହେଇ ଦୁଧ ଧାସ୍ ଡେଇଁବେ ତଳକୁ । "ବୁଢ଼ା ଆଇଲା ବେ..ଭାଗୋ ଭାଗୋ.."

କିଏ କୁଆଡ଼େ ଡିଆଁ ମାରିବେ ।

"ଦେ ମା'ପ୍ଲ ଦେ କଟାଡ଼ି, ବୁଢ଼ା ଅକାର ଫଟାଅ ଥୋଡ଼ି ।"

କେତେ ଦୂର ଯାଏ ତାଙ୍କର ଏଇ ପଦକ ସ୍ୱର ଭାସି ଆସୁଥିବ । ଶୁଭେନ୍ଦୁଙ୍କ ମୁହଁ ରାଗରେ ଲାଲ୍ ପଡ଼ିଯିବ । କିନ୍ତୁ ପିଲାଙ୍କୁ ଘଉଡ଼ାଇ ଗଡ଼ ଜିତିବା ପରି ଛାତି ଫୁଲାଇ ଘର ଭିତରକୁ ପଶୁ ପଶୁ କହିବେ,

"ଚାହା ଟିକେ ବସା ଲୋ ବାସନ୍ତୀ । ଆଜି ବାଲୁଙ୍ଗା ପଞ୍ଜାକୁ ଦେଇଛି ପାନେ ।"

ସେ ଆଗରୁ ଭାରି ଉଦାସ ରହୁଥିଲେ । ଗୁମ୍ଭର । ସବୁବେଳେ ଚିନ୍ତାମଗ୍ନ । ଗଛରେ କଣ୍ଢି ଧରିବା ପରଠୁ ତାଙ୍କ ଚଞ୍ଚଳତା ବଢ଼ିଯାଇଛି । ଠେଙ୍ଗା ଧରି ପିଲାଙ୍କ ଉପରେ ଗରଜି ଉଠିବା ପରି ଗୋଟିଏ ଗୁରୁତ୍ୱପୂର୍ଣ୍ଣ କାର୍ଯ୍ୟଟେ ସେ ନିଜେ କରନ୍ତି । ଏଥିରେ କାହାର ହସ୍ତକ୍ଷେପ ତାଙ୍କୁ ପସନ୍ଦ ନୁହେଁ ।

ଥରେ ପିଲାଙ୍କୁ ଘଉଡ଼ାଇବା ବେଳେ, ଝୁଣ୍ଟି ପଡ଼ିଲେ ଯେ' ସିଧା ମୁହଁ ମାଡ଼ି ତଳେ କଟରା ଖାଇଲେ। ମହାପ୍ରଭୁ ଛୁଆଙ୍କ କଥା ଶୁଣିଲେ କି ଆଉ ?

ସେ ଶୁଣନ୍ତି ? ତାଙ୍କର କାନ ଅଛି ?

ବସନ୍ତୀ ତଳୁ ବାବୁଜୀଙ୍କୁ ଉଠାଇଲା। ଥୋଡ଼ି ଅବଶ୍ୟ ଫାଟି ନ ଥିଲା। ଆଣ୍ଠୁ ଗଣ୍ଠି ଆଞ୍ଚୁଡ଼ା ହେଇଥିଲା ଅଛ। ବାସନ୍ତୀ କହିଲା

"ବାବୁଜୀ, କହିବି କି ଯାଇକି ତାଙ୍କ ସ୍କୁଲ୍ ମାଷ୍ଟରଙ୍କୁ ? ମତେ ଡର ଫର କିଛି ନାହିଁ। ତମେ ଖାଲି ହଁ କହିଲେ, ଏଇନା ଯାଆନ୍ତି।"

ବାବୁଜୀ କହିଲେ " ନା'ଥାଉ।"

"ନହେଲେ ବାଲୁଙ୍ଗାଙ୍କ ବାପା ମାଆଙ୍କୁ ଯାଇ କହିବି କି ? ସାବାଡ଼ କରିବେ ନିଜ ଗୁଣବନ୍ତ ମାନଙ୍କୁ।"

ବାବୁଜୀ ପୁଣି କହିଲେ "ନା ଥାଉ।"

ନିଜେ ନିଜେ ଆଣ୍ଠୁରେ ପଞ୍ଚଗୁଣା ଘଷି ଉହୁଃ ଆହାଃ ହେଇ ହେଇ ଖଟ ଉପରେ ଗଡ଼ି ପଡ଼ିଲେ। ପୁଣି ବାସନ୍ତୀ ଅଛ ଅଧିକାର ସାବ୍ୟସ୍ତ କଲା ପରି ଟିକେ ଚଢ଼ା ଗଳାରେ କହିଲା

"ଠିକ୍ ଅଛି, ଏଥର ସାନବାବୁ ଫୋନ୍ କଲେ କହିବ ତ କିଛି ଅଧିକ ଟଙ୍କା ପଠାଇବେ ! ପାଚେରିଟା ଆଉ ଦୁଇଫୁଟ୍ ଉଠେଇ ଦେବା। ସବୁବେଳେ କିଏ ଜଗିବ ଏ ଅଜରାଙ୍କୁ।"

ବାବୁଜୀ ଶୋଇ ପଡ଼ିଥିଲେ କି କ'ଣ। ଶୁଭିଲା କି ନାହିଁ ? କିଛି ତ ଉତ୍ତର ଶୁଭିଲାନି।

ଆସନ୍ତା ଚାରିଦିନ ପିଲାଙ୍କ ସ୍କୁଲ ଛୁଟି। କେହି ଆସିଲେନି। ଶୁଭେନ୍ଦୁ ବି ଅଛ ଭଲ ହୋଇ ଉଠିଥିଲେ। ପଞ୍ଚମ ଦିନ ଯାହାକୁ ତାହା। ପୁଣି ପିଲା ମାତିଲେ। ତାଙ୍କ ଆଣ୍ଠୁ ଠିକ୍‌ରେ ଭଲ ହୋଇ ନ'ଥିବାରୁ, ଉଠି ଯାଉ ଯାଉ ପୁଣି ପଡ଼ିଲେ। ଏଥର ପଡ଼ିଲେ ଯେ ସିଧା ମୁଣ୍ଡରେ ଆବୁ।

ବାସନ୍ତୀ କିଛି ବାଟ ନ ପାଇ, ଅଟୋ ଡକାଇ ଡାକ୍ତରଖାନା ନେଇଗଲା। ଭୁବନେଶ୍ୱର ଏମ୍। ସେଠି ତାଙ୍କର ସ୍ୱାସ୍ଥ୍ୟବୀମା କାର୍ଡ୍ ଅଛି। ମାଗଣାରେ ହବ।

ସେଦିନ ରାତିରେ ହିଁ ଆମେରିକାରୁ ଫୋନ୍ ଆସିବାର ଦିନ ଥିଲା ! ବାବୁଜୀ ଶୋଇଥିଲେ। ବାସନ୍ତୀ ଫୋନ୍ ଉଠେଇଲା।

"ବାବା ଶୋଇଛନ୍ତି ମେଡ଼ିସିନ୍ ଖାଇ। ତାଙ୍କ ଦେହ ଭଲ ନାହିଁ।"

ଯାହା ଘଟିଥିଲା, ଗୋଟିଗୋଟି କରି ସାନବାବୁଙ୍କୁ ସବୁ କହିଲା। ଶୁଣିଲା ଉଦୟ। ଭାରି ବ୍ୟସ୍ତ ଓ ବିରକ୍ତ ହେଲା।

"ଏ ବୟସରେ ପିଲାଙ୍କ ସହ ମିଶି ମାଙ୍କଡ଼ାମୀ କଲେ କ'ଣ ହବ ? ବାପାବି ନା, ଗୋଟେ ସ୍ଥାୟୀ ବ୍ୟବସ୍ଥା ନକରି ଧନ୍ଦା ଚଲେଇଛନ୍ତି" କହି ଫୋନ୍ କାଟିଦେଲା।

ଚାରିଦିନ ପରେ ଡାକ୍ତରଖାନାରୁ ଫେରିଲେ ଶୁଭେନ୍ଦୁ। ମୁହଁ ସଞ୍ଜ। ଅଟୋଟା ଗେଟ୍ ମୁହଁରେ ଛାଡ଼ିଦେଲା। ପାଇଜାମା ପକେଟରୁ ଭଡ଼ା କାଢ଼ି ବାସନ୍ତୀକୁ କହିଲେ "ନେ, ଦେଇଦେ।" ଅଟୋ ଚାଲିଗଲା।

ଶୁଭେନ୍ଦୁ ଦି' ପାହୁଣ୍ଡ ପକାଇ ଗେଟ୍ ମୁହଁରେ ଛିଡ଼ା ହେଲେ। ନିଜ ଘର କାଇଁ ଅଚିହ୍ନା ଲାଗୁଛି। ଏତେ ପର ପର ଲାଗୁଛି। କି ପରିବର୍ତ୍ତନ ଲକ୍ଷ୍ୟ କରୁ କରୁ ତାଙ୍କ ଆଖି ପଡ଼ିଲା।

ସେତିକି ବେଳୁ ତାଙ୍କର ଏ ଅବସ୍ଥା। ସେ ଯେମିତି ବିନା ଯୁଦ୍ଧରେ ପରାଜିତ ସୈନିକଟିଏ ପରି ଲଥ୍ କରି ବସି ପଡ଼ି ଛନ୍ତି। ବହୁତ କଷ୍ଟରେ ବାସନ୍ତୀ ତାଙ୍କୁ ଉଠାଇ ଘର ଭିତରକୁ ନେଲା। ଚାରିଦିନ ଅକ୍ଲାନ୍ତ ପରିଶ୍ରମ ଓ ସେବା କରି ଭଲ କରିଥିବା ମଣିଷଟା ହଠାତ୍ ଏମିତି ଭାଙ୍ଗି ପଡ଼ିବ, କାହା ଦେହ ସହିବ ! କାନ୍ଧରୁ କାଢ଼ି ମାଆଙ୍କ ଫଟୋକୁ ସାରାରାତି କୁଣ୍ଢେଇ ଧରିଛନ୍ତି।

ଫୋନ୍‌ରେ ସବୁ କଥା ଶୁଣି ଉଦୟବାବୁ ଯେ ରାତା ରାତି ପୁରୁଣା ପାଚେରି ଉପରେ ନୂଆ ପଥର ବସାଇ ତାରବାଡ଼ ଘେରାଇ ଦେଇଥିବେ, କେବେ ଭାବି ନଥିଲା ବାସନ୍ତୀ। ବିଦେଶରେ ଥାଇ ବି ତାଙ୍କ ଆଖି ଜଟଣିରେ।

ଘରକୁ ଲାଗି ପାର୍ଶ୍ୱରେ ଯେଉଁ ବିସ୍ତୀର୍ଣ୍ଣ ପଡ଼ିଆ ପଡ଼ିଛି, ଉଦୟ କୁଆଡ଼େ ଲିଜ୍‌ରେ ନେବା ପାଇଁ ଆଡ଼ଭାନ୍ସ ଦେଇସାରିଛି। ଏ କଥା ଉଦୟ ନିଜେ କହିଥିଲେ ତାଙ୍କୁ ଖରାପ ଲାଗି ନଥାନ୍ତା। ଦୁର୍ଭାଗ୍ୟ ଯେ, କିଛିଦିନ ତଲେ ଏ କଥା ବାହାରୁ ତାଙ୍କ କାନରେ ପଡ଼ିଛି।

କୃଷିବିଭାଗର କେଉଁ ଜଣେ ଅଧିକାରୀଙ୍କ ସହ ତାର ଏବେ ଭଲ ବନ୍ଧୁତା। ଏଠି ଲଙ୍କା ଆମ୍ବ ଓ କଲମୀ ଆମ୍ବ ଚାଷ ପାଇଁ ମାଟି ଅନୁକୂଳ। ପ୍ରଚୁର କାଜୁ ବାଦାମ ଆମଦାନୀ ହେବ। କେୟାର‌ଟେକର୍ ପାଇଁ ଚିନ୍ତା ନାହିଁ। ଘର ଅଛି, ବାପା ଅଛନ୍ତି। ସେଇ ଲୋକ ସହାୟତାରେ ରାତା ରାତି ପାଚେରି ଉଠିଛି ନିଶ୍ଚେ।

ଶୁଭେନ୍ଦୁ ବୁଢ଼ା। ଅଯଥା ହାତୁଡ଼ି ପ୍ରହାର କରି କ୍ଲାନ୍ତ ହେବା ପରେ, ଯେମିତି ନିଶ୍ଵାସ, ନିରାସକ୍ତ। ଗେରୁଆ ଖୋର୍ଦ୍ଧ। ଗାମୁଛା ଅଣ୍ଟାରୁ ଖୋଲି

ଦେହମୁଣ୍ଡରୁ ଝାଳ ପୋଛିଲେ। ଶେଷକୁ ଅସହାୟ ହେଇ, ପାଚେରି ଦେହରେ ଆଉଜି ପଡ଼ିଲେ।

ସେ ଆଜି ସାଂଘାତିକ ଭାବେ ମର୍ମାହତ। ହଲ୍ ନାଇଁ କି, ଚଲ୍ ନାଇଁ। ସୁଉଚ୍ଚ ପାଚେରି ଘେରାରେ ସେ ଆବଦ୍ଧ, ତାଙ୍କ ଶ୍ୱାସ ରୁନ୍ଧି ହେଇ ଯାଉଛି କି! ସେ ବି ସେଇ ଆମ୍ବ, ବାତାପି, କରମଙ୍ଗା ଗଛ ପରି ୟା ଭିତରେ ବନ୍ଦୀ।

ଛୁଆ ତ ଚଢ଼ି ପାରିବେ ନାହିଁ। ତାଙ୍କରି କୁନି କୁନି ହାତର ଟଣା ଓଟରା ଓ ଦୁଷ୍ଟାମୀର ମିଠା ଆଘାତ ଏ ବିଶାଳ ଦ୍ରୁମ କ'ଣ ଅନୁଭବ କରି ପାରିବ ଆଉ ? ତାଙ୍କ ସ୍ପର୍ଶରେ ଡାଳପତ୍ର ପୁଣି କେଅଁଳି ଉଠିବ ନାହିଁ। ଓଃ କାହା ପାଇଁ ଏ ଆତୁର ବିଳାପ !

ସେ ସାମାନ୍ୟ ହଲିଗଲେ। ଚାହିଁଲେ ଅନାଥ ଅଭାଗିନୀ ଝିଅଟିକୁ। ଆଖିରେ ତାର ଅନୁତାପର ଅଶ୍ରୁ। ନିରାଶ୍ରୀ ବିଚାରୀର ଭୁଲ୍ ନୁହେଁ। ସେ ସବୁବେଳେ ତାଙ୍କ ମଙ୍ଗଳ ଚାହିଁଛି। ସେବା କରି ଆସିଛି ଦୀର୍ଘ ଏଗାର ବର୍ଷ ହେଲା।

ସେ ପୁଣି ଉର୍ଦ୍ଧ୍ୱମୁଖ ହେଲେ। ଆଖିରେ ତାଙ୍କର ହଜାରେ ବର୍ଷର ହତାଶା। ଶୂନ୍ୟକୁ ଚାହିଁ ନିରବପ୍ରଶ୍ନ ବାଢ଼ିଦେଲେ।

"ତୁମେ ଏକାକୀତ୍ୱର ଯନ୍ତ୍ରଣା କ'ଣ ଜାଣ କି ଈଶ୍ୱର ? ତୁମର ଜରା ନାହିଁ କି ବାର୍ଦ୍ଧକ୍ୟ ନାହିଁ। ମୃତ୍ୟୁ ନାହିଁ। ଚିର ଅମର ତୁମେ। ଆମ୍ଭୟ୍ଙ୍କ ବିୟୋଗର ପୀଡ଼ା ତୁମେ କ'ଣ ବୁଝି ପାରିବ ?

ଦେଖ ମତେ, ମୁଁ କେଉଁ ଅନନ୍ତ କାଳରୁ କେମିତି ଚାହିଁ ବସିଛି। ସେମାନେ ଆସିବେ, ରହିବେ। ଏ ସୁନ୍ଦର ଘର ତାଙ୍କ ପାଇଁ। ଆସିବେ ? କେବେ ? ମଲା ପରେ ? ବୋଉ ମଲାପରେ ଆସିଥିଲେ ?

ହେ ନିଷ୍ଠୁର ଈଶ୍ୱର, ତମର ପ୍ରକୃତରେ କାନ ନାହିଁ, ଆଖି ନାହିଁ, ବାକ୍‌ଶକ୍ତି ତ ବିଲ୍‌କୁଲ୍ ନାହିଁ। ଅନ୍ଧ, ମୂକ ଓ ବଧିର ତୁମେ। ତମର ହୃଦୟ ନାହିଁ। ପ୍ରକୃତରେ ଈଶ୍ୱର ବୋଲି କେହି ଜଣେ କ'ଣ ସତରେ ଅଛି ? ତୁମେ ଅଛ ? ଉଁ... ?"

ବାସନ୍ତୀ ଜୁଲୁ ଜୁଲୁ ହେଇ ଥରଟିଏ ବାବୁଜୀଙ୍କୁ ଚାହିଁଲା। ତାକୁ ଚାକରାଣୀ ନୁହେଁ, ଝିଅ ପରି ଆଶ୍ରା ଦେଇଥିବା ବାବୁଜୀଙ୍କ ଛାତି ତଳେ ଆମାପ ଯନ୍ତ୍ରଣା ! ଆଖିରେ ସମୁଦ୍ରେ ଲୁହ।

"ହେଃ ଈଶ୍ୱର, ପ୍ରକୃତରେ ତୁମେ ପାଷାଣ। ଦେଖ ସେ ବୁଢ଼ା ମଣିଷକୁ। ସେ ଯେ ଛୁଆଙ୍କ ଭିତରେ ନିଜ ବାଲ୍ୟ ଚପଲତା ଖୋଜି ଖୁସି ପାଉଥିଲେ। 'ବୁଢ଼ା ଆଇଲାରେ ଭାଗୋ ଭାଗୋ'କୁ ଉପରେ ଉପରେ ବିରକ୍ତ ହୋଇ, ଭିତରେ ଉପଭୋଗ କରୁଥିଲେ।

ମୁଁ ସିନା ଅପାଠୋଇ ମୁରୁଖ ଗାଉଁଲି ମଣିଷ ବୋଲି ଜାଣି ପାରିଲିନି, ତୁମକୁ ତ ସବୁ ଜଣା । ଜାଣିଲନି ?

ତାଙ୍କ ବିଜନ ଅପରାହ୍ନର ସାଥୀ ଓ ତାଙ୍କ ମଝିରେ ପ୍ରତିବନ୍ଧକ ସାଜି ଛିଡ଼ା ହୋଇଗଲା ଏ ବିଶାଳ ପ୍ରାଚୀର । ପୁଅ ଗଢ଼ାଇଛି ତା ପଇସାରେ । କାହାର ସାହସ ଅଛି ହଟେଇ ଦେଇ ପାରିବ ?”

ଈଶ୍ୱରଙ୍କ ଉଦ୍ଦେଶ୍ୟରେ ନୀରବ ଆର୍ତ୍ତନାଦଟିଏ ବାହାରି ଆସିଲା ।

କାହାର ଏ ଅନ୍ତର୍ଭେଦି ଆର୍ତ୍ତନାଦ !

ହଠାତ୍ ଘଡ଼ଘଡ଼ି ଶବ୍ଦରେ ଗଗନ ଫାଟିଗଲା ପରି ଲାଗିଲା । ଚିକ୍ କରି ଆକାଶରେ ଚରିଗଲା ବିଜୁଳିର ଧାର । ଘୁ ଘୁ ଗର୍ଜନ କରି ମାଡ଼ି ଆସିଲା ଅଦିନ ଝଡ଼ ତୋଫାନ୍ ।

ଈଶ୍ୱରଙ୍କୁ କିଏ ଆହ୍ୱାନ କରିଛି ? ତାଙ୍କ ଅସ୍ତିତ୍ୱରେ ଆଙ୍କି ଦେଇଛି ପ୍ରଶ୍ନବାଚୀ ? ସେ କ’ଣ ଝଡ଼ର ରୂପ ନେଇ ନିଜ ଅସ୍ତିତ୍ୱର ପ୍ରମାଣ ଦେବାକୁ ଧରା ପୃଷ୍ଠାକୁ ଅବତରଣ କଲେ କି ? ନିଜ ଉପସ୍ଥିତି ଜାହିର କରିବାକୁ ତାଙ୍କର କ’ଣ ଏ ଭୟଙ୍କର ରୂପ !

ଲଗାଦାର ତିନିଦିନର ଝଡ଼ତୋଫାନ୍ ପରେ ଆକାଶ ସାମାନ୍ୟ ଫର୍ଚ୍ଚା ହେଲା । ସବୁକିଛି ଶାନ୍ତ । ଶୀତଳ । ତିନିଦିନ ଉପାସିଆ ବାବୁଙ୍କ ହାତ ଧରି, ଧିରେ ଧିରେ ଅଗଣାକୁ ବାହାରିଲା ବାସନ୍ତୀ ।

କୌଣସିଟି ଗଛ ନଥିବ ବଗିଚାରେ । ଏ ବାଦଲ ଫଟା ବର୍ଷାରେ ସବୁ ହେଇଥିବେ ନଷ୍ଟଭ୍ରଷ୍ଟ । କେମିତି ଦେଖିପାରିବେ ଏ ବିପର୍ଯ୍ୟସ୍ତ ଅଗଣାର ରୂପ !

ଆଶ୍ଚର୍ଯ୍ୟ ! ଆମ୍ବ, ଜାମୁରୋଲ, କରମଙ୍ଗା ବାତାପି ଗଛ ସେମିତି ଅଚଳ, ସ୍ଥିର, ସ୍ଥିତପ୍ରଜ୍ଞ ହୋଇ ଆକାଶକୁ ମୁହଁ କରି ଚାହିଁଥିଲେ । ସୂର୍ଯ୍ୟଙ୍କ କଅଁଳ କିରଣରେ ମୁରୁକି ହସୁଥିଲେ । ଅଳ୍ପ କିଛି ଡାଳପତ୍ର ଭାଙ୍ଗିବା ଛଡ଼ା, ବିଶେଷ କିଛି କ୍ଷତି ହୋଇ ନଥିଲା ।

କିନ୍ତୁ ପାଚେରି ! ହେ ଭଗବାନ ! ଦୀର୍ଘ ବର୍ଷ ତଳେ ଶୁଭେନ୍ଦୁ ନିଜ ରକ୍ତ ପାଣି ଫଟା ଟଙ୍କାରେ କରିଥିବା ପୁରୁଣା ଶକ୍ତ ପାଚେରି ଥିଲା ଅକ୍ଷୁର୍ଣ୍ଣ । କିନ୍ତୁ ତା’ ଉପରର ନୂଆ ଗଢ଼ା ହୋଇଥିବା କଞ୍ଚା ପାଚେରି ଓ ତାରବାଡ଼ ହେଇଥିଲା ଧରାଶାୟୀ।

ଶୁଭେନ୍ଦୁଙ୍କ ମୁଖମଣ୍ଡଳରେ ଅପୂର୍ବ ଆଭା । ଯେଉଁ ପାଚେରି ଭାଙ୍ଗିବାର ସାହସ କାହାର ନଥିଲା, ସେ କାର୍ଯ୍ୟ ଈଶ୍ୱର କରିଦେଲେ ।

“ପ୍ରଭୁ ସବୁ ତୁମରି ଇଚ୍ଛା”, କହି, ହାତ ଯୋଡ଼ିଲେ ।

ଭିତରୁ ଫୋନ୍ ବାଜି ଉଠିଲା। ଶୁଭେନ୍ଦୁ କହିଲେ “ମୁଁ ଦେଖେ କିଏ ଡାକୁଛି। ମୋ ହାତ ଛାଡ଼ ବାସନ୍ତୀ, ମୁଁ ନିଜେ ଯାଇ ପାରିବି। ତୁ ଯା’ ବଗିଚାର ଡାଲପତ୍ର ସଫା କର।”

ସେ ଭିତରକୁ ଯାଇ ଫୋନ୍ ଧରିଲେ। ବାସନ୍ତୀ ନାଁରେ ଉଇଲ୍ କରିଦେଇଥିବା ଘରର କାଗଜ ପତ୍ରକୁ ନିଜ ପାଖରେ ସାଇତି ରଖିଥିବୁରେ ବାପା ବୋଲି ପୁତ୍ରତୁଲ୍ୟ ବିଶ୍ୱସ୍ତ ଓକିଲ ଆନନ୍ଦକୁ ଆସ୍ତେକରି ପରାମର୍ଶ ଦେଲେ। ତା’ ପରେ ଗୋଟିଏ ସୁଦୀର୍ଘ ଓ ଗଭୀର କ୍ଲାନ୍ତି ଭିତରୁ ବାହାରି ଗଲେ ଶୁଭେନ୍ଦୁ। ବୋଝଟିଏ ଉତୁରି ଗଲା! ଭିତରୁ ପାଟି କରି ଡାକିଲେ

“ମାଆ ବସନ୍ତୀ, କାମ ସରିଲାକି ? ପଖାଳ ମୁଠେ ବାଢ଼ିଦେ। ମତେ ପ୍ରବଳ ଭୋକ।”

ପାଚେରି ଆଢ଼ୁଆଲରେ ଛିଡ଼ା ହେଇଥିବା ଦୁଇ ଯୁବକଙ୍କ ପାଖକୁ ତର ତର ହୋଇ ଖେପିଗଲା ବାସନ୍ତୀ। ଖୋସଣୀରୁ ପାଞ୍ଚଶ ଟଙ୍କା ବାହାର କରି ଇସାରା କଲା।

“ଅଧାକାମ ମତେ ପସନ୍ଦ ନୁହେଁ। ଖବରଦାର ଯେମିତି କାନକୁ କାନ ଖବର ନହୁଏ। ତଳେ ଯେଉଁ ଭଙ୍ଗା ପଥର ଖଣ୍ଡ ପଡ଼ିଛି, ତାକୁ ବି ଉଠେଇ ନେଇ ଦୂରରେ ଫିଙ୍ଗି ଦେବ। ପୂରା ସଫା କରିସାରି ଚୁପଚାପ୍ ଏଠୁ ପଳେଇବ।

ଭିତରକୁ ଧାଇଁ ଯାଉ ଯାଉ ଗୁଣୁ ଗୁଣୁ ହେଇ କହୁଥିଲା,

“ହେ ପ୍ରଭୁ ସବୁ ତୁମରି ଇଚ୍ଛା। ଜଣେ ଅସହାୟ ବୁଢ଼ା ବାପାର ଖୁସି ପାଇଁ ମୁଁ ଯଦି କିଛି ଭୁଲ୍ କରିଥାଏ, ମତେ କ୍ଷମା କରିବ। ତିନିଦିନ ପରେ ମୋ ବାବୁ ଭାତ ମୁଠେ ମାଗିଛନ୍ତି। ଯାଏ ଲୋ ମାଆ।”

ସ୍ମାର୍ଟଫୋନ୍

କାଲି ଯେଉଁ ଭରସା ଟିକକ ବାକି ଥିଲା, ଆଜି ତାହା ଭାଙ୍ଗିରୁଜି ଚୁର୍ମାର ହେଇଯିବା ପରି ଲାଗୁଥିଲେ ବି ଗୁଣନିଧି ଦୋକାନୀକୁ ଆଉଥରେ ଆଖି ଉଠାଇ ଚାହିଁଲା । ମାନେ କିଛି ତ ବାଟ ଥିବ ! କିଛି ହେଲେ କର ଭାଇ !

ଦୋକାନୀଟି ପୂର୍ବପରି ନାସ୍ତିବାଚକ ଭଙ୍ଗୀରେ ମୁଣ୍ଡ ହଲାଇ ସୂଚାଇ ଦେଲା

“ଉଁ ହୁଁ..ହେଲା ପରି ଲାଗୁନାହିଁ, ଏ ତ ପୂରା ଭାଙ୍ଗି ଯାଇଛି । ଯାକୁ ସଜାଡ଼ି ଟଙ୍କା। ଖର୍ଚ କରିବା ଅପେକ୍ଷା, ନୂଆ ଫୋନ୍ଟିଏ କିଣିଦେଲେ ବରଂ ଶସ୍ତା ହେବ ।”

ଏତିକି କହି, ସେ ଗୁଣନିଧିକୁ ଏକ ସନ୍ଦେହପୂର୍ଣ ଦୃଷ୍ଟିରେ ଗୋଡ଼ଠାରୁ ମୁଣ୍ଡଯାଏ ଚାହିଁଲା । ପୁଣି କହିଲା ,

“ଏଇଟା କ’ଣ ତମ ନିଜର ? ନୂଆଟିଏ ତ କିଣିଥିବା ପରି ଲାଗୁନାହିଁ । ସେକେଣ୍ଡହେଣ୍ଡ ହେଇଥିବ, ନହେଲେ କିଏ ଦେଇଥିବ ।”

ଏତିକ କହି ସେ ତଳକୁ ମୁହଁ ପୋତି ମୂର୍କ ହସିଲା ।

ଗୁଣନିଧି ପ୍ରଥମେ ପ୍ରଶ୍ନଟି ବୁଝି ନପାରି ଆଶ୍ଚର୍ଯ୍ୟ ହୋଇ ଚାହିଁଲା ।

ଦୋକାନୀ ଆଉ ଥରେ ତାକୁ ଚାହିଁଲା ନାହିଁ । ଅବଜ୍ଞା ପୂର୍ବକ ଢଙ୍ଗରେ ଗୋଡ଼ ହଲାଇ ହଲାଇ ଅନ୍ୟ ଗୋଟିଏ ମୋବାଇଲ, ଯାହାର ଅନ୍ତବୁଜୁଲା ବାହାର କରି ମେଲା ପକାଇ ଥିଲା, ଚ୍ୟୁଜର୍ ଧରି ପୁଣି ତା’ର ଅସ୍ତୋପଚାର କାମରେ ଲାଗିଗଲା ।

ଏଥର ବୁଝିଗଲା ଗୁଣନିଧି । ଏମିତି ପଚାରିବାର ମାନେ ? ଏମିତି ଚାହିଁବାର ମାନେ ? ଏମିତି ତାଚ୍ଛଲ୍ୟ କରି ହସିବାର ମାନେ ? ଯେମିତି ଏ ଚୋରି ମାଲ! ନହେଲେ କେଉଁ ବଡ଼ବଡ଼ିଆ ଅଫିସରବାବୁ ଟ୍ରାନ୍ସଫର୍ ହେଇ ଗଲାବେଲକୁ ତାଙ୍କର କିଛି ପୁରୁଣା ଜିନିଷ ସହ ବ୍ୟବହାର କରୁଥିବା ଏ ଦାମୀ ମୋବାଇଲଟିକୁ ଉପହାର

ସ୍ୱରୂପ ତାକୁ ଦେଇଛନ୍ତି । ସାରା ଜୀବନ ନିଷ୍ଠା ଓ ବିଶ୍ୱାସର ସହ କାମ କରିଥିବା ମାଲୀ କି ଦରୁଆନ୍‌କୁ ତ ଏମିତି ଦିଅନ୍ତି !

ଗୁଣନିଧି ଏ କଥା ଭାବି, ମନେ ମନେ ବିରକ୍ତ ହେଲା ।

ଅବଶ୍ୟ ଦୋକାନୀର ଭାବନାଟା ଅସ୍ୱାଭାବିକ ନୁହେଁ । ଏତେ ଦାମୀକା ଜିନିଷଟିଏ ତା ପରି ମଣିଷ ହାତରେ ରହିଲେ, ଯେ କେହି ଏୟା ଭବିବ । କିନ୍ତୁ ଏଇଟା ପୁରୁଣା ନୁହେଁ, ଅରଖ ନୂଆ । ଆଉ କେଉଁ ବାବୁଫାବୁ ତାଙ୍କ ଦାମୀ ମୋବାଇଲ୍‌ଟା ତାକୁ ଦେଇ ପକେଇ ନାହାନ୍ତି । ଖୋଦ ତା ପୁଅ, ଆଗକୁ ପଛକୁ କିଛି ଚିନ୍ତା ନକରି, ତାର ପ୍ରଥମ ଦରମାର ଟଙ୍କାରେ ବାପା ପାଇଁ କିଣି ପକେଇଛି ।

ଏ କଥା ମନେ ପଡ଼ିବା ମାତ୍ରେ ତା' ଛାତି ଟିକେ ଗର୍ବରେ ଫୁଲି ଉଠିଲା । ଦୋକାନୀର କଟୁ କଟାକ୍ଷ ତାକୁ କାଟୁ କଲାନି ।

ମୋବାଇଲ୍ ଟୁକୁଡ଼ାକୁ ପୁନର୍ବାର ଜରିରେ ପୂରାଇ, ସେ ଫେରିଲା, ଚାଲି ଚାଲି । ସାଇକେଲ୍ ନାହିଁ । ଭାଙ୍ଗି ଯାଇଛି । ସିଟ୍‌ରୁ ରେକ୍‌ଜିନ୍ ସହ ସ୍ପଞ୍ଜ ବାହାରି ଛିନ୍‌ଛତ୍ର । କେରିଅର ଦୁଇ ପାଖ ଓ୍ୱେଲ୍‌ଡିଂ ଖସି ତଳକୁ ଓହଲି ପଡ଼ିଛି । ରିମ୍‌ରୁ ତିନି ଚାରିଟା ଲେଖାଏ ସ୍ପୋକ୍ ଝଡ଼ି ପଡ଼ିଛି । ମୋଡ଼ି ହେଇ ପଡ଼ିଛି ଆଗଚକ ।

ଗତକାଲି ବାବୁଙ୍କ ଘରେ କାମସାରି ସେ ଫେରୁଥିଲା । ରାସ୍ତାର ବାମପଟେ, ଆଉ ଧୀରେ ଧୀରେ ବି । ଠିକ୍ ପିଏମ୍ ଜି ଛକ ସାମ୍ନାପଟୁ ବାଇକ୍‌ରେ ଦୁଇଟା ଟୋକା ଖୁବ୍ ଜୋର୍‌ରେ ଆଣି ତାକୁ ଧକ୍କା ଦେଲେ । ସେ ଦୂରକୁ ଛିଟିକି ପଡ଼ିଲା । ସାଇଲେକ୍ ପେଣ୍ଡୁ ପରି ଗଡ଼ିଯାଇ ଅଲଗା ଜାଗାରେ । ଭାଗ୍ୟ ଭଲ ତା'ର ବେଶୀ କିଛି ହେଇନି । ଆଣ୍ଠୁ ଟିକେ ମାଡ଼ ହେଇଛି ଓ କହୁଣୀ ହାପୁଲେ ଛିଣ୍ଡିଛି । ଠିକ୍ ସେଇ ସମୟରେ ପକେଟ୍‌ରୁ ମୋବାଇଲ୍‌ଟା ଖସି ପଡ଼ିଥିଲା । ଛେଚିହେଇ ଏଇ ଅବସ୍ଥା ।

ସାଇକେଲ ଭାଙ୍ଗିଗଲା ତା'ର ଦୁଃଖ ନାହିଁ । ଦୁଃଖ ହେଲା ପୁଅର ପ୍ରଥମ ଦରମାର ଉପହାରଟିକୁ ସେ ଯେ ଯତ୍ନରେ ରଖି ପାରିଲା ନାହିଁ । ତା ପୁଅକୁ ସେ ଭଲରେ ଜାଣେ, ଯଦି ଜାଣିବ ମନ ଦୁଃଖ କରିବ ତ ଅଲଗା କଥା । ଆଉ ଥରେ ଏକାପରି ମୋବାଇଲ୍‌ଟିଏ କିଣି ପଠେଇବ । ପୁଣି ଗୋଟିଏ ମାସର ଦରମା ଅକାରଣରେ ଖର୍ଚ୍ଚ ! ହେ ଭଗବାନ !

ଯେଉଁ କଥାଟି ପାଇଁ ଡର ଥିଲା, ଶେଷକୁ ସେୟା ହେଲା । ଗୁଣନିଧିକୁ ଭାରି ଅସହାୟ ଲାଗିଲା । ହତାଶ ଲାଗିଲା । ଦୋଷୀ ଦୋଷୀ ବି । ଯେମିତି ଫୋନ୍ ନୁହେଁ

ଜୀବନରୁ ବଡ଼ କ'ଣ ଗୋଟେ ବାଦ ପଡ଼ିଯାଇଛି । ଯେଉଁଥିପାଇଁ ସେ ହିଁ ଦାୟୀ । ସେ ବେଳକୁବେଳୁ ଅସ୍ତବ୍ୟସ୍ତ ହୋଇ ପଡ଼ିଲା ।

ଏଥର ତାକୁ ଆଉ ପୁଅ ପାଇଁ ଗର୍ବ ଲାଗିଲା ନାହିଁ । ଚିଡ଼ ଲାଗିଲା । କିଛିଟା ଦୋଷ ପୁଅକୁ ବି ଦିଆ ଯାଇପାରେ !

ପୁଅ ବିଭୁର ଏବେ ଯୁବାବସ୍ଥା । ଉଦ୍ଧ୍ୱତ ମନ । ନୂଆ ରୋଜଗାର କଲା । ଟଙ୍କା କେମିତି କେଉଁ ବାଟରେ ଖର୍ଚ୍ଚ କରାଯିବ, ତାକୁ ଜଣା ନାହିଁ । ଯେ ଦୁଃଖ କଷ୍ଟରେ ଦିନ କାଟିଛି, ତାକୁ ମାଲୁମ୍ ।

ମାଆ ଛେଉଣ୍ଡ ଛୁଆକୁ ନେଇ ଏକୁଟିଆ ସହରରେ ରଖି ମଣିଷ କରିବା, କି କାଠିକର ପାଠ । ବଡ଼ବାବୁଙ୍କ ଘରେ ମାଳୀ ଚାକିରିଟିଏ ପାଇଯାଇଥିଲା ବୋଲି, ନିୟମିତ ଦରମା ମିଳେ । ତିନିହଜାର ଆଠଶ । ବଞ୍ଚିଗଲେ ବାପ ପୁଅ ।

ଏବେ ବିଭୁ ଗୋଟିଏ ଏନ୍‌ ଜି ଓ ସଂସ୍ଥାରେ କାମ କରୁଛି । କଲିକତାରେ । ଆଗ ଛଅ ମାସ ମାଗଣାରେ ଖଟିବା ପରେ ଏବେ ପ୍ରଥମ ଦରମା । ଦରମା ମିଳୁ ମିଳୁ କିଛି ନଭାବି କିଏ ଏମିତି ବଦଖର୍ଚ୍ଚ କରେ ? କ'ଣ ବାପର ଭଲ ମୋବାଇଲ୍‌ଟେ ନଥିଲେ ଜୀବନ ଅଚଳ ହୋଇ ଯାଉଛି ? ନିଜ ବାପା ପାଇଁ ଉପହାର କ'ଣ ? ନଦେଲେ କ'ଣ ଭଲ ପାଇବା କମିଯିବ ? ରକ୍ତ ସମ୍ପର୍କରେ ଏତେ ଔପଚାରିକତା କ'ଣ ପାଇଁ ? ବାପା ପଇସା ଆଉ ପୁଅ ପଇସା କ'ଣ ଅଲଗା ? ନିଜ ଘରକଥା । କ'ଣ କେଜାଣି ଭାବନ୍ତି ଆଜିକାଲିକା ପିଲା । ହେଃ ବେକାର ପିଲାଟା !

ଏତେ ଗୁଡ଼ାଏ କଥା ଭାବିଲା ପରେ ବି ତା ଛାତି କଷ୍ଟର ଉପଶମ ମିଳିଲା ନାହିଁ । ବରଂ ଅଧିକ ହେଲା ।

ଶୂନ୍ୟ ଶୂନ୍ୟ ଲାଗୁଛି ତାକୁ । ସେ ରାସ୍ତା ଉପରକୁ ଉଠିଯାଇ 'ମୋ-ବସ୍‌' ପାଇଁ ଅପେକ୍ଷାରତ ବିଶ୍ରାମଗାରର ଧାଡ଼ିଧାଡ଼ି ଷ୍ଟିଲ୍ ଚୌକି ଉପରେ ବସିପଡ଼ିଲା । ଯେମିତି ଏଇଠି ବସି ଅପେକ୍ଷା କରିବାକୁ ହେବ । ହେଲେ କାହାକୁ ? ଆଉ କାହିଁକି ? ତାର ତ କୁଆଡ଼େ ଯିବାର ନାହିଁ ।

ତାକୁ ବିଲକୁଲ୍ ଭଲ ଲାଗୁନି । ଏମିତି ପୁଅ ଉପରେ ସବୁ ଦୋଷ ଲଦିଦେବାଟା ବୋଧେ ଠିକ୍ ହେଲା ନାହିଁ । ପୁଅ ତ ବାପାର ଖୁସି ପାଇଁ ଏ ସବୁ କରିଛି । ପୁରୁଣା ଦଦରା ଫୋନ୍‌ଟା ଠିକ୍‌ରେ ଶୁଭେନା । ସିଗ୍‌ନାଲ୍ ପାଏନା । ସେ ଫୋନ୍ କରେ । ସଁ ସଁ ହୁଏ । ବିରକ୍ତ ହୋଇଯାଏ । ଅନେକଥର କହିଛି,

"ବାପା ମୁଁ ଦରମା ପାଇଲେ ତମ ପାଇଁ ଆଗ ମୋବାଇଲ୍‌ଟେ କିଣିଦେବି ।

ସ୍ମାର୍ଟଫୋନ୍ । ତା'ପରେ ଯୋଉ କଥା । ଶୁଣ ତମେ ତାକୁ ସାଙ୍ଗରେ ନେଉଥିବ । ଘରେ ଥୋଇକି ଯିବନି । "

"ମତେ ତ ଚଲେଇ ଆସିବନି । ମୁଁ କ'ଣ କରିବି ସେ ଜିନିଷ ? "

"ତମେ ରଖିଥିବ । ଏବେ ଖାଲି କଥା ହେଉଥିବା । ମୁଁ ଗଲେ ଶିଖେଇ ଦେବି । ଭିଡ଼ିଓ କଲ୍ କେମିତି ହୁଏ । ଲାଇଭ୍ । ପରସ୍ପରକୁ ଦେଖି ପାରିବା । "

ଦୂରରେ ଥାଇ ବି ପୁଅକୁ ଦେଖିପାରିବା କଥାଟା ଗୁଣନିଧିକୁ ଉତ୍ସାହିତ କଲା । କିନ୍ତୁ..

ଆଉ ଟିକେ ଜୋର ଦେଇ 'ପଠାନା' ବୋଲି ମନା କରିଥିଲେ, ଭଲ ହେଇଥାଆନ୍ତା । ସେ ନୀରବ ରହିବାରୁ ସିନା ପୁଅ ପଠେଇ ଦେଲା !

ନୀରବ ସେ କାହିଁକି ରହିଲା ? ଲୋଭ କି ? ଫୋନ୍ ପାଇଁ ନା ପୁଅକୁ ଭିଡ଼ିଓ କଲରେ ଦେଖିବାକୁ, ନା ସେ ଫୁଟାଣିଆ ଡ୍ରାଇଭର ରାକେଶକୁ ଦେଖେଇବାକୁ ଯେ, ମୋ ପୁଅ ବି ବଡ଼ ଚାକିରି କଲାଣି । ଦେଖେ ଏ ଫୋନ୍, ସିଏ ବାପା ପାଇଁ ଖୁସିରେ କିଣି ଦେଇଛି ।

ସତରେ ତ କେଡ଼େ ଖୁସିରେ ପଠେଇଥିଲା । ହାୟ ଦଇବ ଏ କ'ଣ ହେଲା ! ପଚାରି ପଚାରି ପୁଅ ତ କହିଲା ନାହିଁ ପ୍ରକୃତ ଦାମ୍ କେତେ ! ସେ ଆସ୍ତେ ବୁଝିଥିଲା ବାବୁଙ୍କ ସପ୍ତମ ଶ୍ରେଣୀ ପଢ଼ୁଥିବା ସାନ ପୁଅ ଭିକି ଠାରୁ ।

"ଭିକିବାବା, ଅନ୍‌ଲାଇନ୍‌ରେ କ୍ଲାସ୍ କରିବା ପାଇଁ ବାବୁ ତମ ପାଇଁ ଯେଉଁ ଫୋନ୍‌ଟା କିଣି ଦେଇଛନ୍ତି, ସେଇଟା ସ୍ମାର୍ଟଫୋନ୍ ପରା । ସେଥିରେ ଭିଡ଼ିଓ କରି ପରସ୍ପରକୁ ଦେଖି ହେଉଛି ଓ କ୍ଲାସ୍ ବି ହେଉଛି ? "

"ହଁ ସ୍ମାର୍ଟଫୋନ୍ । ସେଥିରେ ତ ଆମେ ଅନ୍‌ଲାଇନ୍ କ୍ଲାସ୍ କରୁ । କାଇଁ କ'ଣ ହେଲା କି ? "

"ନାଇଁ,ସେଇଟା କେତେ ଟଙ୍କା ପଡ଼ୁଥିବ ? ମାନେ ସେଇ ଭଳିଆଟେ କେତେ ପଡ଼ୁଥିବ ? "

"ମଡ଼େଲ୍ ନେଇକି । ସେଇ କମ୍ପାନୀ ମାନେ ଅଠେଇଶ ଉପରକୁ ସିନା ଯମାରୁ ତଳକୁ ହବନି । ମୋର ତ ସମାନ ଅଠେଇଶ ପଡ଼ିଛି । "

"ଓଃ ଅଠେଇଶ । ଅଠେଇଶ ଶହ ! "

"ଧେତ୍ ଶହ ନୁହେଁ ମଃ...ହଜାରେ । "

ହାଁ ଟା କରି ରହିଗଲା ଗୁଣନିଧି । ସେତିକିବେଳୁ ତାର ହାଲୁକ ଶୁଖି ଯାଇଛି ।

ତାକୁ ଯେମିତି ଅଠେଇଶ ହଜାର ଟଙ୍କାର ଗୋଟିଏ ଭାରି ବସ୍ତା କିଏ ମୁଣ୍ଡେଇ ଦେଇ ଚାଲିଯାଇଛି । କହିଛି ସମ୍ଭାଳି କି ରଖ୍ ଥା । ହୁସିଆର୍ ଥା' ।

ଭାରୀ ଅଣନିଃଶ୍ୱାସୀ ଲାଗୁଛି । ସେ ଆଉ ଆଗପରି ସ୍ୱାଧୀନ ହେଇ ପାରୁନାହିଁ । ବେଧଡ଼କ୍ ଯୁଆଡ଼େ ନାହିଁ ସିଆଡ଼େ ଯାଇ ପାରୁନାହିଁ ।

ଏଇ ଚାରିଦିନ ତଳର କଥା । ବାବୁଘର ବିସ୍ତୀର୍ଣ୍ଣ ବଗିଚା ଭିତରେ ବୁଲି ବୁଲି କାମ କରୁଥିଲା । ସବୁ ପ୍ରକାର ଫଳଫସଲ ।

ମାଆ ଭାରି ବଗିଚାପ୍ରେମୀ । ମଖମଲ୍ଲି ଗଛରେ ନୂଆ କଢ଼ ଧରିଥାଏ । ମାଆ ଚାଲିଚାଲି ଦେଖୁଥିଲେ । ତାଙ୍କ ଆଖି ପଡ଼ିଲାରୁ, ପାଟିଟେ କରି ଡାକିଲେ,

"ଗୁଣନିଧି...ଏ ଗଛ ମୂଳରେ ମନ୍ଦା କରି ଦିଅ । ପାଣି ରହୁନି ଗଡ଼ି ଯାଉଛି ।"

ବଗିଚାର ଆର ମୁଣ୍ଡରେ ଥିଲା ସେ । ଦୌଡ଼ି ଆସିଲା । କୋଦାଳ ଧରି କୋଡ଼ିବା ପାଇଁ ପ୍ରସ୍ତୁତ ହେଲା ବେଳକୁ, ମାଆଙ୍କ ଆଖିରେ ବ୍ୟତିକ୍ରମ ଦେଖାଗଲା । କହିଲେ,

"ଆଜି କ'ଣ ପ୍ୟାଣ୍ଟ ସାର୍ଟ ପିନ୍ଧି କାମ ହେଉଛି । ଲୁଙ୍ଗି ଗାମୁଛା ଆଣିନ କି ?"

"ଆଣିଛି ମାଆ । ଟିକେ ଶୀତୁଆ ଲାଗୁଛି ତ, ବଦଳେଇଲି ନାହିଁ ।"

ମାଆ ଦେଖିଲେ ଝାଳରେ ଲତପତ୍ ଦେହ ।

"ତୁମ ଦେହ ଭଲ ନାହିଁକି ? ଝାଳରେ ବୁଡ଼ି ଗଲଣି, କହୁଛ ଶୀତ ଲାଗୁଛି । ଏ ପାଣି କାଦୁଅରେ ସାର୍ଟ ପ୍ୟାଣ୍ଟ ରହିବ ତ ?"

ସେ ଜାଣେ, ଶୀତ ନୁହେଁ ଭୟ । ମିନତୀକୁ ମାଆ ଟେକଟି ସିନା ସେଇଟା ପକ୍କା ଚୋରଣୀଟାଏ । ରୋଷେଇ କଲାବେଳେ ଆଗ ପଛ ଅନେଇ ବାଁ ହାତରେ କୋବି ପକୁଡ଼ି ଖଣ୍ଡେ କି, କଡ଼େଇରୁ କଷା ମାଂସ ପିସ୍ଟେ ନେଇ ପାଟିରେ ପକେଇ ଦିଏ । ଫ୍ରିଜରୁ ଥଣ୍ଡାପାଣି କାଢ଼ି ବାବୁଙ୍କୁ ଦେବା ବେଳେ ଟକଲାଙ୍କ ପରି ଅଙ୍ଗୁରକୋଲିତେ କି କାଜୁବର୍ଫିଟେ ନେଇ ଚଟ୍ କରି ଭୁକି ପକାଏ ଓ ଗ୍ଲାସେ ପାଣି ପିଇଯାଏ । ଧରା ପଡ଼େନି ।

ସନ୍ଧ୍ୟା ହେଲାଣି ମିନତୀର ପାଇଟି ସରିନାହିଁ । ସେ ଘରକୁ ଯାଇନାହିଁ । ସେଇ ଦୁଆରୁ ଘର, ଘରୁ ଦୁଆର ନଟରପଟର ହେଉଛି । ତାକୁ ଜଣା ଯେ ଗୁଣନିଧିର ଏବେ ନୂଆ ଫୋନ୍ ଆସିଛି । ପେଣ୍ଟ ଜାମା ଓହ୍ଲାଇ ଦେଇ ଗାମୁଛା ପିନ୍ଧି ବଗିଚା କାମରେ ଲାଗିଛି । ପକେଟରେ ଅଛି ସ୍ମାର୍ଟଫୋନ୍ ।

ନା ରେ ବାବା, ଏତେ ବି ଗରମ ଲାଗୁନି । ଖୋଲିବା ଦରକାର ନାହିଁ ପେଣ୍ଟ ଜାମା ।

ତାକୁ ପ୍ରକୃତରେ ଟିକେ ଡର ପଶିଯାଇଥିଲା। ଭିକିବାବାଙ୍କ ଅନ୍‌ଲାଇନ୍ କ୍ଲାସ ଯୋଗୁଁ ବାବୁ ବାଧ୍ୟ ହୋଇ ଫୋନ୍‌ଟେ କିଣିଥିଲେ। ଫୋନ୍ ଧରାଇ ଦେଇ କହିଥିଲେ

"ଛୋଟ ଛୁଆଙ୍କୁ ଫୋନ୍ ଦେବା କଥା ନୁହେଁ। ବାଧ୍ୟ, ତୋ କ୍ଲାସ ପାଇଁ। କିନ୍ତୁ କ୍ଲାସ ସରୁସରୁ ଫୋନ୍‌ଟା ମମ୍ମିକୁ ଦେଇଦେବୁ। ବେଶୀ ସମୟ ଦେଖିବୁ ନାହିଁ। ଆଖି ଖରାପ ହେବ।"

ଭିକିବାବା ଆଗ କିଛିଦିନ ସେୟା କଲେ। ପରେପରେ ଆଉ କଲେନି। ଚବିଶି ଘଣ୍ଟା ସେଥିରେ ମାତିଲେ। ମାଆଙ୍କ କଥା ଶୁଣିଲେ ନାହିଁ। ଦିନେ ବାବୁ ଅଫିସରୁ ଫେରି ଦେଖିଲେ ଯେ ଗେମ୍ ଖେଳୁଚି। ସେଇଠୁ ଗଲା ରାଗ ଉଠି ଗଲା ତାଙ୍କର। ଫୋନ୍ ଛଡ଼ାଇ ନେଲେ, ସେପଟେ ଯାଇ ଗୋଟେ ଖରାପ ଭାଷାରେ ଗାଳିକଲେ,

"ଇଡ଼ିଏଟ୍, ମୂର୍ଖ ହେଇଯିବ।"

ଆଲମାରୀରେ ରଖି ଚାବି ପକାଇ ପଇତାରେ ବାନ୍ଧି ଗୁନ୍ଧି ଦେଲେ ଚାବିକାଠି।

ଭିକିବାବା ବି କମ୍ ନୁହେଁ। କାନ୍ଦକୁ କାନ୍ଦ ରାଗକୁ ରାଗ। ଦୁଇ ଦିନ ଖାଡ଼ା ଉପାସ।

ମାଆ ମତେ ତାଙ୍କ ରୁମ୍‌କୁ ପଠେଇ ଥିଲେ,

"ଗୁଣନିଧି, ତାକୁ ଟିକେ ବୁଝାଇବାକୁ ହବ। ମୋ କଥା ସେ ଶୁଣୁନି।   ଏ ବାପା ପୁଅଙ୍କ କଳିରେ ମୁଁ ଯାହା ପେଷୀ ହେଉଛି ଖାଲି।"

ଗୁଣନିଧି କବାଟ ଠେଲି ଭିକିବାବୁଙ୍କ ରୁମ୍‌ରେ ପଶିଲା। ବେଲକୁ, ଟେବୁଲ୍ ଉପରେ ମୁହଁ ମଡ଼େଇ ପଡ଼ିଛନ୍ତି। ଶୁଣ୍ଖିଲା ମୁହଁ ଦେଖି ଭାରି ଦୁଃଖ ଲାଗିଲା। ଛୁଆଟା ପେଟକୁ ଭାତମୁଠେ ଯାଇନାହିଁ ଦି' ଦିନ ହେଲା।

ବୁଝାସୁଝା କଲାରୁ ସେ ମାନିଗଲେ ଯେ, କିନ୍ତୁ ଗୋଟିଏ ସର୍ତ୍ତରେ।

"ତୁମ ଫୋନ୍‌ଟା ମତେ ଟିଏ ଦିଅ। ସାଙ୍ଗ ଘରକୁ ଯିବି। ଆଉ ଏ କଥା ଯେମିତି କାନକୁ ଦି କାନ ନ ହୁଏ। ତା ହେଲେ ଯାଇ ଭାତ ଖାଇବି। ଚିନ୍ତା କରନି ମାଲୀକକା, ଫେରିଲା ପରେ ଫେରେଇ ଦେବି।"

ମୁଣ୍ଡରେ ଚଡ଼କ ପଡ଼ିଲା। ଦେବାରେ କିଛି ଅସୁବିଧା ନାହିଁ ଯେ, କିନ୍ତୁ ଲୁଚେଇକରି ଦେବାଟା ଉଚିତ ନୁହେଁ। ବାବୁ ଜାଣିଲେ ଚାକିରି ଯିବ। ଏମିତି ବି ଭିକିବାବା ଛୁଆଲୋକ। କେତେ ବୁଦ୍ଧି ? ସେଦିନ ଟିଭିରେ ଦେଉଥିଲା ଏବେର ଛୁଆଙ୍କୁ ଟଙ୍କା ନଦେଲେ ନିଜଘରୁ ଜିନିଷ ଚୋରିକରି ବିକି ଦେଉଛନ୍ତି। ସାଙ୍ଗମାନଙ୍କ

ସହ ମିଶି ଭୋଜିଭାତ କରୁଛନ୍ତି। ଭିକିବାବାଙ୍କୁ କିଏ ବତାଶିଖା କରି ଦେବ ବୋଇଲେ, ଗଲା। କାହାକୁ କହିବ ସେ !

ସେଥିପାଇଁ ସେ ନୂଆ ଫୋନ୍‌ଟା ଧରି ଆସିବନି ବୋଲି କହୁଥିଲା। ପୁଅ କହିଲା ନେଇକି ଯାଅ। ପୁରୁଣା ଫୋନ୍‌ଟାରେ କିଛି ଶୁଭୁନି।

ଓଃ ହୋ ! ବଡ଼ ଅଡ଼ୁଆରେ ପଡ଼ିଲା ମଣିଷ। ସବୁ ଭୁଲ୍ ତାର। ସେ ଯଦି ଜୋର ଦେଇ ମନା କରିଥାଆନ୍ତା ଯେ "ଏତେ ଦାମୀ ଫୋନ୍ ଜମାରୁ ପଠାନା, ମୋର ଏଥରେ କାମ ଚଳିଯାଉଛି," ହେଇ ନଥାନ୍ତା ? ନାଁ ସେମିତି କଲାନି। ତାର ବି କେଉଁଠି ମନଥିଲା ଏମିତି ଫୋନ୍‌ଟେ ପାଇଁ। କାନରେ ଗୋଟେ ଇଅର୍‌ଫୋନ୍ ଗେଞ୍ଜି, ଅକ୍ଷୟ ମହାନ୍ତି, ତୃପ୍ତି ଦାସ ଗୀତ ଶୁଣିଶୁଣି ବଗିଚା କାମ କରିବ। ଫୁଲ ଫୁଟିଲେ ଫଟୋ ଉଠାଇ ରଖିବ। ସ୍ମାର୍ଟଫୋନ୍‌ରେ।

କାଇଁ ! ସେ କ'ଣ ସାରାଜୀବନ ଖଟିନି କି ? ତାର ଅନେକ ଆଶା, ଆଶାରେ ହିଁ ରହିଯାଇଛି। ସବୁବେଳେ ଖାଲି ଅଭାବ। କେତେବେଳେ ସମ୍ବଳ ତ କେତେବେଳେ ସମୟ। ଏମିତି ବି ପୁଅ ତାର ପହିଲି ରୋଜଗାର ବାପାକୁ ଦେବନି ତ କାହାକୁ ଦେବ ? ଟଙ୍କା ଆକାରରେ ନ ଦେଇ ଫୋନ୍‌ଟେ କିଣି ଦେଇଛି। କ'ଣ ହେଲା ସେଉ ?

କିନ୍ତୁ ନୂଆ ନୂଆ କିଛିଦିନ ଘରେ ରଖିଦେଇଥିଲେ ଭଲ ହେଇ ଥାଆନ୍ତା। ଟିକେ ପୁରୁଣା ହେବା ପରେ ବାହାରକୁ ଆଣିଥିଲେ ବି ହେଇ ଥାଆନ୍ତା।

ଘରେ.. ! ଗୁଣନିଧିର ଘରକଥା ନକହିଲେ ଭଲ। ଗୋଟିଏ ଗୋଟିଏ ବଖରା କାନ୍ଥକୁ କାନ୍ଥ ଲାଗି ଦି'ସୋରିଆ ଖଣ୍ଡୋଟିଏ। ସାତ ପରିବାର ରୁହନ୍ତି। ଘରଭଡ଼ା ଆଠଶହ ପଚାଶ ଥିଲା ଏବେ ଏଗାରଶହ ହେଲାଣି। ଇଲେକ୍ଟ୍ରି ବିଲ୍ ଯାହାର ତାର ଅଲଗା। ସମସ୍ତଙ୍କର ଯାବତୀୟ କାମ ସେଇ ଏକମାତ୍ର କୂଅମୂଳେ। ଗାଧୁଆପାଧୁଆ, ବାସନମଜା , ଲୁଗାକଚା। ସାତ ପରିବାର ପାଇଁ ପଦାପଟକୁ କମନ୍ ଲାଟ୍ରିନ୍ ଦିଓଟି। ପୁରୁଷ, ମହିଳା।

ସେ କବାଟ ଆଉଯାଇ ବାଲ୍ଟି ମଗ ନେଇ ପାଇଖାନା ଯାଇଥିବ। ଗୁଡ଼ିଆଘର ବୁଢ଼ୀ ସିଧା କବାଟ ଠେଲି ଭିତରେ ପଶିବ।

"ବିଭୁବାପା ନାହଁ କି ? ଧୂସଟିଙ୍ଗୁଡ଼ି ପୋଇ ପକେଇ ବୋହୂ ଛେଞ୍ଚଡ଼ା କରିଥିଲା। ସକାଳର ମ, ହେଇ ଗିନାଟେ ପଠେଇଛି। ଥୋଇଲି ଏଇଠି ଏଇ ସ୍ଟୋଭ୍ ପାଖରେ। ତାଟିଆ ଘୋଡ଼େଇ ଦେଇଛି।"

ସ୍ମାର୍ଟଫୋନ୍‌ଟା ଚାର୍ଜରେ ବସିଥିବ । ବୁଢ଼ୀ ତ ଗୁଣନିଧିର ନୂଆ ଫୋନ୍‌ ନମ୍ବରଟା ତା ଝିଅକୁ ଦେଇଛି । ଯିଏ ଓଥଲା ପଳେଇଥିଲା ସେ ଟୋକା ସାଙ୍ଗରେ । ତିନିବର୍ଷ ହେଲାଣି । ଭାଇ ଭାଉଜ ଘରେ ପୂରାଉ ନାହାନ୍ତି । ସମ୍ପର୍କ କାଟିଦେଇଛନ୍ତି । ମାଆ ମନ କ'ଣ ସମ୍ଭାଲେ !

ବୁଢ଼ୀ ବାହାନା କରି କହିବ

"ଟିକେ ବସେ ଲୋ ମାଆ । ପୁଅର କାଲି ଅର୍ଡର ଅଛି ତ, ଗୁପୁଚୁପୁ ବେଲି ବେଲି ବାହୁ ବଢ଼େଇଲାଣି । ସାରା ବଯଁଶ ତ ସେଇ କାମରେ ଲାଗିଛୁ ସାରାଦିନ ଆଉ ।"

ଠିକ୍‌ ସାତଟା ବେଲକୁ ଝିଅର ଫୋନ୍‌ ଆସିବ । ବୁଢ଼ୀ ଖଟିଆ ଉପରେ ଜଗି ବସିଥିବ । ଫୋନ୍‌ ଆସୁଆସୁ ଚାର୍ଜରୁ କାଢ଼ି, ଦାନ୍ତ କିଲେଇକିଲେଇ ବାହାରକୁ ଚାଲି ଯିବ । ଏଇ ଆସୁଛି କହି ଆସ୍ତେ କରି କୁଅମୂଳ , ସେଉଠୁ ଟିକେଟିକେ କରି ଅନ୍ଧାରିଆ ବରକୋଲି ଗଛ ଆଡ଼େ । ଆଉ ଟିକେ ଆଗକୁ, ଧୀରେ ଧୀରେ ସଡ଼କ ଆଡ଼କୁ । ଘଣ୍ଟେ ଗପିବ ।

ଭଲ ଆଉ... ଏ ଗୁଣନିଧି କ'ଣ ସମସ୍ତଙ୍କର ଠିକା ନେଇଛି । ପୁଅକୁ ମୂଳରୁ ମନାକରିଦେବାର ଥିଲା । କ'ଣ ଦର୍କାର କାହାକୁ ଦେଖେଇ ହେବା ଯେ 'ଆମର ସ୍ମାର୍ଟଫୋନ୍‌ ଅଛି' ! ଟିକେ ଦୃଢ଼ ଭାବରେ ପୁଅକୁ ବୁଝେଇଥିଲେ ସେ ବୁଝିଯାଇ ଥାଆନ୍ତା । ମାତ୍ର ତାହା ସେ କରିନାହିଁ ।

ସବୁ ଦୋଷ ତାର । ତା ନୀରବତାର । ସେ ଚୁପ୍‌ ରହି ପୁଅକୁ ପରୋକ୍ଷରେ କହିଛି 'ହଁ ପଠା' । ବଡ଼ ଭୁଲ୍‌ ହେଇଗଲା ।

****

ଧଡ଼ଧଡ଼ କରି କବାଟ ବାଡ଼େଇବାର ଶବ୍ଦ । ଚାଉଁ କରି ଗୁଣନିଧିର ନିଦ ଭାଙ୍ଗିଗଲା । ସେ ବାଉଳାଇ ହେଲା ।

"ମୋ ସ୍ମାର୍ଟଫୋନ୍‌ , ମୁଁ କାହାକୁ ଦେବି ନାହିଁ ! ମତେ କେହି ମାଗ ନାହିଁ !"

ଇଆଡ଼େ ଗୁଡ଼ିଆଘର ବୁଢ଼ୀ ରଡ଼ି ଛାଡ଼ୁଚି । ଇଆଡ଼େ ଫୋନ୍‌ ବାଜୁଛି ।

ଗୁଣନିଧି ଫୋନ ଉଠେଇଲା,

"ହାଲୋ.."

"ହାଲୋ ବାପା, ହଜାରେ ଥର କଲ କଲିଣି ନଟ୍‌ରିଚେବଲ୍‌ ଆସୁଥିଲା, ଏବେ ଲାଗିଲା । ହଉ ଛାଡ଼, ଆଜି ତ ସେ ଦଦରା ଫୋନ୍‌ର ଶେଷ ଦିନ । ତମେ

ଯାଇକି କବାଟ ଖୋଲ । ଆମାଜନ୍‌ବାଲା କେତେବେଲୁ ଛିଡ଼ା ହେଇଛି । ସ୍ମାର୍ଟଫୋନ୍‌ ପାକେଟ୍‌ଟା ରିସିଭ୍ କରିଦେବଟି ଆଗ ।"

ବୁଢ଼ୀ ପୁଣି ଜୋର୍‌ରେ କବାଟ ବାଡ଼େଇଲା ।

"ବିଭୁବାପା ଆଜି ଏତେ ବେଳ ଯାଏ ଶୋଇଚ, ଉଠିନ କି ଆହୁରି ? କିଏ ଆଇଟି ପରା ତମକୁ କ'ଣ ଦବାକୁ ।"

ଗୁଣନିଧିର ସ୍ୱପ୍ନ ଭାଙ୍ଗିଗଲା । ଆଖି ମଲିମଲି ଚାରିଆଡ଼କୁ ଚାହିଁଲା । ଦେଖିଲା କେତେବେଲୁ ରାତି ପାହି ଗଲାଣି ବୋଧେ । ଶେଷରେ ତା ସ୍ମାର୍ଟଫୋନ୍‌ ଆସି ଯାଇଛି । ହସହସ ମୁହଁରେ ସେ ଚୁପ୍‌ଚାପ୍ ଉଠିଗଲା କବାଟ ଖୋଲିବାକୁ ।

ରଣାନୁବନ୍ଧ

ସବୁଜ ଘଞ୍ଚଅରଣ୍ୟର ଛାତି ଉପରେ ଗାର ଟାଣିଲା ପରି ଲମ୍ବି ଯାଇଛି ଏକ ଅସରନ୍ତି ରାସ୍ତା । ଗହଳିଆ ବୃକ୍ଷରାଶିର ଘନତ୍ଵକୁ ଭେଦ କରି ପଶି ଆସୁଛି ସ୍ୱଚ୍ଛ ସୂର୍ଯ୍ୟ କିରଣ । ଝାଲ୍ସା, ଛାଇଛାଇକା ଖରାରେ କଳା ମଚ୍‌ମଚ୍‌ ମସୃଣ ସଡ଼କଟି, ସୁନେଲି ଛିଟପକା ଶାଢ଼ୀଟିଏ ପରି ପ୍ରତୀୟମାନ ହେଉଛି । ପଣତରେ ତା'ର ହାଲକା ଚନ୍ଦନ ରଙ୍ଗର ମେଞ୍ଚାଏ ଚୁନାଚୁନା ଫୁଲ, ବିଛାଇ ହୋଇ ପଡ଼ିଛି ।

ନିଶିଦ୍ଧ ବଣର କେଉଁ ଅଦୃଶ୍ୟ କୋଣରୁ ରହି ରହି ଭାସି ଆସୁଛି ଏକ ଧ୍ୱନି । ଖିଲିଖିଲି ହସ । କିଛି କ୍ଷଣ ପରେ ସେଇ ହସ ଆଉ ଶୁଭୁ ନାହିଁ । ଶୁଭୁଛି କାନ୍ଦ । କିଏ କାନ୍ଦୁଛି ଭାରି କାତର ହୋଇ । ନିମିଷକେ ପୁଣି ସେଇ ହସ ଓ କାନ୍ଦ, ଉଭୟ ସ୍ୱର ପବନରେ ମିଳାଇ ଯାଉଛି । ଏଥର ସାରା ଜଙ୍ଗଲରେ ପ୍ରଚଣ୍ଡ ନିରବତା ।

****

ସୁର ଘର ଭିତରକୁ ପଶିଲା । ଦେଖିଲା ଏତେ ଡେରି ହେଲାଣି, ବାବୁ ଆହୁରି ଶୋଇଛନ୍ତି ! ପୂରା ପାଖକୁ ଯାଇ ଦେଖେ ତ, ଆଜି ବି ବାବୁ ନିଦରେ ବାଉଳେଇ ହେଉଛନ୍ତି ଓ ଗୋଟାପଣେ ଥରୁଛନ୍ତି । ଗମ୍‌ଗମ୍‌ ଝାଳ ।

ସେ ବ୍ୟସ୍ତ ହୋଇ ପଡ଼ିଲା । ଚେତନାକୁ ଫେରାଇ ଆଣିବା ପାଇଁ ଦୁଇ ବାହୁକୁ ଧରି ହଲାଇବାକୁ ଲାଗିଲା । ବିକଳରେ ନିଜ କାନ୍ଧରୁ ଗାମୁଛା କାଢ଼ି ତାଙ୍କ ମୁହଁ, ଛାତି, ବେକମୂଳରୁ ଝାଳ ପୋଛି ପକାଇଲା ।

ସେହି କ୍ଷଣି ସେ ଭୁଲିଗଲା ବାବୁ କିଏ ! କେତେ ବଡ଼ ଲୋକ! କେତେ ସମ୍ପତ୍ତିର ମାଲିକ ।

ବାବୁ ଆସ୍ତେ ଆସ୍ତେ ଆଖ୍ ଖୋଲିଲେ। ନିର୍ନିମେଷ ଦୃଷ୍ଟିରେ ଚାହିଁଲେ। ସୁରର ଚେତା ପଶିଲା। ତୁରନ୍ତ ମଇଳିଛିଆ ଗାମୁଛାଟିକୁ ନିଜ ବେକରେ ଗୁଡ଼ାଇଦେଲା।

ଏ ଘରେ ସେ କେଡ଼େ ପିଲାଦିନୁ କାମ କରୁଛି। ଦେଖ୍ଛି, ବାବୁ କେତେ କର୍ମତତ୍ପର। ଭାରି ବ୍ୟସ୍ତ ମଣିଷ, ତାଙ୍କ ବ୍ୟବସାୟ ହିଁ ତାଙ୍କ ପାଇଁ ମୁଖ୍ୟ। ପିଲାଙ୍କୁ ବି କୁହନ୍ତି, "ଖାଲି ସ୍ୱପ୍ନ ଦେଖିଲେ ହେବନି, ତାକୁ ପୂରଣ କରିବା ପାଇଁ କଠୋର ପରିଶ୍ରମ ଦରକାର"।

କିଛିବର୍ଷ ତଳେ ଏକାବେଳେ ଦୁଇ ପିଲା ଯେବେ ଉଚ୍ଚଶିକ୍ଷା ପାଇଁ ବିଦେଶ ଗଲେ, ବିରାଟ ବଙ୍ଗଲାରେ ମା' ଭାରି ଏକୁଟିଆ ହେଇଗଲେ, ଉଦାସ ରହିଲେ। ବାବୁ କୁହନ୍ତି "ଏଇ ଭାବପ୍ରବଣତା ହିଁ ବିକାଶ ପଥର ବଡ଼ ବାଧା। ପିଲା ଯାଆନ୍ତୁ, ତମେ ଏମିତି କ'ଣ ହେଉଛ! ମୁଁ ବି ଦିନେ ଗାଁ ଛାଡ଼ି, ବୋଉ, ବାପାଙ୍କୁ ଛାଡ଼ି ଏ ସହରକୁ ଚାଲି ଆସିଥିଲି। ମୁଣ୍ଡ ଗୁଞ୍ଜିବାକୁ ଛାତ ଖଣ୍ଡେ ବି ନଥିଲା। ଦେଖ, ଆଜି କ'ଣ ନାହିଁ ଆମ ପାଖରେ। ଧନ ଦୌଲତ, କ୍ଷମତା, ପ୍ରତିପତ୍ତି।

ସମସ୍ତେ କୁହନ୍ତି ସତ୍ୟଜିତ୍‌ବାବୁ ଜଣେ ସଫଳ ବ୍ୟବସାୟୀ। ଏ ସଫଳତା ଏମିତି ଖାଲିରେ ତ ମିଳିଯାଇନି! କେତେ ସଂଘର୍ଷ କରିଛି, ମୁଁ ଜାଣେ। କେତେବେଳେ ଅନିଚ୍ଛା ସତ୍ତ୍ୱେ କାହାର ଦାସତ୍ୱ ସ୍ୱୀକାର କରିବାକୁ ପଡ଼ିଛି ତ, କାହା ସହ ମିଠା କଥା କହି, ଚତୁରତାର ସହ କାମ ଆଦାୟ କରିବାକୁ ପଡ଼ିଛି। ସେଥିରେ ଅନେକ ଲୋକ ତାଚ୍ଛଲ୍ୟ ବି କରିଛନ୍ତି। କରନ୍ତୁ, ମୁଁ ତ କାହାର କ୍ଷତି କରି ନାହିଁ। କାହାର ଖାଇ ଯାଇ ନାହିଁ। ସମସ୍ତଙ୍କୁ ତାଙ୍କ ପ୍ରାପ୍ୟ ଦେଇଛି। ଜୀବନରେ କାହାର ଧାରୁଆ ହେଇ ରହି ନାହିଁ। ଏଥିପାଇଁ ମୁଁ ଗର୍ବିତ। କେହି ଜଣେ ହେଲେ, ଏମିତି କି ଈଶ୍ୱର ବି ମୋ ଉପରେ ଆଙ୍ଗୁଳି ନିର୍ଦ୍ଦେଶ କରି ପାରିବେ ନାହିଁ।"

ସୁର ରୋଷେଇଘରେ ଥାଇ ଏ ସବୁ ଶୁଣେ, ହେଲେ ଏତେ ବଡ଼ବଡ଼ କଥା ତା' ମୁଣ୍ଡରେ ପଶେନି।

ସମୟ କ୍ରମେ ପିଲା ଦୁହେଁ ବିଦେଶରେ ସ୍ଥାୟୀ ବାସିନ୍ଦା ହୋଇ, ଘର ପାଇଁ କୁଣିଆ ହେଇଗଲେ। ମା' କେବେଠୁ ସଂସାର ଛାଡ଼ିଲେଣି।

ଏବେ ବାବୁଙ୍କୁ ଦେଖିଲେ ଦୁଃଖ ଲାଗେ। ଭାବପ୍ରବଣତାରୁ ଦୁରାଇ ରହିବାକୁ ପରାମର୍ଶ ଦେଉଥିବା ମଣିଷ, ଦିନେ କି ଭାବନା ଭିତରେ ବୁଡ଼ିଗଲେ କେଜାଣି, ଧୀରେଧୀରେ ନିରବ ହେଇଗଲେ। ନିଜ ପ୍ରିୟ କମ୍ପାନି, ଘରଦ୍ୱାର, ଧନସମ୍ପଦ ପ୍ରତି

ଆଗ୍ରହ କମି ଗଲା। ଆଲିଶାନ୍ ଘର, ଲୋକସମ୍ପର୍କ ଠାରୁ ଦୂରଇ, କୋଲାହଲରୁ ବାହାରି ଆସି ଏ ଏକାନ୍ତ ସ୍ଥାନକୁ ବାଛି ନେଲେ।

ଏବେ ଅଧିକାଂଶ ସମୟ ଶୋଇ ରୁହନ୍ତି, କେବେ କେବେ ଗଭୀର ନିଦରେ ସ୍ୱପ୍ନ ଦେଖି ବାଉଳେଇ ହୁଅନ୍ତି ତ, କେବେ ଭିତରେ ଭିତରେ ଭାରି ଛଟପଟ ହେବା ପରି ମନେ ହୁଅନ୍ତି।

ଛାଡ଼, ଯାହା ଇଶ୍ୱରଙ୍କ ଇଚ୍ଛା। ସେ ଆସ୍ତେ କରି ପଚାରିଲା,

"ବାବୁ, ସେଓଟେ କାଟି ଆଣିବି ନା ଡାଲିମ୍ ମଞ୍ଜି ପୁଞ୍ଜେ ଛଡ଼େଇ ଦେବି ?"

ବାବୁ ତା ମୁହଁକୁ ଚାହିଁଲେ। ଅଜ୍ଞାନ ଶିଶୁ ପରି। ଯେମିତି ଡାଲିମ୍ କି ସେଓ କ'ଣ ସେ ଜାଣିନାହାନ୍ତି। ପ୍ରଥମ ଥର ଶୁଣୁଛନ୍ତି।

ସୁରକୁ ଭାରି କାନ୍ଦ ମାଡ଼ିଲା। ସେ ଆଉ କିଛି ପଚାରିଲାନି।

ସେ ଜାଣେ, ବାବୁଙ୍କୁ କଡ଼ା କଫି ପସନ୍ଦ। ଗରମ, ବାଷ୍ପ ଉଠୁଥିବା ପିତା ପିତା କଫି। ନିଜେ ନିଜେ ସ୍ଥିର କଲା ଓ ଚାଲିଗଲା।

ବାବୁ କଫି ଧରି ବସିଛନ୍ତି ବାଲ୍‌କୋନିର ଝୁଲା ଦୋଳିରେ। ସୁର ଛିଡ଼ା ହେଲା, କିଛି କ୍ଷଣ ଚିନ୍ତା କରି କହିଲା,

"ବାବୁ, ମତେ ଜଣେ କହୁଥିଲେ କି ଜଳବାୟୁ ବି କୁଆଡ଼େ ଶରୀର ଉପରେ ପ୍ରଭାବ ପକାଏ! ଏଥର ଯୋଉ ଗରମ‌ନା..ତୁଚ୍ଛାଟାରେ ପରା କେତେ ଲୋକଙ୍କ ଦେହ ଖରାପ ହେଇଯାଇଛି ।" .

କାହାକୁ ବୁଝେଇଲା ! ନିଜକୁ ନା ବାବୁଙ୍କୁ ?

ବାବୁ ତ' ଏ ଦୁନିଆରେ ଥାଇ ବି, ନଥିଲା ପରି। ଅନ୍ୟମନସ୍କ ଭାବେ ଦୂର ଦିଗବଳୟକୁ ଲମ୍ବି ଯାଇଛି ତାଙ୍କ ଦୃଷ୍ଟି। ବୁଡ଼ି ଯାଉଥିବା ସୂର୍ଯ୍ୟକୁ ଏକ ଲୟରେ ଚାହିଁ ରହିଛନ୍ତି।

ତା ମୁଁହ ଶୁଖିଗଲା। ସେ ଆଉ ପଦେ କିଛି କହିଲା ନାହିଁ। ରାତି ହେଲାଣି। ଜଲଦି ରୁଟି ଦି'ପଟ ଓ ସନ୍ତୁଳା ଟିକେ କଲେ, ବାବୁ ଖାଇକି ପୁଣି ଶୋଇବେ।

****

ଅର୍ଗନା ଅଗନି ବନସ୍ତ ଦେଇ ଲମ୍ବି ଯାଇଥିବା ପିଚୁ ସଡ଼କ ଉପରେ ସବୁ ଗାଡ଼ିର ବେଗ ଶହେ ପାର। ହଠାତ୍ ରାସ୍ତା କଡ଼କୁ କାର୍ ନେଇ ଡ୍ରାଇଭର ବ୍ରେକ୍ ମାରିଲା।

"ସାର୍ ପେଟଟା କେତେବେଳୁ ଗୋଲେଇ ଘାଣ୍ଟିହେଲାଣି। କୋରାପୁଟରେ

ପହଞ୍ଚିଲା ବେଳକୁ ଆହୁରି ପାଞ୍ଚ ଛ' ଘଣ୍ଟା ଲାଗିଯିବ । ଏଠି ଲାଟିନ୍ ନ ଗଲେ...
ନିଜର ବାକ୍ୟ ପୁରା କରିବାକୁ ତାକୁ ତର ସହିଲା ନାହିଁ । ଗାମୁଛା ଖଣ୍ଡକ କାଖରେ
ଯାକି, ବଣ ଆଡ଼େ ଧାଇଁଲା ।"

ତା'କୁ ଫେରିବାକୁ ସମୟ ଲାଗିବ, ଲୋକଟି କେତେ ଆଉ ଗାଡ଼ି ଭିତରେ
ବସିବ ! ବାହାରି ଆସିଲା ।

ଆହାଃ କି ଶୁଦ୍ଧ ଓ ଶୀତଳ ପବନ ! କାର୍ ଭିତରର ଏୟାର୍‍କଣ୍ଡିସନର୍ ‍ୟା ସହ
କେବେ ବି ସମସରି ହେବ ନାହିଁ !

ବନ ପରିବେଶରେ ଏକ ଆମ୍ମୀୟତା ଥାଏ । ପ୍ରାଣବନ୍ତ ।

ଏଇ ପାଖଆଖରେ କେହି ମଣିଷ ଥିବା ପରି ଲାଗୁ ନଥିଲା ବେଳେ, ଦେଖିଲା
ଖଣ୍ଡେ ଦୂରରେ କେହି ଜଣେ । ପାଖକୁ ଯାଇ ଜାଣିଲା ଖୁବ୍ କମ୍ ବୟସର ଝିଅଟିଏ ।
ନାଲି ଫ୍ରକ୍ ଖଣ୍ଡେ ପିନ୍ଧିଛି । ଭାରି ଯତ୍ନରେ ଚିକ୍କଣ କରି ମୁଣ୍ଡ କୁଣ୍ଠେଇ ଖଜୁରୀ ବେଣୀ
ଦୁଇପଟକୁ ପାରିଛି । ମଥାର ଛୋଟିଆ କଳା ବିନ୍ଦିଟି ତା ମସୃଣ ଦେହର ବର୍ଷ ସହ
ପ୍ରାୟ ମିଶିଯାଉଛି ।

ଭାଗ ଭାଗ କରି ପତ୍ର ଠୋଲାରେ କିଛି କୋଲି ରଖିଛି । ଏମିତି ତ ବାଟ
ମଝିରେ ମଝିରେ ଆଦିବାସୀ ସ୍ତ୍ରୀଲୋକମାନେ ଜଙ୍ଗଲୀପଣସ, ଦେଶୀଆମ୍ବ ଆଉ କ'ଣ
କ'ଣ ଅଜଣା ଫଳମୂଳ ବିକୁଥିବାର ଦେଖିଛି । ସେ ପଚାରିଲା,

"କି କୋଲି ?"

ଝିଅଟି ମୁହଁ ଉଠାଇ ଚାହିଁଲା । କ୍ଷଣେ ନିରବ ରହିବା ପରେ ଦୃଢ଼ତାର ସହିତ
ଉତ୍ତର ଦେଲା

"ଜଙ୍ଗଲ କୋଲି ।"

"ହଁ ଜଙ୍ଗଲରୁ ଆସିଛି ମାନେ ତ ଜଙ୍ଗଲ କୋଲି ହେଇଥିବ, କିନ୍ତୁ ‍ୟା ର
ପ୍ରକୃତ ନାଁ କ'ଣ ?"

ଝିଅଟି ଏଥର କିଛି ଉତ୍ତର ଦେଲା ନାହିଁ । ଉତ୍ତର ତାକୁ ଜଣା ନାହିଁ । ତଳକୁ
ମୁଁହ ପୋଟିଲା । ପଣିକିଆ ନ'ଘୋଷି ସାର୍‍ଙ୍କ ଆଗରେ ହାର ମାନିଯିବା ଛାତ୍ରୀଟି ପରି ।

"ହଉ ଛାଡ଼, ଏଇଟା ଖାଆନ୍ତି ? ମାନେ କିଛି ବିଷାକ୍ତ ଫିଷାକ୍ତ ନୁହେଁ ତ ? ତମେମାନେ
ତ' କିଛି ନଜାଣି ନଚିହ୍ନ ବଣ ଜଙ୍ଗଲରୁ ‍ୟା'ନାଁ ତା' ତୋଲି ଆଣି ବିକ୍ରି କର ।"

ଝିଅଟିର ଅଭିଜ୍ଞତା ଉପରେ ଭଦ୍ରଲୋକ ଜଣଙ୍କ ପ୍ରଶ୍ନବାଚୀ ସହ ପ୍ରମାଣ ନଥିବା
ଆରୋପଟିଏ ଲଦି ଦେଲେ କି ଆଉ !

ସେ କ'ଣ କହିବ ହଠାତ୍ ଜାଣି ପାରିଲା ନାହିଁ। କ୍ଷଣଟିଏ ଭାବିବା ପରେ ଗୋଟିଏ ପତ୍ର ଥୋଲାରୁ ମୁଁଠେ କୋଳି ନେଇ ଚୋବାଇ ପକାଇଲା। ବିଲ୍କୁଲ୍ ବିଷାକ୍ତ ନୁହଁ ବୋଲି, ଏ ଥିଲା ତା'ର ଉତ୍ତର।

"ଦେବି ?"

ଉତ୍ତରକୁ ଅପେକ୍ଷା ନ'କରି ଥୋଲାଟିଏ ବଢ଼ାଇ ଦେଲା। ଖସି ଯିବାର ଆଉ ବାଟ ନାହିଁ। ନେବାକୁ ବାଧ୍ୟ।

ଥୋଲାଟି ନେଉନେଉ ଲୋକଟି ପଚାରିଲା, "କେତେ ପଇସା" ?

ଝିଅଟି ଉତ୍ତର ଦେବା ଆଗରୁ କାଠ ଭାବଲ ଉପରେ ରଖିଥିବା ପାଞ୍ଚ ଟଙ୍କିଆଟି ଦଲକାଏ ପବନରେ ଉଡ଼ି ଯାଉଛି ଦେଖି, ଅଚାନକ ଉଠି ଧାଇଁଗଲା।

ଲୋକଟି ଝପଟି ପଡ଼ି ତା'ବାହୁ ଧରି ପଛକୁ ଟାଣି ଆଣିଲା।

ଝିଅଟି ଏକ ନିଶ୍ଚିତ ମୃତ୍ୟୁରୁ ରକ୍ଷା ପାଇଗଲା।

ଏ ଜଙ୍ଗଲ ରାସ୍ତାରେ ଗାଡ଼ିର ବେଗ ଯାହା, ଟିକିଏ ସତର୍କ ନହେଲେ ପ୍ରାଣ ଚାଲିଯିବ।

ଲୋକଟି କଡ଼ା ଦୃଷ୍ଟିରେ ଝିଅଟିକୁ ଚାହିଁ କହିଲା,

"ଏବେ କ'ଣ ହେଇ ଥାଆନ୍ତା ?"

ଝିଅଟି ହୃଦୟଙ୍ଗମ କଲା କ'ଣ ହେଇ ଥାଆନ୍ତା ! ଦୀର୍ଘଶ୍ୱାସ ନେଇ କୃତଜ୍ଞତାପୂର୍ଣ୍ଣ ଦୃଷ୍ଟିରେ ଚାହିଁଲା।

ଲୋକଟି ଶାନ୍ତ ଓ ସ୍ଥିର ହେଲା ପରେ, ପରାମର୍ଶ ଦେଲା।

"ତୁମେମାନେ ସଚେତନ ହେବା ଦରକାର। ନ'ହେଲେ କେତେବେଳେ ବି ଦୁର୍ଘଟଣା ଘଟିପାରେ ! ତୁ ପାଠ ପଢ଼ୁ ନା ନାହିଁ ?"

"ହଁ, ପାଠ ପଢ଼େ।"

"ସ୍କୁଲ ଯାଉ ?"

"ହଁ, ଯାଏ।"

"ଆଜି ତ ଯାଇନୁ ?"

"ଆଜି ସୋମବାର ତ ଯାଇନି।"

"ମାନେ ? ସୋମବାର ସ୍କୁଲ ଛୁଟି ?"

"ନାଇଁ, ଛୁଟି ନାହିଁ। ମୁଁ ସପ୍ତାହରେ ତିନି ଦିନ ଯାଏ। ମଙ୍ଗଳବାର, ବୁଧବାର, ଶୁକ୍ରବାର। ସୋମବାର, ଗୁରୁବାର ଆଉ ଶନିବାର ମୁଁ ଯାଏନି।"

"କି କଥା! ତିନିଦିନ ଯାଉଛୁ, ବାକି ଦିନ ଯାଉନୁ। କ'ଣ ହୁଏ ତମ ସ୍କୁଲରେ ?"

"ପାଠପଢ଼ା ହୁଏ, ଖାଇଆକୁ ବି ମିଳେ। ଅଣ୍ଡା ତକାରି, ଭାତ।"

"ଓଃ, ମାଗଣା ଅଣ୍ଡା ତରକାରି, ଭାତ ଖାଇବାକୁ ତୁ ତିନିଦିନ ସ୍କୁଲ ଯାଉ, ବାକି ଦିନ ଏଇଠି ବସି କୋଲି ବିକୁ ?"

ଝିଅଟି ଥମ୍ କରି ନିରବ ହୋଇଗଲା। ଲୋକଟିର ମୁହଁକୁ ସିଧା ଚାହିଁଲା।

"ମାଗଣା ମୁଁ ଖାଏନି କା' ଠୁ। ବନାଦା' କହିଚି କି ସେଇଟା ଆମ ଅଧିକାର।"

ଟିକିଏ କଠୋର ଓ କୋହଭରା ହେଲେ ବି ଉତ୍ତର ଥିଲା ତା'ର ସ୍ପଷ୍ଟ।

ଯେତେ ବ୍ୟସ୍ତତା ଓ କାମର ଚାପ ଥିଲେ ମଧ୍ୟ, ବାକ୍ୟ ଉପରେ ନିୟନ୍ତ୍ରଣ ରହିବା ଉଚିତ। ଏ 'ମାଗଣା' ପଦଟା ଉଚିତ ହେଲାନି। ଛୋଟ ଝିଅଟି, ହେଲେ ସ୍ୱାଭିମାନୀ। ଲୋକଟି ସାମାନ୍ୟ ଅନୁତପ୍ତ ହେଲା।

ଝିଅଟି ଏଥର ନିଜ ଗ୍ରାହକ ଲାଗି କଣ୍ଠ ଶାନ୍ତ କରି ଉତ୍ତରକୁ ଆଉ ଟିକେ ପ୍ରାଞ୍ଜଲ କଲା।

"ତିନିଦିନ ଯାକ ଅଣ୍ଡା ଦିଅନ୍ତିନି, ଦି' ଦିନ ଅଣ୍ଡା। ବାକି ଦିନ ତ ସାଧା ତରକାରି ଆଉ ଭାତ। ଆଉ ଆମ ଘରେ ବି ଅଣ୍ଡା ଅଛି ଯେ ! ଆଈମା ତିନିଟା ବତକ ରଖିଛି, ଅଣ୍ଡା ଦେଲା ମାନେ ସେ ବିକିଦିଏ। ଆଠଣା ଲେଖେ। ଆଈମା କହିଛି କି ଯଦି ସ୍କୁଲ ଯିବୁ, ତା'ହେଲେ ତିନିଦିନ ଯା'। ବାକି ଦିନ ଆମେ ହାଟକୁ ଯିବା। ସେ ବୁଢ଼ୀ ହୋଇ ଗଲାଣି ତ, ପାଛିଆ ଟେକି ପାରେନି ଏକା। କେନ୍ଦୁପତ୍ର ଆଉ କେନ୍ଦୁ ନେଇକି ଆମେ ହାଟକୁ ଯାଉ।"

ଝିଅଟିର ସରଲତାକୁ ଲୋକଟି ଖୁବ୍ ଉପଭୋଗ କଲା।

"ଆଚ୍ଛା ଆଜି ତା'ହେଲେ ହାଟ ପାଳି।"

"ହଁ ପାଳି ଯେ, କିନ୍ତୁ ଆମେ ଯିବୁନି। ଆଈର ଦିହ ଭଲ ନାହିଁ। ସେଥିପାଇଁ ତ ମୁଁ କୋଲି ଧରି ଏଇଠି ବସିଛି।"

ଝିଅଟି ପ୍ରଗଲ୍ଭା। ପଦେ ପଚାରିଲେ ପାଞ୍ଚ ପଦ କହୁଛି। ଆନମନା ହୋଇ ଭୂଇଁରେ ଗାର ଟାଣୁଚି, ପିନ୍ଧା ଜାମାରୁ ସୁତା ଟାଣି ଦାନ୍ତରେ ଛିଣ୍ଡାଉଛି।

"ଆଚ୍ଛା ତୋ ନାଁ କଣ ?"

"ଫୁଲ।"

“ଫୁଲ! ବାଃ ସୁନ୍ଦର ନାଁ ଟିଏ! ଆରେ ତୁ ତ କହିଲୁ ନାହିଁ ତୋ' କୋଳି ପଇସା କେତେ!”

“ପାଞ୍ଚ ଟଙ୍କା।”

“ମାତ୍ର ପାଞ୍ଚ ଟଙ୍କା? ଏତେ କମ୍? ଏଇ ପାଞ୍ଚଟି ଠୋଲାରେ କେତେ ପାଇବୁ ଯେ ନିଛାଟିଆ ରାସ୍ତାରେ ଏକୁଟିଆ ବସୁଛୁ ଆସିକି!”

“ପାଞ୍ଚ ଠୋଲା ନୁହେଁ, ସାଆନ୍ତ। ଏବେ ତମେ ଗୋଟିଏ ଖାଇଲ, ଆଗରୁ ଠୋଲେ ବିକି ଦେଇଛି। ତା'ହାଲେ କେତେ ହେଲା.. ଉଁ ଉଁ କରି ସେ ଆଙ୍ଗୁଠି ଗଣିଲା। ତିରିଶ ଟଙ୍କା, ଆଉ ପାଞ୍ଚ ଟଙ୍କା।”

“ଆରେ ବାଃ, ତୋର ହିସାବ ତ' ପୁରା ପକ୍କା। ଭଲ ପାଠ ହେଉଥିବ!”

“ହଁ ମୋର ସବୁ ପାଠ ମନେରହେ। ପଣିକିଆ ବି ଆସେ ମତେ। ଆଉ ଆଇମା ସହ ହାଟକୁ ଯାଇ ଯାଇ ହିସାବ ଶିଖି ଯାଇଛି।”

“ବାଃ! ବଢ଼ିଆ, ଆଜି ତୁ ତା'ହେଲେ ଆହୁରି ତିରିଶ ଟଙ୍କା ପାଇଯିବୁ ନାଇଁ?”

“ହଁ ଯଦି ସବୁ ଠୋଲା ବିକ୍ରି ହୁଏ ତା'ହେଲେ ପାଇବି ନା , ନହେଲେ କେମିତି ପାଇବି?”

“ଆରେ ଠିକ୍ କଥା ତ। ଆଚ୍ଛା ଏ ପଇସା ନେଇ ତୁ କରିବୁ କ'ଣ?”

“ଚପଲ କିଣିବି।

“ଓଃ ସତେ ତ, ତୋ ପାଦରେ ଚପଲ୍ ନାହିଁ। ଜଙ୍ଗଲ ଭୂଇଁ, କଣ୍ଟା ଝଣ୍ଟାରେ ବୁଲୁ, ଏମିତି ଖାଲିପାଦରେ?”

ନାଇଁ ନାଇଁ ଆଗରୁ ମୋର ଗୋଟେ ଚପଲ ଥିଲା। ଫିତା ଛିଣ୍ଡି ଗଲା, ଫୋପଡ଼ି ଦେଲି। ଏଥର ହାଟରେ ଦେଖିକି ଆସିଛି ଗୋଟେ ନାଲି ଚପଲ। ପଚିଶ ଟଙ୍କା ନବ କହିଚି। ଗଲାପାଲି କିଣିଥାନ୍ତି ଯେ, ହେଇ ପାରିଲାନି। ଆଇକୁ କହିଦେଇଛି କି ଏଥର ସେ ଆଉ ମୋ ପଇସାରେ ହାତ ମାରିବନି।

ଆହାଃ ..କେତେ ନିରୋଳା ଛଳଛଳ ଭାବ! ଲୋକଟି ଭାବିଲା “ସତରେ କେତେ ଅଭାବରେ ଚଳନ୍ତି ଏମାନେ। ଯାକୁ କିଛି ସାହାଯ୍ୟ କରିବ। ଏମିତିରେ କେତେ ସୁନ୍ଦର କୌତୁକିଆ କଥା କହି ତା' ବୋରିଂ ସମୟକୁ କଟିବାରେ ସହାୟ ହେଉଛି। ସମୟର ମୂଲ୍ୟ ତ ସେ ନିଶ୍ଚୟ ପାଇବା ଉଚିତ୍। କିନ୍ତୁ ଏମିତି ସିଧା ପଇସା ଦେଲେ ସେ ହୁଏତ ନେବ ନାହିଁ। ପ୍ରଥମରୁ ତା' ସ୍ୱାଭିମାନର ପରିଚୟ ଦେଇ ସାରିଲାଣି।”

"ଆଚ୍ଛା ଫୁଲ, ଏ ସବୁ କୋଳି ମତେ ବିକିବୁ ?"

"ସବୁ‍ଉଉ ?"

"ହଁ ।"

"ହଉ ।"

ଲୋକଟି ସବୁ ଠୋଲା ନେଇ କାର୍ ଭିତରେ ରଖ୍ଖିଦେଲା । ଭିତରୁ ବୋତଲ୍ ବାହାର କରି ଦେଖ୍ଖିଲା ବୋତଲ୍ ଖାଲି ।

ଝିଅଟି ଅନେଇଥାଏ ତା' ଜାଗାରୁ , ପାଖକୁ ଧାଇଁ ଆସି କହିଲା

"ପାଣି ନାହିଁ ? ଶୋଷ ହଉଚି ? ପିଇବ ?"

"ହୁଁ ।"

"ରୁହ ମୁଁ ଆଣିଦେଉଚି ।"

"କୋଉଠୁ ?"

"କୋଉଠୁ କ'ଣ ? ଝରଣାରୁ । ଆମ ଝରଣା ପାଣି ବହୁତ ମିଠା । ମୁଁ ଜାଣେ ବାବୁ ମାନେ ପିଅନ୍ତି ନାହିଁ । ତାଙ୍କ ବୋତଲ ପାଣି ପିଅନ୍ତି । ତମେ କିନ୍ତୁ ସେମିତି ବାବୁ ନୁହେଁ ।"

"ଆଉ କେମିତି ବାବୁ ?"

"ଭଲ ବାବୁ ।"

ଲୋକଟି ସ୍ମିତ ହସି ଦେଲା ।

"ହଉ, ଠିକ୍ ଅଛି, ହେଲେ ପାଣି କେଉଁଥିରେ ଆଣିବୁ ?"

"ପତର ଠୋଲାରେ ।"

"ଧେତ୍..ତୁ ଆସିଲା ବେଳକୁ ଆଉ ଥିବ ? ଚହଲି ଚହଲି ମୁଦେ ବି ନଥିବ । ତୁ ବରଂ ଏଇ ବୋତଲଟା ନେଇଯା । ଭରି କରି ଆଣିବୁ ।"

"ହଉ ଦିଅ ।"

"ଏଇ ଫୁଲ, ରହ ରହ ଟିକେ, ଶୁଣି ଯା' ଗୋଟେ କଥା । ତୁ ଗଲେ ମୁଁ ତ ଏଠି ଏକା ହେଇଯିବି ! ବରଂ ଚାଲ୍ ମୁଁ ବି ତୋ ସହ ଯିବି । ପାଣି ପିଇବି, ଆଉ ତୁମ ଝରଣାଟା ବି ଦେଖ୍ ଆସିବି, ବଢ଼ିଆ ହବ ନା ! ଚାଲ୍ ଯିବା ।"

"ଆମେ ଦିହେଁ ଯାକ ପଳେଇବା ! ଏମିତି ସବୁ ଖୋଲାରେ ଛାଡ଼ି ଦେଇ ! କିଏ ଯଦି ଚୋରି କରିଦେବ ?"

ଲୋକଟି ହସିଲା, ଝିଅଟିର ମୂର୍ଖତା ଉପରେ । ଜାଣି ପାରୁନି ଏତେ ବଡ଼ କାରଟିକୁ ରାସ୍ତା ମଝିରୁ କିଏ କେମିତି ନେଇ ପାରିବ !

ଫୁଲକୁ ଚାହିଁଲା ବେଳକୁ ସେ ନିଜର ଦଦରା କାଠ ଡାବଲକୁ ଏକ ଲୟରେ ଅନେଇଛି । ଯାହା ଉପରେ ରଖ କୋଲି ବିକେ ।

ଲୋକଟି ପୁଣି ଥରେ ହସିଦେଇ କହିଲା,

“ହଉ ତୁ ଯା, ମୁଁ ଜଗିଛି ।”

କିଛି ସମୟ ଭିତରେ ପାଣି ବୋତଲ କାଖରେ ଜାକି, ହରିଣ ଛୁଆଟି ପରି ଡେଇଁ ଡେଇଁ ଫେରି ଆସିଲା ଫୁଲ ।

“ନିଅ, ପାଣି ପିଇଦିଅ । ଆଉ ଏଇ ଫୁଲ ବି ନିଅ , ତମ ପାଇଁ ।”

ଆଙ୍ଗୁଲାରେ ଆଙ୍ଗୁଲେ ହାଲକା ଚନ୍ଦନ ରଙ୍ଗର ଚୁନା ଚୁନା ଫୁଲ ।

“ଆରେ ବାଃ, ମୋ ପାଇଁ ! କୋଉଠୁ ଆଣିଲୁ ?”

“ଝରଣା ପାଖରୁ ।”

“ଆଛା , ୟାକୁ କେତେ ପଇସାରେ ବିକୁ ?”

“ବିକିବିନି, ମାଗଣା । ତମ ପାଇଁ ଆଣିଛି ପରା । ତମେ କେମିତି ମତେ ଟାଣି ଆଣିଲ, ଗାଡ଼ି ମାଡ଼ି ଦେଇଥିଲେ ମୁଁ ଯୋଉ ମରି ଯାଇଥା’ନ୍ତି । ସେଥିପାଇଁ..”

ପାହାଡ଼ି ମଣିଷ, ଗରିବ ସତ, କିନ୍ତୁ କାହା ପାଖରେ ରଣୀ ରୁହନ୍ତି ନାହିଁ । ନିଜ କାଇଦାରେ ଶୁଝେଇ ଦିଅନ୍ତି ।

କେହିଜଣେ ମହାପୁରୁଷ କହିଥିଲେ –ଏ ସଂସାରରେ କେହି କାହାର ସାମାନ୍ୟ ବି ରଣ ରଖ ମୁକ୍ତି ପାଏନା । ପରିଶୋଧ କରିବାକୁ ହିଁ ପଡ଼େ । ଲୋକଟିର ହଠାତ୍ କାହିଁକି ମନେ ପଡ଼ିଲା ଏ କଥା ! ଅନ୍ୟମନସ୍କ ଭାବେ ଫୁଲକୁ ଦେଖିଲା ବହୁତ ସମୟ ।

“ସତରେ ଭାରି ସୁନ୍ଦର ଫୁଲ ।”

ଠିକ୍ ଏଇ ପାହାଡ଼ି ଝିଅ ‘ଫୁଲ’ ପରି ତା’ ଝରଣା କୂଳର ଫୁଲ । ନିରୀହ, ଛଳଛଳ, ସ୍ୱଚ୍ଛ । ମଗ୍ନ ହେଉଥାଏ ଲୋକଟି ।

ଆଘ୍ରାଣ କଲା ବେଳେ ଆଖି ମୁଦି ହେଇ ଯାଉଛି । ଆଃ କି ଅଭୁତ ବାସ୍ନା ! ମୋହାବିଷ୍ଟ ହେବା ଥୟ । ଏଇ ମହକରେ ସବୁ ଭୁଲିଯିବ ମଣିଷ ।

“ଏଇଇଇ ଫୁଲ, ଶୁଣିଲୁ ଟିକେ ।”

“ଉଁଉଁ ..”

“ଏ ଫୁଲର ନାମ କ’ଣ ତୁ ଜାଣୁ ?”

“ନାମ ! ଉଁ ଉଁ .. ହଁ ଇଏ ହେଉଛି ଠାକୁରଫୁଲ ।”

"ଠାକୁର ଫୁଲ ? ୟା ନାଁ ଠାକୁର ଫୁଲ ?"

"ନାଇଁ ନାଇଁ, ଫୁଲ ନାଁ ଟା ମୁଁ ଜାଣିନି । ଠାକୁର ଦେଇଛନ୍ତି ମାନେ ଠାକୁରଫୁଲ ।"

"ଠାକୁର ଦେଇଛନ୍ତି ?"

"ହଁ , ଆଇମା କହେ, ଏ ସବୁ ଠାକୁରଙ୍କର । ଏ ଗଛ, ପତ୍ର, ଜଙ୍ଗଲ, ଝରଣା, ଟିକେ ଆଗରୁ ତମେ ଯୋଉ କୋଲି ଖାଇଲ, ସବୁ ଠାକୁରଙ୍କର ।"

ବାଃ ବାଃ ଅଭିଭୂତ କଲା ପରି କଥା ପଦକ । ସ୍ନାୟୁରେ ସ୍ନାୟୁରେ ତରଙ୍ଗ ଖେଳିଗଲା । ଠାକୁରଫୁଲ, ସବୁଜବନ, ଶୀତଳ ପବନ, ଜଙ୍ଗଲକୋଲି, ପାହାଡ଼ିଝରଣା । ସ୍ୱପ୍ନ ରାଇଜରେ ବୁଡ଼ି ଗଲା ପରି ମନେ ହେଉଛି !

ଝିଅଟି ବି ନିଜ ଉତ୍ତରରେ ନିଜେ ଏତେ ଖୁସି ଯେ, ଖିଲି ଖିଲି ହୋଇ ହସି ଉଠୁଛି । ଆହାଃ ମନ୍ତ୍ରମୁଗ୍ଧକଲା ଭଳି । ହସରୁ ତାର ମୁକ୍ତା ଝରି ପଡ଼ୁଛି କି ସତେ ! ତା ସହ ଜଙ୍ଗଲ ହସିଲା, ଝରଣା ହସିଲା, ହସିଲା ପବନ, ଗଗନ ହସିଲା । କାଇଁ କେତେ ଯୁଗ ପରେ ବୋଧେ ଲୋକଟି ମୁକ୍ତ ଭାବେ ବାହୁ ପ୍ରସାରି ହସି ଉଠିଲା । ମନ ଖୋଲା ହସ । ପ୍ରାଣ ଖୋଲା ହସ ।

"ବାବୁ, ବାବୁଉଉ, ମୁଁ ଏଥର ଯିବି । ବାଟରେ ଆଇ ଦେଖିକି ରଡ଼ି ଛାଡ଼ୁଥିଲା ଯେ, ମୁଁ ଦୌଡ଼िକି ପଳେଇ ଆସିଲି । ସେ ଘରେ ଏକା ଅଛି ତ !"

"ଏକା ? ତୋ ଘରେ ଆଉ କେହି ନାହାନ୍ତି ? ତୋ ବାପା, ବୋଉ ?"

"ସେମାନେ ପରା କୋଉକାଲୁ ମରି ଗଲେଣି ! କାଠ ହାଣିଲା ବେଳେ ଏ ଜଙ୍ଗଲରେ ସାପ କାମୁଡ଼ି ଦେଇଥିଲା ତ' ବାପା ମରିଯାଇଥିଲେ । ବୋଉ ତା'ର ସିଏ ମରିଛି । ମୁଁ ଜାଣିନି ତା'ର କ'ଣ ହେଇଥିଲା । ମୁଁ ବହୁତ ଛୋଟ ଥିଲି ତ, ମୋର ମନେ ନାହିଁ । ବାପା ଥିଲେ କିନ୍ତୁ ମୁଁ ଏ ବୁଢ଼ী ଆଇର ପାଛିଆ ମୁଣ୍ଡେଇକି କେବେ ବି ହାଟକୁ ଯାଇ ନ ଥାଆନ୍ତି ? ବାପାକୁ କହିଥାଆନ୍ତି କି, ତମେ ଚପଲ କିଣି ଦିଅ । ଯେମିତି ଟୁକୁଲିର ବାପା କିଣି ଦେଉନି,ସେମିତି ।"

ଉଫ୍.. ମରମକୁ ଭେଦିଗଲା ପରି କଥା ପଦକ । ହୃଦୟରେ ପ୍ରେମର ଫଲ୍ଗୁ ଖେଳାଇ ଦେଇ ନିମିଷକେ କଣ୍ଠାଟିଏ ଫୋଡ଼ି ରକ୍ତ ଝରାଇ ଦେବା ଏମାନଙ୍କ ପାଇଁ କେତେ ସହଜ ।

ଝିଅଟି କିନ୍ତୁ ନିର୍ବିକାର । ତା' ପାଇଁ ଜଙ୍ଗଲକୋଲି, ଜଙ୍ଗଲଫୁଲ, ଝରଣାପାଣି ଆଉ ଜଙ୍ଗଲର ବିଷଧର ସାପ, ସବୁ ସମାନ ।

ଲୋକଟି ପୁଣି ଅନ୍ୟମନସ୍କ ।

“ବାବୁ, ବାବୁ ମୁଁ ଯିବି । ଡେରିହେଲେ ଆଇ ମାରିବ । ସାର୍ଟ ଚାଣିଦେଇ ଛିଡ଼ା ହେଇଛି । ଚାହିଁଛି ଆଶାୟୀ ଆଖିରେ ।”

“ହଁ ତୁ ଯା’ ।”

“ବାବୁ ମୋ ପଇସା ?”

ହେ ଭଗବାନ, ପଇସା ଦେବାକୁ ପୂରା ଭୁଲି ଯାଇଛି ଯେ ! ପକେଟରେ ହାତ ପୂରାଇଲା । ପର୍ସ କାଢ଼ିଲା । କ୍ରେଡିଟ୍ କାର୍ଡ଼, ଡେଭିଡ଼କାର୍ଡ଼ କେତେ ସବୁ କାର୍ଡ଼ । ଏ ସବୁ ଫୁଲର କେଉଁ କାମକୁ ନୁହେଁ । କ୍ୟାସ ଦରକାର । ଆଜିକାଲି ଆଉ କିଏ କ୍ୟାସ ଧରୁଛି ! କିଛି ଟଙ୍କା ତ ଥିଲା, ବାଟରେ କେତେ ଆଉ ଖର୍ଚ ହେଲା କି !

କ’ଣ କରିବ ଏବେ ! ଝିଅଟି ହାତ ପତାଇ ଛିଡ଼ା ହେଇଛି । ଲୋକଟି ଏଥର ଭାରି ବ୍ୟସ୍ତ ହେଇ ପଡ଼ିଲାଣି । ଆଉ ଥରେ ଭଲ ଭାବରେ ସବୁ ପକେଟ୍ ଅଣ୍ଡାଳି ପକାଇଲା । ଭାଗ୍ୟ ଭଲ, ପଛ ପକେଟରେ ପାଞ୍ଚଶହ ଟଙ୍କିଆ ନୋଟ୍ ଖଣ୍ଡେ । ବଞ୍ଚିଗଲା ମଣିଷ ।

“ଏଇ ନେ ।”

“ବାବୁ ଏ ଟଙ୍କାଟା କ’ଣ ଦଉଛ, ମୋର ତ’ ତିରିଶ ଟଙ୍କା ।”

“ତୁ ରଖ ଏ ଟଙ୍କା ।”

“ଆଁ !”

“ଆଁ କ’ଣ, ମୁଁ ଦଉଚି ପରା, ରଖିଦେ ।”

“ବାବୁ ମୋର ତିରିଶ ଟଙ୍କା ।”

“ବୋକୀ , ଏଇଟା ତା’ ଠୁ କେତେ ଅଧିକ, ଏଥରେ କେତୋଟି ତିରିଶ ଟଙ୍କା ହେବ ଜାଣିଛୁ ?”

“ହେଲେ ମୁଁ ତ କାହାଠୁ ଅଧିକ ନିଏନି । ମୋର ତିରିଶ ଟଙ୍କା ।”

ନିର୍ବୋଧ, ସେଇ ତିରିଶ ଟଙ୍କାରେ ଅଟକିଛି । ଏମାନଙ୍କୁ ବୁଝାଇବା କଷ୍ଟ ପରା । ଝିଅଟି ଏଥର ଘରକୁ ଯିବାକୁ ବ୍ୟାକୁଳ ହେଲାଣି ।

“ବାବୁ....”

ବୁଦ୍ଧି ହଜିଯାଉଛି । କ’ଣ କରିବ ଏବେ । ଝିଅଟି ଯେତିକି ସରଳିଆ ,ସେତିକି ଜିଦିଆ । ବୁଝୁନି ଜମା । ଆଉ କିଏ ହେଇଥିଲେ ପାଞ୍ଚଶଟଙ୍କିଆ ନୋଟ ଦେଖ ଖୁସି ହେଇଯାଇଥାନ୍ତା ।

ବିବ୍ରତ ହେଇଗଲାଣି ଲୋକଟା ।

“ଆଚ୍ଛା ଏଠି କେଉଁଠି ଦୋକାନ ଅଛି କି ?”

“ଏଠି ଦୋକାନ ନାହିଁ । ଆମ ସ୍କୁଲ ପାଖରେ ଅଛି । ‘ବନା ଦା’ ଜଳପାନ ଦୋକାନ’ ।”

ଲୋକଟି ଜାଣେ ଏ ଆଖପାଖରେ କିଛି ନାହିଁ । ଅବାନ୍ତର ପ୍ରଶ୍ନ କରୁଛି ।

“ଆଚ୍ଛା ଫୁଲ, ତୁ ଗୋଟେ କାମ କର, ଏ ଟଙ୍କାଟା ତୁ ରଖଥା । ମୋ ପାଖରେ ରେଜା ନାହିଁ । ଦେଖୁଛୁ ତ ଏଠି କୋଉଠି ଦୋକାନଟିଏ ନାହିଁ ।” ରେଜା କରିବି କେମିତି ?

“ଓଃ ରେଜା ନାହିଁ ?”

ଫୁଲ ଟିକିଏ ଚିନ୍ତିତ ହେଲା ।

“ତା’ହେଲେ କ’ଣ କରିବା ବାବୁ ?”

ମନେ ମନେ ଉପାୟ ଖୋଜି ଖୋଜି ମିଳିଗଲା ତାକୁ ।

“ବାବୁ ଆଉ ଗୋଟିଏ ବାଟ ଅଛି । ଏ ଯେଉଁ ଗାଡ଼ି ସାଁ ସାଁ ହେଇ ଯାଉନି, ରାସ୍ତା ଉପରକୁ ଯାଇ ତାଙ୍କୁ ଅଟକାଇବା, ଏ ଟଙ୍କା ଦେଖାଇ କହିବା, ‘ଟିକେ ରଖ ରଖ, ତିରିଶ ଟଙ୍କା ରେଜା କରିଦେବକି ?”

ପାଗଳ ହେଲାକି ! ମାତ୍ର ପାଞ୍ଚଶ ଟଙ୍କା ରେଜା କରିବାକୁ ସେ କାହା ଗାଡ଼ି ଅଟକାଇବ !

ଲୋକଟା ମନେମନେ ବିରକ୍ତ ହେଲା । ସେ ତ’ ତାକୁ କିଛି ସାହାଯ୍ୟ କରିବ ବୋଲି ମନସ୍ତ କରିଛି । ଅବୁଝା ଝିଅ ତା’କୁ ପାଠ ପଢ଼େଇଲାଣି ।

“ତୁ କାହିଁକି ବୁଝୁନୁ ଫୁଲ, ସେମିତି କ’ଣ କରିହେବ ! ଏତେ ସାମାନ୍ୟ କଥାରେ କାହା ଗାଡ଼ି ଅଟକାଇଲେ ଖରାପ ଭାବିବେନି ! ଆଚ୍ଛା ଶୁଣ, ମୁଁ ଆଉ ଗୋଟିଏ ଉପାୟ କହୁଛି, ମୁଁ ତ ଏପଟେ ଆଉ ଦି’ଦିନ ପରେ ଫେରିବି, ମାନେ ଗୁରୁବାର ଦିନ ଫେରିବି । ବଳକା ଟଙ୍କା ସେଦିନ ଫେରେଇ ଦେବୁ । ଏବେ ଏଇଟା ନେଇକି ଘରକୁ ପଲା ।”

ଫୁଲ ବୁଝିଗଲା । ଟଙ୍କାଟା ମୁଠେଇକି ଧରିଲା ।

ଆଶ୍ୱସ୍ତ ହେଲା ଲୋକଟି । ଯା’ ଗୋଟେ ଚିନ୍ତା ଗଲା ।

ଫୁଲ ଦି ଖୋଜ ଆଗକୁ ଯାଇଛିକି’ନା, ଫେରି ଆସିଲା । ଲୋକଟିର ହାତରେ ଟଙ୍କାଟା ଗେଞ୍ଜି ଦେଲା ।

"ବାବୁ ଏ ଟଙ୍କା ତମେ ରଖ। ମୁଁ ହଜେଇ ଦେବି, ପୁଣି କୋଉଠୁ ଆଣି ଫେରେଇବି ?"

ଆଚ୍ଛା କଥା ହେଲା ! କି ପ୍ରକାର ପିଲା ଇଏ ! ଟଙ୍କାଟା ଫେରାଇ ଦେଇ ତାକୁ ଛୋଟ କରିଦେଉଛି। ମୁହଁ ଶୁଖ୍ ଗଲାଣି ଲୋକଟିର।

ଫୁଲ ଆଶ୍ୱାସନା ଦେଲା।

"ବାବୁ ତମେ ଚିନ୍ତା କରନି। ଗୁରୁବାର ଦିନ ତ ଏପଟେ ଫେରିବ, ସେତେବେଳେ ମତେ ଦେଇଦେବ।"

ହେଲା !

ଝିଅଟି ଖୁସି। କି ସୁନ୍ଦର ମଝିମଝିଆ ବାଟଟିଏ ବାହାର କରି ବାବୁଙ୍କ ଦ୍ୱନ୍ଦ ଦୂର କରିଦେଲା।

"ମୁଁ ଯଦି ଗୁରୁବାର ନ'ଫେରିପାରେ !"

"ଶୁକ୍ରବାର ଫେରିବ ?"

"କିନ୍ତୁ ସେ ଦିନ ତୁ ସ୍କୁଲ ଯାଉ। ଭେଟ କେମିତି ହେବ ? ଏ ପଇସା ତୁ ରଖୁନୁ କାହିଁକି ?"

"କିଛି ଅସୁବିଧା ନାହିଁ ବାବୁ, ସେଦିନ ନ'ହେଲେ ମୁଁ ସ୍କୁଲ ଯିବିନି।"

"ଆଉ ଯଦି ମୁଁ ଶୁକ୍ରବାର ବି ଫେରି ନ'ପାରେ, କେବେ ଫେରିବି ଯଦି ଠିକଣା ନ'ରୁହେ, ତୁ କ'ଣ ମୋ ବାଟକୁ ଏମିତି ଅନେଇଥବୁ ?"

"ହଁ, ଅନେଇ ଥିବି। ତମେ ବହୁତ ଭଲ ବାବୁ। ମୁଁ ଏମିତି ସବୁଦିନ ତମ ବାଟକୁ ଅନେଇ ଥିବି। ଏ ଚିକ୍ ଚିକ୍ କଳା ଗାଡ଼ିଟା ମୋର ମନେ ଅଛି, ଦେଖୁ ଦେଖୁ ଧାଇଁ ଯାଇ ହାତ ଦେଖେଇବି, ଡ୍ରାଇଭର ଭାଇକି କହିବି, ଅଟକା ଅଟକା।"

"ହୁସିଆର, ରାସ୍ତା ମଝିକୁ କେବେ ବି ଦୌଡ଼ି ଯିବୁନି। ଦେଖିଲୁ ତ ଆଜି କ'ଣ ହେଇଥା'ନ୍ତା।"

ଫୁଲର ମନେ ପଡ଼ିଗଲା। ଶଙ୍କିଗଲା ସେ।

"ହେଉ ମୁଁ ଦୌଡ଼ିବିନି, ଆସ୍ତେ ଯିବି , ଏଥର ମୁଁ ଘରକୁ ଯାଏ।"

"ଶୁଣଶୁଣ, ତୋ'ର ଚପଲ କିଣିବାର ଥିଲା ପରା।"

ଲୋକଟି ନିଜର ସମସ୍ତ କୌଶଲ ଲଗାଇ ଚେଷ୍ଟା କରୁଥିଲା।

"ତମେ ଫେରିଲେ ମୁଁ କିଣିବି। ପଚିଶ ଟଙ୍କା ଚପଲ, ଆଉ ପାଞ୍ଚ ଟଙ୍କା

ବଳିବ। ଦି' ଟା ଅଣ୍ଡା ଚପ୍ ଖାଇଦେବି। ସ୍କୁଲ୍ ଅଣ୍ଡା ତରକାରି ଠୁ ହାତର ଅଣ୍ଡା ଚପ୍ ମତେ ବହୁତ ଭଲ ଲାଗେ।"

ଏତେ ଛୋଟ ଝିଅଟି, ସମସ୍ତ ପ୍ରଲୋଭନକୁ ପ୍ରତ୍ୟାଖ୍ୟାନ କରି ଭାରାକ୍ରାନ୍ତ କରି ଦେଉଛି ଲୋକଟିକୁ।

ଫୁଲର ଆଉ ବେଳ ନଥିଲା। ନିଜ ଶେଷ ନିଷ୍ପତି ଶୁଣାଇସାରି, ଦଦରା କାଠ ଡାବଲ ମୁଣ୍ଡାଇ ସେ ଯାଇ ଖଣ୍ଡେ ଦୂରରେ।

ନିରୁପାୟ ହୋଇ ଛିଡ଼ା ହୋଇଛି ଲୋକଟି। ଏତେ ଶିକ୍ଷିତ, ବୁଦ୍ଧିମାନ ମଣିଷଟି, ଏ ସାଧାରଣ କୁନି ଝିଅଟି ପାଖରେ ପରାସ୍ତ ହେଇଯାଉଛି! ଯାହା ତାକୁ ମଞ୍ଜୁର ନୁହେଁ। ଶେଷରେ ଖୁବ୍ ଦରଦୀ କଣ୍ଠରେ ଡାକିଲା।

"ଶୁଣି ଯା' ଫୁଲ। ସତରେ ତୁ ପଳେଇବୁ?"

"ହଁ, ତମେ ବି ପଳାଅ। ରାତି ହେଇଗଲେ ଡର ମାଡ଼ିବ। ଏଠି ଅନ୍ଧାର ହେଲା ମାନେ ବାଘ, ଭାଲୁ ବାହାରନ୍ତି, ଆଉ ଅଜଗର ଯଦି ବାହାରିବ ନା, ସିଧା ଗିଲି ଦେବ। ସବୁଠୁ ଡର ତ ବ୍ରହ୍ମ ରାକ୍ଷସ। ଜଲ୍‌ଦି ପଳାଅ। ତମେ ଫେରିବା ଦିନ ମୁଁ ଏଇଠି ଥିବି। ତୁମ ପାଇଁ ପୁଣି ଜଙ୍ଗଲ କୋଲି ଆଉ ଠାକୁରଫୁଲ ଆଣିଥିବି। ହେଲା!"

ଅଝଟ ପୁଅକୁ, କୁନି ମାଆଟି ବହଲାଇ ଦେଇ ପଳାଇଗଲା କି ସତେ!

କୋରାପୁଟରେ କଫି ଚାଷ ପାଇଁ ଶହେ ଏକର ଜମି ହସ୍ତଗତ କରିବା ଓ ସବୁ କାଗଜପତ୍ର କାମର ବ୍ୟସ୍ତତା ଭିତରେ ଲୋକଟି ଭୁଲି ଯାଇଥିଲା ଜଙ୍ଗଲକୁ, ଝରଣାକୁ, ଜଙ୍ଗଲକୋଲିକୁ ଆଉ ଫୁଲକୁ ବି।

****

ଘଞ୍ଚ ଅରଣ୍ୟ, ଆଚ୍ଛନ୍ନ ସନ୍ଧ୍ୟା। ମୁହଁରେ ନିର୍ମାୟା ହସ। ଆଙ୍ଗୁଳାରେ ତାର ହାଲୁକା ଚନ୍ଦନ ରଙ୍ଗର ଠାକୁରଫୁଲ। କୁନି କୁନି ହେଲେ ଲଙ୍ଗଳା ପାଦରେ ସଡ଼କର ଏ ମୁଣ୍ଡରୁ ସେ ମୁଣ୍ଡ ଯାଏ ନାଚି ଯାଉଛି ପରସ୍ତେ।

ଧୀରେ ଧୀରେ ଗଡ଼ି ଗଲା ସନ୍ଧ୍ୟା। ଘନଘୋର ଅନ୍ଧାର। ଏଥର କୋଇଲିର କୁହୁ ନାହିଁ, ଝରଣାର କୁଳୁକୁଳୁ ନାଦ ନାହିଁ, ପବନରେ ମାଦକତା ନାହିଁ କି ପ୍ରକୃତିର ସେ ଆମ୍ନିୟତା ନାହିଁ। ରାତି ହେଲେ ଏ ସୌନ୍ଦର୍ଯ୍ୟରେ ଭରା ଅରଣ୍ୟ ଯେମିତି କ୍ରୁର ଦାନବର ରୂପ ଧାରଣର କରେ! ଖୁବ୍ ପର ହେଇଯାଏ। କାହାକୁ ଚିହ୍ନେନି ସେ। ଗାଢ଼ ଅନ୍ଧକାରକୁ ଭେଦ କରି, ଗାଡ଼ିର ହେଡ୍ ଲାଇଟ୍ ବଳରେ

ବିଜୁଳି ବେଗରେ ସାଏଁ ସାଏଁ ମାଡ଼ି ଯାଉଛି ଗାଡ଼ି । ହଠାତ୍ ଏକ ବିକଟାଳ ଶବ୍ଦ ! ବାସ୍, ତା'ପରେ ସାରା ଜଙ୍ଗଲରେ ପ୍ରଚଣ୍ଡ ନୀରବତା ।

****

"ବାବୁ, ବାବୁ.."

ସୁର ଡାକୁଛି, ବାବୁ ଉଠୁ ନାହାନ୍ତି । ବାଉଳେଇ ହେଉଛନ୍ତି । ମୁଖମଣ୍ଡଲରେ ତାଙ୍କର କେମିତି ଏକ ଅଭୁତ ଓ ବିଚିତ୍ର ଭାବ । ଯେମିତି କିଛି କହିବାକୁ ଚାହିଁ ସୁଧା କହିପାରୁ ନାହାନ୍ତି । ଆଖିରୁ ନିଗିଡ଼ି ପଡୁଛି ଦୁଇ ଧାର ଲୁହ ।

ସୁର ବିକଳ ହୋଇ ତାଙ୍କ ଗୋଡ଼ ହାତ ଆଉଁଶି ଦେଲା । ଦେଖିଲା ବାବୁଙ୍କ ହାତ ମୁଠାରେ ମେଞ୍ଛେ କୋଲି ! ଏଇ କୋଲି ତ ସିଏ କେତେବେଲୁ ତାଙ୍କ ସାଇଡ ଟେବଲ ଉପରେ ରଖି ଯାଇଥିଲା । ବାବୁ ନଖାଇ ମୁଠାଇ ଧରି ଶୋଇ ଯାଇଛନ୍ତି ।

ବହୁତ ଆଗରୁ ଦିନେ ବାବୁ କହିଥିଲେ, ଜଙ୍ଗଲୀ କୋଲି ତାଙ୍କୁ ଭାରି ପସନ୍ଦ । ତା'ର ମନେ ଥିଲା ବୋଲି ତ ଏବେ କିଛିଦିନ ହେବ ଜଣକୁ କହି ନିୟମିତ ତାଙ୍କ ଗାଁ ରୁ ମଗାଇ ଆଣୁଛି । କାଲେ ପାଟିକୁ ରୁଚିବ !

****

ଠାକୁରଫୁଲ ବିଛାଇ ହେଇ ପଡ଼ିଛି ରାସ୍ତା ସାରା । ଆଉ କୁନି ଝିଅ ? ସେ କାଇଁ !

କୁଆଡ଼େ ଗଲା ସେ ! ହଜିଗଲା କି ବଣମୁଲକରେ, ଦୂର ପାହାଡ଼ ସେପାଖେ, ମିଶିଗଲା କି ଘନଘୋର ଅନ୍ଧାରରେ ! ନା ନିଷ୍ଠୁର ଅରଣ୍ୟ ତାକୁ ଗ୍ରାସ କରିନେଲା ତା ଆଁ ଭିତରେ !

ରାତି ଅନ୍ଧାରରେ ପାଗଲପ୍ରାୟ ଘୁରି ବୁଲୁଛି ଲୋକଟି । ଗାଡ଼ି ଦେଖିଲା ମାନେ ରାସ୍ତା ଉପରକୁ ଧାଇଁ ଯାଇ ଅଟକାଇବାର ବୃଥା ପ୍ରୟାସ କରୁଛି । ହାତରେ ତା'ର ପାଞ୍ଚଶହ ଟଙ୍କିଆ ନୋଟ୍ ।

****

କାନ୍ଦି ପକାଇଲାଣି ସୁର । ନିଦରେ କ'ଣ ବାଉଳେଇ ହେଉଛନ୍ତି ବୋଲି ସାହସ କରି ବାବୁଙ୍କ ଛାତିରେ ମଥା ରଖି କାନ ପାରିଲା । ଖୁବ କ୍ଷୀଣ, ଅସ୍ପଷ୍ଟ ହେଲେ ବି ସେ ବୁଝିପାରୁଥିଲା । ବାବୁ କହୁଥିଲେ,

"ପାଞ୍ଚାଶ ଟଙ୍କା ରେଜା ହେବ ? ପ୍ଲିଜ୍ ରୁହନ୍ତୁ ଟିକେ, ଶୁଣନ୍ତୁ ମୋ କଥା ..."

BLACK EAGLE BOOKS

www.blackeaglebooks.org
info@blackeaglebooks.org

Black Eagle Books, an independent publisher, was founded as a nonprofit organization in April, 2019. It is our mission to connect and engage the Indian diaspora and the world at large with the best of works of world literature published on a collaborative platform, with special emphasis on foregrounding Contemporary Classics and New Writing.